知名作家，中国作家协会小说委员会委员
2017年福布斯中国30岁以下精英榜唯一上榜作家

其作品《斗破苍穹》《大主宰》改编的游戏、漫画本都取得了惊人的成绩
《魔兽剑圣异界纵横》是其跻身顶尖作家行列的封神之作

代表作品：《魔兽剑圣异界纵横》《斗破苍穹》《武动乾坤》
《大主宰》《元尊》《苍穹榜之圣灵纪》

给你不一样的少年传奇

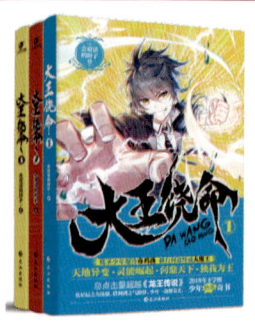
《大王饶命》
会说话的肘子 / 著

《傲世君少》
风凌天下 / 著

《少年歌行》
周木楠 / 著

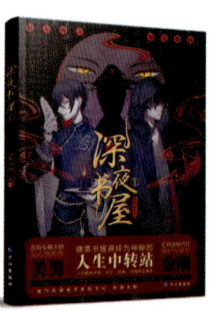
《深夜书屋》
纯洁滴小龙 / 著

《斗破苍穹之大主宰》典藏版
天蚕土豆 / 著

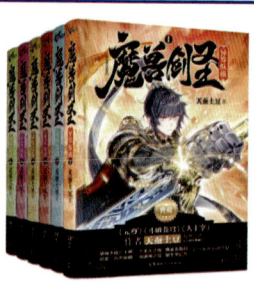
《魔兽剑圣之异界纵横》至尊白金版
天蚕土豆 / 著

《燃烧吧！少年！》
萧十一狼 等著

《脂肪君，你好帅！》
马鹿君 / 著

《宠物很霸道》
风魂 / 著

《严肃点，咱们逃命呢》
七弦弄月 / 著

天蚕土豆 著

湖南人民出版社

目录 Contents

第123章 敖天VS恐惧大魔王 001	第135章 沙之逆罚 163
第124章 一网打尽 014	第136章 围剿计划 180
第125章 大战开始 030	第137章 王级进化! 189
第126章 天灾国度 046	第138章 生命之源 202
第127章 天寨 062	第139章 力量,归来了! 211
第128章 战将! 071	第140章 刘枫VS敖天 220
第129章 震撼! 084	第141章 再战沙月魅 233
第130章 神之战场的最后一站 099	第142章 森林之城 246
第131章 玄阴杀葵星 107	第143章 阿蒂米斯 255
第132章 诸神所在 124	第144章 皇级 271
第133章 沙族来袭 135	第145章 天使武装! 288
第134章 交易厅风波 149	

第123章
敖天VS恐懼大魔王

刘枫望着眼前那笑眯眯的年轻人，影瞬忽然感到心头有些发寒，扯动着嘴角，冷笑道："你想失信，也用不着使这种诡计吧？"

刘枫微微一笑，斜靠在白骨屋之上，古剑在脚下轻轻划动，懒懒地笑道："影瞬，你好歹也算是一位领域之主，即使是想要为了保得性命，也用不着如此大费周折吧？"

"我不知道你在说什么。"拂了拂袖袍，影瞬冷声道。

"是么？"刘枫微偏过头，对着加拉询问道，"影子·暗杀术，能够模仿出刚才的效果吗？"

"你怀疑那恐惧大魔王是个西贝货？"加拉面带着微笑，回问道。

"你就回答我能不能吧。"刘枫微眯着眼，笑道。

"影子模仿术，的确能够模仿出刚才的那般景象。"一旁的巫师接过话头，顿了顿，疑惑地说道，"不过，那种恐惧大魔王独有的恐惧气息，却是影子模仿术所模仿不出的……"

"就是那股恐惧的气势有问题……"敖天紧皱着眉头，忽然冷笑道，"就算提托奥迪斯的实力，的确不只皇级中段，可那也不可能让我心生恐惧。哼，这家伙是不清楚我以前的实力，所以连自己模仿得过了头都不知道。万年之前，就算是主神的气势，也不可能让我心有恐惧之意，现在虽然说我实力降低了，可若是没有领悟到法则的强者，却依旧不可能让我心头产生怯意……"

"难道你觉得提托奥迪斯有可能已经领悟了法则吗？"敖天森然地盯着影瞬，刚才心头忽然蹿出的恐惧之感，让他极为冒火。

听着敖天这番话，影瞬眼中，绿芒急速地跳动着。这家伙，在万年之前，到底是什么实力，居然连主神都不放在眼中？影瞬在心中猜测敖天的来历。

第123章 敖天VS恐惧大魔王

望着那九道越加不善的视线，影瞬发现，自己这次似乎真的踢到铁板了。他是一名刺客，刺客的实力，只有在黑暗中才能发挥出来，可现在黑暗不仅被完全驱散，而且还被人家给包围了起来，情况明显极为的不妙。

望着呼吸逐渐急促的影瞬，刘枫托着下巴，意味深长地微笑道："最令我感兴趣的是，这家伙究竟是凭什么，能够发出这么巨大的恐惧气息？影瞬大人，你能说说吗？"

"我不知道你们说什么，哼！我早说过，恐惧大魔王的实力高深莫测，就算大魔王感悟到了法则的力量，那也没什么好奇怪的……"影瞬勉强稳住心神，冷笑道。

"虚伪之戒，恐惧大魔王的虚伪之戒。"忽然，血翼拍了拍脑袋，惊声道。

听到虚伪之戒四个字，影瞬身体猛地一颤，居然有了当场掉头逃窜的念头。不过好在心志尚颇定，知晓自己此时若是敢动身先跑，那恐怕绝对走不出十步，便会当场挂在此处了。

"虚伪之戒？什么东西？"刘枫眉头微挑，疑惑地问道。

听得血翼的惊声，加拉一干人，也是向他投去疑惑的视线。看来，他们对这东西也是不甚知晓。

"虚伪之戒，又名欺骗之戒，是恐惧大魔王的专属之物。这戒指在别人手中，或许并没多大的作用，不过，若是戴在了恐惧大魔王手上，那可是绝对能起到神器般的作用。有了虚伪之戒，恐惧大魔王那独有的恐惧气息，不仅能够增幅三倍之多，而且在与人对战之时，那增幅了三倍的恐惧气息，还能在对手心中形成一种欺骗的效果，让对手打心底认为这不只是三倍，而是三十倍，甚至更多。你们说，如果皇级中段的恐惧大魔王，恐惧气息忽然在你心中猛地增加十倍之多，你们会怎么办？"血翼沉声道。

"意志不坚者，将会立时失去战意，任人宰割。"刘枫手指缓缓敲打在剑身之上，冷声说道。

血翼点了点头，继续道："直到对手战败的时候，才能从那股欺骗的效果中脱离出来，欺骗才会消散而去，可那时，或许早已被恐惧大魔王给打败……"

"那东西，这么变态吗？"刘枫眉头微皱，问道。

"呵呵，世界上没有绝对完美的器物，既然名字叫欺骗之戒，那么，它只能欺骗我们而已，只要心中坚信自己的想法，欺骗，自然没有效果。"血翼笑道。

"那你的意思,这家伙拥有虚伪之戒那种道具?"刘枫视线移向影瞬,眯着眼问道。

"嘿嘿,怎么可能?虚伪之戒是恐惧大魔王的宝贝,怎么可能会给他?"血翼摇了摇头,道,"恐惧大魔王曾经仿照虚伪之戒,做出了两枚仿虚伪之戒,虽然仿照的没有本体那般恐怖,不过,却也算得上是难得的宝物了。我就曾经偷偷见到过,一个王级顶段的家伙,对付皇级凶兽用过一次……"

"这家伙有一颗仿照的?"刘枫摩挲着下巴,视线不怀好意地在影瞬身上扫动着。

"如果刚才的情形,是这家伙模仿搞出来的话,那么,那股恐惧大魔王的恐怖气势,便只能用这个答案来解答了。"血翼点了点头,推测地说道。

刘枫偏着头,视线缓缓下移,停留在影瞬那笼罩的袖袍中微微颤抖的双掌上,笑道:"影瞬大人,能将你的双手举起来吗?"

眼瞳中绿芒急速跳动着,影瞬阴冷地道:"你是不相信,那就是真的恐惧大魔王了?"

嘴角微撇,刘枫轻挥了挥手,微笑道:"血爪,动手……"

听得刘枫这话,影瞬心头一跳,眼瞳中狠色闪过,猛地一脚踏在地面之上,身形突兀地向刘枫飞掠而去。手掌翻转间,一把伸缩不定的影匕现于其中。其用心,不言自明。

眼睛微亮,在影瞬双手探出黑袍的时候,刘枫凭借着那过人的眼力,清晰地瞟见,在那只左手掌的中指上,佩带着一枚极为别致的黑色戒指。

"果然没错。"心头暗道,刘枫抬头,不慌不忙,对着那急闪而来的影瞬,露出一个嘲讽的笑容。

就在影瞬距离刘枫只有短短几米距离之时,一道黑影猛地闪现而出,一根血色利刺,自黑袍下闪电般探出,血色利刺犹如黑夜中的流星,一闪即逝,一举中的。

"喀嚓……"一声脆响,带起一只切割而断的手臂。

望着那根血一般的利刺,影瞬眼瞳骤缩,自嘴间干涩地道:"血爪,噬天雕……"影瞬的心头,在那根血色利刺之下,宛如起了惊涛骇浪一般。这群人,究竟是什么来头?十万大山三大凶兽霸主之一的噬天雕,为何也会出现在他们之中?

第123章 敖天VS恐惧大魔王

血爪没有在意影瞬的失神,反腿将惊骇的影瞬踹倒在地,血爪抓起地上的断手,自那手指之上,将一枚黑色的戒指取下。走回几步,将之递给刘枫,冷冷地道:"你又预支了命令我的权利……"

对于这头倔强的凶兽,刘枫也只得无奈地耸了耸肩膀,将那黑色戒指接过,放在手掌之中,仔细观看了一会儿,疑惑地问道:"没什么特别的地方啊,是不是搞错了?"

一旁的血翼伸手拿起戒指,细看了半天,点了点头,沉声道:"的确是,我刚才就说了,虚伪之戒在别人手中,根本起不了多大的效果,顶多只是将对手震慑一下而已。要不然,这家伙也不会被瞧出这么多破绽了。"

"倒霉,那忙活了半天,就搞了个没半点用的东西?"刘枫翻了翻白眼,骂道。

"也不是……"血翼笑着摇了摇头,摇着手中的戒指,提醒道,"你不是想知道提托奥迪斯的实力如何吗?"

"这戒指能帮我们?"刘枫眨着眼,疑惑地问道。

"刚才瞧你一眼看破这家伙模仿术的时候,还有些机灵,现在怎么又变笨了。"血翼白了刘枫一眼,说道,"这戒指是提托奥迪斯亲自打造出来的,其中定然有着他的魔法印记,和这魔法印记比拼一下,不就能大致知道那家伙的实力了吗?"

眼睛微亮,刘枫赞道:"的确是好办法。"

"那你来吧。"血翼耸了耸肩膀,将戒指塞回刘枫手中。

"切,你也变笨了。我再如何狂妄,也不可能在我不擅长的精神力争斗上,取得胜利吧?这活,还是给敖天前辈吧。"刘枫对着血翼竖起中指,快走几步,笑眯眯地将戒指递给了敖天。

"你们这些家伙……"无奈地摇了摇头,敖天也是大笑道,"也罢,也罢,刚才被这东西搞得有些狼狈,就让我和那提托奥迪斯在戒指中,斗上一斗吧。看看到底是他这万年后的巨头凶悍,还是我这万年前的凶龙更剽悍……"

望着敖天那跃跃欲试的脸色,刘枫几人赶紧后退几步。他们都知道,一场好戏要上演了。

依旧是那座被笼罩在赤红之下的无边领域，依旧是那所豪华的城市，也依旧是那所宫殿内，魔法火焰轻轻燃烧的昏暗大殿之中。

巨大的王座之上，沉睡的皇者，忽然睁开了燃烧着绿炎的眼眸，淡淡的声音，在殿内缓缓回荡：

"居然有人试图抹去我遗留在仿虚伪之戒中的精神印记？呵呵，这人的胆子，还真是不小啊。"

"不过影瞬也真是个废物，连我赐予的戒指都会被人夺去。呵呵，五百年未与人争斗了，今日，便与这妄想夺戒之人，好生斗上一场吧。"轻笑声，在大殿之内，带起汹涌而起的狂猛恐惧气势。

淡淡的绿芒，微微亮起，在大殿的半空之上，缓缓地形成一圈绿色漩涡。

漩涡初结，一股隐带着浓烈龙威的凶悍气势，猛地自那连通远在万里之外的仿虚伪之戒中，送达而出。凶悍的气势毫不客气地将大殿之内的黑石柱压得粉碎。

大殿之中，数道黑影急速闪掠，直到退出了那股龙威所扩散的范围，才停止了下来。彼此对视一眼，都是有些惊骇。相隔万里，精神力居然还能有这般的强横，看来这股精神力的主人，实力定然在皇级之中。

"咦，的确很强的精神力啊。"望着那席卷大殿的狂猛精神力，一声惊讶的低喃声，自王座之上的男人嘴中，缓缓传出。

"这终于能让我提高点兴趣了。"低低一笑，蕴含着恐惧之味的精神力，猛地透体而出，直直向着绿色漩涡之中袭击而去。

同样是察觉到了正主儿，自那万里之外的精神力，也再次变强，毫不客气地率领蕴含着龙威的精神力，对准那股漩涡中的绿色精神力，狠狠撞击而去。

"砰。"一声闷响，一股肉眼所不能察觉的精神波动猛地在大殿之中，狂涌着席卷而出。

"轰，轰！"坚固的大殿，在两股恐怖的精神力互相碰撞之下，猛地炸裂，几道巨大的裂缝沿着大殿蔓延而出。巨大的碎石，不断在大殿之内砸落。

没有理会那破碎不堪的大殿，王座之上的男人那双泛着绿炎的双瞳中，比斗的兴致大起。一声低笑，那充斥大殿的绿色精神力，再次强上一个阶层，带着浓烈的恐惧之效，狠狠地对准那弥漫绿色漩涡的金色精神力，撞击而去。

"轰。"这一次的猛烈爆炸，居然直接将豪华的宫殿完全掀飞。轰隆巨响伴随

第123章 敖天VS恐惧大魔王

着爆炸声响彻云霄。

瞧着那城市的中枢部位,竟然发生这般变故,那满城的防卫部队心头大惊。一道道人影,在房屋之上闪烁而现,望着那破碎不堪的宫殿,皆是满脸骇然。

那所宫殿的主人是谁,在场之人可是心头极为的清楚。可又是谁,有那个胆量与那个本事,在此地造成如此恐怖的破坏?

周围精锐的黑武士齐齐闪掠,一股股意念,将这片虚空,完全锁死。

"退下,此处不需要你们。"就在无数黑武士,正欲冲进破碎的宫殿之中时,淡淡的声音响彻这片天际。

淡淡的声音,止住了漫天的喧哗,一队队黑武士急忙停下脚步,对着那所宫殿,恭敬地单膝跪地,这才极为有秩序地倒退而下。

护卫队虽然退去了,可那满城的居民却是按捺不住心中的好奇,一个个远远地立在房屋之上,视线火热地盯着那隐隐透着金光与绿芒的破碎大殿。

敢这般将恐惧大魔王的居住地搞成这副模样,就是堕落天使法兰克和邪恶巫师奥术法也没有办到过啊。

又是一道凶猛的精神力扫过,终于将那最后一个大殿震得粉碎。

那大殿之下的情景,也终于被无数人收进了眼中。

巨大的王座之上,坐着一个全身笼罩在绿芒之中的人影,而在那王座的对面,半空之处,缓缓地旋转着一圈绿色的漩涡,强横的金色精神力便是从那其中喷薄而出。

在王座与漩涡短短的十几米距离间,空间不断地震荡,不断地扭曲。

望着那金光与绿芒的不断凶猛撞击,那无数的居民们,也终于是明白了过来,这是有人在与恐惧大魔王比拼精神力。

"不过,这两人可真是够变态的,仅仅是精神力的交锋,便造成了这般的破坏。"望着那残破不堪的大殿,无数人在心中暗道。

在宫殿废墟之上,一道道黑色的影子,缓缓地自地底冒出,然后木然地伫立。

"这些,便是恐惧大魔王大人手底下的王牌部队天灾卫了吧?"瞧着那一个个诡异出场的黑影,围观的居民们,惊异地想道。

没有理会那漫天的视线,提托奥迪斯依然坐在王座之上,凝望着那泛着金色的漩涡,淡淡地道:"虽然不知道你究竟是何人,不过,你很强。"

提托奥迪斯的话并没有特意掩盖,所以,那围观的人也是能够听得很清楚。

"那家伙是谁？居然能够让神之战场三大巨头之首的恐惧大魔王，说出这般认同的话来？"一名王级的神魂强者骇然地说道。

一双双视线，霍然移动，停留在了那泛着金光的漩涡之中。

"你，便是恐惧大魔王，提托奥迪斯？"雄浑的话语，犹如滚雷一般，自漩涡中滚滚而出。

"我便是提托奥迪斯。"王座之上的男人轻笑道。

"我是敖天，万年前的老人物了，想必现在，在这片空间中，已经没有人再认识我了。"漩涡之中，传出桀骜不驯的大笑。

"你想要虚伪之戒吗？"提托奥迪斯淡淡地问道。

"我对那破戒指不感兴趣，抹去你的精神印记，只是想试试你的确切实力而已。"一阵豪迈的笑声，自漩涡中传出。

"精神力比斗而已，算不得上成，而且这也只能模糊地探知……"绿芒缓缓跳动，提托奥迪斯微笑道，"你能够在精神力的领域与我战得平手，不见得能够在正面交锋之时与我持平。在与你交手之间，我能够察觉到，你的精神力，似乎远超你本体的力量，这或许是和你继承了万年前的记忆有关吧。"

"你的实力的确很强，皇级中段，嘿嘿，那是幌子吧？"敖天问道。

"不，我已经五百年没有与人动手了，五百年前，我的确只有皇级中段的实力……"提托奥迪斯抬起手臂，淡淡道。

"若是想知晓我的真实实力，那就来'天灾国度'吧，我很期待你的到来。"恐惧大魔王提托奥迪斯，向这位看不见的对手下了战书。

金光微微翻滚，桀骜的话，狂笑着传出："会的，提托奥迪斯，一月之内，我们会来到'天灾国度'的。"

"我会等的。"提托奥迪斯浑身绿芒缓缓收敛，轻点着头。

半空之上，绿色漩涡逐渐消散，在即将消失的时候，大笑声再次传出："忘记说了，提托奥迪斯，赫古拉那不开眼的浑蛋，便是我们给宰了的。若是想为他报仇，那就等着。"

绿色漩涡完全消散，只余下点点回音。

提托奥迪斯轻笑着摇了摇头，轻声自语道："赫古拉？一条狗而已，何必为他多费心思。我倒是很想见见你们一行人，究竟有何能耐。"

缓缓地斜靠在巨大的王座之上，一圈绿芒闪过，人与王座同时消失了踪迹，淡

第123章 敖天VS恐惧大魔王

淡的声音留下：

"把此处收拾一下吧，另外，把那通缉令撤销吧。有如此一位强者在那九人之中，去了也是白送死。"

黑影恭敬地跪立于地，待到淡淡的声音，完全散去之后，这才再次融进身下土地之中。

望着那宫殿废墟，无数的居民眼瞳中，闪动着兴奋。经过刚才的短暂谈话，他们能够知晓，在这一个月之内，"天灾国度"或许将会有一场旷世之战。

"真是期待啊，上次这般的战斗，似乎是五百年前恐惧大魔王一人大战堕落天使法兰克和邪恶巫师奥术法吧？五百年了，终于又一次能够观看热血的大战了啊。"

这"天灾国度"的臣民，好像都很好战，对一场旷世的大战，居然如此的盼望，看来这里的确是沉寂太久了。万里之外的敖天，一个月后打破恐惧大魔王的平静生活，竟然是众望所归。

距离"天灾国度"万里之外的一处白骨营之中，刘枫几人视线紧紧地锁定在那盘坐在地面之上的敖天身体之上，脸色凝重。

一旁软瘫在地面之上的影瞬，也是趴在地上，视线骇然地望着那壮硕的大汉。看那大汉的模样，明显已经和恐惧大魔王在戒指中，开始了精神力的比拼。

"这家伙到底是谁？居然敢和恐惧大魔王这般对战？"影瞬暗自想道，眼珠转了转，打起了鬼主意。

突兀的，一股强横的精神力爆炸，猛地袭向那笼罩白骨营的防护罩，防护罩在这汹涌的精神力爆炸中仅仅坚持了片刻，便已经消散。

刘枫几人眼疾手快，脚掌在地面之上一踏，身形已经瞬间闪上了半空。

一道黑影猛地自一片狼藉的白骨营地中喷射而出，拼了命地冲着北方疾飞而去。

"是影瞬，追不追？"瞧着那黑影，血爪转过头，对着刘枫询问道。

"不用追了，让他去吧。"敖天那雄浑的声音，自地面笑着传上来。

"敖天前辈，如何？"瞧着那并无什么损伤的敖天，刘枫在心中轻轻松了一口气，关切地问。

"好强的恐惧大魔王，果然不愧为神之战场三大巨头之首……"因为精神力的高度凝聚，敖天眼眸中，金光四射，脸色却是有些凝重地说道。

"谁胜谁负？"刘枫几人降下身形，都急切地沉声道。

"不胜不败，算得上是平手吧。"敖天皱着眉头，缓缓说道。

"提托奥迪斯不是只有皇级中段的实力吗？如何能与你战成平手？"加拉和众人一样不解，疑惑地问道。

"那是五百年前，在这五百年间，你们可曾见过，或者听过那家伙出手？"敖天摇了摇头，反问道。

"的确没见过，也没听过。上次出手，还是那次三大巨头势力划分的激战吧，那个时候，提托奥迪斯就已经是皇级中段的实力了。"巫师轻声道。

"怎么？敖天前辈，提托奥迪斯的实力与传闻不符？"刘枫皱了皱眉头，对敖天问道。心想，莫不是这恐惧大魔王在五百年间，实力大增？

"嗯，的确很不符。"敖天重重地点了点头，沉声道，"我只是与他进行了精神力的比拼，结果是平手。"

"你们应该清楚，现在的我只是个灵魂体，我现在最擅长的，便是精神力的争斗。毕竟万年前的战斗意识，一直存在我的脑中，并没有因为什么原因而消散。所以，虽然我现在实力只有着皇级顶段，不过，我的精神力，较之帝级强者，那也是不会逊色分毫……"

"你的意思是，提托奥迪斯在这五百年的时间中，便进入了帝级的领域？"血翼失声惊骇道，"如果真是那样，那他的修炼速度，也太快了吧？"

"快么？五百年从皇级中段进入到帝级，虽然极其罕见，但毕竟不是没有。你问下刘枫，看他从不入流到达现在的神阶实力，用了多少时间？有一百年吗？"敖天摇了摇头，对着刘枫笑道。

"啊！一百年？"闻言，刘枫抓了抓脑袋，苦笑道，"以前对你们只说了从至尊晋入神阶的时间，如果真要算起来的话，我从没有阶级开始修炼，至今为止，似乎不超过十年……"

"什么？"听得刘枫这话，加拉几人嘴巴大张，愣愣地望着面前抓头的年轻人，满脸的不可思议。

别说加拉几人被刘枫这话给打击得傻了去，就是血爪与火炎，也是颇为觉得难以置信，忽然停止了手中的动作，抬起头来，骇然地瞧着那黑袍年轻人。

第123章 敖天VS恐惧大魔王

十年时间，像血爪它们这般凶兽，有时候就算闭关一次，恐怕都不只十年时间吧？

"刘枫能够拥有这般恐怖的修炼速度，那为什么提托奥迪斯不能在五百年内步入帝级？"敖天耸了耸肩膀，对这几人道。

"毕竟这个世界上，又不缺少天才。提托奥迪斯既然能从那无穷的吞噬中生存下来，并且成长到这一地步，那么便应该有其自傲之处。这样的对手，我们不能抱有半分轻视……"敖天叹了一口气，轻轻说道。

"那怎么办？帝级强者，我们现在能够应付吗？"刘枫手臂撑着下巴，有些不自信地问道。

听到刘枫的询问，几人又是将视线移到了敖天身体之上。在九人之中，能够与提托奥迪斯相抗衡的，目前貌似就只有这头万年前的绝世凶龙了。

"胜负五五分吧，虽然他有着帝级的实力，不过我那万年前能够与法则强者战斗的意识，也不是白白得来的。"敖天淡淡地笑道，刚毅的面孔中，却有着岁月所抹不去的桀骜。

"在与提托奥迪斯精神力相斗之时，他也发现了我的精神力，远高出本身的实力，如果他在与我交战的时候，把我认为只是普通皇级的话，那么他会吃大亏的。"

望着敖天的笑容，刘枫轻点了点头，笑道："算了，走一步看一步吧。男儿行事，也不需拖沓，一切，都等和那家伙真正交上手时再说吧。"

"到时候若实在不行，就全部拥上去打，要是还打不过……那，那就闭关潜修，和那浑蛋比修炼速度。"刘枫恶狠狠地说道，仿佛下了多大的决心一般。

"呵呵，你这想法，倒是别致。"被刘枫逗得一笑，敖天拍了拍身上的泥屑，笑道："算了，走吧。折腾了半夜，继续赶路吧，这一路上，尽量多寻点凶兽，给你们练练手吧。九人中，就你和小金阶级最低了。"

"嘿嘿，别看我才普通神阶的实力，可就算是王级的强者，我依然有办法将他解决。看人，可不能光看表面哦。"刘枫双手抱着后脑勺，迈开四方步，晃悠悠地朝着白骨营之外行去。

苦行僧般的赶路，又在黎明将到时，再次开始了。

一路而行，刘枫九人再没有进入过一次别人的领域。除了每天晚上的歇息之外，一般九人都是专挑那种穷山险路而行，因为只有那些地方，才能隐藏着强悍的凶兽。与这些凶兽的搏杀，是获取经验和历练的必经之路。当然，得到它们的兽核，对众人的实力提升，更是大有好处的。

因为有着一月的期限，刘枫几人也并未那般疯狂赶路。一路上，刘枫在这片穷山恶水之间与凶兽缠杀，与心怀不轨的神魂斗争，倒也颇有几分趣味。

半个月的时间，便如此地缓缓而过。

此处山高谷深，一眼望去，便知其中的凶险。一般的游走神魂，都是会想尽办法选择绕道而行。不过，对于一些有实力的凶兽杀戮者，这种山岭，却是绝好的去处。

在山腰之上，九道人影，正在缓缓攀岩。九人虽然看似爬得颇为艰难，不过若是行得近了，便能发觉，这九人每一次的落脚，都会将坚硬的山壁，踩出一个个深浅不一的脚印来。那坚实的脚印，说明了这九人的实力不低。

九人之中，一个黑袍年轻人，忽然抬起头来，露出了那黑袍下的平和脸庞，原来正是刘枫。

刘枫眯着眼，望着那山顶处，笑道："血爪，那上面真有一只王级顶段的凶兽吗？"

"应该不会错的。"他身后，血爪点了点头，回应道。自从上次听晓了刘枫的恐怖修炼速度之后，血爪也逐渐地对他不再那般冷言相向了。或许它也知道，照刘枫的修炼速度，超过自己，只是迟早的事情。

"嘿嘿，这半个月，我们杀了恐怕有十几只王级凶兽了吧？嘿嘿，我可单独杀了一头哦。"小金回转过头来，对着刘枫灿烂地嘿嘿笑道，这小子并没有因为苦行僧式的赶路，而消磨掉他阳光的一面。

一脚踢出，将小金踢得赶紧小跑几步，刘枫笑骂道："你个浑小子，若不是你捡了个便宜，那王级中段的凶兽，岂会那么容易就被你解决掉？"

位于队伍之首的敖天，瞧得两人的嬉闹，无奈地摇了摇头。脚步忽然一顿，沉声道："别闹了，山顶有人。"

"哦？"听到敖天的话，刘枫脸色也是微惊，轻声问道，"难道还有别的杀戮者，前来猎杀吗？那可是王级顶段的凶兽啊，就算是加拉大哥四人，恐怕也得费上一些时间吧？"

加拉轻点了点头，视线凝视在山顶之上。不知是想起了什么，眼瞳红芒微闪，淡淡地说道："我们四人，在凶兽杀戮界的确名列前茅，可在我们前面，却是还有

第123章 敖天VS恐惧大魔王

着两名更为恐怖的杀戮者……"

"一鳄一狐四杀者,这便是凶兽杀戮界中的排名。四杀者,便是说的我们四人,一鳄一狐,便是真正的第一与第二。并且,他们都是独行侠。"巫师微笑着,接着说道。

"一鳄一狐四杀者?"刘枫眉头轻挑,微偏着头,问道,"那,山顶上的人,是鳄,还是狐?"

加拉笑着摇了摇头,脚步微微加快,边走边道:"是鳄是狐,看看不就知道了。我们队伍中有敖天老哥,有血爪,有火炎,难道还怕他们不成?"

刘枫摩挲着下巴,微笑着点了点头。忽然对着其他几人,向山顶处挥了挥手。

九道黑影攀爬的速度猛地增快,犹如猿猴一般,急速对着那高耸的山顶,攀爬而去。

第124章

一网打尽

第124章 一网打尽

刘枫九人速度迅捷，很快闪掠上山巅，放眼望去，这才发现，在这座山的内部，充斥着缓缓流动的炽热岩浆，赤红色的岩浆轻轻拍打在山壁之上，拖拽出一道道岩浆碎流。

那火山般的洞口中，火元素极其充沛，无数道火红色的细微光点，在火山中调皮地蹿动，带起一阵阵扑面而来的炽热高温。

在火山里岩浆之中，一头巨大的凶兽，正在嘶鸣着。十二只巨大的红色利爪，自岩浆之中探出，将四周坚硬的山壁，抓出十二道深深的印痕。这巨大的凶兽，在火山的岩浆内不断地翻腾着，不断地将山壁抓出印痕。看它那副不断折腾的模样，貌似极为的痛苦。

刘枫等人视线再次上抬，停留在了山巅之上的另外两道黑影之上，一位黑影身材颇为壮实，另外一位，却是显得较为矮小。

在刘枫几人打量着对面两人之时，那两道黑影同样发现了他们。在微愣了愣之后，那两道黑影的眼瞳中，淡淡的杀意毫不遮掩地流露而出。显然，这两人对刘枫一行人的到来，很是不欢迎，甚至有些厌烦。

瞧着那充斥着杀意的森然视线扫过，敖天一声冷哼，猛地一脚跨前，强横的气势透体而出，毫不客气地对着那两道黑影，蛮横地扫去。

望着那大汉忽然爆发的强横实力，两名黑影，皆都是惊讶的一声低呼，手掌猛地狠击而出，带着呼啸的破空劲气，以倒退一小步的代价，将敖天这记气势冲击抵御而下。

望着身前那碎成粉渣的一路巨石，两道黑影，脸色同时一变，再次望向刘枫一行人的目光中，杀意已经极为自觉地收敛了起来。

虽然两人的杀意，只是在表面之上收敛了起来，不过敖天也并未再次出手。

"两个皇级初段的家伙。"敖天拍了拍手,回转过身,将两人的实力道了出来。

"皇级初段么?这两人,想必便是那一鳄和一狐了吧?只是这两个家伙,怎么会跑到一起来了?"加拉眉头一皱,疑惑地问道。

"看他们的目标,好像是火山中的那大家伙吧?"刘枫微偏着头,对着火炎笑道,"火炎,你也是火系凶兽中的霸主了,能够知晓那个东西是什么来路吗?"说着话的同时,刘枫手指,指向那火山之中的庞然大物。

火炎一双赤红的眼睛,在火山中扫视了片刻,点了点头,略带着惊讶地道:"是颇为少见的炎魔狮蛛,而且还是一只刚刚晋入皇级初段的炎魔狮蛛。刚才或许是因为这家伙晋级不久,气息一直徘徊在王级顶段,所以血爪的感应,这才出了一点错误。"

"皇级初段?那东西也是皇级凶兽?"刘枫眼睛微睁,惊异地问道。

"不止一个,这只炎魔狮蛛在生育。"忽然,血爪眉头一皱,沉声说道。

"哦?"刘枫眉头一挑,急忙望向火山之中,果然是见到一个,足有几个人大小那般的小蜘蛛,缓缓地在炎魔狮蛛小腹处爬动着。

"难怪这东西痛苦成这模样,原来是在生育。那两个家伙,恐怕就是打它的主意吧?"刘枫了然地点了点头,下巴对着远处的两道黑影扬了扬。

"能够让邪鳄与狡狐动心的东西,恐怕也就只有同级别凶兽的兽核了。"巫师点了点头,说道。

"皇级凶兽,若不是彼此实力相差太大,一般极难杀死。毕竟就算战败,以皇级凶兽的机智与速度,想要逃跑并不是难事。而这只炎魔狮蛛在生育的时候,实力会降低到王级中段左右,然而它的实力虽然降了,兽核却依旧是皇级。恐怕就是因为这个原因,它这才被邪鳄与狡狐这两个家伙给盯上了吧?"加拉瞟着那翻腾的炽热岩浆,淡淡地道。

"我们抢不抢?皇级凶兽的兽核,那可不是普通之物哦。"小金那双漆黑的眸子,闪烁着狡诈,抓着脑袋,面带憨厚的笑容,却是吐出与憨直丝毫沾不上边的话语。

"你这小子,思想越来越卑鄙了,哪还有神龙的样子?"刘枫板着脸,一巴掌拍在小金脑袋之上,瞧着小金那家伙,夸张地大呼小叫了一阵之后,这才摩挲着下巴,颇为阴险地笑道:"不过那两个家伙也不是什么好人,而且此处也不是他们自

第124章 一网打尽

家的地盘，那炎魔狮蛛，更不是他们豢养之物，所以嘛……宝物，还是有缘者得之为好。"

"你比我更无耻，抢就抢呗，你竟然还能说出这么冠冕堂皇的话来。"小金翻了翻白眼，忍不住对着刘枫送出一根中指。

"那两个家伙要出手了。"敖天的低声，将刘枫与小金的嬉闹打断了下来。

几道视线急忙移动，果然是见到那两道黑影，已经急速地闪进了火山口之中。

一道黑影，明显速度领先于后面的黑影，脚尖在光滑如镜的山壁之上轻点，速度再次快上一分。双拳之上，红芒闪动，狠狠地砸在一只疾射而来的红色利爪之上。

生育中实力大降的炎魔狮蛛，哪是皇级初段的对手，那看似坚硬的利爪，在黑影的一拳狠砸之下，径直断裂开来，爪间炽热的岩浆，四射飞溅。

遭受如此重创，炎魔狮蛛仰起丑陋的脑袋，发出一声凄厉的嚎叫，小腹部的小蜘蛛，再次挤出一截身体。

"死吧。"黑影再次闪动，那拳头之上，红芒极度凝缩。最后居然形成了一只犹如在奔跑的红狐，红狐尖利的爪子，狠狠对准炎魔狮蛛额头猛抓而下。看这一击的声势，若是被击中，现在极度虚弱的炎魔狮蛛，肯定难逃一死。

然而，就在红狐即将击中目标之时，一股凶猛的劲气，猛地自头顶之上出现，狠狠地对准黑影袭击而来。

"该死的邪鳄。"一声低骂自黑袍中传出，狡狐知道，若是自己执意将炎魔狮蛛击杀，那么上面那凶残的邪鳄绝对会趁着这机会，给予自己致命的一击。

在皇级兽核与自己的生命这二选一之中，狡狐只是迟疑了瞬间，便选中了后者。

身躯在毫无借力的半空中诡异地扭转，奔腾的火狐改变目标，对着头顶之上，狠狠攻去。

"砰！"强猛的能量爆炸，在火山之中爆发，带起飞射的炽热岩浆。

两道黑影倒射而出，双掌狠狠抓进那光滑的山壁之间，彼此森然地对视着。

"嘿嘿，这两个家伙，原来也是各自心怀鬼胎啊。"瞧着那下方的三方混乱战斗，刘枫笑道。

"呵呵，在神之战场，这种场面并不罕见。"加拉笑着摇了摇头，接着说道，

"邪鳄与狡狐,谁都想找机会致对方于死命。不过,却因为对方的严密防御,无机会下手罢了。若是他们其中任何一个人,寻出对方不小心露出的破绽,那么,两人之中,必有一死。"

"死便死吧,与我们没半点关系。最好两个都死了,那样,我们还能多得两滴皇级的死灵液呢。"敖天双臂抱在胸口,冷笑道。

火山之中的战斗,在刘枫几人看好戏的目光中,再次火热升级。一股股炽热的岩浆,在能量的推动之下,暴射上百米,猛地跃上半空,轰然而落。

火山中的三方战斗,炎魔狮蛛明显处于最劣势。若不是狡狐与邪鳄彼此牵制、彼此忌惮的话,恐怕它早已经被宰了。不过,就算如此,现在的炎魔狮蛛,也是遍体鳞伤,鲜血自一道道恐怖的伤口中,溢流而出。

又是一记凶猛的劲气狠狠砸下,又将炎魔狮蛛最后的三只手臂,砸断一只。

一声凄厉的嚎叫,在这股劲力的袭击之下,炎魔狮蛛小腹处,那小蜘蛛也终于是顺利地生了出来。

瞧见那在岩浆中划荡的小蜘蛛,炎魔狮蛛不仅没有露出身为母亲的疼爱,那双赤红的眼瞳中,却是闪烁着森然的狰狞。巨大的身躯微游,狰狞的巨口猛地一张,在小蜘蛛那疑惑的目光中,一口将小蜘蛛撕扯进口,尖利的牙齿在几个咬合间,带着令人毛骨悚然的骨骼脆响声,将小蜘蛛吞进了肚去。

炎魔狮蛛这突然的举动,惊骇了在场的所有人。当然,也包括那悬挂在山壁之上的邪鳄与狡狐。

火山口处,刘枫呆滞地望着自炎魔狮蛛那丑陋的嘴角溢流而下的鲜血,自心底冒出一股森寒之意,带起满身倒竖的寒毛。

谁都没有想到,炎魔狮蛛居然会吞噬掉自己刚刚生出的孩子。

山巅气氛一片凝寂,充斥着岩浆的炽热火山之中,却是弥漫着一股森寒,那骨头在碎裂间,发出的"嘎吱"声,更是令人毛骨悚然。

"早就听说炎魔狮蛛是至凶至残的魔兽,今日一见,果然不假啊。噬子这等凶残之事,就算是在这片混乱的神之战场,那也是极为的让人感到不可思议。"沉默了良久,火炎轻声叹道,他虽然同样不是良善之辈,不过噬子这等恶事,他却是无论如何都做不出来的。

第124章 一网打尽

"炎魔狮蛛,在怀孕之时,会将其丈夫吞噬,然后实力逐渐地提高一个级别。若是待到生出孩子之后,炎魔狮蛛一般会在小蜘蛛生长了一年之后,再将之吞噬。而吞噬了亲子后,炎魔狮蛛的实力将会再次提高。"血爪缓缓地道,"这次,或许是炎魔狮蛛被那两个家伙逼急了吧,所以这才会将刚刚出生的小蜘蛛吃掉。"

"好毒的蜘蛛。"闻言,刘枫倒吸了一口凉气。吞夫吞子,这炎魔狮蛛,的确不愧那至凶至残的名头。

"炎魔狮蛛要进化了。"敖天忽然沉声道。

众人听着声音,急忙望去,果然是见到那岩浆溢流的火山口之中,一圈浓烈的赤红光芒,自吞噬了亲子的炎魔狮蛛身体中猛地爆发而出。

"轰!"炽热的岩浆,被这股强横的红芒突兀地炸起,掀飞百丈多高,在天空之上,急速洒落,犹如火山喷发一般。

瞧着那越加浓烈的红芒,狡狐与邪鳄脸色都是一沉,斗气笼罩身躯,将那炽热的岩浆抵御而去,各自向光滑的山壁之上,退了几十米后,这才微感安心地止住身形。

红芒越加浓烈,也越加扩散,只是片刻时间,整个火山口,都已经被覆盖上了一层淡淡的红芒。

一声声难听的刺耳嘶鸣声,不断自火山之中传出,嘶鸣的声音,让刘枫几人眉头大皱。

"小心点,那畜生的气势在急速增加。"敖天挥了挥手,沉声道,"现在已经恢复到了皇级初段的实力了,并且还在攀高。"

"这东西居然能在如此短的时间,攀升这么高的实力?"闻言,刘枫略微惊骇,短短十几分钟的时间,就从王级中段升到皇级初段,这速度,未免也太恐怖了吧?

"只是暂时的,吞子后的炎魔狮蛛实力的确会大涨,不过待得两天之后,实力便会慢慢退缩,重新稳定到以前的境界。"血爪摇了摇头,沉声说道。

"那东西出来了!"一旁的火炎,低声道。

两根如同是金属打造而成的利爪,带着无数的细小齿口,猛地自火山岩浆中探射而出,带着尖利的破风之声,狠狠地刺向光滑山壁之上的狡狐与邪鳄。

金属利爪刺出的速度极为恐怖,几乎眨眼便至,望着那闪烁着森寒的爪尖,狡狐二人再不敢像先前那般托大,脚尖在山壁之上急速点动,两道黑影猛地闪掠而出。

"哧。"两声轻微的脆响，那被火山熔岩不知道锤炼过多少次的山壁，被两根金属利爪，如同豆腐一般，穿透而进。

一击不中，利爪猛地上扬，带起两条巨大的手臂，毫不客气地紧紧追在两道黑影之后。

两道黑影猛地一跃，居然已经是被那两只利爪，给逼出了火山口。

火山口中，红芒逐渐退去，终于是露出了其下那狰狞的恶兽。

赤红色的甲壳已经不在，取而代之的，是一身犹如金属所制造的泛着黑光的坚固铠壳。那笼罩在坚固铠壳之下，一双赤红兽瞳，随着凶残的杀戮，视线较之以前，更加森冷。

十二只带着无数细小切齿的金属臂爪，狠狠地刺进坚硬的山壁之中。

很明显的，现在的炎魔狮蛛，对于那虚空上的两道黑影，极为地怨恨。虽然他们已经出了它的领地圈，但炎魔狮蛛并不打算因此而放过他们。

十二根利爪在坚硬的山壁之上划动，巨大的身躯猛地跃出熔岩口，狰狞的巨嘴中，发出一声凄厉的嚎叫，炽热的深紫色火球，自巨嘴中喷发而出，连绵不断地对着虚空上的两人，疾射而去。

无尽的深紫火球，遍布虚空，将两道黑影完全地包裹其中。

深紫火球，在完成包围之后，紧紧地一缩，恐怖的能量爆炸，猛地释放而出。

"轰，轰！"

望着虚空之上那犹如烟花般灿烂的紫色焰火，刘枫的脸色微微凝重。

"只是高出了一个级别而已，居然便能将两名不知道经历了多少场战斗的初段强者，搞得这般狼狈，这一个级别间的差距，当真有这么大么？"刘枫心中思量着。

虚空，紫焰逐渐消散，显出其中的两道略显狼狈的黑影。

低头瞧着自己那破烂不堪的黑袍，邪鳄一声愤怒的低骂，脚掌在虚空狠狠一踏，身形闪现而下，以鬼魅的速度避过几根金属臂爪的拦截。那黑袍之下的手掌猛地探出，其上青光大盛。待得片刻，那只手掌居然诡异地变成了一个巨大的鳄头，鳄嘴之中，锋利的尖牙闪烁着森寒。

"铛。"身形诡异地扭动，邪鳄的身形，突兀地出现在了炎魔狮蛛头顶之上，巨大的鳄嘴，带着巨大的咬合力，狠狠地啃在了炎魔狮蛛那闪烁着金属光泽的脑

第124章 一网打尽

袋之上。

耀眼的火花，自鳄嘴与炎魔狮蛛头顶之上暴射而出，一阵阵令人牙酸的声响嘎吱嘎吱地响个不停。

四根金属利爪带着尖利的破风之声急速而来，邪鳄赶紧闪身而退，身形几个扭转间，便已经出了炎魔狮蛛的攻击范围。

"好强的防御能力。"邪鳄腾上虚空，望着炎魔狮蛛脑袋上的一排白印，惊异地道。

"嘿嘿，邪鳄，你一个人好像对付不了这畜生啊。"瞧得邪鳄的狼狈模样，狡狐怪笑道。

"皇级中段的凶兽，你一个人行吗？"邪鳄冷笑道。

"我自然也不行。"狡狐嘿嘿一笑，说道，"我们或许可以联手。"

"我们不是已经在联手了吗？"邪鳄拂了拂袍子，沉声道。

"嘿嘿，你在与炎魔狮蛛动手的时候，起码放了四分的注意力在我身上，若是你能全神相战，以你的战斗经验，岂会如此狼狈？"狡狐微笑道。

"我若不对你注意点，恐怕你的目标，就直接会从皇级兽核变成皇级死灵液了吧？"邪鳄阴冷地道。

"你应该明白，我们单打独斗，根本不可能击败进化后的炎魔狮蛛。想要得到兽核，也只有这个办法。至于最后兽核到底归谁所有，先杀了这畜生再谈不是很好么？"狡狐淡淡地道，瞟了一眼下方已经按捺不住的炎魔狮蛛，赶紧又说道，"快点想好吧，时间不等人，那边那领头之人，实力也好像是皇级中段的强者。"

"动手！"突然抬起头来，邪鳄一声低喝，身形猛地下扑，居然是率先对着炎魔狮蛛，扑了下去。

"嘿嘿，就知道你这贪婪的家伙不会放弃的。"瞧着身前的黑影，狡狐在心头冷笑道。

两道黑影，急速闪掠虚空，一左一右，对着炎魔狮蛛，展开了连绵不断的凶猛攻击。

巨大的火山，在两人一兽的激烈战斗之下，发出了地动山摇的晃动，一道道巨大的裂缝，自山顶之处漫延而下，直至半山腰处。

望着那陷入白热化的战斗，刘枫摩挲着下巴，笑道："我们不会就只是在这看戏吧？"

"看戏？嘿嘿，还没到动手的时候呢。那只狐狸极为狡诈，就算是现在，那家伙依然放了两分心神在我们身上。"敖天冷笑道，"皇级的强者，想要逃跑，一般很难拦截，我或许可以拦下一个，不过血爪和火炎却是不行，想要把这三个东西全部留下，最好等他们都受点伤。"

"你也太黑了吧？连那两个家伙都不放过？"刘枫略感惊讶地道。

"浑蛋，你和小金两个大胃王，一路来不知道吸收了多少王级兽核。皇级的死灵液较之同等级的兽核，少了几分凶厉之气，经过我的引导，你们两个或许也能够吸收。吸收了皇级死灵液，你们说不定还有机会突破到王级呢！"敖天瞪了一眼刘枫，傲然地道。

"呃，那，那就顺便宰了那两个家伙吧。反正宝物是有缘者得之，你们说，是不是这个道理？"闻言，刘枫摸了摸鼻子，呵呵地笑道。

对于转变得这般快的无耻话语，回应刘枫的，是一排大大的白眼。

雄伟的山巅之上，炽热的岩浆自火山口中溢流而出，沿着一道道巨大的裂缝，急速地滚落下山。

三道影子，在火山口处，激烈的交锋着。每次劲气的击出，必然会带出一道巨大的裂缝。

此时的战圈中，两人一兽，也不再复先前的凶猛，攻击的速度，也是微微放缓。

狡狐与邪鳄身体之上的黑袍已经尽数破碎，露出掩藏在其下的黝黑魔甲，那坚固的魔甲之上，有着几道深深的切痕，看切痕的印记，应该正是炎魔狮蛛的杰作。

炎魔狮蛛虽然已经进化，不过在狡狐与邪鳄这两位经常在刀口舔血的杀戮者疯狂攻击之下，也已经不复刚才的凶猛。那身坚固的金属铠甲，也是出现了一丝丝细小的裂缝，十二根坚固的金属臂爪，也被两人砸断了四根。

再次被炎魔狮蛛将魔甲切出一道深痕，邪鳄眼瞳中，愤怒猛地爆发而出，脚掌在地面猛地一踏，身形避过金属臂爪的袭击，鬼魅般再次出现在了狮蛛巨背之上。

一声大喝，强烈的青光自邪鳄身体中爆发而出，青光将其完全包裹，逐渐发生着诡异的变化。

青光忽然一凝，一头巨大的能量青色巨鳄，凭空出现，鳄鱼巨嘴猛地一张，狠

第124章 一网打尽

狠地将狮蛛半个身子咬进嘴中。

"死亡翻滚！"一声嘶哑的低喝声，自能量巨鳄口中爆发而出。随着音落，那巨大的能量鳄，忽然高速地旋转了起来。高速的旋转速度，竟然直接将空间荡出一圈圈涟漪。

强烈的火花，在炎魔狮蛛背上不断闪现。

背上的剧烈疼痛，让炎魔狮蛛发出一阵凄厉的尖嘶，八只巨大的金属臂爪，疯狂地对着那高速旋转的能量巨鳄，疾刺而去，不过却被弹射而开。

"砰！"一声爆炸，猛地在炎魔狮蛛背间响起。

一道黑影猛地弹射而出，在地面之上，狠狠地擦出一道几十米的深痕。

黑影缓缓地爬起身来，的确是邪鳄。此时这家伙的眼中，正闪烁着嗜血的疯狂，瞧着那被撕去了小半块身体的炎魔狮蛛，森然地笑道："畜生，跟我比狠，老子邪鳄的名头，可不是白白得来的。"

那火山口处，炎魔狮蛛那巨大的身子，居然被邪鳄刚才的那一击，给活生生地撕下了一小半块儿。

背间传来的剧烈疼痛，刺激得炎魔狮蛛几欲发疯，八只金属臂爪，疯狂地在身前狂舞着，巨大的火山岩石在锋利的臂爪间轻易被切成了碎片。

一道黑影再次闪掠，巨大的火狐的利爪，刁钻地击中炎魔狮蛛那不断淌着鲜血的狰狞伤口。

"嘶……"又是一声尖利的嘶鸣，炎魔狮蛛终于是被这接连的剧烈打击给逼得失去了理智。凶恶的兽瞳中，赤红几乎要成为实质，炎魔狮蛛拖动着不断淌血的身躯，对着两道黑影，展开了拼命的攻击。

瞧着场中那混乱的局势，敖天淡淡一笑，回转过头，说道："该出手了。"

"血爪、火炎，你们拦住那两人，我先解决凶蛛。加拉，你们四人注意保护刘枫和小金。"一声低喝，敖天身形化为一道金光，径直闪现在疯狂攻击的炎魔狮蛛面前。

已经失去了理智的炎魔狮蛛，哪会发现身前已经换了个人，金属臂爪依然狠狠地切割而下。

"猖狂的畜生，噬子这种事也做得出来，去死吧！"冷喝一声，敖天拳头之上，金光澎湃，巨大的龙头带着恐怖的威势弥漫而出。龙头巨张，带起一圈圈不断扩散的涟漪，狠狠地击中在炎魔狮蛛身体之上。

"砰!"一声剧烈的爆炸,让整座山岭微微晃了晃。

一道巨大的影子,自金光暴射处倒飞而出,在地面之上,擦出一道百多米的深痕,这才一头撞进了火山熔岩之中。

一击中标,敖天并未就此停手,脚掌再次在地面之上狠狠一踏,身形闪进火山熔岩之中,金光暴涨。

一声声畅快的龙吟,以及凄厉的痛嘶声,自火山中不断传出,一股股恐怖的金色能量,自火山中弥漫而出。

望着那自火山顶一路漫延而下的巨大裂缝,狡狐与邪鳄脸色骤变,看那壮汉将炎魔狮蛛打得没有丝毫还手之力的模样,实力至少是皇级顶段的强者。两条身影猛地自地上爬起,两人身形展动间,竟然是各分东西,便欲直接闪身而逃。

然而,两人刚刚闪上半空,两道身影却是各自突兀闪现,已然将两人给拦截了下来。

青光与红芒暴射而出,两道巨大的身影,现于狡狐二人眼中。

瞧清那拦在身前的巨大凶兽,狡狐二人眼瞳骤缩,嗓子,忽然有些发干。

"噬天雕,血爪……"

"火焰君主,火炎……"

干涩的声音,自两人嘴中缓缓吐出。

"这两个十万大山的凶兽霸主,怎么会出现在此处?那群人,到底是何来路?"狡狐眯着眼,心头不断地转着念头。

一声尖利的嘶鸣,忽然将心神有些恍惚的两人,给惊了回来。这时,两人才想起了,后面的火山里,还有一个更恐怖的存在。

"不能再留在这里了。"一声低骂,狡狐脚掌在虚空一踏,身形猛地转弯,疯狂地对着西方疾掠而去。

狡狐有了动作,邪鳄也是不敢有丝毫停留,身形猛地下沉,赶紧急闪而逃。

两道巨大的身影同时展动,凭借着自身的巅峰状态,每次都能抢先,将两名已经受了伤的黑影,拦截而下。

又一次被拦,狡狐一声低骂,身形忽然一晃,四道镜像猛地自身体内浮现而出,然后分为四个方向,疾掠而出。

这突然的变故,让得血爪也是微微一惊,身形稍稍滞留了片刻,四道身影居然已经出了这座山岭的领空范围。

第124章 一网打尽

"血爪，追东边的那条！"虚空底下，刘枫的喝声迅速传来。

血爪巨大翅膀猛地振动，对准东边的那道身影疾追而去。

虚空之上，两人两兽，在各自拼尽全力，展开着生死拦截。而那一声声自火山中响起的嘶鸣，更是如同催命的丧鼓一般，刺激着邪鳄与狡狐那绷紧的神经。

虽然狡狐两人的实力确实与血爪和火炎相差无几，不过，此时的两人却是在先前与狮蛛的战斗中受伤颇为不轻，在此消彼长之下，却也是难于甩脱血爪二兽。

在一道巨大山壁破碎之声下，那一直嘶鸣的难听嚎声，终于是完全地止了下来。

虚空的拦截，微微一顿，争斗双方的眼角余光，都是不自觉地扫了扫，那火山熔岩疾射的山口之中。

一道壮硕的身影，缓缓地自火山口闪跃而出。粘满全身的鲜血，让得那彪形大汉更添上了几分凶悍。

敖天抬起头来，望着虚空上的两人，淡淡地说道："该你们了。"

"这位朋友，我们并没有过节，何必与我们为难？"被那森然的目光扫过，狡狐急忙问道。

"你也是在神之战场生存了很久的人了，竟然说出这般幼稚的话来。在这片混乱的空间，杀戮，需要理由吗？"敖天笑着讽刺道，"刚才若不是你们忌惮于我的实力，恐怕你们应该会选择将我们一行人给先行灭了吧？"

狡狐眼芒闪烁，刚才若不是心对这大汉有着忌惮之意，他与邪鳄还当真会把这九人给宰了。

"大家都是同样的人，何必跟我装模作样。"冷笑一声，敖天不再废话，脚掌在地面狠狠一踏，身形犹如炮弹般地弹射上空，鬼魅般闪现在狡狐身后，金芒暴闪而出。

澎湃的能量，带着龙吟声，将这片虚空完全凝固。虽然空间的凝固只能延迟狡狐身体半瞬，不过这对于敖天来说，却是已经足够了。闪着金光的拳头，狠狠地砸在那笼罩在魔甲之下的脑袋上，带起猛烈爆炸。

金光散去，一滴青芒闪动的死灵液缓缓浮现，在日光的照耀下，发出神秘的光泽。

翻手将死灵液收起，敖天身形鬼魅闪动，金光再次暴射。

巨大的龙头，在邪鳄惊恐的视线中，不断地放大，然后，狠砸而至。

两名皇级初段的强者，在敖天手中，便如此轻易地陨落了去。这不得不说，有着万年前战斗意识的敖天，对他们来说，当真是一个恐怖的存在。

　　望着虚空中，那有些虎头蛇尾的战斗，刘枫忽然自心底升出一点期盼之意："万年凶龙与神之战场三巨头之首，他们的战斗，究竟谁能胜出？"

　　天灾国度里，人们早都沸腾了。

　　敖天这头万年的华夏神龙，和恐惧大魔王提托奥迪斯，这两强的决战，不仅天灾国度的臣民期待，就连刘枫这个从来都不服输的倔强小子，也开始期盼了。

　　由于上次敖天与恐惧大魔王在"天灾国度"那场精神力的交锋，被无数的神魂收进眼中，这一个月以来，"天灾国度"中的气氛，不知何时，已经再次火热了起来。

　　五百年之前，恐惧大魔王提托奥迪斯，凭借高于法兰克和奥术法一个级别的优势，在与两人的争斗中，取得了现在这块神之战场最宽阔，同时也是能量程度最浓厚的领地。

　　在这片强者为尊的土地之上，恐惧大魔王提托奥迪斯、堕落天使法兰克、邪恶巫师奥术法，他们，可以说是无可厚非的天才人物。三人，都是那般的惊世绝俗，同样的，三人，也都是那般的傲气。这三名统领神之战场四分之三神魂的王者之间的战斗，那才是真正的惊天动地。

　　而眨眼间，五百年便如此的度过去了，可是像上次的，在这庞大国度中的那般惊天大战，整个神之战场的神魂，也同样是足有五百年未曾见过。如今这次突如其来的神秘强者挑战，却是将这块神之战场神魂们的目光，再次聚集了过来。

　　有神秘强者挑战恐惧大魔王提托奥迪斯的消息，如同长了翅膀一般，在短短一月之间，便扩散了大半个神之战场。无数神魂怀着好奇，自遥远的地方向着天灾国度急速赶来。

　　同样的，神秘强者挑战恐惧大魔王提托奥迪斯的消息，也是迅速地传进了神之战场那另外两大势力之中。

　　法兰克所统率的堕落天使部落。

　　奥术法所掌管的巫师盟。

　　一队队精锐的探子，带着各家大人的指令，马不停蹄地赶向那座庞大的领域

第124章 一网打尽

国度——天灾国度。

九道人影，缓缓在天际飞行着，望着那自身后犹如赶命一般，对着前方猛冲的神魂们，刘枫眉头疑惑地挑了挑，低声道："最近，一路上所遇到的神魂，是不是太多了点？"

"的确有些异常，这往来的人流量，实在是太大了点。"加拉点了点头，不过表情同样显得有些迷惑。

"血翼，去抓一个问一下。"巫师对着血翼笑道。

"又是我……"颇为无奈地耸了耸肩膀，血翼腾身而下，将一名神阶的神魂拦截而下，再次展露出那独特的问事之法。

片刻之后，血翼满脸古怪地腾身而上，瞧着那八双盯在自己身上的视线，苦笑道："哦，这些家伙，是赶去看戏的……"

"看戏？"敖天眉头一皱，斥道，"你这家伙，说清楚点。"

"没错，是看戏，而且还和我们有关……"血翼耸了耸肩，苦笑道，"敖天老哥，你和提托奥迪斯比拼的时候，难道还被别的什么人看见了么？"

"嗯，而且还不少。当时我们的拼斗，将宫殿震成了废墟，那座城市的大半人，都应该看见了吧？而且提托奥迪斯邀战之话，并没有刻意隐瞒。所以，那些居民，应该也是知晓我们与恐惧大魔王的约战吧。"敖天不在意地点了点头，说道。

"难怪……"血翼点了点头，笑道，"现在敖天老哥要与提托奥迪斯比斗的消息，已经传遍了整个神之战场。那些家伙，应该就是准备去天灾国度看好戏的。"

"竟然闹这么大动静了？"闻言，刘枫眉头微皱，若是在万众瞩目的场合下战斗，那种被人将什么东西都给死死盯住的感觉，让他心中颇为不喜。

"这也没办法，像恐惧大魔王那种人物，任何的举动都会造成极大的动静。更何况，这还是五百年之间，他的第一次出手。这些神魂，哪能不想赶紧凑上前去，瞧瞧魔王英姿，嘿嘿。"血翼嘿嘿地笑道。

"算了算了，到了这地步，就是想后悔也没机会了，反正硬着脖子上吧。"事到如今，刘枫也只得苦笑着摇了摇头。就算想改变，目前也无可奈何了。

"反正，到时候是敖天前辈打前锋，我们在后面帮你呐喊助威吧。"刘枫拍了拍敖天的肩膀，苦中作乐地嘿嘿笑道。

"你小子……"敖天无奈地摇了摇头，视线在小金与刘枫身体之上扫了片刻，有些心疼地道："你们两个家伙，当真是白费一滴皇级死灵液了，那么庞大的能量，居然除了让你们体内能量更加凝实之外，便只取得那么一点点的效果。哎，真是糟蹋了。"

闻言，刘枫与小金也只能对视一眼，嘿嘿发笑。他们也搞不清，为何吸收了皇级死灵液后，两人却没能晋级，也许还是需要某种契机吧。

"算了，继续赶路吧。明天中午的时候，我们应该便能抵达提托奥迪斯的'天灾国度'了。到时候，再在领域中休整一天，然后，就与提托奥迪斯开战吧。"加拉语气微微一顿，轻笑道。

"不过，我很期待敖天老哥，与提托奥迪斯战斗的结局……"刘枫微抿着嘴唇，颇有些没有良心地笑道。

"同感，同感。"几声轻笑，自加拉几人嘴中传出。

"一群浑蛋啊。"无奈地横了几人一眼，敖天脚掌在虚空一踏，身形已经急掠而出。

九道光影，自虚空闪掠，那领头人的强横气势，蛮横地将挡在前边的阻碍横扫而去。

望着那九道一闪即逝的光影，漫天的神魂只发出一声低骂："该死的，冲得这么快，你们难道还想去挑战恐惧大魔王么？"

一天的时间，在九人马不停蹄的赶路间迅速而过。

待到日过中天之时，刘枫几人的目的地，也是终于到达了。

站立在山巅之上，刘枫望着远处，那里，被浓烈的红芒所掩盖，令人心头微感恐惧的恐怖空间波动，自红芒中缓缓散发而出。在红芒之外，无数道神魂正在急速地穿梭进入那巨大的领域之中。

虚空之上，一道道光影闪掠而逝，在即将临近红芒之时，身形便已经诡异地消失了。

"好壮观的领域，这便是那天灾国度了吗？"刘枫轻吸了一口气，轻声问道。

"呵呵，'天灾国度'，应该可以说是整片神之战场中最庞大的领域了。这还只是外界的景观，若是进入了其中，那林立的城市，或许会让你如同再次回到远古的时候。在这片'天灾国度'之中，你可以不必再为随时都需要防备的暗杀所惊扰。因为，在这个国度中，任何的私自杀戮，那都是违法的。而违法者，自然会遭受到护

第124章 一网打尽

卫队的截杀。"巫师微笑道。

"在这里，竟然还有法令的存在？"闻言，刘枫惊异地问道。

"呵呵，恐惧大魔王提托奥迪斯，也的确是一位合格的君主。这天灾国度，或许是这片神之战场为数不多的净土了。在这点上，就算是我们这些流荡的凶兽杀戮者，也颇为佩服这位巨头。"加拉笑道，话语中有着淡淡的敬佩之意。

微微点了点头，抛开彼此立场不谈，刘枫心头也是对那提托奥迪斯颇为佩服。在这片充斥着杀戮与混乱的战场中，想要建立一个有着法制的国度，那种困难，简直如同登天。

"我对与那家伙的见面，也是越来越期待了。"身后，敖天的淡淡笑声，缓缓传来。

"如此，那便动身吧。"刘枫搓了搓手，那沉寂了许久的心间，也是微微地泛起一股火热。恐惧大魔王，提托奥迪斯，我貌似也很期待啊。

几道身影弹动间，径直自那几百丈高的山巅之上跳跃而下，在即将接触地面之时，身形猛地止住，再次几个腾跃，终于是进入那圈红芒的笼罩之下。

进入天灾国度，并没有像以前那些领域般，有着守门人。这里，似乎能够自由通行，并且不需要任何的报酬。

眼前红芒微闪，刘枫眼睛微花，那一片红芒便已退散而去。再次出现在视线之内的世界，让刘枫嘴巴微张。

"这便是天灾国度吗？"喃喃声，自刘枫嘴中轻轻吐出。

在那片无边无际的土地之上，每隔万米，几乎便有着一座巨大的城市拔地而起。巨大城市中，人影闪烁不停。

进入到这片世界，刘枫发现，那弥漫战场的凶厉之气，在此处，也是薄弱了不少。

"果然不愧是能够以国度为名的领域啊，这种繁华程度，恐怕神之战场，还没有其他任何一个领域，能够与之比过吧？"

很轻松地就进入了天灾国度，既没人守门，也没人收死灵液。这种轻松自在，让刘枫他们一行人心情大好，话也多了起来。

第125章

大战开始

第125章 大战开始

一望无际的平原之上，城市林立，人影闪掠。望着那一幢幢充满着远古色彩的巨大建筑物，刘枫忽然有了一种错觉，就如同自己似乎是走进那万年之前，魔法文明最为鼎盛的年代一般。

"真是个好地方啊。"良久，刘枫终于从第一次的震撼中，回过了神来，衷心地发出一声低叹，赞道。

四顾，刘枫发现，那些进入天灾国度的神魂都会在进入那一刻，将自身的凶厉气息收敛起来，然后拿出平和的心态，迈进这所领域国度。

"的确很不错，这地方也的确算是神之战场中的一个另类了。虽然严禁了私自杀戮，不过这般充沛的能量汇聚程度，却也是弥补了神魂们的不少损失。"敖天点了点头，笑道。

"好了，各位，启程吧。"加拉微微一笑，话语顿了顿，沉默了片刻，对着刘枫与敖天正色道："虽然远距离传送阵一般神魂比较难以进入，不过对于我们来说，却并不存在着太大的问题。其实说到底，我们与提托奥迪斯的恩怨并不大，虽然他先是对我们通缉，不过那只是臣子被杀的正常表现。后来邀战敖天老哥，也只是因为被敖天老哥强横的实力引起了心中的战意，所以……"

话到这里，加拉望了望刘枫与敖天，瞧着他们脸色并未起什么变化之后，这才继续道："所以，在战斗之时，我觉得双方还是不要战得非要你死我活的那般地步为好。毕竟，若是提托奥迪斯真来个战死，恐怕这天灾国度，也会濒临毁灭的地步。呵呵，这不是我滥好人，作为一个在神之战场杀戮中存活了几千年的神魂，很多人都希望能够有一处让他们安心的居所。我想，我们还是不要把这领域毁了吧？"

听着加拉这忽然的感叹，刘枫微微愣了愣，旋即轻笑着，拍了拍加拉的肩膀，微抿着嘴，说道："加拉大哥，我刘枫虽然偶尔会有些狂妄，不过大局我还是能够看清的。若我们真是毁了这天灾国度，我想，或许我们会被神之战场上大半神魂所怨恨的。再者，你也说得很对，提托奥迪斯，与我们的确没有太大的恩怨，犯不着为了通过传送阵，而和他陷入生死仇敌之列……"

"而且，我也很佩服他，他是一位不错的王者。"刘枫狭长的眼睛微眯，微笑道。

"的确挺不错，我和他在精神力交锋之时，便察觉出那家伙的确有着其过人之处，将他的皇宫当着无数人的面震成废墟，还能够那般心平气和地邀战，这种胸襟，蛮不错。"敖天摸着下巴，笑道。

"你们再这般说下去，我看连和提托奥迪斯动手的意思都没了。"一旁的小金嘟囔道。

"嘿嘿，该动手时，我们不会留手的。"敖天笑了笑，大手一挥，豪迈地道，"走吧，去见见那提托奥迪斯有何神奇之处，竟然还能够让加拉这沉默寡言的家伙，说出这般长长的一番话来。"

"呵呵……"在几声善意的笑声中，九道身影急速闪动，在平原之上闪电掠过。

路途之上，刘枫再次见识到了天灾国度中的恐怖人气。广阔的平原中，人影不断闪现，一道道气息带着兴奋，迅速地对着那位于国度最中心的城市急涌而去。

进入这所"天灾国度"，刘枫几人也知道，在不久之后，便会将一切的实力暴露在无数人眼中，所以也不再行遮掩之举，小金那庞大的身躯瞬间在无数道骇然的视线中，闪现半空之上。

八道身影闪掠而上，手臂挥动间，小金立马翱翔，在天际犹如一道金光，微闪即消。

望着那消失在天际的一抹金光，无数神魂在呆愣了许久之后，终于是有人发出了惊呼。

"那九人，不是宰了赫古拉的家伙吗？"

"听说与恐惧大魔王挑战的神秘人，也在他们之中？"

闻着惊声，所有神魂先是一惊，旋即猛地拼尽全力，开始对着那所皇城赶掠而去。

小金的速度，明显是极为恐怖的，原本需要整整一天的疯狂赶路，却硬是被小金缩短了三分之二。

第125章 大战开始

一路而来，被小金那强横龙威所引来的神魂越来越多，神秘挑战者来到天灾国度的消息，也是以飞一般的速度，迅速扩散到了整个领域之中。

一场旷世之战，在无数人心头的期盼中，终于即将来临。

在天灾国度中，天空之上有着被能量所仿照的日月，当阳光走到天空正中之时，刘枫一行人，也终于是见到了那所豪华得堪称奢侈的皇城。

完全由魔法水晶所铸造的巨大城墙，在阳光的照耀之下，反射出淡淡的光芒。水晶中所蕴含的浓厚魔法元素，居然直接汇聚成一圈七彩光芒，将整座城市包裹其中。

在城墙之上，尖锐的箭塔耸立着，那一根根闪烁着森寒的丈长巨箭，随时准备着给予敌人致命一击。

在刘枫一行人打量着城市的时候，那满城早已在翘首等待的无数神魂，却也是同样的发现了虚空上的巨大神龙。

"那，那是什么凶兽？居然如此完美。"

"好强悍的威压，光是这股威压，恐怕便已经能够让神阶强者失去三分战力了吧？"

"难怪听说赫古拉那家伙会打人家主意，若是换作我，恐怕我也会对这完美的生物心生期盼了。"

"走吧，进城。"瞧着那不仅漫城越聚越多，就连身后的平原，也有被闻声赶来的神魂们围得水泄不通，刘枫颇感无奈地摇了摇头，说道。

"嗯。"几人点了点头，同时跃下小金身躯，闪落下地。

被那无数道视线紧紧盯住，刘枫苦笑地裹了下身上的黑袍，九道身影猛地化为黑线，径直对着那所皇城冲进去。

刚刚进入城市，十几道漆黑的影子，忽然诡异地自地面之上融结而出，将九人挡了下来。

"是天灾卫，是恐惧大魔王的亲卫王牌队啊。"

周围的惊讶声，将黑影的身份道了出来。

"九位大人，还请跟我来，恐惧大魔王已经在等待你们了。"领头的黑影微微弯身，嘶哑的声音，自黑袍下传出。

"王级顶段,挺不错的实力。早就听说提托奥迪斯的天灾卫实力强横,今日一见,果然不假。"加拉红芒在领头黑影身上扫过,笑道。

"呵呵,九头魔蛇加拉大人实力也非同一般啊。在凶兽杀戮界,你的名字比我们天灾卫不知响亮多少。"领头的影子,视线停留在加拉胸口的狰狞九头蛇印记之上,微微一笑,不卑不亢地回笑道。

"好了,带我们去吧。你的名字?"敖天挥了挥手,歪着头问道。

"迷城,敖天大人。"对着敖天恭敬地行了一礼,黑影回道,手臂轻抬,身后的十几道黑影缓缓沉入地面之下,消失不见。

"大人,请跟我来。"微微欠身,迷城身形在街道之上飞速掠过,其后,刘枫一行人紧紧而随,再其后,是铺天盖地涌来的神魂。

在城市的偏南处,悬浮着巨大的魔法竞技场,在这片禁飞的领域中,这种悬浮设置,也就只有领域之主能够建设出来。

魔法竞技场,悬空几十丈高有余,虽然不能飞行,不过这高度对于神魂们来说,却并不特别困难。

魔法竞技场之下,无数黑影犹如跳蚤一般,破风之声响彻不停,一道道黑影,不断地闪上悬浮的竞技台之上。

刘枫几人跟随着迷城,闪上那巨大的魔法竞技场之中,望着周围那黑压压的人群,不由得再次苦笑着摇了摇头。

视线跳过围观之人,终于是停留在了魔法竞技场之中。

那里,伫立着巨大的王座,王座之上,傲然坐着一位全身笼罩在绿焰之下的人影,一股股恐怖的气势,自那身躯中,连绵席卷而出。

"恐惧大魔王,提托奥迪斯。"敖天缓缓地舒了一口气,脚步前踏,淡淡说道。

"敖天,欢迎来到天灾国度。"淡然的笑声,自王座之上的男人口中传下。

两道视线,在竞技场中交汇,两股恐怖的气势,猛地掀天而起。这便是旷世之战的两位主角,哪个都不是善茬子。

一圈剧烈的空间波动,自敖天与提托奥迪斯视线交汇处席卷而出,空间波动的余震,足足扩散了近百丈有余,这才缓缓消散。

望着踏足进入场中的两条人影,围观的众人,极为自觉地将那漫天喧哗收了起来。一双双视线,牢牢地盯住场中的两道身影,呼吸不知何时,已经变得微微

第125章 大战开始

急促。

提托奥迪斯自王座之上缓缓行下，行至场中，对着敖天微微欠身，淡笑道："你果然很强……"

"你也很强，神阶帝级的实力。或许，在整个神之战场中，现在的你，才有资格算得上是真正的最强者。"敖天神情同样淡淡地回道。

敖天的话语，犹如是在平静的湖面投入一块巨石一般，击起了滔天骇浪，那刚刚才陷入平静的无数围观者，再次喧哗震天。

"神阶帝级？恐惧大魔王，居然已经走到那一地步了吗？"

"五百年啊，短短五百年时间，恐惧大魔王竟然就已经突破了皇级的壁垒，进入到帝级的天地了吗？"

"天啊，恐怖的修炼速度。"

"不愧是神之战场三大巨头之首啊，这般修炼速度，恐怕就是法兰克与奥术法也望尘莫及吧。"

听着那充斥于耳的连环惊呼，刘枫眼睛微眯，视线在那燃烧着绿焰的人影之上扫过，轻叹了一口气，问道："提托奥迪斯真的进入帝级了吗？"

"应该不假，敖天老哥的感应不会出错。"加拉点了点头，苦笑道，"看来这次，真的要有一场龙争虎斗了……"

"帝级啊，提托奥迪斯，不愧是天才人物啊。神之战场有三分之一的神魂，五百年时间，或许都不能跨出一小步，可他竟然在这段时间中，取得这般恐怖成果，这三巨头之首，也的确不是靠虚名得来的啊。"巫师叹息着摇了摇头，语气有些嘘唏。

"不过有着万年前战斗意识的敖天老哥，也不见得会输给提托奥迪斯，这场战斗的结果，难说呢。"德克尔正色道。

"呵呵，也是，敖天老哥当年可是对战神阿瑞斯都敢动手。虽然现在实力不复以往，不过那战斗意识，却不是如今的提托奥迪斯能比得上的。"巫师笑道。

"总之，他们俩的战斗，未到最后时刻，恐怕谁也不能预料出胜负。"加拉耸了耸肩膀，推测说道。

刘枫轻点了点头，也不再说话，视线转移到场地之中。

被敖天一眼瞧出自己的实力，提托奥迪斯也未曾感到惊讶。在上次的精神力交锋中，他便已经察觉敖天的精神力，较之晋级后的自己只强不弱，微笑着点了点头,说道:"我很幸运,是在五百年后遇见你,若是五百年前,我不会是你的对手。"

"动手吧。我觉得五百年后,你依然不见得能敌过我。"敖天手掌探出,其上,金光笼罩,淡淡地说道。

"那便试试吧,五百年未曾动手,我都快要忘记,战斗是何等的畅快了。"提托奥迪斯微笑道,双掌缓缓平探而起,一股恐怖的气势,猛地自其立脚处,冲天而起。

一道道蜘蛛网般的细小裂缝,沿着提托奥迪斯的脚下连绵而出,直直漫延出几十丈之外后,这才缓缓停止。

猛地扬起头颅,一声暴喝,自提托奥迪斯嘴中,狂喝而出。

声波宛如实质,冲天而起,掀碎百千丈蓝天之上的慵懒白云。

身体之上,绿焰大盛。

望着那气势不断飙升的提托奥迪斯,一股淡淡的恐惧之意,忽然悄悄爬上敖天心头,让那壮硕的身子微微颤抖。

不只敖天心有这般感觉,就算是那围观的众人,心头也是升起一股恐惧之感。初时感觉还稍弱,不过待得自提托奥迪斯身体中爆发出来的气势越来越强后,那股恐惧之意也是越来越浓。

虚空之上,不断有着神魂抱头逃窜,想要离开此处,以此来摆脱心中的那股越来越浓的恐惧之感。

"这便是那特殊的恐惧之意么?"眼睛微眯,敖天细细地感受着心中的那股恐惧,忽然,敖天笑了笑,眼瞳猛地睁开,其间,犹如实质的金色精神力暴射而出。

"恐惧?那不过是自己在欺骗自己的心灵罢了,只要心无所惧,何来恐惧?"敖天抬起头颅,嘴角扬起桀骜不驯的笑容,冲着提托奥迪斯扬起砂锅大的拳头,大喝道:"将那把戏收起来吧,这对我没用!"

"你果然是很不错的对手。"弥漫的恐惧忽然熄灭了下来,提托奥迪斯望着那根本没有半点损伤的敖天,不仅没有半分怒意,反倒是颇有几分见猎心喜的味道。

"换我来吧。"敖天嘴角一咧,脚掌狠狠地踏在那坚硬的黑石之上,金黄的气势,猛地冲天而起。

第125章 大战开始

金光笼罩半片天际，强横的龙威，至虚空缓缓撒播而下，龙威中的震慑之力，将那些刚刚从恐惧之意中，恢复过来的神魂们，再次震撼得呆滞了过去。

虚空之上的金光中，一条虚幻的五爪神龙，忽然带着嘹亮的龙吟声凭空出现，神龙在虚空翻腾半晌，终于是猛冲而下，径直地冲进了下方敖天的身体之中。

虚幻神龙入体，敖天那本就颇为剽悍的身躯，再次暴涨几尺，上衣被暴涨的身躯撑得粉碎。身体之上金光澎湃，每次的金光鼓动，都将会带来恐怖的能量波动。

脚掌狠踏地面，几十丈的蜘蛛网般的裂缝沿袭而出，身形化为一道金光，径直对着提托奥迪斯暴射而去。

瞧得敖天那凶猛的攻势，提托奥迪斯不惊反喜，同样是没有抽出任何武器，一双肉拳之上，绿焰缭绕。右拳狠狠击出，犹如是穿破了空间一般，突兀地出现在金光之前，拳头带着森冷的绿焰，对着金光狠砸而下。

"砰！"震天的爆炸声，带出不断扩散而出的空间涟漪，如同水波。

一金一绿，各自倒退两步，脚掌再踏，战斗再启。

眯着眼，望着竞技场中，那一块块破碎的空间，刘枫轻轻地吸了一口气。以前他在夜阑大陆，全力出手，当然也能使得空间破碎。不过，自从进入神之战场后，现在的他，即使是使出八倍攻击加疾风步，都已是不可能再将空间击得破碎。

这神之战场中的空间，似乎比夜阑大陆更加的高级与坚固。

然而，现在敖天与提托奥迪斯的战斗，居然已经达到了随手裂空的地步，这种实力上的巨大差距，让刘枫苦笑不已。

场中，虽然敖天在能量浓厚程度之上有些落了下风，不过每次在提托奥迪斯即将击中他的身体时，都会被他以诡异的法子闪避而去。而且每一次敖天的出手，都会对长时间未曾战斗过的提托奥迪斯造成不小的麻烦。看来，这便是那万年前的战斗意识在起作用吧。

战斗，在不知不觉间，已经逐渐陷入了白热化的地步，一金一绿两道身影，在竞技场中不断闪掠，恐怖的能量气势，充斥着漫天虚空。

望着那两道光影，无数围观者，屏声静气，再也不敢私自高声喧哗。

围观者的数量，正在以恐怖的速度增加着，那漫天黑压压的人头，看上去极为壮观。

刘枫微眯着眼，视线死死地盯着场中的那道绿影，战斗到现在，提托奥迪斯一直在依靠肉体战斗，没有动用哪怕任何一个技能，这让刘枫心中有些疑惑。

"难道他，并没有那四项技能？"刘枫微皱着眉头，在心中想道。

袖袍之下的手掌，微微交叉，刘枫心头有股莫名的直觉："提托奥迪斯，应该还能再强的。"

场地中，金色的龙头，浮现敖天铁拳之上，在一声龙元破魔拳的大喝声中，犹如惊雷一般，狠砸在了绿色光影之上。

绿色影子微微一侧，虽然闪避了小部分的攻击，不过，却依然被击中了肩膀。

"砰！"双脚猛地一沉，那坚硬厚黑石板，居然被提托奥迪斯双脚毫不费力地插了进去。

拳头迅速探开，掌心，劲气狂吐。

"轰。"一声暴响，绿色人影双脚插在黑石之中不断倒退，直到那光滑的黑石地板被擦出两道几十米的深深脚印后，这才逐渐地停止了下来。

望着场中被击退的绿影，无数围观者，灵魂都是狠狠地跳了跳。

缓缓地将双脚自黑石中抽出，淡淡的笑声，自低垂着脑袋的提托奥迪斯口着传出：

"果然还是轻敌了啊，你抓取破绽的眼力，实在是太过尖锐与灵敏了。看来，我也不能藏手了。"

恐惧大魔王提托奥迪斯对敖天发出由衷地赞叹，同时也宣称，自己并未使出全力。

场地之中，提托奥迪斯缓缓地站直身躯，淡淡的恐惧之气，弥漫身躯，浑身绿焰忽然一阵跳动，然后逐渐缩拢回其身体之中。只是片刻时间，那笼罩在其身体之上的绿焰，便完全缩进了提托奥迪斯身体之内。

绿焰熄灭，也终于是露出了那隐藏在其下的面貌。

望着那张英俊的邪气面孔，在场无数围观之人，忽然呆愣了起来。谁都没有想到，在那副充斥着无边恐惧的气息之下，居然会隐藏着这么年轻的肉体。

"这便是恐惧大魔王的真身吗？"无数惊异的喃喃声，在竞技场上空响起。

刘枫微偏着头，视线紧紧地盯在提托奥迪斯那英俊的年轻脸庞之上，嘴角微掀。

第125章 大战开始

"切，我还以为那家伙有三个脑袋，六只手呢。原来和枫哥没啥区别啊，嘿嘿，其实枫哥要比他帅些。"一旁，小金抓了抓脑袋，对着刘枫嘿嘿笑道。

对着小金翻了翻白眼，刘枫也懒得理这小家伙，视线抬起，再次回到场中。

绿焰入了体，提托奥迪斯身体之上的恐惧气息，不仅再次提了一个层次，拳头之上喷涌的能量，也变得更加深沉与凝固了。

平探而出的手掌轻轻握拢，带出一圈缓缓扩散的空间涟漪，一把燃烧着绿色火焰的丈长大剑，闪跃手心，轻挥了挥绿剑，带来一阵阵的破风之声。提托奥迪斯淡笑道："敖天，我要用全力了。"

"比刚才强了一倍。"敖天眼中，金光犹如实质一般的暴射，居然是将提托奥迪斯增幅了多少实力，完全扫了出来。

"真是可怕的战斗意识。"被敖天一眼瞧清，提托奥迪斯也是颇感惊异，不由得点了点头。

手中绿剑缓缓移动，空气仿佛都被那诡异的绿焰，熏烤得模糊了起来。

"刘枫，借吟龙剑一用！"敖天忽然回转过头来，在万众瞩目的目光中，对着刘枫喝道。

视线迅速转移，全部都是移动到了场外的一袭黑袍之上。

黑袍之下，刘枫无奈地撇了撇嘴，眼光轻抬，却是对上了来自场中提托奥迪斯的视线。

那双闪动着绿焰的眼睛，似乎随时都在释放着无边的恐惧一般，让任何敢与它对视之人，打心底升出恐惧之感。

深深地吸了一口气，刘枫眼睛微闭。片刻，又是猛地睁开，漆黑的眸子间，月白之色，居然占据大半。一双平和的视线，再次对上那绿焰双眼，不过却已经将那股恐惧完全地屏蔽。

瞧着那居然在自己的恐惧压迫下毫无半点不妥的刘枫，提托奥迪斯微感诧异。他能够清楚感应出刘枫的实力，普通神阶而已。

"这还是第一个凭借神阶实力，无惧自己的人吧？"提托奥迪斯在心头暗道。

白皙的手掌探出黑袍，微微旋转，古朴的青芒，在无数道视线的关注之下，缓缓自刘枫掌心之内淡淡浮现。

修长的指尖，在古剑剑柄之上轻弹，出尘的三尺青锋古剑，带着清澈的剑鸣之声，对着场中的敖天急速掠去。

掌成爪形，其间龙吟不断，对着青芒一吸，剑已入手。

手掌微动，几朵青色剑莲，在身前突兀凝聚，悬浮半空。

"好剑。"提托奥迪斯轻声赞道，视线从刘枫身体之上收回，微笑道，"你的伙伴很不一般。"

对于这点，敖天倒是毫不客气地点了点头，淡淡地道："论修炼速度，他比你更恐怖。只要给他足够的时间，超越帝级，指日可待。"

"哦？"听得敖天居然这般评价，就是以提托奥迪斯的镇定，也不免微微失神。他知道，像敖天这类的强者，并不会，或者说不屑于假意地去赞扬自己的同伴。视线再次转移到那袭黑袍之上，却是抱以略带和善的微笑。

对于真正有潜力的强者，提托奥迪斯并不会吝啬他的和善，强者的风范，在提托奥迪斯身上似乎得到了足够的诠释。

"他一点都不像一个魔王。"接收到那和善的笑容，刘枫忽然说道。

"只有真正的强者，才能获得强者之间的礼节，我们杀了赫古拉，但是提托奥迪斯根本就没有提过这件事。可见，冷酷的因子，这位大魔王并不缺少。"加拉淡淡地说道。

"在这片神之战场，和善可以丢去。不过若是连冷酷也丢了，那么，他的性命，恐怕也该丢了。"巫师微笑道。

"当年为了实行法令，这天灾国度每天死去的神魂，不下千人。由此可见，提托奥迪斯并不是无谓的和善，到了该冷酷之时，你会为之颤抖。"

"总之一句话，千万不要被他的和善蒙蔽了。"刘枫微抿着嘴，轻笑道。

"动手吧。"清脆的剑鸣，自古剑之上轻灵传出。

"好。"轻淡地回了一句，提托奥迪斯身形微晃，在那好字刚刚落音之时，身形，却已经鬼魅般闪到了敖天身后，跳动着绿色火焰的巨剑，带着森锐的破风劲气，重劈而下。

脚步轻轻左移，绿剑险险地贴着敖天的衣袍重重滑落，没有回头，敖天手中古剑闪电般，倒刺而出。

一击不中，反被寻出破绽，一剑刺来，面对着敖天如此警锐的战斗直觉，就是以提托奥迪斯的帝级实力，也不免心生棘手之感。掌心重重地翻打在剑柄之上，绿剑飞旋，将那刁钻的古剑抵御而下。右拳狠击而出，刚出剑圈，便被一记重踢送回。

第125章 大战开始

场中，人影闪掠，森寒劲气四射飞溅，将那坚硬的黑石地板，刺出无数深不见底的小洞。

一金一绿两色气势，各自占据半天天际，在两色交际之处，空间波荡不停，涟漪扩散不断。

望着场中那激烈的僵持战斗，无数围观者的心，都被紧紧地悬吊了起来。

遥遥的天空之下，日色渐暗，那高悬的太阳，也是缓缓而落。

两人的战斗，居然是从正午，打到了傍晚。

可容万千人同时对战的巨大魔法竞技场，也承受不住那恐怖的战斗余波，逐渐地变得残破了起来。

刘枫轻抬了抬眼皮，望着场中，那不仅没有露出一丝疲态，反而越斗越勇的两人，无奈地叹了一口气。这场战斗，可真是打得辛苦。就算是当初敖天一人斗血爪三兽的时候，也没用这么长的时间啊。

"耐心等下去吧，他们两人实力相差无几，的确是要僵持一段时间。"身后，加拉微笑道。

刘枫无奈地点了点头，视线回移。

虽然提托奥迪斯论阶级实力要比敖天高上一级，不过，这一级的差距，在敖天那万年的战斗意识之下，却被拉平了。现在又有吟龙剑这般仙器助战，渐渐地，两人的战斗，似乎上风正在向着敖天移动着。

再次一记剑劈，提托奥迪斯手中的绿焰巨剑，终于是受不了吟龙剑那能切割空间的锋利，就此凭空消散了去。

武器破碎，提托奥迪斯急忙撤身，手掌在翻转间，绿色能量就欲再次凝集。

有着万年战斗意识的敖天，哪会放弃如此良机，脚尖在地面一点，速度骤增，吟龙剑之上，金光夹杂着淡淡的青芒，猛地暴涨而射。

几米距离眨眼便至，而此时提托奥迪斯手中的绿芒，却才刚刚凝聚。

望着那夹杂着森寒剑芒的锋利古剑，提托奥迪斯无奈地摇了摇头，手中的绿芒忽然凭空散去，手指间闪电般结出一神秘的印结，印结眨眼便成，一道Z字形的绿芒，猛地暴闪而出，直直射进那被金光笼罩的敖天身体之中。

全身护体金芒骤然消散，露出敖天的身体，不过此时，敖天的双眼却是诡异地闭上了。

望着场内的突发事故，无数围观者，脑子一片疑惑。

将两人的战斗瞧得清楚，刘枫缓缓地吸了一口气，在心头轻轻地道："四大技能之一：睡眠。"

恐惧大魔王提托奥迪斯无奈之下，终于使出了他的四大技能之一：睡眠，成功地将桀骜不驯的敖天催眠，战局似乎发生了逆转。

没错，是"睡眠"，提托奥迪斯那神秘印结间，弹射出来的那道Z形绿芒，在击中敖天身体之后，产生的效果，的确是沉睡。

轻轻压下那剧烈跳动的手掌，刘枫吸了一口气，缓缓地将心头震惊压下。既然提托奥迪斯能够用出"睡眠之术"，那么"腐臭蜂群"呢？那么"地狱火"呢？更甚至，还有那堪称变态的"吸血光环"呢？

"这个世界，真的是有些乱了啊。"刘枫轻声地说道，嘴角，却是画上一抹淡淡的古怪弧度。

"敖天老哥怎么了？刚才那一剑如果下去，他可是绝对的胜了啊，怎么会突然止手了？那道绿芒，究竟是什么？居然无视了敖天老哥的护体能量……"身旁，加拉惊疑地吐出一连串的疑问。

巫师轻轻地摇了摇头，显然他也对场中发生的事情，颇感不解。

"提托奥迪斯怎么不趁机出手？现在的敖天老哥，可是没有半点还手之力啊。"血翼望着场中呆立的两人，疑惑地道。

刘枫眼帘抬起，他心中或许明白提托奥迪斯没有趁机出手的原因，中了"沉睡"的人，会在沉睡的那段时间，有着一种伪无敌的状态。当然，这个世界不可能存在着绝对无敌一说。绝对无敌，就算是主神，都不敢如此夸口吧？若是有人用意念扫射现在的敖天的话，或许会发现，现在的敖天，身体似乎显得有些虚幻，而且不仅身体虚幻，就是连那气息，都是凭空消失了。这就像……像敖天已经不在这一空间之中一般。

"他不是不想出手，而是就算出了手，也怕是没有半点用吧？"刘枫淡淡地道。

"呃？"听到刘枫这怪异的话语，加拉几人刚欲详问，一股强横的金色气息，再次在场内喷薄而起。

澎湃的金芒，再次自敖天身体中爆出，那微微虚幻的身体，也迅速凝实。

眼瞳中金芒暴射，敖天死死盯着提托奥迪斯，沉声道："好诡异的魔法。"

"诡道而已。"提托奥迪斯略带着点歉意地笑道。

"只要能够战胜对手，诡道亦是王道。"敖天摇了摇头，淡淡地道："不过，你

第125章 大战开始

的那魔法，似乎有着很大的限制。这不仅是时间的限制，即使它正面击中了我，也只会将我击入位面裂缝之中。虽然看似暂时剥夺了我的一切能量，不过，却并不能对我造成任何的伤害……

"你的那道魔法，缺陷也极多，若我不是吃亏在不知底，你绝击不中我，即使那魔法能够无视我的防御。"

"不过，偶尔用来躲避对手的必杀之招，你那魔法却是有着极好的作用。"

"可怕的战斗意识，你简直就是为了战斗出生的。"瞧着只是被自己打中了一次，便差不多将"沉睡"的好与坏完全摸清的敖天，提托奥迪斯苦笑道。

"再战吧，我不会再留手了。"敖天淡淡地点了点头，轻扭了扭脑袋，发出一阵骨头碰撞的脆响声。忽然仰头一声暴吟，充斥着无边龙威的龙吟声，震撼天际。

"哧！"一声袖口撑破的声音，轻轻响起。

敖天的两只壮硕手臂之上，青筋犹如巨蛇一般不断鼓动，金光猛地大涨，手臂暴涨半尺，那双铁拳，赫然变化成了拥有着五爪的金色利爪。

脚掌狠踏，金光暴射间，同样的化为两只巨大的五爪龙掌。

轻轻地震了震拳头，一圈肉眼可见的空间波动，急速扩散而出。

"好可怕的肉体力量……"场外，望着如同战斗机器一般的敖天，刘枫吸了一口冷气。

"难怪敖天前辈，在远古时连战神都敢动手，这么剽悍的形态，实在让人心颤啊。"

瞧着敖天那剽悍的战斗形态，提托奥迪斯，满脸凝重。身体之上，绿光缭绕，绿光逐渐地汇聚在其背间之上，片刻，绿芒消散，现出了两只巨大的蝠翼。蝠翼之上，有着八只闪烁着森寒的锋利翼爪。

敖天右掌紧握吟龙剑，脚掌狠狠地在竞技场之上一踏，百吨巨石直接自悬浮的魔法竞技台中脱落，带着呼啸的破空之声，然后掉落高空。

金色身影犹如闪电一般，瞬间便至，龙爪狠狠挥舞而下，吟龙剑带着巨大的龙力，直接刺破虚空，径直出现在提托奥迪斯脸前，毫不留情地斜削而下。

巨大的蝠翼急速抖动，八只翼爪应声舞动，叮叮当当地随着一片火花暴闪，传出金铁相交的脆音。

天空之上，悬浮的魔法竞技场，在一金一绿两股恐怖的劲气震荡之下，巨石不断地掉落而下，而那借力悬浮在其上的神魂们，也是不住地随着巨石，掉落而下。

　　脚心粘在台上，望着那自场中不断漫延而出的巨大裂缝，刘枫眉头一皱，这两个家伙的破坏力实在太大了。转过头，对着小金低喝道："变回本体，这竞技台要垮了。"

　　"好。"点了点头，小金身形一跃，几十丈长的巨大身子，再次闪现在虚空之上。

　　刘枫几人身子一跃，在无数道嫉妒或羡慕的视线中，跃上小金庞大的身体之上，继续注目观战。

　　刘枫几人有小金帮助，下面那些围观者们却是没有了这般好运。一个个伴随着巨大的落石，只得无奈地飘落下地，在那地面之上，仰望着天空上的战斗。

　　那足可容纳万千人的巨型竞技台，在敖天与提托奥迪斯的战斗间，竟然已经被破坏了三分之二。

　　望着那金光与绿芒纠缠之处，战斗的详细细节，就算是刘枫几人，现在也是瞧不清了。那隐隐泄露而出的恐怖能量余波，更是让几人心头微颤。

　　天空金光忽然猛地一缩，巨大的虚幻龙头，带着无匹的空间压迫，狠狠地对着绿芒砸下。

　　能量龙头所过之处，那最后三分之一的竞技场，终于是完全崩溃。

　　在巨石砸落之间，一股尖利的叫声，突兀地自绿芒中暴响而起。

　　望着那突然出现在虚空之上，巨大的绿色蝠群，刘枫心脏再次狠狠一跳，低声，不由自主地自嘴角泄露而出：

　　"腐臭蜂群。"

　　"龙元破魔拳！"

　　"腐臭蜂群！"

　　龙吟与蝠啸，响彻天际。

　　金色能量龙头眨眼间便和那绿色蝙蝠群狠狠撞击在一起。天地，为之一静。

　　虚空，金光与绿芒仿佛凝固了起来。片刻之后，姗姗来迟的巨大爆炸声和恐怖的能量风暴席卷大地。

　　瞧着那恐怖的能量风暴席来，小金机灵，尾巴一摆，巨大的身子便已经闪出了这座豪华城市之外。

第125章 大战开始

"轰隆隆……"出了城,身后传来轰天的爆炸之声。闻着炸声,刘枫几人回过头来,却是见到那宛如炸了窝的城市要塞,巨大的建筑物,横腰而断。巨石不断砸落,一道道黑影,犹如跳蚤一般,急速对着城外闪掠而逃。

"好可怕的能量风暴,好可怕的破坏力。"望着那几乎在瞬间,便成了一座废墟的城市,加拉震撼地喃喃道。

"的确可怕。帝级强者,竟然强悍如斯。"刘枫轻吸了一口气,转眼间变成废墟的城市也同样让他心中颇感震撼。

城市之外,无数黑影闪立而现,望着那几乎成了一片平地的城市,都是讷讷无语。

微风缓缓拂过平原,卷起细小的黄土风卷,冰凉的冷风,让无数人心颤。天空之上,那轮耀日,也如同是被这恐怖的破坏力吓坏了一般,终于是一个跳跃,胆怯地落下了平原。

第126章

天灾国度

第126章 天灾国度

日降月升,天地寂静,凉风微拂。

天灾国度里,在一座临时搭建的粗糙大殿之中,刘枫望着那俊脸被一片苍白覆盖的提托奥迪斯,再瞧着身旁身子微微虚幻的敖天,不由得轻叹了一口气。两人最后的结局,貌似是来了个两败俱伤。

"敖天,你还是第一个,能够把我逼得这般田地的人。"提托奥迪斯干咳了两声,淡淡地说道。

"你却不是,第一个把我搞成这模样的人。"敖天摇了摇头,随即挥手道,"打完了,那就把你那远距离传送阵借来一用吧。"

提托奥迪斯坐立在王座之上,手臂撑着下巴,忽然地道:"赫古拉是你们杀的吧?"

"怎么?提托奥迪斯大人,难道还想为他报仇不成?"刘枫眉头轻挑,问道。

"若是你想,我们可以再打一次。"敖天眼睛微眯,其间,金光隐射。

"呵呵,赫古拉虽然是我的臣子,不过却还值不得我如此费劲。"无视于两人的目光,提托奥迪斯淡淡地道,"可不管如何,你们杀了我的臣子,如果我没有半点动作,以后如何管辖属下?"

伴着提托奥迪斯那略微冰冷的话语,几十道黑影,忽然诡异地自地面之下,缓缓冒探而起,意念,将场中的九人牢牢锁定。

"你真还想打?"刘枫狭长的眼睛,微微眯起,修长的指间,轻轻地弹动着。

"你想如何?提托奥迪斯大人,不必再与我们兜圈子了。如果你真想直接和我们动手,何必还费那么大的劲,在无数人的注目中,与敖天老哥战斗。直接出动你那无穷的号召力,让天灾卫来抓捕我们,不是更好么?"巫师微笑道。

提托奥迪斯缓缓点了点头,道:"我并不想为难你们。强者,的确有着豁免的权利，我需要的，只是一个能够说服属下的理由……"

"把你那理由说出来吧，我想，你应该早就想好了吧？"敖天抬眼，淡声道。

提托奥迪斯微微一笑，笑容中，却是有着与他魔王之名，不相称的狡诈。手心一翻，两块印有巨大绿蝙蝠的魔法令牌，出现在手中。握着两块令牌，提托奥迪斯微笑道："这是'天灾国度'客卿长老的令牌，我想把它们，给你和刘枫……"

眉头轻挑，刘枫手掌摩挲着下巴，笑道："想让我们投靠你？"

"不，别误会。我知道，看敖天那副桀骜的面孔，我想我就没那魄力，将他收进麾下。这客卿长老只是虚职，不需要你们付出任何东西，同样，如果你们到了我麾下的领域之中，可以凭借这令牌，取得最好的修炼待遇。不需要你们付出什么，便能得到最好的待遇，这种好事，可不多见哦……"提托奥迪斯，晃着手中的魔法牌子，笑眯眯地道。

提托奥迪斯说的话，倒还真没几分假，这客卿的魔法牌子，自制造出来之后，他还从未给过任何一人。今日给敖天与刘枫两人，全是看中了敖天那强横的实力，以及刘枫那无限的发展潜力。呃，虽然这个潜力，只是敖天告诉他的，不过他依然选择了相信。

"如果真收下了这东西，恐怕我们行走在堕落天使部落与巫师盟之中时，或许就会被打上恐惧大魔王麾下的标志了吧？"刘枫微抿着嘴，笑道。

"这个，或许吧。不过这应该不会对你们造成任何的妨碍，法兰克与奥术法并不是傻瓜，敖天与我战成平手的消息，肯定不久之后他们便能知晓。他们并不会如此愚蠢的，去得罪一名可与帝级强者相战的强者……"提托奥迪斯微微一顿，略带着点疑惑地问道："你们想去哪？"

刘枫微怔了怔，与敖天几人，互相对视了一眼之后，方才轻声道："出这个位面。"

"果然。"听到这话，提托奥迪斯没有惊异，反倒是了然地点了点头。沉吟了片刻，问道："既然你们想出去，那应该便知道，那神秘的守护者吧？"

"嗯。提托奥迪斯大人也知道？能否，告知一点信息？"瞧着提托奥迪斯那微微变色的脸庞，刘枫眉头一挑，低声问道。

"七百年前，那时候我才是王级顶段的实力。那时候我与法兰克、奥术法两个家伙，曾经试图闯过那空间传送阵，不过……"说到这里，提托奥迪斯面容有些颓败，苦笑道，"当时我们只进入了那片平原不到五百米，便被一道白影直接丢了出

第126章 天灾国度

来。那白影的速度，简直如同闪电一般，即使是现在的我，我想，恐怕也不可能闯出它的封锁围截……"

"现在的你，都不行？"闻言，刘枫不由得眉头大皱。

提托奥迪斯无奈地耸了耸肩。

"多谢了。虽然你这消息，除了让我们心头更沉之外，没有半点别的效果，不过还是得多谢你一次。"不顾提托奥迪斯那满脸的郁闷，刘枫伸出手，自他手中拿过两块令牌，微笑道，"这东西，我们收下了。"

"可以让我们走了吗？"刘枫偏着头，含笑道。

"当然。"提托奥迪斯微微一笑，走下王座，径直朝外行去。身后，刘枫几人紧紧相随。

出了已经成了一片废墟的城市，提托奥迪斯带着一行人，向南疾掠了许久，这才在两座巨山之间，停了下来。

眯着眼，望着眼前的那片空间，敖天笑道："你居然把远程传送阵，搞得这么隐蔽？"

"呵呵，这远距离传送阵，可以跨过无数地界，直接将你们送到堕落天使部落……"提托奥迪斯微笑道。

"同样的，这传送阵是双方通行的，为了防止法兰克那家伙派人来我的天灾国度捣乱，我也只得将这远距离传送阵设在我的隐蔽军区。"提托奥迪斯手掌，触到身前的空间，印结迅速结出，缓缓地将空间撕出一块空洞。

"走吧，进去。"提托奥迪斯率先迈足而进。

进入这片空间，刘枫眼前忽然一暗，微眯着眼，将那视线尽头处的一所城市，收进了眼中。

走近城市之中，刘枫狭长的眼睛，微微眯起，轻声道："提托奥迪斯大人，你这空间中，强者可不少啊。"

"他们便是训练中的天灾卫。"提托奥迪斯视线，在城市内的黑暗中扫过，淡淡地道。

沿着并不宽阔的街道行进，刘枫竟然发现了十几名实力达到王级的强者，这让他不得不感叹，提托奥迪斯对军事力量的注重。不过也对，在这混乱的神之战场中，也只有强悍的实力与军队，才能保得这片国度的法令顺利执行。

街道的尽头处，是一座巨大的魔法阵，魔法阵之上，闪烁着淡淡的空间波动。

"这便是通往堕落天使部落的远距离传送阵了。"步上传送阵，提托奥迪斯微笑道。

刘枫点了点头，背负的手掌，对着巫师悄悄地打了个手势。

接到刘枫的手势，巫师不着痕迹地迈进传送阵之中，视线在那传送阵之上的魔法纹咒之上扫过，片刻之后，微微点头。

两人的举动，都只是眨眼之间，所以提托奥迪斯也并未察觉。

瞧着巫师点头之后，刘枫这才带着几人，行进传送阵之中。在神之战场中，小心行事，是最必要的保命之法，特别是当需要进入某些魔法阵中时，更是要小心谨慎。

"各位，祝你们好运。若是出不了那神秘守护者的封锁，'天灾国度'欢迎你们回来。"提托奥迪斯望着那踏进魔法阵中的众人，微笑道。

"会的。"刘枫微微一笑，忽然喊道，"提托奥迪斯大人，你知道'吸血光环'和'地狱火'吗？"

"吸血光环？地狱火？那是什么东西？"听着刘枫的喊声，提托奥迪斯有些疑惑。

眼睛紧紧盯在提托奥迪斯脸庞之上，刘枫却并未寻出一丝作假之意，心头微松，轻笑着摇了摇头："没什么，只是问问罢了，希望我们以后还能有见面的机会……"

"会的。到时候，我还得瞧瞧，你这被敖天都称为修炼速度恐怖的家伙，会如何强横，呵呵……"提托奥迪斯笑着点了点头，手掌轻轻击打魔法柱，空间光芒大盛。

一片强光之后，传送阵的九人，瞬间便消失了去。

"吸血光环？地狱火？为什么这东西，让我有着熟悉的感觉？"望着那空空如也的传送阵，提托奥迪斯轻叹了一口气，旋即有些疑惑地自语。

"哎，希望你们能通过那守护者的封锁吧。外面的世界，其实我也很想去看看呢，可奈何责任在身啊。"

刘枫九人的离去，让恐惧大魔王提托奥迪斯颇感怅然，一个人嘟囔着。

被恐惧大魔王提托奥迪斯送出天灾国度的刘枫一行人，精神只是微微模糊，

第126章 天灾国度

那眼前的空间,却是已经大变了模样,那黄土之地突兀消失不见,取而代之的,是连绵不尽的绿色青山。

"这里,就是堕落天使部落的地域吗?看这景况,貌似和提托奥迪斯的领域很是不相同啊。"刘枫深吸了一口清新的空气,心中那因为战斗而造成的疲惫,似乎逐渐地消失了。

"在堕落天使部落中,杀戮的确比提托奥迪斯所掌管的地区要少一些,不过,这也只是相对的。在神之战场,杀戮很难完全消失。"巫师微笑道,"提托奥迪斯真正的势力,是天灾国度,外面的一切域主,他都并未太将之放进心中。"

望着脚底下,那些隐蔽的魔法阵型,刘枫眉头微皱,道:"是定位传送阵?"

"嗯,的确是定位传送。"打量了一下魔法阵的痕迹,巫师点了点头。

"这里,不可能会没有人防守吧?"刘枫沉吟道,"提托奥迪斯会将传送阵的另一头,安置在天灾卫的守卫之中,那与之同为三大巨头的法兰克,怎会任由一个可以直达自己领地的远距离传送阵,没有一点防守?"

"不是没有防守,我们貌似已经被包围了。"忽然,敖天抬起头来,眼睛微眯着,紧盯在天空之上。

眉头一挑,刘枫赶忙抬起头来,收聚双目,视线逐渐清晰,终于是瞧清了,那悬浮在万米高空之上的一百来个小黑点。

"是堕落天使。"刘枫惊异地说道。

天空之上,一百多个小黑点,正好形成一个小圆,将刘枫一行人,以及这座传送阵,包围其中。

小黑点逐渐变大,只是片刻时间,因为巨大翅膀扇动而造成的强大风压,便将周围绿色山岭之上的树木,压得低垂着树身。

"从传送阵出来的人,请立刻报出名号,以及势力归属,然后再和我们去见法兰克大人。还请几位不要运用斗气与魔法,不然,我们将会把你们视为侵犯者对待!"虚空之上,大喝声,朗朗传下。

随着朗声的下落,虚空之上,上百把闪烁着森寒青光的尖利弓矛,已经直直地锁定了刘枫几人。

"怎么办?"望着虚空上,那闪闪发亮的尖利矛头,血翼小声地问道。

"一群普通神阶而已,喊话那人,实力王级初段,若是需要动手,我一人便能将他们尽数击杀。"加拉淡淡地笑道。

"不。"刘枫微微摇了摇头,上次杀了赫古拉,要不是敖天的实力引起了提托奥迪斯的兴趣,现在几人若是想要到达堕落天使部落,恐怕还得花费更大的心思。

"在下刘枫!"

"敖天!"

"加拉!"

一声声大喝,夹杂着充沛的斗气与灵气,响彻这片青山绿水。

随着几人喝声的落下,虚空之上,那整齐的包围队伍,微微滞了滞。那完美的队形,也因此出现了些落差,看这些堕落天使的反映,似乎对这几个名字并不陌生。

"敢问,那位敖天勇士,可是几日前,与恐惧大魔王提托奥迪斯战斗的敖天?"询问声带着许些对强者的尊敬,自虚空传下。

"前些天,的确和他打过一次。"敖天淡淡道,面容中并未因此有半点傲状。

上百道黑影,忽然至虚空闪落而下,停在了周围山峦之上,一脸色略泛苍白的四翼堕落天使,自山峦之下闪现,对着几人笑道:"欢迎几位来到堕落天使部落,结交强者,是法兰克大人最喜做之事,想必敖天先生的到来,会让大人很高兴的。"

"这位大人,我们只是想借用一下贵部落的远程传送阵,送我们到达巫师盟的地域,所以,并不会在此停留太久。"刘枫微微一笑,和声道。

"呵呵,不碍事,传送阵在大人的寨落之中。所以你们若是需要用它,还是得去与大人见上一面方才可行。"四翼堕落天使,摆着手笑道,一双视线略带着些崇敬,望着身材壮硕的敖天。

"呃,如此,那便请大人带路吧。"闻言,刘枫微怔了怔,视线和几人交流了一下,这才点了点头。

"呵呵,刘枫先生不必如此叫我,我可担待不起,直接叫我名字菲利翼就好。"四翼天使笑着摇了摇头,对着山峦之上,摇了摇手,一道红色焰火迅速升空,在万米高空之上,形成一双若隐若现的巨大黑色翅膀。

"呵呵,这是我堕落天使部落,特有的联系之法,客人们,请不必担心。"似是怕刘枫几人误会,四翼天使笑着解释道,"因为职责在身,我并不能离开此处,所以我只得呼叫巡逻在这附近的同伴,带领几位前去部落。"

第126章 天灾国度

刘枫几人轻点了点头,示意理解。

自焰火升空之后不久,北边的天际,破风声便急速地传了过来。

声音自远而近,眨眼间,天际之边,便浮现出了一抹淡淡的紫色,再过片刻,十二道紫色艳影,便已俏生生立在了这片青山之上。

"居然是雅可尼芙大人和她的紫卫?"瞧着虚立半空中的十二道俏影,菲利翼脸色一惊,旋即赶忙单膝跪地,和着那山峦之上的百来名堕落天使,齐声恭喝道:"北部守卫军第三分队,见过雅可尼芙大人。"

"起来吧。"淡淡的清冷脆音,自虚空轻声传下。

"竟然是她?"微眯着眼,望着虚空之上,那位于十二道俏影之首的妖艳人儿,刘枫有些惊异地喃喃道。

"你认识她?神之战场本来女人就极好,而这邪凤战将,雅可尼芙,更是其中的极品。其爱慕者不胜其数,其麾下的紫卫,也是全部由漂亮的女人组成哦。"一旁,血翼低声坏笑道。

"也不算认识,上次被她莫名其妙打了一巴掌,要不是血爪跟在身后,我可能直接被这女人给宰了。"刘枫翻了翻白眼,这种明显是朵刺玫瑰的女人,他可没那福气去消受。

"王级顶段,这女人天赋的确不错,居然能够和加拉相比了。虽然说堕落天使部落,并不歧视女人,不过想要靠着实力,坐上四大战将的宝座,那可不是件容易的事啊。"听着刘枫的话语,巫师微微一笑,旋即正色道。

"为何释放翼之焰?"清冷的淡淡声音,再次飘落。

"大人,这几位,是自恐惧大魔王那边远程传送阵直接传送过来的,按照规矩,得先带他们去法兰克大人的部落之中,而小的因为职责在身,并不能私自离去。所以,这才向附近巡逻的弟兄,发出翼之焰。"菲利翼恭声回道。

"从提托奥迪斯那边,直接传送过来的?"闻言,虚空之上的妖媚人儿,忽然黛眉轻皱,美眸缓缓地移到刘枫一干人身体之上。

"是你?"视线首先移到刘枫那没有躲避的含笑脸庞之上,雅可尼芙先是一怔,随即俏脸微寒。

"是我。"刘枫摊了摊手,点了点头。

"大人和刘枫先生相识?"瞧着两人的语气,菲利翼小心地问道。

"都是熟人了,怎会不识?"雅可尼芙性感的红唇微弯,冷笑道。

"该死的家伙，把我辛苦寻了半年的契约兽杀了，害得我现在都还未寻到合适的契约兽。"望着那张含笑的脸庞，雅可尼芙真想狠狠地在上面跺上几脚。

"大人，刘枫先生是敖天大人的朋友，敖天……"瞧得雅可尼芙那冰冷的脸色，菲利翼心中一个咯噔，赶忙指着敖天道，其言下之意，便是示意雅可尼芙，不要凭白得罪了不能得罪之人。

"敖天？与提托奥迪斯战成平手的敖天？"闻言，雅可尼芙微惊，美眸终于是自刘枫身体之上移过，停留在了敖天身体之上。

对于这一直重复的问题，敖天有些不耐烦地点了点头。不就是和提托奥迪斯打了个平手么？用得着这般反复询问么。

"几位，请跟我来吧。我会带你们到达法兰克大人的领地之中。"美眸轻眨，雅可尼芙对着刘枫，送去一个隐蔽的冷厉眼色，转身展翅升空。那优美的展翅美姿，犹如一只翩翩起舞的优雅紫天鹅，清冷的话语，回荡在这片绿意盎然的山峦之间。

"走吧。"刘枫摸了摸鼻子，对着身后几人微笑道。身形闪动，不远不近地，跟在那群紫色天使之后。

堕落天使部落的领地，若是与恐惧大魔王的领地相比起来，那就要显得小了许多。不过，即使是这种小了许多的领土，却依旧是让刘枫一行人，飞了整整一天，都还未能到达目的地。

轻嗅着自前方隐隐飘动的妖媚香气，刘枫有些怀疑地低声道："这女人不会是故意带我们转圈子吧？怎么还没到？"

"应该不会，作为四大战将之一，她应该会把私事与公事分得极为清楚。"巫师微笑道。

刘枫撇了撇嘴，道："我可不相信，那女人能有这么好的人品。"

前方，扇动着翅膀飞行的雅可尼芙，忽然停下身子，回转过头来，淡淡地道："天色快要暗了，夜晚凶兽极多，你们还是先到我领域之中，暂歇一晚上吧。按照我们的行程，再有两天时间，应该便能到达法兰克大人的领地之中了。"

"你的领域？那个雅可尼芙之吟唱？"刘枫微偏着头，想起了在十万大山中，那个兵人所说过的话语。

第126章 天灾国度

"嗯,你若是害怕,可以不进去的。"雅可尼芙一双美丽的凤目微弯,似是有些嘲讽地道。

"长翅膀的女人,把你那低劣的激将法收起来吧。"刘枫撇了撇嘴,含笑道,"就是提托奥迪斯的天灾国度,我们都顺利过了,何惧你一个王级的领域?"

美眸微寒,雅可尼芙冷冷地剐了刘枫一眼,那丰满的胸脯,因为长时间的飞行,而微微起伏着,带起极具魅惑的弧线。黛眉微皱间,发出一声低哼,见到几人都是点头,也不再和刘枫斗嘴,六翅轻展,速度骤然暴增。

"走吧……"耸了耸肩膀,刘枫微笑道,"看这女人搞得出什么花样来。"

脚尖在虚空轻点,身形依旧紧紧跟在那群艳丽的紫影之后。

随着雅可尼芙落在一片空旷的草原之上,刘枫眯着眼,打量了一下眼前的空间,伸出手掌感受了一下那较之赫古拉的领域不知道强上了多少倍的强横能量,不由得有些惊异地咧了咧嘴,对着身旁那俏脸冰冷的女人投去诧异的一瞥。

"看来这女人,也不是个花瓶嘛。"刘枫小声嘀咕道。

没有理会身旁那极为意外的视线,雅可尼芙纤手迅速结出印结,在身前的领域结界缓缓撕开一片空洞。

"敖天大人,加拉先生,请进吧。"对着敖天微微点头,雅可尼芙纤手微伸,做出邀请之状,虽然对刘枫有些不感冒,不过她在面对着敖天之时,还是显得极为的客气。

跨入领域,那满天急速飞舞的黑影让刘枫微微一愣,见到那些黑影身后的巨大翅膀,这才想起,原来领域的禁空特效,对这些拥有着飞行翅膀的堕落天使们,并没有造成任何一点障碍。

当然,领域中也不尽全是堕落天使,其中还掺杂着极多的黑武士和亡灵巫师,甚至一些其他的远古职业,虽然职业不甚相同,可有一点相同的是:

有翅膀的,都在天上飞,没翅膀的,都在地上跑。

进入领域中的雅可尼芙,无可厚非地成为最大的亮色。一道道火热的视线迅速自天上和地面射将而来,所有的视线全部停留在雅可尼芙那张冷艳妖媚的俏脸和那魔鬼般的玲珑娇躯之上。

虽然视线们的主人都想上来打声招呼拉个关系,不过在雅可尼芙那微寒的凤目下,都是极为自觉地选择了退缩。

带着刘枫几人,在领域中闪掠了小半天,一座美丽的城市,终于缓缓出现在了众人视线之内。

瞧着那如同是被无数鲜花建造起来的城市，刘枫目瞪口呆，他还是头一次见到有人把自己的领域城市，搞成这副模样的。

不仅刘枫有些发愣，就算是敖天几人，在瞧着那座虽然美轮美奂，但却明显不堪一击的鲜花城市，嘴角都是忍不住地抽搐了一下。

似是见惯了刘枫几人的表情，雅可尼芙也并未露出别的表情，不过那微皱的黛眉，却依旧是显露了她心中的不满。

"呵呵，雅可尼芙大人的城市，还真是'别致'啊。"刘枫轻咳了一声，笑吟吟地说道。

"口不应心。"白了刘枫一眼，雅可尼芙轻撇了撇小嘴，率先举足，进入了这所鲜花城市。

城内人影翻涌，一道道人影在高耸的房屋之上跳跃，琳琅满目的魔法商品，摆满着街道两旁的特色商店。

雅可尼芙一进城，无数道视线，便炽热地锁定在了其娇躯之上。

"大人……"

一道黑影忽然闪现，停在了雅可尼芙身旁。

刘枫视线扫了扫，却是发现这名黑影，正是那次在十万大山中，追自己的兵人。

在刘枫发现兵人之时，兵人也是同样发现了他，先是微微一怔，旋即怒道："竟然是你这家伙？"

"退下，他现在是法兰克大人的客人，不得无礼。"雅可尼芙挥了挥雪白的纤手，有些疲倦地抚着光洁的额头，轻声道："你先带他们去寻个住所吧。我还要去打点一些事。"

"大人，合适的契约兽，您可寻找到了？"点了点头，兵人小心地问道。

俏脸有些黯然，雅可尼芙轻轻摇了摇头。

"大人，此次的四大战将之选，听说出现了两名强劲的新人，您如果没有契约兽相助，这次的选举，可能……"兵人有些迟疑地吞吐道。

"嗯，我知道了，你先去安排他们吧。"俏脸平淡地点了点头，雅可尼芙回转过头，对着敖天勉强地笑道："敖天大人，雅可有事，先行告退了，招待不周，还望包涵。"

第126章 天灾国度

对着敖天，露出一个浅浅歉意微笑，雅可尼芙六翅轻振，带着她的紫卫急速朝城南方疾射而去。

"哎……"瞧得那急速消逝的倩影，兵人有些落魄地轻叹了口气，有气无力地对着刘枫几人，挥手道，"来吧，我带你们找个住所。"

"嘿嘿，兵人，那四大战将选举，是什么东西啊？"瞧着兵人那如同死了爹妈一样的脸色，刘枫有些好奇地问道。

"这跟你有什么关系？"瞪了刘枫一眼，兵人继续朝前带路。

碰着一个软钉子，刘枫也不生气，看那家伙的面色他就知道，这家伙喜欢雅可尼芙。

"那女人，除了漂亮点，有啥好的？"刘枫不解地摩挲着下巴，脚步不停，跟在兵人身后，穿过人来人往的街道，慢慢地行走着。

"在堕落天使部落，四大战将的领域，都是一脉传一脉，谁如果在战将中选举失败，那么花费了大量心血的领域便会被那胜利者取而代之……"兵人脚步微缓，有些低沉的话音传来。

"雅可尼芙之吟唱这个领域，倾尽了大人全部的心血。如果大人失败了的话，这个承载她心血的领域，便只能拱手让人了。"

微微叹了一口气，兵人脚步一顿，指着一所宽阔的院门，道："你们就在这里居住一晚上吧。明天大人会找你们的，我还有事，先走了。"说完，也不待几人反应，跃上房屋，便已消失不见。

"好像的确有些凄惨。"瞧着那人影消失处，刘枫摇头说道。

"算了，进去吧。休息一下，明天继续赶路。如果你到时候愿意，我们可以帮一下她。"敖天拍了拍刘枫的肩膀，淡淡地笑道。

"我为什么要帮她，跟她又不熟。"撇了撇嘴，刘枫避开敖天的手掌，一头窜进院落之中。

"刘枫这家伙，对女人太绝情了。堕落天使可都是拥有肉体的生命啊，可不像我们这般只有灵魂……"血翼嘿嘿笑道，"虽然灵魂交合比肉体交合更加舒爽一些，不过肉体的接触，却更有真实感啊。"

对于这般言语，敖天几人只得甩给血翼几双白眼。

夜，缓缓降临雅可尼芙之吟唱。

一丝淡淡的月光，自天际洒下，刚好照在那盘坐在床榻之上的刘枫身体之上。

沉闭的眼眸，忽然猛地睁开，刘枫突兀地抬起头来，却是见到月光之下，十几道倩影，急速划过。

"是雅可尼芙和紫卫？"刘枫眉头微皱，在心头有些疑惑地喃喃道，"大半夜的，她还要去哪？"

漆黑的眼珠微微转动，刘枫自床榻之上悄然飘落，没有带起半点的异响，身形诡异的闪动，居然已经出了院落之中，迈开步伐，迅速地对着那紫影落下处疾闪而去。

在刘枫离开院落之后，一道黑影也是急速地自院中闪现而出，那黑影之下，隐隐地露出赤红的血爪，在淡淡月光的照耀下，显得有些森然。

这里是距离雅可尼芙之吟唱几千米之外，一处坐落在群山围绕之中的阴僻幽潭。

幽潭水色有些显黑，视线顶多只能瞧下十几米，便再望不见任何景物。

在幽潭外的半空中，十几道影子扑扇着巨大的翅膀，缓缓地停留下来。

"大人，您真的想对三头蝎蛇动手吗？那可是王级中段的凶兽啊，以您顶段的实力，虽然能将它打败，可若是想将之收服，恐怕有些困难啊。"半空中，蕴含着担忧的男子声音响起。

"战将选举即将开始，我已经没有时间再满世界地去搜索了，现在距离我们最近的三系魔兽，便只有这三头蝎蛇了。"清冷的声音缓缓传下。

"可是，大人……"

"好了，别说了。兵人，准备战形吧，你和紫卫注意防卫别的凶兽，别让它们打扰到我的战斗。若是发现三头蝎蛇有逃跑的意图，一定要将它给拦下，为了把雅可尼芙之吟唱保住，我也只得试一次了。"漆黑的翅膀轻轻扇动，在天空中，淡淡月光的映照下，一张美艳的妖媚俏脸，为这片漆黑的大地，平添了几分亮色。

瞧着她这般坚持，男子也只得无奈地叹了一口气，点了点头，和十一道倩影一起，闪上树梢，意念将这片群山完全笼罩。

一处阴暗的树荫之下，一道漆黑的影子，忽然诡异地浮现，望着那缓缓自虚空降落而下的曼妙娇躯，不由得在心头低声道："原来是想趁夜打契约兽的主意啊，

第126章 天灾国度

这女人,性子还蛮刚烈的。"

小心地将身子靠进黑暗之中,刘枫将自己的气息死死收敛住,一双漆黑的眸子,紧紧地锁在那丰满的玲珑娇躯之上。

纤细的玉脚落在枯草地面,雅可尼芙玉手快速地结出繁复的印结,在一声娇喝间,浓烈的黑光,自其身体中猛地爆发而出,纤手在身前微微一握,一道细长的影子,缓缓地浮现而出。

手腕轻震,手中的凤尾荆刺鞭,在身前一个舞动,带起空气被劈破的"劈啦"之声。

"鞭子,这武器和她的性格倒是颇为匹配。"望着那犹如毒蛇一般刁钻的鞭花,刘枫在心头暗道。

玉手轻掷,凤尾荆刺鞭带着浓厚的斗气笔直刺进幽潭之中。斗气,瞬间狂射。

"砰……"平静的幽潭在斗气的射击之下,爆发出一道道泛着黑色的水柱,水柱冲天而起,远远看去,颇有些壮观。

阴暗中的刘枫,眼睛不知何时已微眯了起来。在他的神念感知中,他能够模糊地感应到,一个有着强悍凶威的庞然大物,正在急速地从幽潭之中蹿起。

"轰……"又是一记冲天水柱,水柱还未洒落,自其间,猛地射出一只闪烁着淡淡绿芒的锋利尖刺,尖刺带着点点腥臭,直射岸边的雅可尼芙胸口。

突然而来的袭击,并未让雅可尼芙失措,小小地退后一步,六翅轻展,手中的凤尾荆刺鞭带着森寒的柔劲,几个诡异地翻卷,便将那截绿芒缠在其中。

黛眉轻扬,雅可尼芙一声娇喝,手中力气骤然暴增。

在雅可尼芙这一记鞭甩之下,那隐藏在幽潭之中的庞然大物,居然直接被牵扯而出,在砸断几十根巨树之后,这才缓缓地停了下来。

"好暴力的女人。"瞧着远处地面之上的庞然大物,刘枫心头对雅可尼芙那性感的娇躯居然隐藏有那么强大的力量,感到诧异不已。

三只巨大的蛇头狰狞地抬起,冰水毒三系的魔法光柱,带着尖锐的嘶鸣声,连绵不断地对着雅可尼芙疯狂地扫去。

六翅急速展动,玲珑的娇躯在树林间迅速地闪跃,每每在魔法光柱即将临体之前,便安然避过。

茂密的森林,被三头蝎蛇扫平了大半,树林之间,冰晶、水汽、毒液弥漫。

脚尖在地面轻点，雅可尼芙凤目微寒，手中凤尾荆刺鞭急速抖动，犹如毒蛇出洞一般，几次诡异地旋转，便死死地缠住了两只巨大的蛇头。

两只蛇头被缠，另外一只巨嘴猛地一张，满口狰狞的獠牙，狠狠地将鞭子咬住。

一股绿气顺着鞭子，迅速地对着雅可尼芙席卷而来。

望着那转眼间便已浸染大半凤尾荆刺鞭的绿气，雅可尼芙俏脸微变，六翼展动，澎湃的黑色斗气猛地喷薄而出。

黑气与绿气，似乎在凤尾荆刺鞭之上僵持了下来，不断地相互推移着，空间的波动，在绿气和黑气的扩散间，缓缓荡漾。

僵持了片刻，变故却是骤然而降。

"砰！"闪烁着绿芒森寒的尖锐利刺，突兀地自土地之中冒探而出，那腥臭的利尖，狠狠地对着雅可尼芙疾刺而去。

同样是察觉到身下的森寒波动，不过雅可尼芙却并未闪身躲避，握着凤尾荆刺鞭的玉手之中，能量再次大盛。看来，这倔强的女人，硬是宁愿拼着挨一记重击，也不想放弃收服三头蝎蛇的机会。

雅可尼芙本身实力在王级顶段，而三头蝎蛇却只是中段凶兽而已。若她真是想要将之击杀，其实并不用费多大的劲，可麻烦就麻烦在，雅可尼芙并不想击杀它，而是想要将之收为契约兽。若是出手重了，一个不小心便会将之击杀，如此那般，一晚上的行动，恐怕又得白费，而若出手畏首畏尾，便将会陷入现在的这般危险景况。

望着那闪电而袭的锋利森寒，那隐藏在暗处的刘枫心头微跳，再瞧得那根本无视被其攻击的雅可尼芙，不由得一声低骂："疯女人。"

那周围巨树之上的紫卫以及兵人，也是发现了雅可尼芙的处境，大惊之下，却来不及救援了。

"白痴女人，你若是死了，谁带我们去找法兰克？"心头转过念头，刘枫无奈地摇了摇头，身形，骤然消失。

就在那闪烁着绿芒的森寒即将击中雅可尼芙之时，半空之上，绿影闪动而现，两把柴刀夹杂着凶猛的力量，狠狠地斜劈在那尖利之上，火花顿时暴射。

"我说你想死，也等把我们送到目的地，再死好不好？胸大无脑的女人。"淡淡地嘲讽，在一旁的树干之上响起。

"是你？"眼角余光轻扫了扫，雅可尼芙美眸停在了，那斜靠在树干之上的年

第126章 天灾国度

轻人脸庞上,有些惊异地道。

"刚才是你出的手?"修长的睫毛轻眨,雅可尼芙问道。

"我只是不想我们的领路人,还没完成任务就死了而已。"刘枫抬了抬眼皮,修长的指间,响亮地打了个手嘣,手指遥遥地指着那三头蝎蛇。

虚空之上,两道壮硕的绿色影子应声而动,鬼魅般的身形,瞬间闪现在其头顶之上,手中柴刀,狠狠地劈下。

"别杀了它!"瞧得那两道绿色影子,这记攻击的强猛,雅可尼芙急忙喊道。

"知道。"刘枫淡淡地回了一句,漆黑的眸子间,森寒掠过。

"砰。"柴刀在关键时刻变劈为拍,狠狠地拍打在那巨大的脑袋之上,这一记的重力,居然直接把三头蝎蛇那庞大的身躯打进了土内三分,溅起漫天黄尘。

手指轻弹,那两道壮硕的镜像,在雅可尼芙那惊讶的视线中,迅速消散。

"那是你召唤出来的?"落下身来,雅可尼芙惊异地问道。

"不是我,难道还是你?"刘枫撇了撇嘴,挥着手道,"赶快去签订契约吧,别浪费时间。"

凤目微微凝视了刘枫片刻,雅可尼芙轻声道:"今晚的相助,我会还给你的。"说完,也不待刘枫回话,闪身出现在那被刘枫砸昏了过去的三头蝎蛇旁边,纤手迅速结出神秘的印结,一道光线自其光洁的额间,射向三头蝎蛇脑袋。

"扑!"光线在送达三头蝎蛇脑袋之上时,一圈绿芒忽然浮现,将那道光线弹射了回去,精神力受创,雅可尼芙忍不住地喷出一口鲜血。

"不行,凶威太强,以我高它一个级别的实力,根本不可能将之签订为契约兽。"雅可尼芙轻轻地摇了摇头,缓缓蹲下身子,双手有些颓废地抱着膝盖,那张妖媚的俏脸,却是被黯然所覆盖。

"哎。"瞧得那竟然露出几分罕见怯弱的雅可尼芙,刘枫无奈地叹了一口气,缓步走上前去,淡淡地道:"小爷再发善心,帮你一次。给我记好了,两次,以后有机会,一定要还给我。"

俏脸忽然抬起,雅可尼芙一双美眸,紧紧地盯着那双犹如黑夜般的眸子,迟疑了片刻,方才讷讷地道:"你行么,你?"

雅可尼芙看着刘枫的双眼,表达了自己的质疑。

第127章

天寨

第127章 天寨

望着那张在淡淡月光之下,微露出极为罕见的怯意俏脸,刘枫心脏有些不争气地跳了跳,面上表情依旧平静,淡然道:"我不行,自然有人行。你说是么,血爪?"

一道影子,猛地自漆黑的夜空中闪落,诡异地出现在刘枫身旁,有些惊异地道:"你的意念,简直就不是一个普通神阶能够拥有的,我想即使是王级神阶,恐怕也没有你这般敏锐。"

视线微微移动,转到蹲在地面上的雅可尼芙身体之上,一只血色的利刺探出黑袍,在月光的照耀下,反射出森寒的光泽,问道:"你想要我帮她?"

"既然刚才我都出手了,难道现在还能不理她么?"刘枫有些无奈地摊了摊手。

"噬天雕?血爪?!"瞧着那只血色利刺,雅可尼芙微微怔了怔,旋即失声道。

"嗯,我们又见面了。"血爪淡淡地点了点头。

"你,你和刘枫,是什么关系?"复杂的视线,转移到刘枫那张平和的脸庞之上,雅可尼芙讷讷地问道。

"伙伴吧。"刘枫耸了耸肩膀,轻描淡写地道。

听着刘枫这话,血爪那笔直矗立的身子,不可察觉地微微一颤,缓缓蹲下身子,摸了摸昏迷的三头蝎蛇。那有些冷冽的声音,不知何时,居然有了点热度:"王级中段的凶兽,我能帮你把它的凶威压至最低,到时候你便与它签订契约吧。"

"呃,谢谢。"闻言,雅可尼芙美眸一亮,感激地冲着血爪点了点头。

"要谢就谢刘枫去吧,若不是他要我出手相助,我是不会理会的。"血爪的声音,丝毫没有因为雅可尼芙美丽的外貌而产生半点波动,依旧淡淡地道。

"谢谢。"微怔了怔，雅可尼芙抬起俏脸，对着刘枫轻声道。

刘枫耸了耸肩膀，不言不语，算是接受了她的道谢。

"大人，您没事吧？"十几道影子，自树梢之上闪落，娇呼中，有着担忧与焦急。

"没事，多亏了刘枫先生和血爪大人的相助。"雅可尼芙摆了摆小手，道，"你们守在附近吧，注意别让别的凶兽闯了进来。"

瞧着雅可尼芙的确没什么事后，紫卫这才安心地闪进密林间，小心地巡视。

"多谢你了。"身后，感激的轻声传来，那是兵人。

刘枫微微点头，并没说什么。

场中，恐怖的凶威猛地自血爪身体之中暴涨而出，一股股青色能量，将附近的枯叶尽数卷飞，一只手掌自黑袍中探出，重重地击打在一颗巨大的蛇头之上，浓烈的凶威，压迫而出。

随着血爪凶威的越加浓烈，三头蝎蛇身体之上的护体凶气，越来越弱。片刻之后，竟然便只余下了一层淡淡的薄膜。

"签订吧。"淡淡的声音，自血爪嘴中传出。

雅可尼芙连忙点了点头，深吸了一口气，神秘的印结，再次飞快地凝结而出，一道光线，再次疾射而出。

有着血爪的相助，这一次的签订极为顺利，光线也终于是突破了那层薄膜，射进了三头蝎蛇额头之中。

"契约，凝！"随着一声娇喝，三头蝎蛇脑袋上的灵魂烙印光芒大盛，光芒逐渐散去。在其头颅之上形成了一个展翅而落的娇艳女子，看那女子的模糊形状，与雅可尼芙甚是相像。

烙印一结，三头蝎蛇也醒转了过来，似是已经明白了自己的处境。它也并未反抗，只得无奈地甩动着巨大的蝎尾，将火气释放到那周围的巨树之上。

"走了。"瞧得事情已经完毕，刘枫也不再停留，对着血爪挥了挥手，身形闪动间，已经消失在了这片天地之间。

血爪身形微振，化为黑光，一闪即逝。

望着刘枫消失处，雅可尼芙沉默了半晌，再次轻声道："谢谢了。"轻甩了甩脑袋，以往的冷傲与自信，再次浮现在那张妖媚的俏脸之上。

第127章 天寨

一望无际的蓝天之下,十几道黑影宛如流星赶月一般的疾划而过,瞬间消失在天际之边。

"嘿嘿,刘枫,你前天夜里是不是对雅可尼芙做了什么?为什么那女人这两天对你的态度貌似很和善啊?"血翼瞟了一眼那前面带路的曼妙娇躯,小声问道。

刘枫撇了撇嘴,微笑道:"或许她看上我了吧。"

"果然够无耻。"对着刘枫竖起大拇指,血翼却是满脸鄙视。

"刘枫先生,敖天大人,法兰克大人的领地到了。"前方带路的娇躯忽然一顿,回转过头来,嫣然笑道。

刘枫视线眺望前方,果然是发现前方的那片空间,隐隐泄露出领域的波动。

在那片领域之外,一道道黑影不断闪现,然后径直飞入那领域之中。

"客人们,走吧。明日便是堕落天使部落除了族长选举大会之外最火热的日子了,所以这两天赶来法兰克大人的领域的人特别多。"雅可尼芙微微一笑,笑吟吟说道。

"呵呵,走吧,进去。"刘枫笑着点了点头,对着那领域轻扬了扬下巴。

雅可尼芙轻笑一声,六翼展动间,在虚空划起曼妙的弧线,径直投入那领域之中。其后,刘枫几人紧紧相随。

在法兰克的领域之中,城市并不多见,可庞大的营寨,却是多得数不胜数,每一个营寨之中,都是人头涌动。天空地上,人影不断闪掠。

雅可尼芙在堕落天使部落,明显拥有不错的人缘。当然,这其中肯定和她那绝美的外貌有关,自打进入到领域之中后,每行一段路程,便会遇上极多的行人,热络地上来打招呼。

看那些行人眼中的炽热视线,刘枫便能知道,这些家伙肯定都是抱着极为不良的念头。

身影急速地闪掠,再次行了一个小时之久,一座建立在巨大山巅之上的营寨,终于是出现在了几人视线之内。

山峰极为高耸,那巅峰更是直接插入云层之中,远远看去,当真犹如是建造在云层之上一般。

"那就是法兰克大人所居住的天寨了,那里是领域中的最高处。"仰望着天寨,雅可尼芙微笑道。

"果然够高。"望着那在山腰上,不断闪掠的人影,刘枫微赞着点了点头。

"来吧,各位,来试一下,看我们谁先到达顶峰?"高耸入云的山峦,让刘枫心头升起一股豪气,回转过头来,对着众人大笑道。

"刘枫先生,登山比赛,这里可是每时每刻都在举行,喏,你看……"雅可尼芙如玉般的纤指,指向不远处的大堆人群。人群中,各色的职业全都具备,一个个正在争先恐后地飞掠攀爬。

"在天寨之下,就算是堕落天使也不得飞行,这是法兰克大人所定下的规矩。"雅可尼芙轻声道。

"砰。"一道火焰迅速升空,然后爆裂而开。

"咻,咻,咻……"随着火焰的爆裂,那山脚之下的人影,犹如是撤了马鞍的野马,铆足了劲地朝着山巅之上飞掠而去。

瞧着那闪电般疾行的人影,刘枫眼睛微亮,对着众人大笑道:"各位,上吧。"说罢也不待他们反映,身形,却是已经诡异地消失了。

"雅可便陪刘枫先生,比上一比吧。"雅可尼芙微微一笑,六翼迅速展动,玲珑的娇躯,化为黑线,径直冲出。

"幼稚。"不屑的鼻哼声,自敖天、血爪、火炎黑袍中传出。

"枫哥,俺陪你。"一道金色影子,猛地暴闪而出,一路横冲直撞,撞翻无数道影子。

"我们也走……"加拉大笑一声,和巫师、德克尔三人也是飙行而上。

"呃,我也想去……"血翼被那漫山同时飙行的人影,激起了心头的热情,搓了搓手,转头望向敖天以及血爪三人,却是发现他们身形动也不动,犹如僵硬了一般。

眉头一挑,血翼猛地一股劲气击出,劲气毫无阻碍地击中敖天三人的身体,不过却是诡异地径直穿了出去,在地面之上击出三个大坑,三道身影,居然是残影。

"三个浑蛋,嘴里说着幼稚,可跑得比兔子还快,让我说你们什么好呢?"愣了愣,血翼这才发现敖天三人,不知何时早就撒开脚丫子闪人了,愤怒地跳着脚,怒骂道。身形猛地冲着山巅之上暴闪而去,留下一路的谩骂声。

天寨,虽然以寨为名,不过其内里的面积,就算是较之提托奥迪斯的主城,也并不如何逊色。

第127章 天寨

如箭塔一般的建筑物，错落有致地耸立在宽敞的寨营之中，模样虽然怪异，不过却自有几分独有的风气。

在营寨的中央处，有着颇为巨大的巨石广场，在广场的正中，还伫立着一尊高耸的石雕像，石雕像背后，斜斜地靠立着八只黑色的羽翅。

无数行人在路过广场之时，都会不约而同地对着那巨大的雕像，真诚地微微欠身，对着那所石雕的主人，送去心中的尊崇。

"那便是法兰克吗？"望着那高耸石雕像之下，络绎不绝的人群，刘枫微笑道。

"是的，那就是法兰克大人。大人带领着堕落天使一族，在混乱不堪的神之战场中，建立了属于自己的家园。整个堕落天使部落，都对他非常感激他，他很伟大。"雅可尼芙轻抬起俏脸，美眸凝视在那石雕之上，轻声道。

"哦。"刘枫微微耸了耸肩，在心中不由对那还未见面的法兰克，再次高看一层，能够得到这么多人，发自内心的尊重，这位法兰克大人，肯定有着其不凡的本事。

"难怪能和提托奥迪斯，并列为三大巨头之一啊，想来，又是一位乱世枭雄吧？"

"各位，请跟我来吧，我带你们去见法兰克大人。"将视线自石雕上移下，雅可尼芙微笑道。

"嗯。"刘枫几人都是点了点头。

跟着雅可尼芙穿过广场，来到一所颇为庞大的院落之外。

院落门口有着严密的守卫，就算是以雅可尼芙四战将之一的身份，也是被盘查了好片刻，这才放行。

进入院落，沿着碎青石所铺就而成的小径，行走了片刻，雅可尼芙带着几人，停留在了一个幽静的院子之外。

"法兰克大人。"雅可尼芙在院门口，单膝跪地，恭声道。

"进来吧，丫头，别让我的客人厌烦了，呵呵。"温和的笑声，自院落之中笑着传出。

"是！"恭敬地点了点头，雅可尼芙这才将刘枫一行人，迎入院子之中。

院内，环境颇为朴素，一亭一桌，一池一柳，偶有青青绿草，点缀地面。

在那亭中，坐立着一位身穿青袍的中年男子。此时，那名男子正笑吟吟地望着进入院中的一行人。

"皇级顶段,他应该便是与提托奥迪斯齐名的法兰克了。"敖天视线扫了扫中年男子,淡淡的声音,响在众人耳边。

"有客远来,法兰克怠慢了。"站起身子,青袍男子对着敖天,略带歉意地拱了拱手。

"呵呵,打扰法兰克大人的清修,还请不要见怪。"对于打招呼这种事,刘枫当仁不让的,将性子憨直的敖天,挤了下去。

"呵呵,小兄弟便是刘枫吧?"法兰克淡淡地笑道,"小兄弟也不是常人啊,难怪提托奥迪斯那桀骜的家伙也对你们以礼相待。"

眉头轻挑,刘枫心中知道,法兰克肯定已经通过某些渠道,对自己这一行人,有过比较深入的了解。

"难怪人家都说,堕落天使部落是神之战场的百事通,自己自从出了十万大山后,出手的次数便少了许多,可却依然被人家瞧出了些端倪。"刘枫心头有些惊异,抬起头来,也不客气,直接奔入主题,含笑道:"法兰克大人,以您的情报能力,想必也应该知晓,我们此行的目的吧?"

"你们是想出这神之战场吧?"缓缓地坐回石椅,法兰克微笑道。

"是的,我们想要出去。"刘枫重重地点了点头。

轻叹了一口气,沉默了片刻,法兰克沉吟道:"虽然我对你们能够突破那神秘守护者的封锁,没有抱有一丝的信心,不过,却是真的希望,有人能够走出这片空间。哎,开启远距离传送阵并不如何困难,不过却得等我将天寨中的四战将选拔了结之后,才能腾出手来。所以,几位便在此处,再待上一天吧,如何?"

"也好。"微微沉思了片刻,一天的时间,刘枫几人倒不如何太过在乎,当下点头应是。

"对于那神秘守护者,其实我也知之不详。几百年前,我与提托奥迪斯、奥术法三人曾经试过一次,不过却是被狼狈地丢了出来,并且差点因此丧命。虽然现今实力增长了,不过却依然没有再进入过那片土地……"法兰克有些低沉地摇了摇头,苦笑道,"三大领地中,奥术法那家伙的巫师盟是最后一站,你们如果到了他那里,我建议最好和他见一面,对于那神秘守护者,他比起我们来,却是了解得更多。毕竟,他的领地,是距离那片空间最近的土地。"

"嗯,会的,多谢法兰克大人。"刘枫略微感激地对着法兰克,点了点头。

第127章 天寨

"呵呵,不用。对于敖天和刘枫小兄弟这般的强者,堕落天使部落,一向都是能帮则帮,不能帮也是尽力而为。"法兰克笑着摆了摆手。

虽然明知道法兰克的示好举动,是看在敖天那强横实力,和自己的恐怖潜力之上,不过对于他的善意行止,刘枫心头,却依旧是有着几分感激之意。

"你,你是血爪?"那微笑着坐立的法兰克,忽然猛地站起身来,视线凝在了站立在刘枫身后的血爪身体之上,失声喝道。

黑袍微微一顿,血爪掀开黑袍,望着那张熟脸,脸色有些苦涩。当年势均力敌的老朋友,现在居然已经超越了自己两个级别,这种打击,让得血爪实在心中有着点点不甘,轻叹了一口气,缓缓地点了点头。

"是我,法兰克大哥。"

"你,你怎么和他们在一起?十万大山是不是出什么事了?"法兰克惊异地问道,对于这位当年曾经大战几天几夜的老对手,法兰克心中,对其也是颇感敬重。

"你被下了灵魂烙印?"游移的视线,忽然停在了血爪额头之上的那灵魂印记上,法兰克脸色一变,喝道。

"刘枫先生,是你对血爪下的灵魂烙印?能给我个解释吗?"眼睛微眯,法兰克终于是将那灵魂印记的主人,给辨认了出来,转过头来,对着刘枫冷声道。

虽然血爪是一头凶兽,不过当年经过几番苦战,法兰克与血爪在那场互不落下风的战斗中,倒还真是打出了感情,惺惺相惜,到得最后,两人居然彼此还以兄弟相称。虽然这在神之战场来说,显得有些不可思议,不过,无巧不成书,这事却是当真的确发生了。然而昔日的朋友,如今居然被下了最残酷的灵魂烙印,这如何能不让法兰克心有怒意。

刚才还尚是和谐的气氛,却是在忽然之间,变得有些僵硬了起来。

"别怪刘枫,是我自愿的。"血爪抬了抬眼,淡淡地说道。

"不可能,当年我要收你为契约兽,你那倔强的性子,都未能答应,口口声声说要找一个比自己还要强大的主人。虽然刘枫有着潜力,但我可不认为,这是你献出灵魂的理由。"法兰克沉声道。

"是他们逼你的?"法兰克视线跳到敖天身上,在这一行人中,唯一能够打败血爪的,似乎便只有着他了。

"哎,这事的确怪不了他们……"血爪有些无奈地摇了摇头,不得不说道,"刘枫虽然现在实力不怎么样,可他的潜力却是极大。不出十年,他定然能够超越我，所以，我只不过是提前履行了我的约定而已。"

"十年？从普通神阶到皇级？"法兰克抬了抬眼皮，摇了摇头，"即使是提托奥迪斯，当年从王级顶段突破到皇级初段，那也是用去了四十年时间。虽然我也知晓刘枫潜力不凡，不过十年便想到达皇级，那却无疑是痴人说梦……"

"那你要如何才肯相信？"淡淡的声音，自一直沉默的刘枫嘴中传出。

"证明，给我你实力的证明！我将血爪视为朋友，朋友遭遇此等待遇，如果你不能向我证明，你的确有实力驾驭血爪，那么，传送阵，你们也别想借了。"法兰克有些愤怒地挥动着衣袍，怒声道。

"我知道你们一行人实力不凡，不过你们也别当我堕落天使一族是泥巴，能够任你们随意揉捏。"

"如何证明？"刘枫伸出手，将那脸色微寒的敖天，阻拦了下来，轻声问道。

"别说我为难你……"法兰克双眼死死地盯着刘枫，一字一顿地说道，"取得四大战将之首的位置，我便相信，你有比提托奥迪斯还恐怖的潜力。"

刘枫闻言，默然不语，忽然转身，平淡的声音留下："明天我参加。"

经过慎重的考虑，刘枫应下了法兰克的挑战。思考的时间虽然短暂，但做出的决定却并不草率。

第128章

战将！

望着那跟着刘枫行出院门的一行人，血爪叹了口气，无奈地道："法兰克大哥，这事，真怪不得刘枫……"

　　"好了，血爪，灵魂契约是如何霸道，你又不是不知，这基本上是将自己本身的所有控制权，交给了别人掌管。不管怎么说，你也曾经是十万大山三大巨头之一啊。"法兰克摇了摇头，依旧有些怒气地道。

　　"自签了契约以来，刘枫也并未强行命令我做任何事情，就算偶尔需要我出手，也是以商量的口吻，倒还真没那种对仆人的语气……"血爪缓缓地说道，"你也知道，凶兽想要晋级是何种的困难，虽然签订了灵魂契约，我会受制于刘枫，不过等到日后他成长起来之时，我也会随着他实力的增长而增长，以长远目光来看，这笔交易，其实很划算的。"

　　"你就这么相信他能超越你？"法兰克挑了挑眉，见到血爪又欲辩解，挥了挥手，说道，"我刚才已经说了条件了，而且刘枫也已经答应了。如果他真能在四战将选拔赛中取得胜利，那么我便不再多管闲事。可若是他败了，那么你就必须留在天寨中，等我将你的灵魂烙印消除后，才能离去……

　　"当然，当事人是你，你如果不愿意我这个结拜兄弟管你的闲事，那我也会当作什么都没看见。不过，他们想要借传送阵一用之事，还是罢了吧。"法兰克抬起眼眸，淡淡地道。

　　"哎，你啊，还是那般的顽固。"血爪苦笑着摇了摇头，旋即笑道，"既然这样，那便明日观刘枫的战绩吧，我相信他能够胜利的。"

　　"希望吧。"法兰克站起身来，拉住血爪的袍子，对着院内走去，笑道，"我们两兄弟几百年未见了，今日便畅聊一番吧，我在这天寨之中，也颇感寂寞啊。"

　　被法兰克紧紧抓住，血爪也是无奈，只得点了点头。

第128章 战将!

漆黑的夜,伴着点点月光洒照大地,白天喧闹的天寨,也是渐渐地平静了下来。

在天寨边缘之处,一袭黑影若隐若现,双脚搭在那万丈峭壁之上,斜靠着一棵老树。

手掌托着下巴,刘枫望着那慵懒悬浮的云朵,许久不语。淡淡的月光,挑起了刘枫心中的温馨回忆。

几张风情各异的俏脸,在脑海中调皮地跃现。

"哎,离开夜阑大陆也快近一年了吧,不知道她们可还好?"轻轻地一声叹息,刘枫拳头微紧,低声自语道,"放心吧,我会很快回来的。

"有事吗?"忽然抬起头来,刘枫淡淡地问道。

"你明天,当真想去参加四大战将的选拔赛?"酥麻的娇音,带着点点慵懒,甚是撩人。

"嗯。"刘枫后脑枕着双臂,缓缓躺下,微微点了点头,轻声道,"我不想现在和法兰克有冲突。我的时间并不如何宽裕,如果真叫我们绕道,恐怕得再飞上几个月……"

身后香风拂过,一道玲珑娇躯现于身旁,正是雅可尼芙。

"既然你坚持,我也不好劝你,上次你帮我收服契约兽,我暂时还找不到别的办法回报你。所以,只得把这次参加四大战将选拔的重量级人物,给你透露一些,希望这能够对你有所帮助吧。"微微沉吟,雅可尼芙优雅地坐下身子,微笑道。

"哦?这不算违规吧?"精神微振,刘枫饶有兴趣地将视线,自云彩中移过,停留在了妖媚动人的雅可尼芙娇躯之上。

"呵呵,法兰克大人可没那么小肚量。"小手轻掩着红唇,雅可尼芙娇笑道。

"这一届的四大战将,分别是:龙将泰尼,王级顶段实力,契约兽是王级初段的蜥蜴龙兽;虎将坦暴,王级顶段实力,契约兽是王级初段的火虎;凤将也就是我,你应该已经了解了;狮将鸿翼,王级顶段实力,契约兽是普通神阶的风雷雕。"雅可尼芙小手捋过垂落额前的刘海,继续道:"除了我们四人之外,这次还出现了两个实力强横的新人,枯牙与暴雪。两人都是王级中段的实力,他们的契约兽也是王级中段……"

"就你们六人吗?"刘枫眼睛微眯,偏着头问道。

"嗯,下一届的四大战将,如果不出意外,便会在我们六人之中诞生。"雅可尼芙微笑道，"以我顶段的实力，再加上中段的三头蝎蛇，我应该能够顺利保下位置了……"

"六人，王级顶段……"刘枫轻轻地呼了一口气，淡淡笑道，"我想，我应该能够获胜。"

"哦？这其中可是跨了三个阶段哦，你认为你行？"瞧着那浮现自信的平和脸庞，雅可尼芙惊疑地问道。

刘枫嘿嘿一笑，爬起身来，拍了拍屁股，转身往回走，边走边笑着说道："明天你就知道了，话说，我也有很久没有全力战斗了啊，骨头还真有几分发酸了……"

"剑圣为战而生，战天战地战己。战，才是提升自己最快的捷径啊。"桀骜不驯的大笑，带着浓厚的战意，在漆黑的夜空中传开来。

回转过头，望着那逐渐消失在黑暗中的单薄背影，雅可尼芙嫣然一笑，微笑道："希望你能胜利吧。不过，能够让提托奥迪斯那般巨头都赞不绝口的人物，又怎会轻易失败？"

远远的天际之边，一抹淡淡的光芒，突破黑暗的束缚，缓缓而至，带来了天寨中，火热而激烈的日子。

一声悠扬的钟声，带起了无数道腾飞的黑影，整个天寨，因为这一记钟声，陷入了狂热。

在天寨中央之处，那巨大的广场内，人影遍布，斗气魔力狂涌而出，整片虚空，几乎完全被之覆盖，远远看去，颇为壮观。

在一座豪华的塔楼之上，一群人影站立，视线径直投向那人影遍布的广场之中。

"大混战？"瞧得广场内的分布模式，加拉转头问道。

"嗯，谁能坚持到最后四位，便是新一届的四大战将。"法兰克点了点头。

"刘枫已经进去了？"法兰克眉头微皱，问道。

"嗯，进去了。"

"这……这家伙也太心急了吧？我原本只是想让他直接和最后的胜利者比试的。"法兰克有些无奈地说道。

"那样没区别，普通神阶，对刘枫根本没有半点威胁。"加拉淡淡地道。

第128章 战将!

"的确,很不错的隐身之法,就算是我,也只得依靠空间的微微波动,判断出他的行迹。"微眯着眼,视线在混乱的场内一阵扫视,终于是停留在了一处拥挤的角落之中,法兰克微赞着道。

"刘枫不仅仅是拥有恐怖的潜力,越级挑战,对他而言,那也是常事。"血翼咧嘴大笑道。

"刘枫一剑劈死赫古拉的事,我也知晓。呵呵,不过,赫古拉只是王级初段而已,实力并不如何突出。"法兰克淡淡地说道。

"越一级挑战,虽然罕见,可在神之战场,却也并不是没有过先例……"

"那我们就拭目以待吧。"巫师轻笑着摇了摇头。

"该死的,要是枫哥一个那啥,啥风暴卷过来,那场中还能有一个活人,我就脑袋倒着走路。"一旁,小金低声地嘟囔道。

在广场之外,无数道人影踏立在建筑物之上,疯狂的呐喊声震天响起。

"开始吧。"轻轻地点了点头,法兰克袖袍一挥,一股劲气凭空疾射而出,重重地击打在一处高耸建筑物顶段的古钟之上,带起悠扬响亮的钟鸣之声。

随着钟声的响起,一圈四方形的结界,自广场之外迅速升起,将整个场地完整地包裹了起来。

"第四十三届四战将选拔,开始!"淡淡的声响,在结界之内缓缓地回荡。

空间忽然一凝,恐怖的斗气以及魔力,猛地各自澎湃而起,刀剑斧钺,十八般武器,全部搬进场内。战斗刚刚开始,便陷入了狂热。

场地之内,人影不断口喷鲜血地急速倒飞,在接触到结界之后,便被传送而出。

天寨,选拔在越加激烈的战斗之中,进入了高潮。

广场之上,一片混乱,刀光剑影,不断带着雄厚的斗气闪掠而出,在虚空之上,带起一圈圈的淡淡空间波纹。

在混乱的场地之中,有着四处诡异的真空地带,强横的能量威压,笼罩着那四片真空地带,将空间几乎凝固而起。一切胡乱闯入其中的人影,都是在眨眼间,便被蛮横地击飞。

四处真空地带的主人,也正是这一届的四大战将:龙将、凤将、虎将、狮将。

安静的站立在真空地带之中,四双淡漠的视线,在那混乱的场地之中缓缓扫过,凶猛的斗气,隐隐澎湃。

在场地之内，除了四处无人的真空地带，比较惹人注目之外，两股霸道的气息，也是吸引了无数道炽热的视线。

两股气息的主人都颇为高壮，裸露的背肩之上，伤疤横生，那一道道狰狞的疤痕，也证明着他们是从刀口之上滚过来的勇士。六双巨大的黑色羽翅，在背间的震动下，划起诡异的弧度，坚硬的羽翼，犹如最锋利的武器一般，带起无数道鲜血与惨叫。

两人一南一北，遥遥对立，彼此对视间，火花交射。

"那两人，便是枯牙与暴雪了吧。作为新人，他们的实力的确不凡，那股在生死间打磨出来的凶悍气势，也让得他们的攻击，平添了几分凶厉啊。"凝望着场中犹如坦克般横冲直撞的两人，法兰克微笑道。

"的确，那两人若只是光比较气势，恐怕并不会逊色于那四名战将。"加拉点了点头，说道。

"刘枫还不打算出手么？"视线转移到场中的某处角落之中，法兰克淡淡地道。

"能够安然地躲开那么多强者的意念搜索，这难道不算是本身实力的一种吗？法兰克大人。"巫师微笑道。

"呵呵，也算是吧。不过我与他的赌注，可是打败四大战将哦，像他这般的一直躲下去，却是违背了规定啊。"法兰克笑道。

"在这种混乱的战场中，如何保存更多的战斗力，才是智者所为。像大人的那四大战将，不同样没有出手吗？"巫师轻笑道。

淡淡地点了点头，法兰克也不再和巫师在这话题之上纠缠，视线回转到那战况越加激烈的广场之中。

那原本拥挤的广场内，随着战况的越加激烈，人数也在急速变得稀少了起来，待到天空太阳逐渐走上正中之时，场中，竟然已经不足百余人。

数量虽然大大减少了，不过能够在大混战中坚持到现在的人，无一不是实力强横的强者。隐藏在暗处的刘枫只是神念扫视了一下，便略感惊异地发现，在这不足百余人之中，竟然有三十几位已经跨入了王级的层次。

场地之内，空间微微一凝，然后再次爆发出更加凶猛的能量波动。宽敞的场地之中，人影不断闪掠。空间涟漪犹如水波一般不断扩散。

第128章 战将！

不足百名的人影，再次被飞速地无情淘汰。

当最后一名普通神阶口吐鲜血，倒飞出结界之时，场内，还余下十八人。呃，当然，一直隐身在暗处的刘枫不算在内。

十八人遥遥对立，再也不敢胡乱出手。在这般场景之中，只要稍稍露出一点破绽，便会招惹来连绵不尽的疯狂攻击，直到出场。

场地内，气氛在十八道意念的锁定之下，如同凝固起来了一般。

四大战将也是撤了周身的真空压迫，他们知道，对于场中残留而下的人来说，那点真空压迫，已经形不成多大的作用。

在场地之外，无数道炽热的视线，紧紧地盯着场地之中，疯狂的呐喊声震得房屋瑟瑟发抖。

不知何时，一股突然的凶厉之气，自场地之中爆发而起，将那凝固的气氛，瞬间打得破碎。

随着第一人召唤出了契约兽，空间之内，凶气猛地大盛。一道道巨大的凶兽影子，带着浓烈的凶威，赤红着眼，出现在了宽敞的场地之内。

原本还极为宽敞的广场，只是转瞬间，便再次显得有些拥挤了起来。

一声满含杀意的喝声暴响而起，战将选拔赛到了最为混乱之刻。

十八只巨大的凶兽，疯狂地战成一堆，带起漫天的嘶吼以及飞洒的滚烫鲜血。

十八道黑影在虚空狠狠交击，将虚空震得不断扭曲。

一道黑影自虚空急速坠落，然后狠狠砸在坚硬的地板之上，仰头喷出一口鲜血。黑影落地，身形猛的一侧，背后巨大的六翅，重重地倒扇而出，重重劈打在身后的某处虚空之上。

"砰！"一道黑影突兀地自六翅扇动处闪现而出，手心微旋，古剑吟龙现于手中，一道凌厉的剑气，暴射而出。

"叮当！"剑气劈砍在黑翼之上，居然响起金铁相击的脆音。

一道血色疤痕，自巨大的翅膀之下沿袭而上，直至黑翼的底部。

坚硬如铁的翅膀，居然遭遇如此重击。那名黑影脸色瞬间狂变，慌乱间，脚步乱了起来。

强者交手，伤可受，心万万不能乱。因为往往只是在其分心的那一刹那，胜负，便已分出。

　　脚步微错，身形鬼魅般出现在黑影左侧，手中吟龙剑柄以迅雷不及掩耳之势，狠狠倒击在黑影胸口之上，带起深沉的闷响之声。

　　"扑哧！"一口鲜血，自黑影嘴中暴吐而出，身形倒飞而出，撞在结界之上，然后被传送而出。

　　"好快的出手速度，好刁钻的眼力。虽然那名王级初段的强者受伤在前，不过一击便能将之打出场外，刘枫，也果然不是寻常角色啊。"一直关注着场内情况的法兰克忽然低喝道，语气中，有着许些赞扬。

　　笑着摇了摇头，法兰克话音一转，笑道，"不过既然刘枫暴露出了身形，那么接下来的战斗，便得靠他的真正本事了。场中，可是还有着十二名王级强者和凶兽哦……"

　　"刘枫会胜利的。"血爪淡淡地道："别看他只有着普通神阶的实力，不过，他到底能够达到何种界限，就算是我，也是摸不清啊。这家伙，什么东西都藏得很深，任何小瞧他的人，都会因此而付出不小代价。"

　　"哦？"扬了扬眉头，法兰克微笑道，"如此，那我便拭目以待了。"

　　刘枫将一名王级强者打出了结界，这同样引起了那无数围观者的漫天惊呼，一双双视线，也都随之转移到那诡异浮现的黑袍之上。

　　刘枫引起了围观者的注意，也同样是引起了那尚还在战斗间的十二人的注视，诧异的视线，自这些强者眼中射将出来。显然，他们对这突兀出现的人影，也是感到有些惊异。

　　不过，却也仅仅是惊异罢了。毕竟一名普通的神阶，实在让他们提不起太大的重视，即使刘枫刚才已经将一名王级强者送出了场外，可很多人都宁愿相信，这是这年轻人的好运气。

　　一头普通神阶凶兽，忽然自混乱的战圈中疾闪而出，迈着巨大的脚掌，狠狠地对着刘枫践踏而去。

　　淡淡地抬眼，刘枫手中吟龙剑急速几个轻颤，一股股凌厉的森寒剑气，猛地暴射而出，剑网，密布虚空。

　　古朴的剑身，瞬间挽出一朵月白色的剑莲，然后，收剑而立。

　　那神阶凶兽狠踏而下的步子忽然一凝，随即在一声凄厉的尖叫之下，巨大的

第128章 战将！

身子，猛地被切开，那切口，光滑如镜，鲜血疾喷。

凶兽死亡前的尖嚎声，也是拉来了场中十几名强者的注意，望着那尸体之上的光滑切口，眼瞳都是微不可察地一缩。

凶兽虽然只有神阶，不过其抗打的防御力，却是较之普通王级也弱不了多少。可即使是这般，却依然被如此完美地切开了去，这如何不让众人在心中对那名方才神阶实力的年轻人提高几分警惕与重视？

一声愤怒的吼声响起，一道黑影猛地脱离十二人的战圈，身形化为一道黑光，径直对着刘枫疾冲而去。

眼睛微眯，刘枫脚步轻轻朝前一跨，身形居然诡异地闪现在了黑光之后，手中吟龙剑带着森寒，狠狠地倒刺而出。

淡淡地抽回滴着鲜血的剑身，刘枫一脚将身后的人影，踢出了结界之外，傲然踏立，桀骜的战意，透体勃发。

此时的场内，还余七人、六兽。除了四大战将之外，那两名剽悍的新人，也是不出意外地进入到了最终的战斗。

虽然场中人数锐减得厉害，可那无数围观者的呐喊声，却是更加的疯狂了。因为他们知道，真正的高潮，现在方才来到。

"你果然走到这里了，真是让我惊讶哩。"瞧着那桀骜的青年，雅可尼芙笑道，笑容中，有着点点惊异。看来，她本身对刘枫能够走到最后的战斗，其实并未抱多大的信心。

"雅可，你认识他？"瞧着雅可尼芙对着刘枫露出笑容，龙将泰尼与虎将坦暴眉头同时轻挑了挑，笑着问道。

"朋友。"对于龙将与虎将两人，雅可尼芙对他们貌似有些不感冒，所以只是颇为冷淡地回了一句。

"没办法，我必须走下来。"刘枫微微一笑，眼角余光扫过龙将与虎将，却是自他们眼内寻出了一抹充满敌意的寒光。

"那两个家伙，也是喜欢雅可尼芙的吧？我貌似又在不经意间得罪人了。"对于这种结果，刘枫只得轻耸了耸肩膀，嘴角微弯，显得无可奈何。

"待会战斗起来，你可得留手哦。"六翅轻展，娇躯在半空划起曼妙的弧线，轻盈地落在了三头蝎蛇巨大的脑袋之上，雅可尼芙娇笑道。

　　"这里，貌似我才是最弱的吧？"刘枫轻轻取笑道。

　　"你就装吧。"闻言，雅可尼芙掩着小嘴娇笑道。

　　闻着刘枫与雅可尼芙无视旁人的笑谈，龙将与虎将脸色微微难看，不过好在定力也算不凡，龙将微吸了一口气，抬起头来笑道："各位，还是开始比斗了吧？"说话之间，他却已经闪身跃上了自己的那头巨大的蜥蜴龙兽之上，巨大的丈长魔法枪，斗气澎湃。

　　众人都是点了点头，虎将定力不如龙将，在登上契约兽之时，忍不住对着刘枫投去一个不屑的挑衅眼神。

　　"你没有契约兽？"瞧得那没有半点动静的刘枫，雅可尼芙眨着眼睛问道。

　　"有，可法兰克不让我召唤它。"刘枫微笑着摊了摊手。

　　"哦，我都忘记了，你的契约兽是血爪。真把他召唤来了，那这还用比么？"闻言，雅可尼芙给了刘枫一记娇媚的白眼。

　　"那位刘枫兄弟，你真不召唤契约兽？"瞧着没有动静的刘枫，虎将貌似好心地笑着提醒道。

　　"不用。"刘枫淡淡地抬了抬眼。

　　两名新人，枯牙与暴雪的契约兽，分别是王级中段的雷霆兽和冰魔熊。两人虽然实力比四大战将弱上一级，不过在契约兽之上，他们却是将距离拉了回来。

　　各自踏上契约兽，六人的气势在胯下凶兽的增幅下，直接踏入巅峰状态，斗气犹如黑色火焰一般，在身体表面翻腾不息。

　　宽敞的场地，被六股强横的斗气，强势分割。

　　在六股斗气的交际之处，是一处闪烁着淡淡月白色的人影。人影淡然的站立，并没有因为周身恐怖的斗气威压而动摇半点。

　　场中，气氛凝固。

　　一道淡淡的空气撕裂声，打破了场内的平静，暴雪驾驭着胯下的冰魔熊，率先而动，对着那四大战将之一最弱的狮将，狂暴地冲击而去。

第128章 战将!

瞧着暴雪竟然选中自己为突破口,狮将脸色有些难看。这不是当着无数人的面,说自己是四大战将中最弱的吗?脚跟轻踢在胯下风雷鹰腹部,一声尖利的鹰鸣响起,一人一鹰,带着凶猛的劲气,毫不畏惧地对着暴雪迎击而去。

有人带头,场内的平静,便是完全地被打破了。

龙将与虎将指挥着胯下凶兽,不约而同对刘枫展开了凶猛的攻击,看这情势,两人竟然都是打算先将刘枫驱逐出场。

瞧着龙将与虎将的举动,雅可尼芙柳眉微竖,三头蝎蛇迅速游闪,闪现在刘枫面前,将两人抵拦而下,轻喝道:"泰尼、坦暴,联手攻击一人,这就是你们身为四大战将的骄傲?"

"雅可,等把这家伙驱逐出去,我们自然会争斗,何必着急?"望着横拦在面前的雅可尼芙,龙将有些不悦地说道。

"雅可,你和这家伙,到底是什么关系?为什么三番四次地庇护他?"虎将眼睛微眯,话语中的嫉妒之味,却是让气氛微泛着酸气。

瞧着那因为嫉妒而脸泛杀气的虎将,刘枫着实有些好笑。这家伙对喜欢的女人,难道都这么直接么?以雅可尼芙的高傲性子,如果真能回答你,那才有鬼了。

不出刘枫所料,听得虎将那话,雅可尼芙凤目微寒,冷声道:"我的事,何时轮到你来管了?"

"别管她了,先把那家伙驱逐出去。"龙将眉头微皱,沉声道。

"嗯。"点了点头,虎将驱动着胯下凶兽,合着龙将的冲势,居然是不顾雅可尼芙的阻拦,欲想直接冲撞而过。

柳眉微弯,雅可尼芙凤目生寒,纤手微凝,凤尾荆刺鞭现于手中,刚欲迎上攻击,一道劲风却是忽然从左而来。

三头蝎蛇一个巨大的脑袋迅速回转,一口冰焰狂喷而出,将那道劲气消融而去。

寒着俏脸,雅可尼芙侧过头,发现攻击之人竟然是那名叫枯牙的新人。

"雅可,你去和那家伙玩玩吧。这两人,我自能应付。"扫了扫直袭而来的龙将与虎将,刘枫冲着雅可尼芙微笑着点了点头。

"你,你行么?"雅可尼芙有些担心地问道。

"呵呵,放心吧。"刘枫微微一笑,脚尖在地面轻点,身形,居然是直直对着两人疾冲而去。

"小心点,实在不行就退出场。"在冲过雅可尼芙身旁之时,如同蚊蚋的声音,传进了刘枫耳中。

轻耸了耸肩膀,刘枫含笑点头,视线转移到那猛冲而来的龙将与虎将两人身上,漆黑的眸子间,寒芒闪动。

手中巨大的龙枪高高举起,龙将满脸杀意,尖锐的斗气,狠狠地对着那道黑影疾刺而去。

一圈淡紫光芒,忽然自黑影身体之中暴闪而出,几个扩散间,便将龙将与虎将吸进了其中。

伴随着紫芒的消散,刘枫三人的身形,也是诡异地消散了去。

"哦?竟然是移动领域?"瞧得广场中的领域波动,高台之上的法兰克略感惊异地问道。

"虽然领域是战斗的帮手,不过,龙将与虎将都是顶段实力,而且还有着凶兽相助,刘枫同时把他们圈进领域之中,可算不得明智啊。"法兰克笑道。

对于他这等言语,众人只是耸了耸肩膀,一切待到领域消散之时,自有分晓。

紫蒙蒙的领域空间,自它的主人晋入神阶之后,这还是第一次开启。

遥遥的虚空之上,七颗硕大的紫芒星辰,闪烁着神秘的淡紫光泽。一丝丝创之气,连绵不断地自虚空洒落,为这片充满活力的领域不断地进行着缓慢的完善。

踏入领域,龙将与虎将,也是被这领域中充斥的创之气,大大地震惊了,不过好在他们还算明白,此时最主要的事情是什么。浑身斗气涌动,两把巨枪,遥遥锁定虚空之上的刘枫。

"小子,离雅可远一些,以你的实力,还配不上她。"虎将瞪着眼,冷喝道。

翻了翻白眼,刘枫对这个脑袋里只长肌肉的白痴直接无视。战斗间,哪有闲心和你多说废话?双手探出黑袍,玄奥的印结划起神秘的弧线,一道道残影划向虚空,最后猛地一凝,归为实质。

望着刘枫那眼花缭乱的印结,龙将心头微显不安,胯下的蜥蜴龙兽,也是发出不安的嘶吼。

"别废话了。上!"一声低喝,龙将率先驾驭着龙兽,斗气狂涌,径直朝着刘枫狂袭而去。

第128章 战将!

两道巨大的身躯,带着凶猛的攻势,狠狠袭掠虚空。

然而,在这片剑之领域之中,真正的主宰,却是刘枫。

瞧着下方汹涌而来的攻击,嘴角微掀,淡淡的冷喝,响彻领域。

"剑之领域:北斗噬神星阵图!"

紫蒙蒙的领域之中,空间豁然大震,星芒遍洒。

第129章
震撼！

第129章 震撼!

龙将与虎将驾驭着凶兽,闪电般对着虚空之上的刘枫疾袭而去。然而,就在两人距离刘枫身体尚有十几米之时,天空之上,紫芒骤然降临。

漫天的淡紫光华遍洒天际,将这一小片的领域空间,完全覆盖。

紫芒洒下,龙将与虎将两人闪电般,身形猛地一顿,先前的那迅猛速度一去不返,两人两凶兽犹如是陷入了泥潭之中一般,每踏出一步,都要付出极大的心神。

半空之上,刘枫淡漠地望着那脸色狂变的两人,话语不带丝毫情感,冰冷彻骨地缓缓响起:"人不犯我,我不犯人,人若犯我,十倍还之。"

白皙手掌中结出的印结轻轻击出,虚空之上,星芒大盛。

"剑之领域:北斗噬神星阵图!"冰冷的喝声,带起领域空间之内,汹涌的能量波动。

遥遥的天空之上,七道淡紫光柱彼此交射而出,光柱沿着神秘而玄奥的轨迹,在虚空中隐隐汇聚成一幅庞大的星阵之图。星图映照之下,正好将龙将与虎将覆盖其下。

白皙的手掌平探而出,刘枫缓缓地吸了一口气,随着星阵图的汇聚成功,那经过晋级而强横许多的精神力,也是开始了飞速地挥霍。

白皙的手掌忽然轻握,漫天星华,降临虚空。

虚空之上,那缓缓旋转的巨大星阵图骤然一凝,那微微凹陷的中心,星华光芒大盛。酝酿了瞬间,由星力所凝聚而成的深紫色星柱,猛地疾射而下,目标所指处,正是满脸惊骇的龙将与虎将。

深紫星柱没有带起一点空间的波动,也没有带起半点的异响,那划过虚空的安静模样,就如同是在抚摸情人的脸庞一般,是那般的柔和与动人。

深紫星柱虽然没有惊天动地的威势,不过就是那股柔和之态,便已经将龙将与虎将二人骇得魂飞魄散。

已经来不及思考为什么那名桀骜青年能够发出这般恐怖的攻击，现在最重要的，还是先考虑如何在这波恐怖攻击之中求生。

手中拳头重重击打在胯下蜥蜴龙兽背间之上，在龙兽的一声痛苦嘶鸣间，一圈浓厚几近实质的光罩，迅速自龙将身体之内探出，将其和龙兽包裹其中。

相对于龙将的选择防御，虎将却是显得更加凶狠一些，巨大的枪尖斗气狠狠凝聚，居然形成一实质般的火色能量虎。在胯下火魔虎汇聚全身能量的一记喷吐中，火色能量虎带起炽热的温度，蛮横地对着那越来越近的星光柱狠狠撞击而去。

"北斗噬神星阵图：灭神箭！"瞧着那带着炽热而来的能量虎，刘枫嘴角挑起刻薄的嘲讽，手中印结骤然变幻，那一直温顺的星光柱，变故骤升。

深紫色的星光柱之顶端，忽然一阵紧缩，只是眨眼之间，那粗大的顶端，便变成了闪烁着森寒紫芒的锋利箭尖，箭尖所过之处，空间久久荡漾。

眯着眼望着那道星光箭，刘枫嘴角微掀。自从进入神阶之后，他对北斗星阵图的控制，也是愈加的得心应手。若是以前释放北斗星阵图，他顶多只能作为引导的作用，可现在，他却是已经能够将星柱化为各种攻击形式，以此来增加星柱的攻击力。

改变星柱的形态，虽然能够让其本身提高极大的攻击力，不过，这却得需要极为庞大的精神力。虽然经过晋级，刘枫的精神力已经颇为强悍，但是，对于这般无止境的挥霍，却依旧是坚持不了太久。

虽然这是个不小的弊端，可对于现在的刘枫来说，能够自如控制星柱的形态变化，却是已经让他心中大感惊喜了。

化为利箭的星光柱，首先便是和那汇聚了虎将和其契约兽的全力一击，开始了剧烈的对碰。

一紫一红，在虚空闪现，然后，带起震天巨响，以及那凶猛的能量风暴。

风暴席卷天地，将领域之内的领土，搞得一片狼藉。

望着那席卷而来的能量风暴，刘枫只是轻轻地弹了弹手指，那漫天的紫蒙气体，却是极为乖觉地在身前形成十几丈长的紫色晶体，将那狂猛的能量风暴，毫不费力地抵御而下。

身为领域之主的刘枫，自然是能够随时调动领域之内的能量替自己防御，可

第129章 震撼！

那倒霉的虎将，却是没有了这般好运。凝聚他与契约兽全部力量的一击，虽然将那道星光箭打得微微黯淡，不过，却并未让其就此消散。

由于释放出了体内的所有能量，虎将一时之间也无法调动能量形成防御，先是被席卷而下的能量风暴波及，疯狂地喷了几口鲜血，要不是六翼急速振动，恐怕光是那轮能量风暴，便能让其受上重伤。然而，虽然躲过了风暴的席卷，接下来那闪电般袭下的星光柱，才是真正的要命大招。

待得虎将刚刚自身体中提出点斗气之时，令他感到恐惧的能量，却是已经到达了头顶之上。

在生死攸关之刻，虎将当机立断，翅膀微振，直接自火魔虎之上跃下，心头的命令，让得火魔虎只得绝望而凄凉地站立原地，为他防御那道恐怖的攻击。

在一声凄厉的嚎叫之中，火魔虎那巨大的身子，被星光柱正正击中。只是片刻时间，便被那星光箭一箭贯穿，半个身子，都被星光中所蕴含的净化能力消融而去。

"扑哧！"虽然借着舍弃火魔虎而捡得一命，不过契约兽身死，虎将也是好受不到哪去，一口鲜血狂喷而去，身子在虚空摇摇欲坠，最后终于是一头栽落而下。

并未再理会那掉落的虎将，刘枫没有选择赶尽杀绝，现在是在法兰克的地盘上，虽然说这考验是他设下来的，可如果真将两人杀了，恐怕法兰克面子，会颇为难看。

白皙的手掌在身前带起玄妙的弧线，那巨大星光箭，骤然转弯，夹杂着雷霆之势，狠狠地对着那满脸紧张的龙将疾袭而去。

瞧得那如同毒蛇一般灵活的星光柱，龙将本就不甚好看的脸色，更是一片铁青。刚才虎将的下场，他也瞧得清楚，虽然他的实力比起虎将来要强上一些，不过，却也强得有限。那道星光柱能够将虎将打得吐血而坠，那么他若是被击中了，恐怕也是好不到哪去。

龙将一声大喝，体内仅余的斗气，疯狂地灌注而出，让得那近乎实质的能量光罩，再次浓厚几分。

背间之上传来的巨大压力，压得胯下蜥蜴龙兽发出无力的嘶鸣声。

星柱犹如流星一般，在虚空之上一闪即逝。

星光箭柱，夹杂着雷霆之势，突兀地闪现在光罩之前，然后狠狠疾刺而下。

望着那在眼瞳中，不断放大的箭形星柱，龙将脸色一片惨白，近距离面对着这星柱，他才清楚地感觉到，这其中所蕴含的力量，究竟有多么的恐怖。

"他真的只是普通神阶吗？"在爆炸响起前的一刻，龙将在心中不可思议地苦笑道。

"轰。"虚空之上，紫焰带着雄厚的能量，犹如烟花一般，暴射而开。四处飞溅的光点，甚是完美。

望着那被紫芒所笼罩的半空，刘枫缓缓地呼了一口气，轻晃了晃有些微微眩晕的脑袋。还好晋级后精神力大涨，不然现在的他，恐怕又得像以前一般，用过一次后，便会陷入全身无力的状态了。

淡淡地抬眼，那虚空之上的紫芒缓缓消散，露出其内满身鲜血的狼狈人影。

六翼疲惫地扇动着，感受到自虚空上射来的冰冷视线，龙将心头一凉，赶忙说道："刘枫先生，还请住手，我认输，我认输……"

瞧着那态度由不屑变为恭敬的龙将，刘枫没有言语，诡异的印结，在手间眨眼结出。在一声低喝声中，领域空间，晃晃而散，那紫蒙蒙的空间，逐渐消退。

领域消散，再次回到那满是震天呐喊声的宽敞广场之上。

望着那突兀闪现而出的三人，无数道视线急忙移过，可当视线移到龙将与虎将那狼狈的身体之上时，漫天的呐喊声，却是戛然而止。一双双惊骇的视线，跳过两人，终于是停留在了那负手而立的桀骜人影之上。

此刻，万物皆静，只有那充斥着桀骜不驯的战意，充盈在场地之中。

望着场中的桀骜青年，高台之上的法兰克，在微微怔了怔之后，轻轻地点了点头。转过身来，拍了拍血爪的肩膀，轻叹着道："你的选择，或许是正确的……"

血爪淡淡一笑，默默地点了点头。

"以普通神阶实力，对战两名王级顶段的强者，还有两只王级中段的凶兽。在这般战况之下，还能取得胜利，刘枫，果然不简单呢。"瞧着狼狈不堪的龙将与虎将，法兰克摇了摇头，叹息道。

"或许，你们这一行人，最为恐怖的并不是敖天，而是刘枫吧。这般的越级挑战，当真是有些让人惊骇啊。如果当他晋入王级之后，或许，皇级，他也敢去挑战了吧？"法兰克回转过头，望着敖天几人，笑道。

"论潜力，我的确比不上刘枫。"对于刘枫的潜力和修炼速度，敖天倒是佩服

第129章 震撼！

得没话说。伸出手拍了拍小金的脑袋，咧嘴笑道："不过我儿子，他的成长，也并不逊色的……"

略感诧异的视线，在不断躲闪着敖天魔爪的小金身上扫过，法兰克脸色微微凝重，他能够模糊地察觉出，小金体内隐藏着一股恐怖的能量。那股恐怖的能量，即使是他这皇级顶段的强者，也是心有战栗之意。

"这一行人，当真是有些恐怖。"轻吸了一口气，法兰克在心头苦笑道，"不过还好，冲突并未出现……"

视线微转，移回到那宽敞的场地之中。

望着那明显是被打得凄惨无比的龙将与虎将，无数围观者脑袋忽然有些短路。那可是两名王级顶段的强者啊，并且还有着两头中段的凶兽阵助啊。可这般阵容，居然会在面对着一位普通神阶时，被打得落花流水。这种滑稽的结果，让得无数人都是合不拢嘴去。

虽然败给了刘枫，不过龙将倒也干脆，抹去脸上的血迹，将身旁的契约兽召唤而回，晃晃悠悠地就欲出场，不过，却是被刘枫拦了下来。

"你要干吗？我都说了认输了……"急忙退后了几步，龙将小心地说道。

"把这家伙，一起带出去。"刘枫指着那软躺在地面上的虎将，淡淡地说道。

无奈地点了点头，龙将回转过身来，将虎将径直拖了出去。

解决掉两人，刘枫这才开始打量着场地之内。场中的战斗还正在进行着，狮将对战那名暴雪，雅可尼芙也与枯牙陷入了激战之中。

雅可尼芙与枯牙的战斗，虽然有些僵持，不过看雅可尼芙那从容的脸色，想必她的胜算还是颇大。

另一边，狮将却是显得有些不妙。他虽然实力高了暴雪一级，不过胯下的契约兽，却只是普通神阶，与枯牙那王级中段的凶兽比较起来，明显是逊色了许多。两人的战斗，极为激烈。

突兀出现的刘枫和龙将、虎将三人，也引起了场中战斗四人的注意力，瞧得那狼狈退场的龙将，几人都是满脸骇然。

"刘枫，你，你把他们打败了？"雅可尼芙一鞭甩开枯牙的纠缠，转过头来，俏脸之上，布满着不可思议。

"嗯。"刘枫微笑着点了点头。

"嘶……"几记倒吸凉气的声音，在场地之中响起。

轻扭了扭头颅，发出一阵骨头的脆响，刘枫眼睛扫向，那名正和雅可尼芙战斗的枯牙，轻笑道："这位朋友，还是让我来做你的对手吧？"

枯牙脸色微变，虽然心中对这青年极为忌惮，不过现在在无数人的注视下，被人家邀战，如果自己胆怯不接，恐怕日后便会沦为笑料了。当下只得阴沉着脸点了点头，道："如此，在下就领教一下朋友的秘技了。"

刘枫微微一笑，手中青芒古剑一阵凝缩，只是片刻时间，便化成了一把剑圣专用的柴刀，随手劈砍在虚空，带出空气被撕裂的尖鸣。

"如此，那便上了。"淡淡一笑，随着音落，刘枫的身形骤然消失。

瞧得刘枫这诡异的速度，枯牙眼瞳微微一缩，脚跟踢了一下胯下的雷霆兽，接到主人命令，雷霆兽巨大的脚掌，狠狠砸动着地面，一圈圈的银色能量波，沿着其身体，迅速席卷而出。

银色能量波逐渐远去，然后消失，可刘枫的身形，却依旧没有出现。

深吸了一口气，漆黑的斗气自其身体中爆发而出，手中的厚背大刀，被斗气凝长了半丈有余。眼睛微闭，枯牙气息敛定。沉默了片刻，豁然转头，手中厚背大刀，带着凶猛的斗气，狠狠对着左边的一处虚空劈砍而去。

斗气大刀，准确地劈中左边虚空，不过，却并未带出一丝鲜血，有的，只是那空气被撕破的尖利之声。

"劈空了？好恐怖的速度，以我王级中段的意念，居然丝毫锁不定他的行踪。"一刀无果，枯牙心中，再次为刘枫的速度而感到骇然。刚才他清楚地感觉到，一股细微的空间波动出现在了左侧，可当他进行攻击之时，却并没有得到半点效果。很明显，这肯定是那名青年在自己挥刀的瞬间，依靠着恐怖的速度，迅速避了开去。

来不及思考太多，枯牙赶紧抽刀回防。然而，就在此时，浑身毛发骤然一紧。一股恐怖的力量，诡异地出现在刚才他所劈中之地，并且这股力量，已经开始展露出它那狰狞的獠牙。

"怎么可能？"诡异出现的能量，让枯牙骇然不已。

恐怖的力量夹杂着雷霆之势，在枯牙手中大刀刚刚抽回，并且难以继力之时，狠狠劈出。

第129章 震撼！

在这危急关头，枯牙那被铁血所铸造的战斗神经，让他条件反射般，硬生生把那抽势还未殆尽的大刀反横而过，横挡在身前。

那股恐怖的力量，眨眼便至。

"砰……"一股凶猛的能量波动，猛地自场中爆发而去，一股略带紫芒的剑气，居然径直把那防御罩给穿透了去。

无数人屏声静气，视线死死地盯在那能量爆炸之处。

"喀嚓……"武器破碎的声音，在场内忽然响起，一道影子，猛地自能量爆炸处弹射而出，在地面之上狠狠划过，终于是一头撞上了防御罩，然后被传送了出去。

烟花般的能量缓缓散去，终于是露出了其下那桀骜的人影。

望着那傲然站立的青年，无数人，再次在心中重重地吸了一口凉气。虽然有着刘枫打败龙将与虎将的先例，可他们的战斗，是在领域之中，所以众人虽然感到惊骇，不过却是有些感到不可思议。现在这次，却是刘枫在无数人的注视中，并且在与枯牙的正面交锋之中，将之击败。

"好快的速度，好深的心机，好敏锐的眼力……"高台之上，法兰克赞扬地点了点头，叹道，"先是让枯牙产生辨错方位的错觉，然后又依靠鬼魅的速度，回到先前的位置，并且看准枯牙收刀难以继力的关键，一剑破敌。啧，啧……虽然听着没什么了不起，不过若真是实行起来，却是极为困难啊。就是我，恐怕也极难完成这套攻击啊……"

"刘枫，也不是光靠力量战斗啊，这家伙的脑袋，也是这般的机灵。"

"这次的攻击，的确很完美。"有着战斗意识传承的敖天点了点头。看来，他对刘枫这次的攻击，颇感满意。

场地之外，气氛先是死寂，片刻，疯狂的呐喊声震天响起。一双双视线，狂热地紧紧盯着场中那桀骜的人影。此时，无数人对刘枫的注意力，居然超过了雅可尼芙。

此时的场内，只余三人，刘枫，雅可尼芙，以及刚刚将狮将击败的暴雪。

"你总是让人感到不可思议。"望着那桀骜的青年，雅可尼芙嫣然笑道。

刘枫微微一笑，手中青芒闪烁，柴刀又变回了那出尘的青锋古剑，扬了扬剑尖，笑道："这下，对手该是你们咯。"

"呵呵，我可不想被打出场外，反正我已经保下了名次，所以，我认输。"雅可尼芙掩着小嘴，娇笑道。六翅轻展，迅速升空，竟然是自己出了防护罩。

"我也取得了名次，所以还是不自找苦吃了。"瞧着有人带头，暴雪嘿嘿一笑，对着刘枫拱了拱手，迅速收回契约兽，蹿出了广场。

瞧着空空如也的广场，刘枫抓了抓脑袋，自言自语地说道："我这就赢了？"

的确是赢了，那震天的疯狂呐喊声，已经选出了谁才是这届战将之争的最强者。

以神阶实力战两名王级顶段强者，两头王级中段凶兽，胜！

以神阶实力战一名王级中段强者，一头王级中段凶兽，胜！

以神阶实力，让一名王级顶段强者，一名王级中段强者，不战而退！

刘枫的战绩，会随着此次战将比赛的落幕，震撼整个神之战场。

时间如流水，匆匆而过。算算时间，刘枫进入神之战场，已经快一年时间了。

夜阑大陆……

距离神之失乐园开启，并且关闭，也有近一年时间了。在这一年之中，大陆之上破关而出的强者，在了结了一些私人恩怨后，也是再次隐世闭关。整片大陆，似乎又再次陷入了以往的安宁。

类似于神之战场中的那种永远不止的杀戮，似乎很难在夜阑大陆之上发生。

然而，安宁，却也不可能永远真正持续。

兽人国度，血圣山。

堂皇的大殿之中，一身着红色镶金丝线的华贵教皇裙袍的少女，淡淡地坐在大殿之中的最高处。少女极其美丽，那张美丽得近乎妖异的俏脸，却是泛着漠视众生的寒冷。一双血水晶般的瞳孔，不掺有一丝杂质，修长的睫毛在缓缓抖动间，森冷的杀伐，溢流而出，寒人心魄。在少女光洁的额头间，一枚古玉，散发着微小的红芒，为那本就妖异的俏脸，添上几分妖娆。

一头乌黑的发丝，顺着香肩柔顺披下，垂落至娇臀。

玲珑剔透心，魅惑众生相。这样一个少女，足以让世界为之疯狂，特别是当这样一个少女，拥有着掀起世界大战的能量之时，她，便是世界的主角。

第129章 震撼!

在少女的位置之下，还设有一椅，上坐一微微垂目的老人，正是红衣的老师，天穹血尊。

在大殿之中，还恭敬地跪立着无数身着血袍的人影。这些人影，都是低垂着脑袋，脸庞之上，有着对那高台之上的妖异少女尊崇的虔诚。

在大殿之下，恭身站立着几十位身着华贵的人影，看他们衣服的模式，身份明显比起跪立的人影们要高上一些。

"莫特大主教，血神教在兽人帝国分教建立如何?"寂静的大殿之内，寒冷的声音，淡淡地响起。

闻着这冰冷的声音，那站立在其下的一道中年人影身体微颤，赶忙站出身来，恭声道:"教皇陛下，血神教分殿已经布满整个兽人国度。整合起来，分殿之数，已经超过了五千之所，信徒之量，也是增加了十倍有余。"

"五千么? 不够。"少女黛眉好看的皱起，轻摇了摇头，淡淡的话语，却是蕴含着不可抗拒的魔力。

"教皇陛下，现在兽人帝国的神殿，已经处于饱和状态，短时间内，想要大规模扩散，却是已经不可能了。"莫特大主教额头之上出现了几滴汗水，小心地回道。

"饱和了? 竟然这般快?"轻轻合上手中泛着古黄色的残破古籍，少女终于是自书里移开了眼神，停留在了那袭血袍之上，挑眉问道。

"呃，是的，教皇陛下。有着官方的相助，我们的信仰传播，极为顺利。到得现在，整个兽人国度，基本上已经被血神教覆盖。"身体微颤了颤，莫特大主教点了点头，回道。

"不够，信仰还不够，我需要更大的信仰力。"少女纤指捋过额前的青丝，轻轻地说道。

"可，教皇陛下，可兽人国度已经饱和了。"莫特大主教苦笑道。

"兽人国度饱和了，可人类国度呢? 人类国度拥有的信仰之力，比之兽人国度，可是强上了无数啊。"嘴角轻掀，少女道。

再次抹了一把额头之上的冷汗，莫特大主教讷讷地道:"可，可人类国度，是光明教廷的信仰采集地啊。"

"光明教廷?"美丽的少女，纤指翻过手中的古籍，淡淡说道,"那就和他们抢吧。"

"教皇陛下,光明教廷的教皇实力在至尊巅峰,我们,我们或许不是其对手啊。"莫特大主教胆战心惊地回道。

"至尊巅峰?很强么?"嘴角掀起淡淡的嘲讽,少女美眸凝视着手中古籍,锁定了其中的一句话语,"信仰之力,乃是天地间最为神奇的能量之一。"

"采取蚕食之策,先取得人类周边小国之中的信仰,再以此为据,逐渐融合四大帝国……"少女淡淡地说道,"光明教廷做了大陆宗教龙头几千年,也是时候该换位了。若是光明教廷的教皇出手,我自会让他知晓,至尊巅峰其实才只是开始而已。"

听着这几乎是向光明教廷开战的言语,下方无数人影身体微微一震,不过当视线移到那妖异少女之时,心头的虔诚,让他们义无反顾地重重点头。

直到此时,天穹血尊才微微睁开眼眸,闪烁着精光的视线,欣慰地在高台上的少女身上扫过,微点了点头。现在的红衣,已经到了连他都看不清摸不透的地步,挑战光明教皇,或许她还真能办到。

"哎,不过这丫头的杀伐之气,却是越来越盛了啊。没有刘枫在她身边,这丫头谁的话也不听啊……"

"散吧。蚕食计划,自明日起开始进行。任何阻拦血神教脚步之人,杀!"大殿之内,森冷的杀伐声凌厉而起。

站起身来,红衣微微一顿,沉默了片刻,淡淡说道:"记住,不要和佣兵工会和星蓝学院有冲突,这话,我不想重复第二遍……"

"是!"底下,无数人齐声而应。

轻点了点精致的下巴,只是瞬间,江衣的身影便已完全消失。

无数红影待得红衣消失,再向天穹躬身行了一礼,这才极为有序地闪身而退。

"桀桀,大陆,似乎又要风起云涌了啊。"望着空空如也的大殿,天穹血尊忽然笑着摇了摇头,身形晃动间,也是消失不见了。

夜阑大陆,在那尊贵无比的血神教教皇的一双小手之下,似乎即将被搅乱平静。

夜阑大陆,佣兵家族之中,黑煞神凝望着那自房间中冲天而起的强悍气势,缓缓地点了点头,笑道:"这丫头,终于突破了……"

第129章 震撼！

房屋门缓缓打开，美艳成熟的女子，细步走出。那被旗袍所覆盖的丰满娇躯，在摇曳间，释放出惊人的魅惑与成熟的风情，美丽的俏脸上，桃花美眸微微弯起，勾起愉悦的嫣然。

"老师，我突破了。"美丽的女子亭亭而立，嫣然笑道。

星蓝帝国，星蓝学院，后山绝崖峭壁之上，一手持古木青弓的单薄少年，正在急速地拉动弓弦，射出无数道青色能量劲箭，一声声剧烈的爆炸，在峭壁之上响起，将其炸得千疮百孔，坑洞横生。

少年实力并不强，弓弦只是拉动了百余次，便再无力拉动，全身乏力地软瘫在地。

"小风，你又在这里训练？"风铃般的微笑，随着轻风，拂过山崖。

"薇儿师姐……"听着这熟悉的笑声，少年赶忙爬起来，望着那飘上山崖的绿色倩影，憨厚地抓了抓脑袋，恭声喊道。

绿色倩影逐渐走近，带来清脆的风铃碰撞之声，那精致的俏脸，带着空灵的浅浅笑容，沁人心扉，让人心情忍不住为之一畅。本来还泛着点点纯真的俏脸，却是有着少妇才能有的成熟风情，两种矛盾的交集，让得女孩的美丽，更具诱惑。

这绿裙女孩，正是薇儿，她是刘枫的第一个心仪之人，也是唯一一个和刘枫有过夫妻之实，鱼水之欢的女孩。若说几女中，谁在刘枫心中份量最重，恐怕这个性情温润如水的善良女孩，才是当得首位。

近距离观看少年，原来正是刘枫偶发好心介绍来星蓝学院的艾俄寻风。

"你又在拼命修炼了，老师不是说过，要劳逸结合吗？"瞧得艾俄寻风那疲累的模样，薇儿轻声责怪道。

"嘿嘿，没，我没……"抓着脑袋，少年口齿不清地憨笑道。

对于少年的装傻，薇儿也只得无奈地摇了摇头，缓步走到绝崖之前，不知是想起了什么，俏脸微显黯然。

"师姐，你在想刘枫大哥吗？"艾俄寻风小心地问道。

"哎……"薇儿轻叹了一口气，幽幽地说道，"不知道他还好吗？"

"呵呵，师姐放心吧，凭刘枫大哥的本事，怎会有事。"少年劝慰道。

"希望吧，枫哥哥那人，虽然看上去和善，不过若真是惹怒了他，那可有些不得了哩。"薇儿回头浅浅笑道。

"嘿嘿。"少年再次抓了抓脑袋，崇拜地笑道："刘枫大哥可是大陆第四位至尊巅峰强者呢，这身份可是龙皇和教皇，还有那最神秘的第三位至尊巅峰强者一起出来证明的。刘枫大哥雕刻在战绩碑之上的战绩，听说开始被吟游诗人编成歌曲吟唱了。大陆近几千年来，最杰出的人，恐怕非刘枫大哥莫属了。"

"呵呵，小滑头，就知道拍他的马屁。不过他不在这里，你拍了也没用。"薇儿嫣然笑道。

悠扬的古钟声，在这片天地中，缓缓回荡。

"我得去给他们上课了，小风，你也早点回去吧，修炼不必太拼命的。"听着钟声，薇儿回转过头，对着少年笑道，娇躯微晃，犹如一片绿叶一般，轻轻地自悬崖高处飘落而下。

望着那逐渐消失的一点绿色，艾俄寻风抓了抓脑袋，自言自语道："我可不能放松，尤安老师、刘枫大哥和薇儿学姐给了我这么好的变强机会，我绝不能再放弃。我不想再变回一年前，那混迹在佣兵最底层的无用孩子。"

艾俄寻风咬牙站起身子，不顾额头之上那如流水般的汗水，举起无力酸麻的手掌，再次拉动弓弦。

绝崖之上，单薄的少年努力地挥洒着辛勤的汗水，不为其他，只为变强。

夕日将落，淡芒洒下，淡淡的神秘青芒忽然在少年手中古弓之上闪过，闪电般侵入少年身体，将疲倦扫空。

强者，并不是全部需要依靠天赋，勤奋以及偶尔的机缘，依旧能够铸造出惊天强者。

死亡沼泽，夜阑大陆四大禁地之一。

一望无际的沼泽地带，蕴含着无数恐怖的危机。死亡沼泽，始终被一片臭云所笼罩，其内，致命的毒气埋葬了不知多少想要探索其秘密的强者。臭泥之中，也不知混杂了多少血与肉。

在死亡沼泽内地之中，一股邪恶的气息袅袅而升，在即将冒出沼泽一丈之时，却被一层充斥着圣光的白芒拦截而下。

邪恶的黑气明显极为不甘被拦，狠命地撞击着那圈圣光罩，将其撞击得摇摇晃晃，微微黯淡。

再次拼尽体内所有的能量，邪恶的气息终于是不甘地沉入无边沼泽之中，干涩而阴冷的怨毒声，断续而响："该……死的封印，一万年，你的能量也将完了吧？顶多三年，我便能够重获自由，到时，光明神，你就给我等着吧，我会让你生不如死！"

第129章 震撼！

我要你比我所受的折磨,痛苦千百倍!"

随着圣光的逐渐消散,那怨毒的声音,也是缓缓消失。

死亡沼泽,再次陷入了死一般的寂静。

夜阑大陆,似乎真的要开始乱了。

距离死亡沼泽万里之外,三国交界之处,圣山之上,光明教廷总部之中。

宽敞的房屋之内,书桌旁,坐立着一个白袍女孩,女孩模样清秀,犹如是冰山之上的雪莲花一般。俏脸之上,有着不可亵渎的圣洁,正是教廷圣女:圣·莲叶。

安静地翻看着手中的文件,圣·莲叶忽然脑袋一阵眩晕,小手急忙撑着脑袋,疑惑地道:"我……怎么了?"

眩晕来得快,去得更快。不过,在刚才圣·莲叶感到眩晕之时,那双蔚蓝的大眼睛,却是瞬间被覆盖上了一层不含丝毫情感的银白。银白眸子出现之时,其背后,出现了八只纯白色的能量光翼。

银白眸子与能量光翼只是闪现了片刻,便消失了去。所以,即使是圣·莲叶本人,也并未察觉。

再次疑惑地摇了摇脑袋,圣·莲叶只得将刚才的感觉,当成了偶然,再次翻看文件。

她自己没有发觉,在她垂目的一瞬间,蔚蓝的大眼睛中,却是掠过了一抹银白。

大陆,似乎变得更加精彩起来了,大陆的主角,似乎从以前的刘枫,换成了新一代人。

总之,大陆要乱了。

望着那巨大的传送阵,刘枫微松了一口气,转过头来,对着法兰克感激地点了点头。

"这远距离魔法阵,可以直通奥术法那家伙的领地之中,也免去了你们再次赶路的时间。"法兰克微笑道,"见到奥术法,帮我向他问声好,几百年未见,不知那家伙怎样了。"

"会的。"刘枫笑着点了点头。

"记住,多向那家伙打听一些关于神秘守护者之事。他们那些巫师,成天最喜欢的就是研究一些神秘的事情，而且那守护者距离他们的领地又最近，恐怕他们很难忍住心中好奇的折磨，而不前去探察。"法兰克提醒道。

"虽然我们三人为了各自领地有些纷争，不过在几百年前，我们却是极好的朋友。看在我与提托奥迪斯的分上，那家伙应该不会拒绝你们。"

刘枫再次感激地点了点头，偏过头，对着那俏立一旁的雅可尼芙笑道："雅可，我们得走了，日后若是有缘再见。"

"有缘再见。"雅可尼芙微抿着嘴，调笑道，"我还以为你会一直留在这里呢，那样，说不定我们还会发生些什么事呢。"

耸了耸肩膀，刘枫苦笑道："任务在身，停留不得。像雅可这般漂亮又有实力的女孩，想找人发生点什么事，那还不是招手即来……"

"你当我是什么呢。"柳眉一竖，雅可尼芙嗔道。

"嘿嘿，玩笑。日后有机会，说不得我还会再回来，到时候雅可若是还没找到心仪之人，我倒可以凑上来试试。"刘枫玩笑道，他知道雅可对他有几分好感，不过，那顶多止步于朋友间的好感罢了。他刘枫不是什么风度翩翩的绝世美男，而雅可尼芙，也不是那种没有男人就活不下去的花痴女。两人之间，想要短时间内就擦出火花，无疑是天方夜谭。

"好啊，我等你。"雅可尼芙掩着小嘴娇笑道。

刘枫微微一笑，回转过身，敖天几人已经进入了传送阵之中，空间波动微微荡漾。

"告辞了，两位，日后有机会，我还会再回来的。"最后一次对着两人拱了拱手，刘枫义无反顾地转身，踏进那闪烁着银光的传送阵之中。

空间光芒暴闪，光芒逐渐微弱，其中的几道人影，也是凭空地消失了去。

"希望他们真能出这片空间吧。"望着空空如也的传送阵，法兰克轻声道。

一旁，雅可尼芙微微点了点头，默然不语。

第130章

神之战场的最后一站

神之战场的最后一站——巫师盟，终于抵达。

这里是一处宽敞的塔楼，塔楼中间布置着一个巨大的魔法阵，在魔法阵之外，是不断来往穿梭的黑袍巫师。

魔法阵之中，忽然光芒大盛，瞧着这一异象，周围穿梭的巫师们也是停下了脚步。他们对这魔法阵的作用极为熟悉，远距离传送，这说明来人是从堕落天使部落，直接传送过来的。对于这种未知之人，所有巫师都是急忙把手中的魔法材料收起，手心翻转间，硕大的魔法杖现于手中。立时，整个塔楼间，魔法元素急速涌动。光芒一盛乍弱，巫师们也终于瞧清了来人模样：九人，九个气势沉稳的身形。

随着人影的闪现，塔搂中的魔法元素再次凝聚，眼看一个个强悍的魔法就欲成形，一声低喝，却是将所有人给止了下来。

"住手。"

听着这熟悉的声音，塔楼中的巫师们赶紧收回法杖，对着虚空遥遥行了一礼，纷纷各行其事。

刘枫睁开眼帘，进入视线内的，尽是匆忙的人影，一个个身着巫师袍的人影，犹如赶死一般，在魔法阵之外跑过。

"这里，想必就是巫师盟了吧？"刘枫眼尖，瞧清了来往黑袍胸口之上的一块徽章。那种徽章，他在进入赫古拉之瘟疫时，杀了一人，得了一个，不过却是在战斗间被毁了去。

"远方而来的客人，请上来吧。"干涩的略显阴冷的声音，自塔楼之上传下，随着这声音的落下，白骨所铸成的阶梯，缓缓自魔法阵之中浮现，绵延而上，直直地插入塔楼顶端……

"很稀奇的迎接仪式。"望着那白骨阶梯，刘枫笑道。

第130章 神之战场的最后一站

"巫师盟的巫师,一向热心于研究未知事物,他们是神之战场的学者。当然,可不要小看这些学者,他们那干枯体内所蕴含的魔法力量,足以让任何人心惊胆战。"巫师微笑道。

刘枫轻点了点头,率先踏上白骨阶梯,顺之而上。

踏上最后一层白骨阶梯,现入眼内的,是一间宽敞的书房。书房之内,魔法书籍到处都是,在房间的一角,还摆满了稀奇古怪的魔法材料。在靠角落的书桌上,一袭黑袍,正在专研手中的魔法书籍。

似是察觉到刘枫几人的到来,黑袍干枯的手掌轻挥了挥,九把白骨椅子,自房间中缓缓升起,干涩的声音,响了起来。

"坐吧,客人们。"

"多谢奥术法大人的款待了,法兰克大人让我们代他向你问好。"几人坐上白骨椅,刘枫含笑道。

干枯的手掌微微抖了抖,黑袍终于是抬起了头来,露出其下那干枯的老脸。干咳了几声,脸庞上拉起难看的笑容,轻声道:"嗯,我接收到了,谢谢你们了。"

"你们是想要出这片空间吧?"微微沉默了片刻,奥术法道。

"是的。"刘枫点了点头,道,"我们想从你这里,得到一些有关那神秘守护者的事。"

"唔,我知道你们的目的。"奥术法缓缓地点了点头,似乎是陷入了回忆,沉默了许久,方才道,"那神秘守护者,很强。"

"若说是强到了什么地步……我只能说,它比帝级强者还强。"奥术法语气有些沉重。

"比帝级还强?"闻言,不仅刘枫,就连敖天,也是大吃了一惊,比帝级强者还强,那是什么地步?那已经是初步掌握法则的逆天强者了。虽然这只比帝级强者强上一级,不过其间的差距,却是犹如天地鸿沟。可以毫不客气地说,一名初掌法则的强者,绝对能够不费吹灰之力,将一百名帝级顶段的强者毁灭。

法则,是这片世界中最为神奇、最为强大的力量之一,只要掌握了它,那么你就能成为至高无上的主神。

房间之内,气氛有些沉闷,所有人都是被这恐怖的现实给打击得愣了起来,不知言语。

"虽然有些让人不可置信,不过,经过我无数次的研究,那神秘守护者,恐怕真有那般的实力。"良久，奥术法低叹了一口气，苦笑道。

"想想几百年前，我与提托奥迪斯、法兰克三人以王级实力便敢闯入其中，还真是初生牛犊不怕虎啊。"

刘枫眉头紧皱，显然还是有些不能接受这恐怖的现实。

"呵呵，我给你们找点证据吧，这可是我们巫师盟用亡灵眼无意间扫描到的。"望着依然有几分不相信的众人，奥术法呵呵一笑，转身在那堆魔法物品中翻找了起来，片刻之后，摸出来一颗记忆水晶。

将记忆水晶放在桌上，奥术法挥手射出一股魔法能量，将之启动。

一道光幕自记忆水晶中暴射而出，在房间的半空中，形成了清晰的影像。

那是一片荒凉的平原，平原中，没有任何有着生命力的生物。空间不知何时开始了微微震荡，八名身着袍服的人影，忽然自空间荡漾处跳跃而出。

"他们不是神之战场的人！"瞧着那八人，刘枫心头一跳，低喝道。

"嗯，的确不是。那八人，应该便是迁移到那片大陆的诸神后裔了。"奥术法缓缓地说道。

"那片大陆么？"刘枫视线紧紧地锁定影像，轻声喃喃道。

"注意，那神秘守护者要出来了！"奥术法忽然喝道。

闻言，众人精神赶紧集中，视线眨也不眨，紧盯着记忆水晶。

影像中，那进入荒凉平原的八人，似乎被此地的荒芜惊得愣了愣。然而，在他们还没回过神之时，一道白光突兀地自虚空闪掠。白光闪掠，带起死亡的阴寒，在八声凄厉的惨叫中，八道悬空的身影，被撕成好几段，鲜血洒落。

白光再次跳跃，闪电般地消失。

短短眨眼间，八名强者，便如此不明不白地死了去，而且死时，竟然连凶手是什么模样都没瞧清。

"一名帝级中段，一名皇级初段，其余六名王级顶段。"敖天轻吸了一口气，沉声道，"这般阵容，比我们一行人还要强，可在那神秘守护者面前，居然没有半点还手之力，好恐怖……"

房间之中，随着记忆水晶的影像缓缓消失，再次陷入寂静。

刘枫一行人在巫师盟奥术法的房间里，看过记忆水晶中播放的影像后，都变

第130章 神之战场的最后一站

得无语。影像中,神秘守护者屠杀八名神之后裔强者,居然不费吹灰之力,这差距确实令人震惊。

"能够如此轻易杀光有着一名帝级中段强者的队伍,我想,恐怕也就只有初步掌握了法则的强者,才能有这般实力吧。"沉静的气氛,终于是被奥术法所打破。

刘枫轻吸了一口气,将视线移向敖天。万年之前,敖天也能与初步掌握法则的强者战斗,虽然现在实力降低了,不过眼力,却丝毫不减当年。

接到刘枫的视线,敖天紧皱着眉,沉默了片刻,方才轻点了点头,沉声道:"帝级顶段强者,想要击败同级的中段对手,却也不难。不过想要将之击杀,却是有些困难,再者,想要像刚才那白光那般干净利落,明显绝不可能,所以……"

敖天的话并未说完,不过刘枫已经了解了其中的意思,能够这般轻松要去帝级中段强者性命之人,恐怕也就只有那领悟了法则的强者了。

"这下,事情可棘手了啊。"刘枫有些头疼地揉着太阳穴,苦笑道。

闻言,众人,都是深有同感地点了点头。若是那守护者实力只是帝级,众人倒还能倾尽全力一拼,可若是初掌法则的强者……那众人,可当真是没有一丝的胜算了。

"怎么办?好不容易走到这里,难道还要放弃么?"小金抓了抓脑袋,不甘地嘟囔道。

"放弃,倒绝不可能。只有出去,才能回去。"刘枫缓缓地摇了摇头,轻声道。

"打又打不过,跑也跑不赢。不放弃,还能做啥啊?"小金皱着脸,苦兮兮地说道。

闻言,刘枫也是满脸苦笑,叹了一口气,说道:"我单独去试试吧,到了这里,不想再往回走了。"

"如果我不行……你们就在这片空间再待上一百年吧。到时候,你们从另一个空间出口出去,那时候也可以进入夜阑大陆。"

"你说的是诸神所抛弃的那块大陆吧?"奥术法摇了摇头,毫不留情地打击着刘枫,"很可惜,由于位面的关系,超过神阶的生物,根本不可能从这个位面进入那片大陆,不然,将会被卷入虚无空间之中,直至毁灭……"

"当然,这只是单向限制,如果那片大陆有什么超过神阶的强者来到神之战场,那倒无甚大碍。"

"连从来处回去都不行?"刘枫皱眉问道。

"当然,不仅是神阶,就算是普通的至尊强者,想要通过那位面传送阵,也同样是凶多吉少。"奥术法淡淡地回道。

"这么说来,我们唯一走出这片神之战场的出路,就只有闯过神秘守护者,进入诸神所在的位面?"刘枫苦笑着问道。

"嗯,只有这一条出路……"奥术法干枯的老脸上拉起无奈的笑容,道,"不然,你以为我喜欢待在这片尽是杀戮的土地上吗?我也很想出去看看那些花花世界啊……"

"一起去闯一次试试吧,你一个人,绝对没有半点希望。即使你有那诡异的隐身之术,但那在法则强者眼中,却是没有任何隐匿的效果。"敖天叹了口气,沉声道。

"你们也别太悲观了。呃,经过我几百年的观察,我发现,那道白影似乎对本属于神之战场的生物,并不会下太狠的手,上次我们三人闯进,也只不过是被丢出来而已。这几百年间,也偶尔有人闯了进去,不过都只是被蛮横地丢了出来,致命的伤害,倒并未有多少……"奥术法干笑道,"我觉得那神秘守护者,似乎是在抗拒诸神大陆的人进来,任何敢擅自闯入的人,都将会遭到毁灭般的打击……"

"所以,你们若是要去试试,可能并不会有生命危险。当然,这只是我个人意见,如有雷同,绝对巧合。"奥术法此时倒还有心思,和几人说笑,"如果出了什么事故,可别来找我的麻烦。"

刘枫几人苦笑着点了点头。

"呵呵,看在法兰克和提托奥迪斯的分上,我送你们一点儿保命的东西吧。"奥术法笑道,回转过身,在那一堆魔法物品中翻了半天,拿出了八卷古朴的银白卷轴,将之递给众人。

"这是空间瞬移卷轴,若是真遇到那神秘守护者,你们便用它逃跑吧,它能将你们送出神秘守护者的圈地之内。"奥术法笑道。

"多谢了。"刘枫感激地对着奥术法拱了拱手。

"呵呵,不用,我也希望有人能够成功出去。"奥术法笑了笑,站起来,对着几人道,"走吧,我送你们去那片地域,由于经常前去那边,我们建立了传送阵,免了你们奔波之苦。"

刘枫几人点了点头,紧跟上奥术法的身形。

第130章 神之战场的最后一站

出了书房，奥术法将众人带到了塔楼的最顶层之上，指着地面上的一古朴传送阵，道："那便是通往那片地域的传送阵了，走吧。"

望着奥术法踏入其中，刘枫几人也是迅速进入传送阵之内。

干枯的手掌结出繁杂的印结，一道黑光击打在传送阵之上，空间光芒大盛。

光芒微散，人影消失。

这里是一所略微残破的平顶房，在房屋之外，是一望无际的荒凉平原。平原之上，没有半点活力，就是连一些弱小的凶兽，也是在此处消失了踪迹。

平顶房屋之上，忽然光芒大放，一群人影，突兀闪现。

四顾望了望，映入眼内的，是那无边的荒原。

"那里，就是神秘守护者的圈地了，你们只要进入了其中，再行得几百里，便能见到那巨大的位面传送门了。当然，你们也许在中途便被扔了出来。"奥术法指着远处，那微微泛着空间波动的荒凉平原，说道。

刘枫缓缓地吸了一口气，点了点头。

"好了，各位，祝你们好运吧。我也只能把你们送到这里了。"奥术法叹息道。

"奥术法大人，不管我们成不成功，还是多谢你了。"刘枫对着奥术法，郑重地拱了拱手，不再迟疑，率先跃下房顶。

望着那急速掠闪的九人，奥术法默然不语。

整片荒原，轻轻的风，拂动着荒凉的平原，却是带来一股淡淡的苍凉。

行得近了，那自前方传来的空间波动，也是越加的浓厚。

脚步忽然停顿，刘枫望着那几乎是横竖在天地之间的巨大空间障壁，缓缓地吸了一口气，回转过头，对着敖天众人笑道："各位，我们可是真要进去咯？"

"你这家伙，什么时候变得这么啰嗦了？"血翼白了刘枫一眼。

轻摇了摇头，刘枫脸上有着一抹苦涩，轻声道："此次进去，不知道活着出去的，能有几人？"

"我们几个都是死了一次的人了，还有什么好惧怕的。"德克尔微笑道。

"走吧，小枫。若真是有事，你和小金用空间卷轴先逃。记住，你们俩，一定要活下来。因为只有你们,才有机会打败那神秘守护者。"敖天沉声道。

小金撇了撇嘴,一脚将脚下的碎石踢成粉渣。

"或许吧。"刘枫苦笑一声,狠狠地跺了跺脚,然后义无反顾地径直冲入那空间障壁之中。

空间微微荡漾,刘枫的身形,便凭空消失了去。

"走吧,各位,说不定这是最后一次并肩战斗了呢。"敖天豪迈一笑,脚步一跨,紧跟而入。

加拉几人相互对视,都是相视一笑,彼此对接一掌,在大笑声中,一起冲进。

"嘿嘿,我华夏神龙乃天之祥瑞,一个异世界的狗屁东西,还想杀我,门都没有!"抓着脑袋,小金灿烂地笑道,也是冲入其中。

荒凉的平原,狂风呼啸,人气,再次湮灭。

第131章
玄阴杀葵星

进入空间障壁之后，依旧是一片荒原，其中的荒凉较之外边，更是胜上几分。

天空之上，浓厚的乌云覆盖，空间障壁之后的天气，显得有些沉闷，就如同现在刘枫几人的心情一般。

缓缓地呼了一口气，刘枫眼帘微闭。片刻之后，猛地睁开，漆黑的眼眸中，冷静充斥。

"走吧，诸位。"轻挥了挥手，刘枫身形刚欲展动，却被一只大手拦了下来，疑惑地撤头回望。

"让我走前边吧。"敖天淡淡地笑道。

"呃……"微怔了怔，望着敖天那坚持的模样，只得轻点了点头，在敖天闪过身边时，低声道："小心。"

点了点头，敖天身形急速闪动，其后，几人紧紧而随。

一望无际的荒原之上，九道光影，给这片荒凉的平原，带来了一丝生气。

一路都在疯狂飞奔，刘枫几人没有丝毫停留，速度都是提升到极限。一道道光影带着强横的风压，将那深及膝长的荒草压得极为平坦。一路所过之处，九道深深的荒草印痕残留而下。

此次赶路，九人之间再没有半句话语，路途，在略显沉闷的气氛中，飞速掠过。

神秘守护者守护的地域只有着百里之地，算不得宽广。百里之距，以刘枫几人的速度，顶多十几分钟，便能到达。

时间在一分一秒的度过，以往看似瞬间便溜过去的十几分钟，此刻在众人心中，却是如此的熬人与漫长。

急速飞掠的身形骤然停下，敖天轻喘了一口气，轻轻的声音，缓缓传来："别跑

第131章 玄阴杀葵星

了，被发现了。"

其后，几人身形狂震。

刘枫视线跃过敖天，终于是停留在了远处，半空之上悬浮的白色光影之上。

白色光影身体笼罩在强烈的白光之下，所以饶是敖天，也根本瞧不清那白光下，究竟是什么东西。

白影淡淡的悬浮在半空之上，不见它有任何动作，一道横竖天地的空间障壁，便再次出现在其身后，将众人的去路阻了下来。

"这，便是那神秘的守护者吗？"望着那道悬浮的白影，刘枫轻吸了一口气，有些苦涩地问道。

"嗯。"敖天双眼死死地盯在那团白影之上，轻点了点头。

"怎么搞？"加拉苦笑着问道。

"战吧，实在不行……就用空间瞬移卷轴逃跑。"敖天叹了一口气，苦笑道。

刘枫苦笑着点了点头，现在也只能这样了。抬起眼来，望着那半空上的白影。

半空上的白影忽然动了动，刘枫能够清楚地感觉到，一道不含丝毫情感的目光，在自己等人身上，如刀剐一般扫过，带起一阵打心底冒出的冰凉。

一股带有强烈驱逐之味的意念，自虚空浓浓而至，径直蹿进众人脑中。

"它在让我们返回去。"敖天淡淡地说道。

"都走到这里了，还能回去么？"刘枫苦笑道。

"战吧。"敖天身躯微震，强横的气势自其身体中暴涨而起，金色的虚幻五爪金龙翱翔天际，一个俯冲，直接撞进下方敖天身体之中。

金龙入体，敖天气势再次暴涨几分，那喷薄欲出的金黄能量如同实质一般，覆盖在身体之上，犹如金色的火焰。

双拳震动间，双臂，双脚瞬间化为巨大的龙爪。

剽悍的战斗形态，再次变幻而出，金色气息，冲天而起。

其后，小金一声嘹亮的龙吟，径直冲上天际，庞大的身躯，闪现而出，煌煌龙威，撒遍平原。

众人也是体内能量尽数破体而出，斗气、灵气、魔法澎湃。

荒凉的平原之上，微弱的风，也是慢慢休止，天地间，气氛凝固。

"战！"一声自嗓子间传出的低吼，敖天龙脚在地面狠狠一踏，巨大的裂缝如同蜘蛛网一般扩散而出，身形化为金色闪电，疾闪而过。

龙吟、吼声、咆哮，充斥这片寂静了无数年的土地。

白影淡漠地望着那带着恐怖战意疾冲而来的一行人，森冷的杀意，自身体中暴蹿而出。

白影脚步轻轻朝前一跨，一千多米的距离，直接穿透空间般，出现在化为战斗机器的敖天面前，一束如同是手臂的白光伸出，微微一握。

随着这轻轻的一握，敖天身体之上如同实质般的能量，骤然凝固，脸庞之上的那股疯狂战意，也是在瞬间凝固。

白色手掌随意的虚击而出，无视空间的阻碍，径直击在了敖天胸膛之上。

"扑哧！"一口金色鲜血，自敖天嘴中狂喷而出，身形直接被白影这随意的一掌狠狠地砸落下地，在平原之上，砸出一个深不见底的巨大坑洞。

瞧见敖天被击中，虚空之上的神龙小金发出愤怒的龙吟，一口金色的吐息夹杂着闪烁的雷电，犹如光柱一般，对准那道白影喷吐而去。

白影手臂轻挥，那能够让王级强者重伤的龙息电柱，却是诡异地凭空消散了去。

手掌虚击而出，巨大的空气手印自虚空浮现，狠狠地扇打在小金那庞大的身体之上。

一声痛苦的龙吟，小金巨大的身躯径直砸落而下，带起恐怖的破风之声，再次在平原之上，制造出巨大的深坑。

望着那几乎在眨眼间便被击败的敖天与小金，加拉几人倒吸了一口气凉气。这难道就是掌握了法则的强悍吗？

咬了咬牙，加拉一声低喝："上！"

三道人影，带起浓厚的死亡斗气，三把大刀，带起锋利的漆黑刀芒，对着白影劈砍而去。

其后，巫师满脸凝重，双手结出繁杂的印结，低沉的吟唱声，带起飞舞的魔法元素，在这片天地间缓缓凝结。

白光闪过，三道身影吐血倒飞。

白光击退加拉三人，身形再次震动，想将巫师也同样击落下地。

虚空忽然一阵荡漾，恐怖的力量诡异地自白影身后出现。恐怖力量之中，森寒的剑意澎湃，紫芒暴涨，带着涟漪般的空间波动，狠狠地对着白影劈斩而去。

"疾风步，八倍攻击！"喝声，在刘枫心头大声的咆哮而起，手掌紧紧地握着

第131章 玄阴杀葵星

剑柄，漆黑的眼瞳之中，月白光芒大涨。

恐怖的力量，直接将这片虚空完全锁死，只要对手有着丝毫的停滞，那么便将会结结实实地吃上一记重击。

然而，以刘枫此时的实力，想要锁住掌握法则的强者，那却是明显的不可能。白影身形没有丝毫停顿，一只手掌看似缓慢，不过却是迅若闪电般疾探而出，径直向身后的空间轻抓而去。

"砰。"一记闷声响起，一把柴刀凭空浮现。柴刀的另一头，是满脸难看的刘枫，而柴刀的尖锐部分，却是被一只白光所笼罩的手掌紧紧握住。

白光闪动，手掌，虚击在刘枫胸口之上，将其狠狠击落而下。

一口鲜血自嘴中喷出，耳旁穿来的风声，让得刘枫苦笑着摇了摇头，望着那天空之上越来越远的白影，刘枫有些无力地闭上眼眸。掌握了法则的强者，竟然强到了这般地步吗？

天空之上，又是一记闷声响起，一道黑影也是急速坠落，那是眨眼便被击败的巫师。

身形重重地砸落在地，一口鲜血再次疾喷而出，艰难地抹去嘴角血迹，刘枫踉跄地爬起身来，望着那缓缓飘下虚空的白影，漆黑的眼眸中，森然闪过。心头之中，剑刃风暴，已经随时准备待发。

白影终于是停在了刘枫头顶之上几丈之处，随手甩出一道恐怖能量，毫不留情地对着下方的黑袍，疾袭而下。

漆黑的眼瞳之中，白芒越放越大。

剑刃风暴，启动吧。

然而，就在剑刃风暴准备启动之时，刘枫手中的吟龙剑忽然自行启动，从剑中飞出一个青色身影。一声轻笑，一句轻言，仿佛具有无法抗拒的魔力，让得虚空上的白影骤然收住了森寒的白芒。

却是忽然轻颤了颤，一道淡淡的青烟袅袅升起，一袭青袍，缥缈而现。

"玄儿，杀气，可是太重了啊……"

天地间，不知何时起风，将漫天荒草吹得呼呼作响。

刘枫伸出手掌，抹去嘴角的血丝，那已经准备待发的剑刃风暴，也是缓缓散去。

自吟龙剑中飘出来的人影，正是一袭青衫的残魂柳剑。

能够让柳剑亲密称呼为"玄儿"的人，除了那远古时代造成惊天大杀戮的玄阴杀葵星玄女，还能有谁？

刘枫缓缓地呼了一口气，精神微松，一屁股坐倒在地，重重地喘着粗气。

"柳……大哥？"那凝顿在半空中的森寒恐怖攻击，凭空散去。剧烈颤抖的话音，带着浓浓的不可置信，自虚空之上的那团白光中传下。

青衫影子抬起头来，淡笑着点了点头。

天空之上，白光骤然暴涨，然后逐渐消散而去。

一袭白衫裙凭空浮现，一位风华绝代的女子，自虚空缓缓而落。

望着那落下地面的白衣女子，俏脸精致而美丽，娇躯玲珑，最吸引刘枫目光的，还是那犹如一双血水晶般的美眸。

一样的眼睛，一样的充斥着无边杀伐与冷漠，那双淡漠的血瞳，只有在移到那一袭青袍之上，才会出现着本该属于女人的情感。

"果然……"在心头轻吸了一口气，刘枫苦笑道："果然是上一代的玄阴杀葵星，这血瞳和杀气，恐怕也就只有她们才能够具备吧。"

此时，那双被杀伐所覆盖的血瞳，却是被温润的水汽所浸湿，玄女缓缓走上前来，手掌想要触摸柳剑的脸庞，却又胆怯地缩了回去。她怕这只是一个美好的梦境，害怕自己亲手将这短暂的幸福毁灭而去。

望着那紧咬着嘴唇，美眸含泪的白衣女子，柳剑轻轻一叹，苦笑着摇了摇头，柔声道："玄儿，我现在只是残魂状态，不过，我并未死去……"

在身后背着的手掌，对着刘枫摇了摇，一道意念送进其脑中。

"刘枫，支援点灵气来。"

微怔了怔，旋即苦笑着摇了摇头，刘枫动了下身子，手掌搭上柳剑那微微虚幻的手掌，体内灵气狂涌而出。

随着刘枫灵气的灌入，柳剑那虚幻的身子，也是逐渐凝实。待得将刘枫体内最后一丝灵气抽尽后，身体和常人已经没有什么区别。

抽开手掌，刘枫脸色有些苍白，苦笑道："没了。"

身体有了灵气支援，柳剑轻轻走向玄女，缓缓伸出手来，拉住玄女的手掌，微笑道："这次，相信了吧？"

感受到那带着点点温热的手掌，玄女似是痴了，晶莹的泪水自眼角缓缓滑落，

第131章 玄阴杀葵星

一双血瞳，死死地盯着眼前的男子。

"真的是你，柳大哥……"两双视线对望，玄女终于是痛哭了出来，一头撞进柳剑的怀中，呜咽地低泣着。

万载的分离，原已让玄女心若死灰，心中的情感，也被万载岁月所遮盖。可如今，那死去的人儿，竟然又活着站在了自己面前，突如其来的惊喜，如何不让已经忘记流泪的玄女再次痛哭？

低头望着怀中那泪水急淌的玄女，柳剑嘴角泛着一抹苦涩的自责，不过却并未说话。他知道，万年来玄女所受的孤独与委屈，还是一口气哭出来的好。

一望无际的荒凉平原之上，女子低低的哭泣声，随着微风，缓缓而荡。

良久之后，柳剑轻拍了拍玄女的肩膀，苦笑着低声道："玄儿，都是我不好啊，诸神大战，把你也拖累上了……"

"不怪你，柳大哥……"发泄了心中的情感，玄女也终于是从爱人活过来的惊喜中，缓缓恢复了过来。手掌抚着柳剑那英俊的脸庞，血瞳中，森冷的杀伐再次凛然："都是那些诸神害得你陨落，若不是我被限制在此处，定然去那片大陆将他们全部杀光……"

听着这熟悉的杀伐口气，刘枫苦笑着摇了摇头，不愧是玄阴杀葵星，这说话的样子，和红衣就如同是一个模子里印出来的。

"你还是老样子。"手掌无奈地拍了拍玄女的脑袋，柳剑转过身来，瞧得刘枫一行人的狼狈模样，苦笑道："你看看，把我们的老朋友都搞成什么模样了……"

几道身影自几个坑洞中狼狈地闪出，如同难民一般，站立在一起。

敖天挨了一次重击，虽然并未毙命，不过却是元气大伤，小金也是骨头断了几处，刘枫和加拉几人也都受了伤，不过，却要不了命。

"我也不知道，我平时都是陷入最深的灵魂沉睡的，只凭着本能在这片土地上驱赶擅闯之人。"瞧着柳剑脸上的责备，玄女赶忙解释道。

"我说，玄女，你竟然连我都认不出来了。你刚才那一掌，打得可真狠啊，若再加把劲，你可真的会把我龙灵给击散了。"望着那熟悉的倩影，敖天脸色铁青。

"敖天大哥，我……我都说了我不是故意的。您大人有大量，就饶了我吧。"瞧得那万年前的老熟人，玄女那冰寒的俏脸终于红了，连忙道歉。

"还有我们……"加拉低头望着魔甲之上的深深掌印，苦笑道："玄女，我是加拉，你也照打了。"

闻言，玄女俏脸又是一红，对于这些万年前的老友，虽然她不会如同柳剑那般对待，不过至少也是将他们当作了朋友，可如今……貌似，都被自己给打了。

"好了，你们也别怪玄儿了，她这些年，也受了不少苦……"柳剑对着众人摆了摆手，将地上的刘枫拉起来，对着玄女笑道："玄儿，刘枫可是我的救命恩人哦，我日后能否复活，还得指望他呢。"

"刘枫小兄弟，刚才多有冒犯了，还请见谅。"听到柳剑的复活还得指望刘枫，玄女俏脸微惊，赶忙对着那只有区区普通神阶实力的刘枫歉声道。在她心中，若是因为刚才她的举动而使得刘枫心有芥蒂，最后造成柳剑复活失败的话，那她可真是会自责死。

"人还没死就好。"望着那双水波流转的血瞳，刘枫忽然想起了红衣那丫头，甩了甩脑袋，苦笑道。

"玄儿，我记得，你似乎也应该陨落了吧？"感受着气氛还算和谐，柳剑在心中轻轻松了口气，转头对着玄女问道。

"嗯，你死后，我记得我也自爆了……"玄女轻点了点头，道："我已经苏醒好几千年了，不过还好我曾经专修过灵魂，所以将灵魂保存了下来。不过因为肉身在自爆中损失太大，而且你陨落了，我也没那个心思修补。所以，几千年下来，我的肉身才修补好了一小半。玄阴杀葵星的灵魂与肉体有些古怪，灵魂不能离开肉体两百里之内，无数年来，我一直守在这里。"

"那你的意思是，只要修补好了你的肉体，就能出这片空间咯？"闻言，刘枫眼睛微亮。掌握法则的强者，绝对是逆天的存在。现在自己一行人实力尚弱，若是有着玄女保驾护航，想必回去的路，也会好走上许多。

"嗯。"玄女点了点头，因为刘枫与柳剑的关系，虽然俏脸习惯性地保持着冰寒，不过与刘枫说话的语气，倒还能保持着和善："不过肉体修补极为困难，我修补了几千年时间，却依旧未能完成。"

"呃。"脸庞一黯，刘枫无奈地摇了摇头。几千年时间，给自己几千年，说不定都成主神了。

"不过……"黛眉微皱，玄女继续道："不过若是能找到生命之源，或许便能够在短时间内，将我的肉体完全修补好。"

第131章 玄阴杀葵星

"生命之源?是啥东西?"刘枫满脸疑惑。

"生命之源被生命女神阿佛洛狄忒所掌管,它拥有世界上最神奇的恢复能力,如果你们能得到它,那我的躯体便能完全恢复。"玄女轻声道。

"生命女神?"刘枫眉头轻挑了挑,心头有些不祥的感觉,小心地问道:"她是什么级别?"

"阿佛洛狄忒在远古是七大主神之一……"玄女淡淡地说道。

"主神!"刘枫翻了翻白眼,苦笑道:"从主神手中取得生命之源,你认为凭借我们几个,行吗?"

"不行。"玄女非常干脆地回答,血瞳紧盯着刘枫,微笑道:"你应该和这届的玄阴杀葵星接触过吧?而且这种接触……嗯,还比较深入……"

脸色一僵,刘枫闷闷地点了点头。

玄女轻笑了两声,俏脸却是骤然变寒,森然的杀伐,冻彻心骨。

"可天地间,却只能有着一名玄阴杀葵星存活。我与她之间,有一人,必死!"

上届玄阴杀葵星玄女的这一句话,充满杀伐之意,也出乎所有人的意料。

听着这杀伐浓烈的森然之语,刘枫脸色骤变,急退了几步,冷声道:"你什么意思?"

"玄阴杀葵星,乃是天之奇女,拥有着逆天的恐怖力量,这个位面有着属于它的法则,两名玄阴杀葵星,根本不可能同时出现。不然,两者必有一死,这是宿命。"玄女淡淡地道。

"红衣绝不能死!"刘枫脸色涨红,有些激动地喝道。

"红衣?想必便是这代的玄阴杀葵星的名字了吧?"玄女美眸扫过刘枫,嘴角掀起一抹嘲讽,道:"她不死,那你就是要我死?"

"我没那么说……"刘枫冷着脸道。

"可你心中却是那么想的。"玄女寸步不让地说道。

"我想我的,关你什么事?反正想要红衣死,绝对不可能!"刘枫冷冷地道。

方才尚是好好的气氛,眨眼之间,便变得一片僵硬。

柳剑、敖天一行人左望望,右望望,却也不知该如何相劝,一个个皱着脸,烦躁地喘着粗气。

"玄儿,你到底搞什么?"柳剑的脸色有些铁青,愤怒地问道。

玄女咬着嘴唇,却是鲜有地没有听从柳剑的话语。

"道不同不相为谋,你想要红衣的性命,先等你把躯体修补好再说吧。哼,再等个万年之后,我刘枫可不会惧你。"刘枫冷笑道。

"没错,我的确不能离开此地,可这一代的玄阴杀葵星能否抗过命中大劫——星之熔炼,那还是未知之数。如果不能通过,不用我动手,她自然会灰飞烟灭……"玄女冰冷的道。

"星之熔炼?该死的,那又是什么东西啊?"望着那不像说假话的玄女,刘枫有些暴躁地直接粗口道。

"星之熔炼是玄阴杀葵星必经的一劫,等到其体内的玄阴杀气到了一个层次之时,熔炼自然会来到。若是抗了过去,那么便能将体内星力汇聚成珠,若抗不过去,那自然就会当场被强悍的星力炸成灰烬。"玄女淡淡地道。

闻言,浑身皮肤一紧,刘枫脸色极其难看,一脚将脚下的碎石踏成粉渣,直接转身对着那空间位面口行去。

"星之熔炼是从玄阴杀葵星体内发生,你就是想帮忙,也是徒劳无用。"似是明白刘枫的目的,玄女说道。

身躯微顿,刘枫转过头来,脸色阴沉地道:"说吧,你讲了这么半天,到底想干什么?"

"帮我拿到生命之源,让我的躯体恢复,我可以保那位红衣安然度过星之熔炼。"玄女轻轻地说道。

"等你恢复之后,然后再将红衣杀了?"刘枫嘲讽地反诘道。

"那是以后的事,现在,何必管那么远?到时候再说,不是更好么?"玄女淡然地道。

"如果你不答应,到时候那位红衣真要是有个什么闪失的话……"

"我答应你……"刘枫眼睛微眯,缓缓地呼了一口气,冷冷地道:"我给你去找那生命之源去,你保红衣安然度过那什么鬼熔炼。"

"好,只要你替我完全修补好了躯体,我保她无事……"玄女微微一笑,小声地道:"不过我希望我们的交易,不要牵扯上柳大哥,你还是得帮他复活……"

第131章 玄阴杀葵星

"这你放心,我刘枫不是那么不守信之人,既然当初答应了祭坛中柳前辈的嘱托,我自然会将他的残魂带回去。"刘枫斜了她一眼,淡淡地说道。

"你们聊,我去前边看看。"轻吐了一口气,刘枫扛起吟龙剑,头也不回地对着前方行去。

"玄儿,给我个解释。"柳剑脸色阴沉,沉声道。

"你也听到了,玄阴杀葵星,天地间只能存在一位……"玄女一双血瞳紧紧地盯着柳剑,低声道,"你如果想要我死去的话,那你只需说一句话便可。"

瞧着那双蕴含着委屈的血瞳,柳剑狠狠地一脚跺在草地之上,烦躁得一屁股坐在地上。

玄女和红衣,二选一,玄女死,伤柳剑,红衣死,伤刘枫。这种选择题,直接让一向冷静的刘枫与柳剑,都差点是当场失控……

瞧着那闷气坐在地上,不肯言语的柳剑,玄女也是微咬着红唇,小手轻轻绞动着,显得有些慌乱与迷茫。

瞧着这冷场的气氛,敖天几人不由得苦笑了一声,他们不是当事人,而且两边都是好友,所以这话还是不要随便乱插为好。

"如果红衣在这里,恐怕才好玩了。"小金抓着脑袋,幼稚的脸上,也是一片苦笑。

气氛在沉默中缓缓而过。

"没有别的办法?就一定要死人才好?"柳剑抬起头来,头疼地问道。

"这是宿命,如果我与红衣相遇,灵魂似乎自己便会蹿动着上去战斗。"玄女轻声回道。

"那就不让你们相遇……"柳剑皱着眉道:"你在西,她就去东,她在南,你就去北,反正别遇在了一起,行不?"

"不,不知道……"玄女迟疑了片刻,摇了摇头,有些无奈地道:"你也知道,有时候体内的杀伐气会控制着本体,特别是在两名玄阴杀葵星相遇之时,那玄阴杀气中的杀伐,更是会几倍的增长。到时候,就算我不想出手,恐怕也不行了……"

重重地呼了一口气,柳剑将求救的目光投向敖天等人,不过却是被几人苦笑着躲了开去。

"我让你很为难么?柳大哥……"瞧着那将头发抓得散披的柳剑,玄女沉默了片刻，斟酌道："如果以后我真和红衣相遇，我会尽量压制体内的杀意，只要她不动手，我也不动手。行吗？"

闻言，柳剑这才稍稍松了口气，抬起头来，沉声道："我不希望和刘枫起冲突，黑玄肯定也不希望如此。所以，你一定要压制住体内的杀气，千万不要在这上面出了岔子。刘枫的性子，颇为重情重义，看他如此紧张那名叫红衣的女子，便能知晓，那女子与他的关系，想必也不一般……"

玄女轻轻点了点头，道："只要红衣不先对我动手，那么，我也会忍耐。"

"哎，好好的见面，居然搞成这副模样，我真怕你那番话，会让刘枫心头有隔阂啊。"柳剑自地上坐起，苦笑道。

"这应该不会，刘枫人不错，或许他心里对玄女会有些警惕，不过对你，却不会产生怀疑。"敖天耸了耸肩膀，无奈地说道："事情的矛盾所在，还是玄女和红衣，这个，你们日后都把自己女人管严实点吧。"

"哎，这鬼劳什子玄阴杀葵星虽然能量庞大，可竟然有着这么变态的规则，若是对方不相识倒还好，可现在，都凑一起了。大家夹在中间，当门板玩吧。"加拉摊了摊手，苦笑道。

"你们也别想太多了，我会尽量想点别的办法。"瞧着几人脸上的苦相，玄女轻叹了一口气，说道。

"柳大哥，你留在这里陪我吧，好不好？等他们拿到生命之源，我便能和你们一起回那片大陆了。"玄女血瞳中泛着点点期盼。

"不行。我得留在吟龙剑内，如果没有你和红衣的矛盾，我留下倒也无妨，不过，现在如果我留下了，刘枫会怎样想？他或许会以为是我不相信他，这种误会，可是半点都出不得啊。"柳剑叹息道。

"的确，你还是跟我们一起为好，你如果真留下了，恐怕不只刘枫，就连我们几个都会以为，你这家伙是担心人家会对你的残魂做什么呢。"敖天点了点头，赞同柳剑的决定。

眼色微微黯淡，不过玄女也不是蛮横之人，只得理解地点了点头。沉默了片刻，方才轻声道："其实，我与红衣之间，也并不一定需要一死一生。不过，这还得必须我见到红衣本人之后，才能做出决判。"

"如果有两全的法子，那自然是最好。"闻言，柳剑眼睛微亮，喜道。

第131章 玄阴杀葵星

"我会考虑的。"玄女冲着柳剑俏皮地眨了眨眼。

"好了,我们也动身吧。在这鬼空间待了几千年,可着实是腻了啊。"敖天咧嘴大笑道。

加拉几人也是笑着点了点头,心头,对那片诸神所迁移的位面,升出了些许期待。

刘枫斜躺在一处小山坡之上,嘴角叼着一根荒草,微眯着眼睛,瞧着那天空中的沉闷乌云,心头的烦躁,却是更甚了。

"二取其一,这到底是什么选择啊。"一拳头砸在地面上,刘枫低声咒骂道。

一袭青衫出现在身旁,顺着那小山坡,也是斜躺了下来,不言不语。

"怎么?你要和我们一起走?不留下来陪她么?"刘枫咬动着草根,一丝淡淡的苦涩,在嘴中散发开来。

"先不陪了,玄儿万年时间都过来了,也不在乎这点时间。"柳剑耸了耸肩膀,微笑道。

"不怕我用你的残魂去要挟玄女吗?现在的你,可是没有半点力量哦。"刘枫转过头来,一双漆黑的眸子,紧紧地盯着柳剑的眼睛。

柳剑淡淡一笑,转过头来,一双同色的漆黑眼瞳,也是对视着刘枫,却是不言不语。

望着那双深邃的漆黑眸子,刘枫微怔了怔,心头不知为何升起一股淡淡的暖意。撇过头,望着昏沉的天空,轻叹了口气,苦笑道:"我们还是拥有同样的炎皇血脉呢……"

"玄儿刚才的话有些冒犯了,你就别怪罪她吧。"柳剑微微一笑,轻声道,"既然你也认识这一代的玄阴杀葵星,那你也应该会知晓她们的性子,为了心中最重要的人,她们能够毫不犹豫地毁灭世界。"

"呃,说起来,那位叫红衣的女子,是你小子的女人吧?"柳剑拍着刘枫的肩膀,取笑道。

刘枫老脸微红,无奈地点了点头。

"如果日后真回到那块大陆,尽量约束一下她们吧。我想,你的话,那位红衣,应该会听的吧？"柳剑笑问道。

刘枫挑动着嘴中的草根，脑海中，那袭身着华贵教皇袍裙的美丽少女，替自己温柔捏拿按摩的情形浮现，嘴角泛起淡淡的柔和。红衣那丫头似乎对他永远说不出拒绝的话语一般，虽然如今贵为一教之皇，不过对自己，却依旧是千依百顺。这样的女孩子，不让人心疼与喜欢都不行啊。

望着刘枫的笑容，柳剑便知晓了答案，拍着他的肩膀，郑重地说道："刘枫，我不希望我们之间因为她们而有着任何冲突，如果被黑玄那家伙知道我们因为女人而产生了矛盾，他那以雄性为尊，雌性为卑的神兽性格，恐怕会当场发飙。玄女那里，我会让她想一个两全的办法。"

"我也不想，可我同样也不想红衣受到伤害……"刘枫苦恼地抓着脑袋，无奈地道："如果玄女能够想出两全的办法，那自然是最好，可如果不成……哎，这是什么变态事啊。"话到最后，刘枫又是忍不住地一声怒骂。

柳剑苦笑着摇了摇头，站起身来，顺便拉起刘枫，叹道："以后的事，以后再说吧。若实在不行，便不让她们相遇。"

刘枫翻了翻白眼，不过他也实在没啥更好的法子，站起身子，道："准备出去了？"

"嗯，继续停留在这神之战场，也没有什么用处。尽早进入诸神那个位面，也好节约些时间吧。"柳剑点头笑道。

一行人再次汇拢，不过却是多了一个玄女，望着那一直跟在柳剑身边的风华女子，刘枫颇感郁闷。玄阴杀葵星都是一个性子，只要是自己认定的，便会为之付出所有，红衣是这样，玄女也是这样。

短短的距离，在几人迅速的赶路间，飞快而过。

望着那几乎笼罩了半个天地的巨大漩涡位面传送门，刘枫着实被震撼了一把。

恐怖的空间波动，自位面传送阵缓缓扩散，急速旋转的空间能量，犹如能够吸人心魄一般。

"这便是通往那诸神大陆的位面传送阵了。"望着那横跨天地的巨大传送门，

第131章 玄阴杀葵星

玄女轻声道。

刘枫微微点了点头,向前走了几步,却是发现,在那位面传送门之前,有着极多的白骨残骸,残骸都不完全,很多都只是有着身躯的一部分。

"他们是想要闯进神之战场的诸神后裔,被我杀了。"瞧着刘枫注意到了地上的骸骨,玄女淡淡地说道,平淡的语气,犹如只是杀了几只鸡一般。

对于玄女的这种淡漠语气,众人都只得苦笑着摇了摇头。

"通过位面传送门会有着一些风险,不过这些,我会帮你们拦下来的。你们,只管抵御一些偶尔的空间风暴便行。"玄女微笑道。

刘枫点了点头,手指弹动间,吟龙剑浮现,对着柳剑笑道:"走吧,柳前辈。"

柳剑笑着点了点头,再次紧紧地将玄女抱进怀中,然后才在玄女那不舍的目光中,化为青烟灌进吟龙剑之中。

柳剑一消失,玄女那俏脸又是习惯性地冰冷了起来,血瞳停留在刘枫身体之上。

"你又想做什么?"被玄女看得全身不自在,刘枫皱眉道。

"刘枫,虽然先前我的话或许惹得你有些生气,不过,我还是希望你能够尽心保护柳大哥的残魂,再说……你一个大男人,应该不会和我一个小女子计较吧?"玄女说着前面还是满脸正色,不过到得后面,却是对着刘枫俏皮地眨着眼,轻笑道。

对于简直是百变性格的玄女,刘枫也是颇感郁闷,斜眼道:"小女子?这世界上有谁敢让玄阴杀葵星自称小女子?恐怕就算是那几个主神般的存在,也对你们忌惮三分吧。"

"放心吧,我刘枫还不是那般分不清是非之人,柳前辈的残魂,我会将他安全带回去的,这是我对他的承诺,至于你所要的那生命之源,我也会尽力帮你搞到的。"刘枫淡淡地说道。

"呵呵,那就多谢你了。"玄女满意地笑道,轻扬了扬纤手,轻声道:"关于我和红衣的事,我会尽量想办法的。"

苦笑着点了点头,刘枫也不再多说话,转头便向那巨大传送门行去。

望着刘枫的背影,玄女黛眉轻皱,手指轻抬,其间,蕴含着一枚淡淡的血色小针。

玄女沉默了片刻，手臂轻扬，便欲将之射出之时，一只大手，却是迅速地将之拦了下来。

"玄女，你做什么？柳剑如果知道你敢这么做，绝对会大发雷霆的。"蕴含着低怒的话语，自敖天嘴中低吼而出。

手指轻颤，玄女轻呼了一口气，淡淡地道："我还是有些不相信他……"

"你总是喜欢疑神疑鬼，你若再是这般，别说柳剑了，就是连我们几个也看不下去了。不管怎么说，刘枫与我们也是朋友，他和柳剑之间，关系更是亦师亦友。你若是把你这玄阴针种在了刘枫体内，柳剑绝对会大怒。"敖天愤怒地说道。

"可这是柳大哥最后复活的机会，如果他出了岔子，你让我还怎么活下去？"玄女血瞳中泛着点点水汽，俏脸显得极为彷徨，失去的东西再次复得，她不想便如此的失去。

"在我们的家乡，男人之间的义气，重如山峦。你如果真是喜欢柳剑，那就别让他夹杂在友情和爱情之间为难，这不是一个真心喜欢他的女子该做的事。"敖天沉声道。

"你今天说的话，若不是清楚你的性子，我都会真以为你是在故意挑拨刘枫与柳剑之间的关系。若是换个不认识的人，老子当场就拍死她了。"敖天脸庞之上的怒气，不是装出来的，今天的事，如果一个处理不好，刘枫与柳剑两人，当真是会产生隔阂。

"那你们想要我怎么办？"玄女望着几位老友，彷徨地问道。

"相信刘枫。把你那性子收敛起来，刘枫也是个傲骨头，你刚才若是真把玄阴针种了下去，恐怕他现在就立刻找你拼命了。"巫师无奈地叹了口气，轻声道。

加拉几人也是有些后怕地叹了口气，刚才若不是敖天眼疾手快，那么现在，娄子可就真捅大了。

"如果种下去后，又被红衣知晓了，那，那就准备拼命吧。万年前，光你一个玄阴杀葵星的自爆便造成了诸神迁移，现在若是两个一起……嗯，那我们就一起化为灰灰吧……"小金抓了抓脑袋，嘟囔道。

听着小金的嘟囔，敖天几人也是满脸苦笑，虽然他们不知道，那位叫红衣的女子性子如何，不过既然都是玄阴杀葵星，由此思彼，便能猜到那红衣肯定也不是什么好相与的人。

第131章 玄阴杀葵星

"好吧，我，我相信他吧。"玄女轻叹了一口气，手指颤动间，化去了血针，对着敖天道："敖天大哥，柳大哥的残魂，还请你多多帮忙照看了。"

"这个我自然会。"敖天摆了摆手，也是转身对着传送门行去。

"还有，别把刚才的事，告诉柳大哥……"小声的哀求声，缓缓传来。

"哎，你那性子啊。"脚步微顿，敖天满脸苦笑着点了点头，带着几人对着传送门迈足而去。

第132章

诸神所在

第132章 诸神所在

荒凉平原之上，尽是无奈地苦笑声。

此处是茫茫戈壁，细小的沙石碎砾，伴随着呼呼刮过的狂风，一路滚动。戈壁中伫立着无数巨石，不过这些巨石在无数岁月的风蚀之下，已经变得极为圆溜。

戈壁中，人迹罕至，除了刮风之声，便只有那碎石击打在巨石之上发出的清脆声音。

风，继续经年的吹刮着，沙，继续经年的飞舞着。

不知何时，在那狂沙飞舞的戈壁之中，缓缓地出现了几个模糊的人影。

人影速度看似缓慢，不过只是眨眼之间，模糊的人影，便变得清晰了起来。

身体微震，笼罩在身体之上的月白光芒微盛，将那迎面刮来的狂风抵御而下，刘枫眯着眼，望着那仿佛没有边际的戈壁，低声道："这戈壁，也太大了吧？我们可是走了两天了，竟然还未看到出口？"

"我们也是第一次进入这个位面，哪能知道这些……"加拉摇了摇头，望着天空之上的青色罡风，苦笑道："这块位面，的确要比以前的大陆高级一些，那天空之上的罡风，竟然全部都是由极度凝缩的狂暴风元素凝聚而成，只要一有人腾空，便会惹起无边无际的凶猛攻击。"

"这位面的空界能量也的确颇为雄厚。"敖天手心在身前虚抓了抓，扯回来之时，手中金光所笼罩之中，竟已多出了一丝银色能量。

"不止空界能量，就算只是普通魔法元素，也较之以前的大陆强上许多。"巫师手指轻弹，一把森白骨矛凭空浮现，带着破风之声，将一块巨石炸成粉碎。

刘枫轻轻点了点头，裹了裹身上的黑袍，微笑道："继续走吧，我想应该快了吧……"

几人都是点了点头，迈足前行。

塔克沙尔戈壁是诸神大陆中的一处险地，其中不仅遍布着凶悍的远古魔兽，据说，在戈壁中还生活着一个奇异的种族，那便是沙族。沙族天生有着超控泥沙的异能，其中有些佼佼者，即使是在诸神大陆中，也是排得上号的强者。

沙族之中的族人，便被称之为沙人，在沙人的体内，由于奇异的天赋，他们体内会有着一枚类似凶兽的能量源泉珠。这枚能量源泉珠，便是支持沙人变强的根本，能量源泉珠中的土系能量极为纯净与浓厚，土系能量天性温和厚重，是最容易被吸收的能量之一。

所以，沙人体内的沙珠，便引得极多人类的垂涎。虽然戈壁中极为危险，不过，却依旧有着极多的人类强者冒险进入，期盼能够好运杀死沙人，取得沙珠。那般的话，便能在城市中换上不菲的佣金，以供自己有着更好的修炼条件。

也正是因为人类的贪婪，所以塔克沙尔中的沙人对人类，极为仇恨，双方见面，总是少不了一番血拼。对于擅自闯入戈壁中的人类，沙人们，更是不会留半点情面。这样，也更加使得本就危险的塔克沙尔戈壁，再次添上几分凶险。

刘枫几人已经又在戈壁中行走了一天有余，若不是几人实力雄厚，恐怕早就支撑不下去了。

抬眼望着那依旧没有边际的尽头，刘枫缓缓地出了口气，苦笑道："休息一下吧，这鬼戈壁，实在太大了……"

闻言，小金一屁股就坐在了地上，嘟囔道："这么大个地方，居然连点生气都没有。走到现在，除了我们，别说活人，就算是能动的，都没见到过。"

对于小金的嘟囔，刘枫也只得无奈地耸了耸肩膀。

"我说，我们会不会是传送错位面了？"血翼有些怀疑地道。

"应该不可能。出传送门的时候，我探测过空间坐标，这里，的确是诸神所迁移的位面。"巫师摇了摇头，笑道。

"这鬼地方，好大啊。"小金哀嚎道，手掌在身后的沙柱上拍了拍。

刘枫苦笑一声，向前走了两步，忽然脚步一顿，猛地回过头来，视线直射在小金身后的一处沙柱之上。

眼睛微微眯起，刘枫忽然暴喝："小金，离开那沙柱！"

刘枫的话音刚落，小金尚还未从高喝中回过神来，一股森锐的劲气，却是凭空自身后浮现，对准小金后脑勺狠狠刺去。

脸色微变，小金身躯刚欲闪避，然而其站立之处，却是不知何时被一团泥沼，

第132章 诸神所在

将其双脚牢牢吸住。

只是延迟了片刻时间，那股森锐劲气，却已经眨眼便到了小金后脑一寸左右，眼看便欲狠狠刺下，强横的金光猛地自小金体内爆发而出，一块巨大的紫金龙鳞诡异地自后脑处浮现，将那股劲气弹射而开。一声低吼，金光所笼罩的右脚迅速挣脱泥沼的吸扯，夹杂着雷霆，反踢而出。

"砰。"一声闷响，带起漫天黄沙飞舞。

脱离了攻击，小金身形展动，赶紧闪进了敖天几人的护卫之中。

望着那黄沙飞舞处，刘枫眉头紧皱，在刚才小金踢中沙柱之时，他明显地察觉到了一股气息自沙柱中爆发而出，可眨眼之间，那股气息便消失了去。

"小心点，这块地方有古怪。"刘枫神念破体而出，笼罩这片天地，沉声道。

敖天几人点了点头，锐利的视线在周围扫描而过，却是连半点线索都未发现。

"小金，没事吧？"刘枫也是退回了几人的包围中，对着小金问道。

"没事，那东西实力不强，也就普通神阶，不过隐匿之法却是极为诡异。直到他出手之前，我都未发现仅仅距离我半米的沙柱里面，竟然隐藏着有人……"小金惊异地说道。

"嗯，很诡异的隐匿之法，居然和土遁之术有着异曲同工之妙。"敖天虚眯着眼睛，沉声道。

"刚才出手的是人类？"加拉疑惑地问道。

"不，不是人类，它的身躯很柔软，我刚才那一脚明明踢中了它，却似乎并未造成多大的伤害。"小金道。

刘枫默默地点了点头，心头对这片戈壁，添上了几分警惕。虽然刚才大家都未特意探察周围情况，不过能够在敖天以及自己的眼皮底下，对小金发动进攻，这种诡异的隐匿之法，足以让众人提起精神了。

刘枫眼睛微闭，神念再次加强，将这片天地百米范围内完全笼罩，然后一寸寸地扫描而过。

"空间没有半点细微的波动，刚才的东西，明显不是用的隐身之术，既然不能入天，那么，便只有遁地了。"刘枫在心头思索着，神念一寸寸地探查着戈壁地面而过。

知晓刘枫神念是探索隐匿最有效的办法，敖天几人也没有打扰，将其围拢在其中，体内，斗气隐隐待发。

时间，在刘枫的探索中缓缓而过。

不知何时，戈壁之上的狂风再次刮起，漫天黄沙阻碍了众人的视线。

"哎，天不助我们。"瞧得这般恶劣的天气，敖天无奈地摇了摇头，在如此黄沙弥漫的气候中，寻找出隐匿之人，恐怕是有些困难的。

然而，事情却并不是如同敖天这般想。

突兀的，刘枫猛地睁开了眼眸，漆黑的眸子间，月白之色闪过，脚尖在地面急速点动，身形已经腾空几丈之高，手心微晃，出尘的古剑现于手心，一道月白光芒疾闪而过，丈些长的实质月白剑罡暴射而出，直直地劈砍进漫天黄沙之中。

"嘶！"剑罡飞射进黄沙之中，却是带起了一声凄厉的嘶嚎声。

"打中了！"听着这嘶嚎，加拉喜道。

"我去看看。"小金大喜，好奇地想要跑过去，却被敖天一把扯了回来。

"给我回来，此处诡秘重重，小心点，别乱闯。"

小金郁闷地抓了抓脑袋，只得跟在降下身来的刘枫几人身后，一起冲进弥漫的黄沙之中。

冲进黄沙内，却并未见到什么尸体，不过，却是见到了满地的蓝色血液。

"不是人类。"瞧得那蓝色血液，敖天沉声道。

刘枫轻点了点头，有些惊异地道："这东西好快的速度，中了一击重劈，居然还能逃掉！"

"这戈壁，貌似也不是我们想象的那般平静啊。"望着那缓缓被风沙覆盖的蓝色血液，巫师道。

"以后行路，得小心了。"刘枫满脸凝重。

戈壁中，风沙吹得更盛了。

茫茫戈壁，风沙肆虐。

几道模糊的黑影，在漫天风沙中，缓缓而行。

"怎样？刘枫，有感应吗？"紧了紧袍子，敖天低声问道。

"没有。"走在队伍中间的刘枫摇了摇头，控制着神念始终笼罩在百米之内，皱着眉道："不过我有着模糊的感应，那东西似乎跟我们耗上了。虽然不能查出它

第132章 诸神所在

的行迹，可我却知道，它一直在跟着我们。"

"这鬼东西……"血翼一声怒骂，自从上次击伤那个神秘生物之后，它好像还记上仇了，一路而来，整整七天，搞得他们始终处于高度警惕之中。如此这般长久下去，就是铁人也抗不住啊。

"得想个办法把那东西引出来，不然这样下去，可不是长久之计啊。况且刘枫也不可能，一直保持着这种警戒的状态。"敖天沉声道。

加拉点了点头，道："的确不能继续再这样下去了，那神秘东西实力不强，可那隐匿的法子，却是极为诡异。况且在这戈壁中，它还占据着极为有利的地形优势，如果不能一击毙命，恐怕又会被它逃脱。"

"前方有人在打斗……"忽然的，刘枫脚步一顿，抬起头来，视线跳向那被风沙所覆盖的遥遥远方，沉声道。

"哦？"听得刘枫的话语，加拉几人微惊，旋即各自抽出武器，小心戒备。

"是人类的气息，我想……他们应该便是迁移而来的诸神所发展出来的后裔吧。"刘枫微眯着眼，说道。

闻言，敖天几人微松了一口气，巫师轻声道："既然碰到了人类，那么我们距离出这大戈壁，想必也不远了。"

"要不要过去？"刘枫回过头，询问着众人的意见。

"去吧，这里已经不再是神之战场了，在这里，你可以当作是生活在以前的那片大陆，虽然保持小心是必须的，不过，你也可以放开一些。"敖天点了点头，咧嘴笑道。

"还真是被神之战场那种随时都有闷棍敲来的气氛搞怕了。"刘枫苦笑着摇了摇头，也不迟疑，和着众人，迈足对着远方而行。

在走了不久之后，几人立足之地的黄沙一阵翻滚，一个圆溜溜的黄色头颅，自沙地中缓缓探出。在圆溜溜的头颅之上，有着一道狰狞的血疤，微转了转头颅，一双怨毒的仇恨视线，射向那在黄沙飞舞之中，若隐若现的几道人影。

望着那自沙地中腾蹿而出的上百头巨大沙魔鼠，提而特脸色就是一阵发绿。沙魔鼠虽然其本身实力只有至尊巅峰左右，不过它们却是这塔克沙尔戈壁中，除了沙族之外的唯一以家族汇聚的生物。其实若真只是普通的上百头沙魔鼠，那么实力在王级中段的提而特倒也不会如此心急，最让他担忧的，还是那在百头沙魔鼠之中，一头全身金毛的小型沙魔鼠。

金鼠王,王级顶段。

手中大剑将一只沙魔鼠劈成两半,提而特对着身旁的同伴吼道:"围拢来,别被它们分开了。"

听得提而特的吼声,正在与沙魔鼠拼斗的四位同伴,赶紧闪身靠在一起,一名身材有些矮小的男子,焦躁地挥舞着手中的匕首,尖声道:"队长,快想办法啊,我们可要撑不下去了。"

"我知道,你给我安静些……"提而特也是不耐烦地咆哮道。

一百多只沙魔鼠,此时,已经被五人宰杀了几十头。不过,那金鼠王却依旧是伫立在原地,那双绿幽幽的眼睛中,却是泛着猫戏老鼠般的狰狞。

几十头杀魔鼠再一次齐扑,一名普通神阶的男子终于是抵挡不住,被一只从身后袭来的利爪将脖子给切断了去。

望着那倒在地上不断抽搐的男子,提而特眼睛发红地怒吼道:"兵甲,兵甲……"

"队长,看来我们帝林修炼小队,今天便要葬在塔克尔沙戈壁了。"望着那一双双泛着凶色的鼠眼,一名男子苦笑道。

提而特脸色阴沉,牙齿在紧咬间,发出嘎吱的怪响。虽然心中极为愤怒与不甘,不过提而特也是极为的无奈。不提那百多只至尊巅峰的沙魔鼠,就光是那还未动手的金鼠王,便能轻易将自己击杀,而只要自己一死,另外三名神阶的同伴,明显也是难逃毒手。

就在提而特准备发狠来个同归于尽的自爆之时,淡淡的笑声,却是被狂风吹拂了过来。

"几位朋友,需要帮忙吗?"

突如其来的笑声,让提而特心头微惊,连忙顺着声音望去,却是见到九道身影,不知何时已经站立在了百多米远之外。

犹如是落水之人抓住了最后一根救命稻草,提而特急忙吼道:"几位朋友,还请出手帮忙把沙魔鼠击退,帝林修炼小队感激不尽!"

"呵呵,好。"温和的笑声,让得提而特心头微定,望着那自九人中冲出来的两道黑袍,脸色微变。刚欲提醒他们小心那只金鼠王之时,那两道黑袍之一,却是诡异地探出了一根血刺,身形微摆,居然如同鬼魅一般,出现在了那金鼠王身后,血刺翻转而刺,在金鼠王那骇然与惊恐的视线中,狠狠地刺进其身体之中。

第132章 诸神所在

"好,好强……"望着那几乎是一招便将王级顶段的金鼠王解决的黑影,提而特和他的三名同伴,都是不可置信地张大了嘴。

相比于那道有着血爪黑影的震撼,另外一道黑袍,更是简单。随手对着几人甩了甩袖袍,几十颗深紫火球凭空浮现,准确无比地将那正欲逃散的几十只沙魔兽,屠杀殆尽。

感受到火球飘过身前所带来的炽热之感,提而特咽了一口唾沫,这一行牛人,又是从哪个角落里冒出来的?克里克斯城附近方圆近千里,除了两大修炼团的两位团长,有着皇级实力之外,似乎便再无其他人了吧?可从这两人刚刚出手的威势来看,好像也是皇级的强者啊。

就在提而特四人发愣之时,那站立在远处的几人,却是缓缓地行了过来。

"呵呵,几位朋友,你们没事吧?"朗笑声,自领头的黑袍之下传来。

"呃……"被笑声惊醒,提而特和他的三位同伴,赶紧对着一行人行了一个礼,恭声道:"多谢大人出手相救了,帝林修炼小队,感谢你们。"

"修炼小队?"在心头稍稍疑惑,刘枫却是摆了摆手,微笑道:"无妨,举手之劳而已。"

"唉,将一名王级顶段的金毛鼠宰了,还只是举手之劳……"闻言,提而特抹了一把额头之上的汗水,弱弱地点了点头。或许在他们这种牛人眼中看来,杀一只王级魔兽与杀一只至尊魔兽,根本没什么区别吧?

双方再聊上了片刻,从提而特偶尔说出的话语意思中听来,刘枫也终于是弄懂了一些东西。

自己等人现在所在的戈壁,叫塔克尔沙大戈壁。

还有这个啥修炼小队,其实就是一种和佣兵相差无几的组织,只不过佣兵为的是金钱,而修炼小队的最终目的,却是修炼得更强,然后去寻找更强的修炼小队,甚至修炼团。

"提而特兄弟,不知道这里距离最近的城市还有多远?我们一行人不熟悉路,在里面瞎逛好些天了。"刘枫亲热地拍着提而特的肩膀,笑问道。

"在塔克沙尔戈壁中瞎逛?"闻言,提尔特简直是肃然起敬。别说是他这种三流的修炼小队,就是克里克斯城内的两大修炼团——卡巴以及猛虎,恐怕也没那个胆量,敢带着人在戈壁中瞎逛吧?

抹去额头之上的冷汗,提而特苦笑道:"距离这里最近的城市是克里克斯城,不过想要回去,却是还得需要三天的时间……"

"大人,你们若是想要回城市,那让提而特为你们带路可好?也好当作是报答你们救了我们的报酬。"提而特搓了搓手,笑道。

刘枫笑眯眯地点了点头,救你们,不就是想找几个向导么,不然他们可没那闲心来当雷峰。

瞧得刘枫答应,提而特满脸喜意。

"哦,提而特,你知道这戈壁中,有什么东西能够借助沙土隐匿吗?"刘枫忽然地问道。

"呃……"脸色喜意瞬间僵硬,提而特骇然失声道:"你们遇到沙人了!"

刘枫的忽然一问,把提而特面上的喜意,一下子惊没了。

"沙人?"瞧着那脸色难看的提而特,刘枫眉头一挑。

"刘枫大人,想必是第一次来到塔克尔沙戈壁吧?"提而特苦笑道。

"唔……"刘枫含糊地应道,他可是有些担心,自己的无知会让提而特产生一些怀疑。

提而特并未怀疑刘枫的话语,以他的实力,根本就没那资格知道,在塔克沙尔戈壁的最尽头,还有着一个通往另一个位面的通道。况且诸神大陆极为辽阔,而沙人又极少出戈壁,所以有人不知其根底也是理所当然。

"沙人是塔克沙尔戈壁中的霸主,在这戈壁中,他们显得极为可怕,那能够操控沙泥的奇异能力,让他们在戈壁中更是如虎添翼……"提而特沉声道:"沙人极为仇恨我们人类,只要发现有人踏足戈壁,这人便会遭受到连绵不断的暗袭。沙人以部落聚集,所以也称他们为沙族……"

"沙族?竟然还是一个有着智慧的族群。"刘枫在心头默默地点了点头,跟那偷袭的沙人交了几次手,刘枫自然能够察觉出他的狡诈,那种智慧,不弱于人类。

"在几天前,我们遇到了一个沙人,被我重伤后逃了去,最近似乎一直在跟着我们。"刘枫微笑道。

"哦……"提而特点了点头,脸色有些忧虑,沉思了片刻,道:"刘枫大人,我看我们现在便赶路回克里克斯城吧?在戈壁中招惹沙人,不是一个明智的选择,他们不仅能够召集同伴,那诡异的沙之刺杀术,更是防不胜防。"

第132章 诸神所在

刘枫轻点了点头,连续十几天的戈壁行走,也让得他们对这千篇一律的黄沙漫天,产生了视觉疲劳。

瞧得刘枫答应,提而特赶紧招呼三个同伴,将死去的队友和一干杂物收拾好,作为修炼小队,队友死亡是屡见不鲜的事,所以即使提而特几人心中极为悲伤,也只得无奈地将后事安排好。

四人在一群沙魔鼠之中不断跳跃,自沙魔鼠身体中,挖出一枚枚形状不一的黄色珠核。

抓着那只死去的金鼠王,提而特将一枚硕大圆溜的黄色珠核递向刘枫,恭声道:"刘枫大人,这是金鼠王的魔核,也是你们的战利品。"

望着那枚散发出浓厚土系能量的魔核,刘枫伸手将之拿过,探查了片刻之后,却是笑着摇了摇头,将之弹回到提而特手中,淡笑道:"你留着吧,就算是带我们出去的报酬。"

这枚王级魔核,虽然土系能量极为浓厚,不过在神之战场中,刘枫见惯了高级兽核,对于这魔核,倒也提不起多大兴趣。而现在有求于提而特,倒不如将之当作顺水人情,大方送了出去。

"这……"望着手中的金鼠王魔核,提而特一阵发愣。一枚王级顶段的魔核,足以换取一千神币,而一千神币,却是已经能够让一名普通神阶接受一次神之洗礼了,这种随手将之送出的大手笔,就算是克里克斯城的两大修炼团,也没那豪气干出来吧?

瞧得刘枫的大手笔,就是提而特身后的三名同伴也是愣了下来,双眼火热地望着那张含笑的脸庞。

被四双炽热的视线盯住,刘枫依旧满脸笑容。他心中清楚,不管诸神大陆再如何高级,可普通神阶想要突破到王级,却依旧是要付出极大的努力。而突破的捷径,自然是吸收外界能量,那么,纯正温和的土系能量便成了最好的选择。

望着刘枫那张含着淡笑的脸庞,提而特沉默了片刻,感激地点了点头,同伴死去了一个,他们也的确极为需要这一笔钱去准备后事以及招募新人。

用极快的速度将东西收拾好,提而特对着刘枫恭声道:"刘枫大人,我们这就启程吧?"

"呵呵,好。"刘枫笑着点了点头。

将东西收于空间戒指之中,提而特又自戒指中掏出一个滑板模样的东西。

瞧着刘枫几人的疑惑视线,提而特惊异地道:"你们进入戈壁中,不会连能量板都未带吧?"

"鬼知道这能量板是什么东西呢。"刘枫在心头抱怨道,面上却是干笑着点了点头,胡扯道:"走路,也是修炼的一种,我们向来不依靠外物。"

"刘枫大人境界果然不凡。"提而特对着刘枫竖起了大拇指。

"咳,不过现在是赶路时间,用用也无妨,你还有么?"刘枫干笑了两声,问道。

"呃。"提而特抹了一把额头之上冷汗,乖乖地从空间戒指中掏出几块滑板,将之递给刘枫几人,然后指着滑板之上的一块晶石道:"只要把能量灌入进去,就能在戈壁滑行了,方位用意念控制就好。"

小金一把接过滑板,直接踩了上去,体内金色能量狂涌进晶石之内。

"砰。"一声闷响,掀起漫天黄沙,平坦的沙地之上,留下一处深深的凹痕,一路滑行。

"嘿嘿,这东西还真好玩。枫哥,走了。"听得远处传来的兴奋声音,刘枫几人相视一笑,踏上能量板,能量涌动,黄沙飞舞,几道流光,急速地在茫茫戈壁之上闪掠而过。

戈壁的天气极其恶劣,夹杂着森锐的罡风不断吹拂,天空被沉沉乌云所覆盖,整个戈壁显得有些沉闷。

十几道流光在戈壁之中飞速而过,带起漫天黄沙。

第133章

沙族来袭

望了望天空中有些翻滚的乌云，提而特忽然放缓了速度，对着刘枫几人高喊道："刘枫大人，我们需要找个地方暂歇一晚了，塔克尔沙戈壁晚上罡风极其强烈，我怕我们会迷失方向。"

"哦，好吧。"闻言，对戈壁地形不熟的刘枫，也只得无奈地点了点头。他们前段时间赶路，晚上也遇到了强烈罡风，不过好在最后误打误撞遇上了提而特一行人，不然现在恐怕还得在戈壁中乱逛。

十几道流光放慢了速度，在附近搜索了一番之后，终于选中了一处碎石密布的戈壁平地。

"呵呵，在戈壁中得随时防备沙人的突袭，所以落脚点最好还是选择有碎石的地方。"落下地来，提而特笑道。

"斜比，搭营吧。"提而特转身对着三位同伴大声喊道。

"呵呵，让我来吧。"巫师收起能量板，干枯的手指迅速结出繁杂的印结，在一声低喝中，那白骨营地已经平地而起。

"呵呵，这位大人原来是亡灵巫师啊。"瞧着那白骨营地，提而特惊异地笑道。

望着提而特那并未因为巫师的职业而产生变化的脸色，刘枫微微点了点头，想来这片大陆的亡灵巫师，也并不是那种人人喊打的角色。

巫师淡淡地笑了笑，率先进入白骨营之中。

"刘枫大人，你击伤了一名沙人却并未将之杀死，按照沙人那凶狠的性子，想必不会轻易放弃。明天下午我们便能到达克里克斯城，今天晚上，是他们出手的最后机会。"走在最后，提而特对着刘枫小声地说道。

"他们？"刘枫眉头一挑，歪着头道："你认为那东西还会去找帮手？"

第133章 沙族来袭

"呵呵,这是沙人的特性了,一旦遇见吃不下的敌人,他们便会呼朋唤友,一拥而上。"提而特笑道。

"沙族实力怎么样?"刘枫眯着眼问道。

"很强。"提而特脸色有些凝重,沉声道:"沙族存在这片戈壁不知道多少岁月,而且他们隐藏得极深,只有很少的人,知道他们确切的实力……"

"据说,三百年前,生命神殿曾经出动过护殿强者,进入戈壁与沙族大战了半年时间,不过,最后似乎并未取得多大的成果。"提而特接着道:"生命神殿派出的那些强者中,其中有两位是已经晋入帝级的强者。"

眉头微皱,刘枫没想到这沙族实力也颇为强横啊。

"呵呵,不过刘枫先生不必担忧,帝级强者即使在整个诸神大陆都算是稀有之物,沙族不可能为了我们,便将帝级强者派出来的。"提而特笑着安抚着刘枫的担忧。

"我可不是怕他们的帝级强者……"刘枫笑着耸了耸肩膀,双臂抱于脑后,迈足进入白骨营地之中,淡淡地笑道:"今天晚上,便看看那些沙人,有何了不得吧。

天地狂风呼啸,黄色的细沙将无形的狂风渲染成了淡黄之色,在一望无际的戈壁之上,一座散发着淡淡白芒的白骨营地拔地而起,将那凶猛狂风阻拦其外,进不得分毫。

营外,风沙肆虐,营内,温和安静。

围着篝火,十几道人影坐立其边,互相笑谈着。

"枫哥,那些家伙今天晚上真会来么?"小金紧挨着刘枫,小声地问道。

望着小家伙脸上,那被篝火映照得有些发红的兴奋神色,刘枫撇了撇嘴,笑道:"既然提而特这么说,那应该错不了。"

听得刘枫如此说,小金大喜,上次那沙人的偷袭虽然没有成功,不过却让得他郁闷了好久,如今那东西居然还敢再来,小金岂能轻易放过。

"你这小家伙,小心一些,那些沙人的隐匿之术诡异得很,就是我也得提起神来,你别大意了。"刘枫正色道。

"嘿嘿,知道知道。"小金抓了抓脑袋,憨厚地点头应道。

营地之内,篝火缓缓地燃烧,细微的劈里啪啦声,在营地之内轻轻响起。

十几道人影就随意地躺在地面之上,有些响亮的打呼声,盖过了木柴的烧裂之声。

营地之外,风沙忽然大涨,几十处或远或近的地方,黄沙微微蠕动。

营地内,那本来闭目浅歇的刘枫忽然睁开了眼来,漆黑的眼眸间,掠过一丝月白之色。微微偏着脑袋,微眯的视线,停留在了白骨营之外的一处平坦沙地之上。那里,黄沙曾经蠕动了瞬间。

"终于来了么?"刘枫呼吸平静,在心中淡淡地道。

天地间,风沙狂涌,几十处涌动的黄沙,只是在营地之外停留了片刻,便迅速钻进了白骨营之内。

月白的灵气带着森寒的剑罡,突兀地出现,狠狠地削进了黄土地面之中。

"哧啦……"一道巨大的裂缝自沙石地上浮现,在裂缝之中,还有着一具被横切而断的尸体,蓝色的血液,将裂缝浸湿。

"这就是沙人么?"望着那具尸体,刘枫环视着周围的沙地,淡漠地道:"都出来吧,一直躲在地下面,不累么?"

在刘枫出手之时,一直沉睡的敖天等人也是迅速睁开了眼来,斗气、魔法狂涌而出,一双双尖锐的视线,在白骨营之内的地面扫过。

"好狡猾的东西。"敖天冷笑一声,脚掌狠狠地踏击在地面之上,一道裂缝瞬间连绵而出,直直袭向某处隐蔽的所在。

"扑哧……"一道影子自裂缝中急速弹跳而起,虽然影子反映极快,不过却依旧被敖天这一踏之力,震得鲜血疾喷。

"扑,扑……"一声声闷响在营地之内带起冲天而起的黄沙柱,几十道影子自黄沙柱中闪现,一个个矫健地落下身来,阴狠的视线,将场中十几人死死盯住。

刘枫微眯着眼,视线打量着那自土地中,蹿出来的几十道影子。

沙人身高和普通人类没多大区别,脸型也相差不大,都是两只眼睛一个鼻子一个嘴巴,只不过他们的皮肤以及眼睛,却居然全部都是土黄色。并且,在沙人的屁股之上,还有着一截短短的黄色尾巴。总的看来,这些沙人,其实和人类相差并不大。

几十名沙人之中,有半数人在额头之上,绘了半颗黄色星辰,有四人额头之上是一颗整星,最引人注目的,还是居中的一位高壮沙人,他额头之上绘的,竟然是一弯黄色浅月。

"他们就是沙人?"刘枫有些诧异地低声询问道。

"嗯。"提而特点了点头,警惕的视线在周围几十个沙人身上扫过,当视线

第133章 沙族来袭

扫过那名额头之上绘有浅月的沙人之时，脸色不由得一变，失声道："沙族月战士？"

"沙族月战士？什么东西？"刘枫眉头微皱，问道。

"和人类一样，沙族也有着他们自己的级别。那额头之上有半星的，便是神阶强者，有整颗星的，便是王级强者，有月的，便是皇级强者，这类强者，一般称之为沙族月战士。看来我们这次还真是挺倒霉，沙族月战士在沙族中，地位可不低，一般他们都不会轻易出手。我在克里克斯城待了几十年，这还是头一次遇到沙族月战士，真不知是荣幸还是不幸。"提而特苦笑道。

"皇级强者么？"刘枫眼睛微眯，将视线放在了那名高壮沙人身体之上。

"卑鄙的人类，竟敢伤我族人，今晚便要你们葬身此处。"阴寒的目光在刘枫一行人身体之上扫过，那名高壮沙人阴森森地说道。

声音虽然尖利嘶哑，不过至少刘枫他们还能勉强听懂。

刘枫不屑地撇了撇嘴，一名皇级初段而已，哪轮得到他如此嚣张？视线继续移动，最后停留在了一个沙人身上的狰狞血疤之上。

脑袋微偏，刘枫从那名沙人的伤口上，察觉到了剑罡的淡淡气息，冷笑道："你就是偷袭我们的那家伙吧？"

"该死的人类，你们别想活着走出塔克尔沙戈壁。"那名沙人怨毒的视线，在刘枫身上扫过，狰狞地说道。

"刘枫大人，那位沙族月战士，便只有请你的两位同伴与他交手了，在这里，似乎只有他们才能与皇级的强者相抗衡了。"提而特凑上前来，对着刘枫低声道。

刘枫微眯着眼睛，轻点了点头，反正血爪与火炎的实力已经暴露了出来，那便让他们打头阵吧。敖天那能够媲美帝级强者的实力，能隐藏的话，便尽量隐藏吧。毕竟在这块诸神大陆之上，多一点底牌，也多一分生存的机会。

"血爪、火炎，你们去对付那家伙吧，注意他的沙之操控。还有，别让他跑了，斩草，得除根。"刘枫回过头来，对着血爪与火炎轻声吩咐道。

"嗯。"两人都是轻点了点头，表示同意。

几十名沙族包围着十几人，因为数量之上的优势，以及月战士的强横，他们似乎预感到胜利即将到来，兴奋的喘息，在安静的营地中嘈杂的响起。

"动手！"出乎沙人们的意料，被他们包围的猎物，竟然选择了率先攻击，那名月沙人手臂一挥，眼瞳中凶光闪过，对着众人下了杀伐的命令。

魔兽剑圣 异界纵横7

黄色能量自沙人们身体之中喷薄而起,手掌在沙地之中一捏一拿,便各自拖出了一把森寒的土矛,对着场中几人狠狠地掷去。

刘枫手中月白剑罡浮现,将一根黄色土矛劈成漫天散沙,对着血爪喝道:"尽快解决那家伙!"

点了点头,血爪与火炎身形同时闪动,两道影子鬼魅般,对着那领头沙人疾袭而去。

瞧得两人那迅猛的速度,那名月沙人脸色微变,双手在身前一阵疾舞,那漫地黄沙猛地冲天而起,化为两条巨大土蛇,对着两人缠绕而去。

两颗深紫色的火球凭空浮现,直直地击打在土蛇身体之上,带起轰然爆炸。

望着那开始近距离接触的三人,刘枫手中剑芒摆动,狠狠地劈削而出,将距离自己最近的一位连神阶都未到达的沙人劈成两半。

小金身体之上,金光大盛,双拳在挥出之时,隐隐带有龙吟之声,声势甚是恐怖。

场中的那四名王级沙人已经被加拉四人拖住,剩余的全都是普通神阶或许不到神阶的沙人,以刘枫和小金的实力,对付同等级的对手,那根本就是一面倒的大屠杀。

望着场中的杀戮,提而特四人嘴巴大张。他们没想到就连那四位看似不如何起眼的黑袍,实力居然也是在王级中段,而且其中两位,更是已经到达了顶段。

再回转过头,望着那大杀四方的金光和月白灵气,提而特额头之上,冷汗终于是滑落而下。

"这一行人,到底都是些什么来路啊?怎么一个个都如此恐怖?这种组合,想必就算是克里克斯城中的卡巴与猛虎两大修炼团,也很难凑出来吧?"望着那几乎成一面倒的杀戮,提而特心中苦笑道。

营地外,风沙漫天,细小的龙卷风暴,带起黄沙迅速席卷而过。

营地内,杀气弥漫,鲜血飞洒。

一向在塔克尔沙戈壁横行的沙人们,这一次,真的是踢到铁板了。

营地之中的战斗,结束得有些让人目瞪口呆,短短十几分钟时间,几十名沙人,便在刘枫一行人毫不留情地截杀之下,完全被埋葬进了这片风沙肆虐的黄土

第133章 沙族来袭

之中。

修长的指尖,在出尘古剑之上轻弹了弹,一滴蓝色的血液在清脆的剑鸣声中,缓缓浸入沙地。

淡漠的视线,在那一地尸体上扫过,那双漆黑的眸子,没有因此而泛起丝毫情感波动。这般的杀戮,对于经历过神之战场残酷的刘枫以及众人来说,根本只是小菜一碟。在神之战场中,刘枫一行人可以以一个不是理由的理由,毫不犹豫地将偶遇之人杀掉。虽然现在出了神之战场,众人都是收敛了许多,不过对于挑衅到了脸门前的人,他们却是依旧能够冷漠地挥出手中的利剑。

闲在一旁的提而特眼角余光只是偶尔扫中了刘枫那冷漠的视线,身子便忍不住地打了一个冷颤。他实在是有些没想到,这个一直和他和气谈笑的年轻人,在动起手来时,居然是这般的冷酷。

没有理会提而特那稍稍畏忌的视线,刘枫几人将目光投射到了那尚还在激烈交战的血爪、火炎与那名沙族月战士的战斗之中。

那名月战士实力也就在皇级初段左右,和火炎两人相差无几,虽然依靠着诡异的操控沙泥之术,让他在两人的联手下撑过了这么久的时间。不过,现在的那月战士,形象,却已经颇为狼狈,几次都是险险地才避过血爪那森寒血刺的翻旋。

三道身影在半空之上闪电般的交错,澎湃的能量波动荡起一圈圈涟漪扩散。

眯着眼望着空间眼花缭乱的战斗,刘枫挥了挥手,加拉四人心领神会,身形展动间,便将虚空之上的四个方向完全锁死,以防止这名沙人逃脱。

敖天也是朝前迈了几步,意念,笼罩沙地。只要不让沙人触着戈壁,那么他们的战斗力,便将会发挥不到巅峰,那诡异的操控沙之术,也不能尽情释放。

虚空之上,紫炎突兀浮现,如同火烧云一般,对着沙族月战士席卷而去。

感受到那紫炎中所蕴含的狂暴火元素,月战士脸色一变,双手急速舞动,地面之上的黄沙猛地冲天而起,迅速在其身后凝固成厚厚的土墙。

"轰……"强烈的爆炸声带着绚丽的烟花,在半空中盛放开来。

抵御住了火炎的一记重击,月战士还来不及松一口气,森锐的劲气带着破风之声,自脑袋之上,狠狠刺下。

森锐气劲,将月战士脑皮刺得微微发麻。

在血刺即将穿透月战士脑袋之时,其脑袋忽然诡异扭了扭,血刺带着森寒,贴着月战士的耳朵而下,狠狠地插进其肩膀之中。

"该死的东西。"肩膀之上传来的剧烈疼痛,让月战士极为愤怒,身形往下一沉,硬生生将血刺自身体中抽离了出来,带起狂喷的蓝色血液。

怨毒地盯了血爪一眼,月战士身形急速坠落,现在的情形明显他已经不占丝毫上风,带来的几十名族人也被屠杀干净,还是先撤为妙。

望着那近在咫尺的沙地,月战士脸色微喜,只要踏入沙地之中,凭借着沙人那奇异的控沙能力,那么他绝对有信心逃离几人的封锁。

然而,事情却并不像他想像中的那般容易。

在距离沙地还有几米距离之时,恐怖的劲气,带着一记大喝:"给我滚上去!"

恐怖的劲气狠狠地打中月战士的脚踝,在一阵骨头碎裂的脆响声中,月战士再次以极快的速度倒射而出。

对于这般送上门来的猎物,血爪与火炎没有丝毫迟疑,身形震动间,一只紫炎手掌和一根血刺,狠狠地刺进了倒射而来的月战士身体之中。

"扑哧……"一口蓝色血液,再次自遭受致命一击的月战士嘴中疾喷而出。

月战士缓缓低头,望着那穿透自己胸口的血刺。在蓝色鲜血的浸润下,那血刺,似乎越加妖异了。

"你这怪东西,我看你还能活下去?"望着那胸口被开了一个大洞的月战士,火炎冷笑道。

"该……该死的,你们也不是纯粹的人类……"死死地扭转过脑袋,月战士嘶哑地吼道。

"的确不是。"血爪冷冷说道,手中血刺再次穿透半分。

"我不会让你们好过的,沙族的逆罚,不会放过你们的。"蓝色血液自月战士嘴角溢出,嘴唇缓缓地蠕动着,诡异的低低吟唱,自月战士喉咙间低声传出。

有些诡异的低沉吟唱,在白骨营地中,有些让人毛骨悚然地回荡而起。

"血爪、火炎,杀了他!"眼睛虚眯,虽然不清楚那沙人到底在做什么,不过心头的不安,依旧让刘枫急喝了出来。

接到刘枫的喝声,血爪手中力量暴增,手中尖锐的血刺,狠狠在月战士胸口切割而动,在其肚子处,开了一个狰狞的血洞。

火炎也是不敢怠慢,炽热的紫炎,将沙人的躯体烧得一片焦黑。

"晚了……"诡异的低笑声,在月战士嘴唇嚅动间传了出来。

第133章 沙族来袭

"爆!"在一记低沉的喝声中,月战士那垂败的身体突兀地爆炸而开,凶猛的能量波动席卷而过,将白骨营地之内的房屋扫成一片废墟。

虚空中,蓝色血液四射而溅,犹如是在营地之内,下起了一场蓝色的小雨。

"沙族的逆罚,不会放过你们的……"天空中,爆炸逐渐湮灭,不过那嘶哑的低吼声,却是依旧在营地之内缓缓响起。

刘枫微眯着眼睛,脸色微微一凉,伸手将之抹去,原来是一滴蓝色的血液。

蓝色血液直溅而下,刘枫和提而特几人,被偶尔滴上了几滴在身体之上,火炎与血爪两人更是首当其冲,身体之上的黑袍,几乎被渲染成蓝色。唯一没有被蓝色血液沾染的,貌似便只有敖天、小金和加拉四人了。

"刚才那东西是什么?"刘枫回过头,对着正在擦拭血液的提而特,疑惑地问道。

"不清楚,我也是第一次遇见沙族月战士,所以对他们的技能知之不详。"提而特苦笑道。

眉头微皱,刘枫可不相信那家伙费了这么大的力气,搞出来的自爆居然会没有半点效果,抬起头来,对着降下虚空的血爪二人问道:"你们没事吧?"

"没事。"血爪颇感疑惑地摇了摇头,指着袍子上的蓝色鲜血道:"除了这个,似乎就没别的了。"

刘枫眉头紧皱,思虑了许久,却依旧不知道刚才那家伙到底做了什么,只得无奈地摇了摇头,谨慎地说道:"把你们身上的袍子毁了,我总觉得有什么地方不对劲。"

"怎么了?"敖天也是走得近来,瞧得刘枫那紧皱的脸色,不由疑惑地问道。

"没什么。"沉吟了片刻,刘枫摇了摇头,他也有些怀疑,这只是自己的错觉罢了。

"刘枫大人,风沙已经停止了,你看,我们要不要现在就赶路?"望着满地的尸体,提而特小心问道。

"如此也好,这些沙人总是透着几分诡异,早点进入城市也好安心点。"刘枫点了点头,正色道。

见到刘枫点头,提而特脸色微喜,他也实在被这一晚上的战斗,给搞得有些心惊肉跳了起来,早走早好吧。

迅速收拾了东西,一行人趁着狂风歇止,再次化为流光,疾速赶路。当然,在走之前，提而特并未忘记，从死去的沙人体内取出能量源泉珠。

在一行人走后许久，那处被蓝色鲜血所覆盖的沙石地处，却是诡异地缓缓自沙地内，融化出了一道黄色的影子，淡漠的视线在那些尸体之上扫过，随手挥了挥，沙浪涌动，将这片地域淹没其中。

"皇级沙人临死前的灵魂祈祷，沙之逆罚，接收到了……"

森冷而淡漠的轻声，在狂风中，缓缓消散。

天地之间，十几道流光疾闪而过，带着呼啸的风声，迅速地消失在天际之边。

刘枫手中握着一枚能量源泉珠，脸色有着许些喜意，没想到这种能量源泉珠中的土系能量，是如此的温和与淳厚。现在的他与小金正是需要大把能量之时，这种能量源泉珠，绝对是最佳的选择。

双手各自握着一枚王级的能量源泉珠，一圈圈肉眼可见的黄色能量，自源泉珠中源源不断地灌注进刘枫的身体之中，为翻腾在刘枫身体之上的月白灵气，带来一丝丝沉稳之感。

此时天色已经大亮，或许是因为戈壁即将到达边缘的缘故，那天空之上层层覆盖的乌云渐渐稀薄，满是黄沙的戈壁，也逐渐出现了些稀疏的草地植被。

虽然赶了一天的路途，不过有着能量源泉珠中能量的淬炼与灌注，刘枫倒依旧是精神抖擞，一双漆黑的眸子，精光偶闪。

"刘枫大人，克里克斯就快到了。"略微欣喜的声音，从前边的提而特嘴中传出。

闻言，刘枫轻舒了一口气，微微点了点头，手心微凉，却是两枚能量源泉珠中的土系能量，已经被完全地吸收了。

"呼，难怪提而特会对这些能量源泉珠这般宝贵，如此淳厚，而又不会引起体内能量反激的纯净能量，恐怕在这片诸神大陆中极受欢迎吧。"刘枫缓缓地出了一口气，在心头微笑道："和能量源泉珠比较起来，魔核和兽核，却是逊色了一些啊，甚至就是死灵液，在纯净度上，也是弱上了一点……"

在心头比较着几种可供吸收的能量体的优劣，刘枫忽然心头一动，抬起头来，视线远眺，隐隐地瞧见了一座庞大城市的轮廓。

"那便是克里克斯城了么？"刘枫心头稍稍地泛着激动，对于迁移到这个位面

第133章 沙族来袭

的诸神,到底能够发展成什么模样,他还是颇感好奇的。

"嗯,那便是这附近千里之内,最大的城市,克里克斯城!"提而特笑着点了点头。

刘枫微微一笑,脚下的能量板速度又一次加快。

几道流光带起尖利的破空之声,对着那所矗立在戈壁之外的庞大城市飞掠而去。

行得近了,那所庞大的城市,终于是被刘枫一行人收入了眼内。

高耸入云的城墙,带来极大的视觉冲击。在城墙之上,攀爬着一些绿色蔓藤,在城墙四角之处,升起一圈淡绿色的光罩,光罩从天而降,将整座城市囊括其中。

"好浓厚的自然气息。"感应到那淡绿光罩中,所散发而出的自然之气,刘枫诧异地说道。

"嘿嘿,克里克斯城的神殿,是自然女神阿蒂米斯大人的信仰波及范围,自然会有着她的庇护。"提而特不在意地笑道。

"自然女神?"刘枫眉头一挑,不过却是聪明地没有询问。不知道沙人的存在,倒还能有着几分理由,可在这片神灵为尊的位面中,不知道自然女神,那就让人有些怀疑了。

"呵呵,阿蒂米斯大人可是领悟了自然法则的神灵,而且她的自然法则,对沙族具有极大的杀伤力,克里克斯城能够矗立在此处几百年,多亏了她传下来的自然防护罩。"提而特笑呵呵地道。

"领悟了法则的神灵?那阿蒂米斯竟然不是主神?"刘枫眼睛微眯,在心头对那名自然女神的实力有了个大致的了解。

"或许和玄女实力差不多吧。"

视线和敖天几人隐蔽地交会了一下,都是默默地点了点头。既然来到了这个位面,最明智的办法,最好还是先把这块位面的势力分布搞清楚,至于寻找回夜阑大陆的路,却是要缓上一缓了。

行得越加近了,那绿色光罩之上的自然之气更加浓郁了。扑面而来的自然气息,让得刘枫一行,除了亡灵巫师之外的所有人,都是感到精神为之一畅,许久赶路的疲惫,似乎在眨眼间便消失了一般。

"这东西,让我真是不适应。"瞧得几人那舒畅的脸色,巫师紧了紧黑袍,苦笑道。

"呵呵，巫师大人不必担忧，自然气息虽然会让你感到不舒服，不过却并不会对你有所排斥。城市之中，亡灵巫师虽然少，却并不是没有。"提而特笑着安抚道。

"走吧，进去瞧瞧。"刘枫率先落下身来，将能量板收进空间戒指之中，大踏步地迈进了那被绿色光罩所笼罩的城市之中。

耳边只是寂静了瞬间，便被喧闹声打破了去。

站在街道的尽头，刘枫望着来往不绝的人群，神念在人群中大致扫了一下，忍不住地轻叹了一口气。

这地方还真的是圣阶满街走，至尊多如狗啊！

在神之战场，因为那些都是万年前战死的残魂，他们大多都传承了以前的实力，所以刘枫倒也并未太过感到惊骇。可对于这些活生生的人类，竟然都能到达如此的地步，刘枫也只得满脸苦笑了。

或许是因为这个位面能量更加充盈的缘故，也或许是因为，远古诸神的修炼法门并未遗失……就是这般许多的或许，造就出了诸神大陆恐怖的高起点。

圣阶，在夜阑大陆中，只有极少极少的人能够依靠机缘与天赋突破，而在诸神大陆，圣阶，似乎就如同能够水到渠成一般，这般差距，让刘枫颇感骇然。

不过，虽然诸神大陆的圣阶数量比夜阑大陆多上了无数，不过刘枫敢肯定，若是来一个夜阑大陆的圣阶强者，绝对可以单挑五六个诸神大陆的圣阶。经过努力与机缘而到达的境界，并不是这些只知道修炼便能晋阶的诸神后裔能够相提并论的。

叹息了一声，刘枫也清楚，两个不同的位面，造就出来的结局也定然不全相同。如果说夜阑大陆是以圣阶为分水岭的话，那么在诸神大陆，神阶才是分水岭。

大街之上圣阶与至尊虽然颇多，不过神阶的强者，却并不是多如牛毛。

"还好，若是连神阶，这些家伙也能轻易抵达的话，那才真的打击人。"微微松了一口气，刘枫在心头暗骂道。

"呵呵，刘枫大人，你们想要去哪？克里克斯城中有着传送门，可以随时传送。"身后，提而特的笑声传来。

"传送？连自己几人在哪个方位都不知道，往哪传送啊？"刘枫在心头郁闷地问道，摇了摇头，微笑说道："有能够查阅大陆资料的地方吗？我想寻找个地方。"

"哦，有……"提而特笑着点了点头，道："交易大厅就有大量的这些资料，呵

第133章 沙族来袭

呵,本来城市中的自然神殿能查询更详细的资料,不过那里不会对外人开放。"

"呵呵,走吧,刘枫大人,我们也正好要去交易大厅抵换魔核。"

"如此,多谢了。"刘枫感谢地点了点头。

"呵呵,刘枫大人客气了,一路跟着你们,不知捡了多少便宜,这点忙,自然要帮。"提而特笑着摆了摆手,迈足在前带路。

一行人在谈笑间,迅速地在城市中的街道上穿梭,最后终于是在一幢豪华的建筑物之外,停了下来。

望着那建筑物顶端雕刻的双手互握的印记,刘枫微笑道:"这便是交易大厅么?"

"嗯。"提而特笑着点了点头,带头进入其中。

进入交易大厅之中,刘枫眼前微微一亮,柔和的魔法灯光将宽阔的大厅照得颇为亮堂,在大厅之内,布满着极多古怪的魔法器物。

美丽的少女在大厅之内犹如蝴蝶一般穿梭着,留下轻灵的娇笑。

交易大厅内,人数颇为不少,见到有人进来,众人视线移了过来,不过也只是稍稍停留了瞬间,便再次移动了开去。

"提而特,你这么快就回来了?"一道娇小的倩影,忽然飞奔而至,娇笑声中,有着略微欢喜。

听着娇笑声,刘枫定眼望去,身前女孩年龄并不太大,模样虽然不及红衣、薇儿那般美丽,不过却也颇为秀气,娇小的身子和高壮的提而特比较起来,犹如野兽与美女。

见到女孩,提而特脸色也是一阵欣喜,刚毅的脸庞,泛起柔和,笑着点了点头,咧嘴道:"这次遇到贵人,提早回来了。"

"来,米雅,见过刘枫大人。"

女孩大眼睛在刘枫身上扫过,极为乖巧地欠了欠身,道:"刘枫大人好。"

"呃,我算哪门子大人啊。"头一次被女人如此对待,刘枫有些不自然地干笑道,他看得出,这名叫米雅的女孩,和提而特似乎是爱人关系。

"米雅,这次我们的收获可不小哦。"提而特有些得意地咧着嘴,从空间戒指中,掏出那枚王级顶段的金鼠王的魔核。

"哇!金鼠王的魔核,你居然把金鼠王给杀了?"被眼前的金光闪花了眼,米雅捂着嘴失声道。

大厅中，女孩的惊声和忽然冒出的金光，吸引过来不少视线，当一些人认出那枚魔核是何物之后，眼神瞬间炽热。

站在提而特身后的刘枫，眉头忽然微挑，他清楚地察觉到，那射来的目光中，有几道貌似不怎么友善。

第134章
交易厅风波

女孩虽然被金光晃花了眼，不过很快就反应过来，感受到身后那些越加炽热的视线，赶忙嗔怪道："你个笨蛋，还不快收起来！"

虽然是交易厅，但财不露白，宝不离手的道理还是知道的。

闻言，提而特这才反应过来，赶紧一把将魔核收进空间戒指之中，抓着脑袋，傻笑不已。

"你这个笨蛋，做事怎么这么莽撞，千万别给刘枫大人带来麻烦了，否则我饶不了你！"米雅有些惊慌不安地望着刘枫，忐忑地责怪提而特道。

提而特抓了抓脑袋，回过头对着刘枫，歉声道："刘枫大人，真是不好意思，刚才，我太冲动了……"

瞧着小两口脸上不安的神情，使刘枫心中泛起了一抹浅浅的好感。他摇了摇头微微一笑，说道："不碍事，我们还是继续做事吧。"

"好，好……"见刘枫没有出言怪罪，提而特脸色才有了些好转，露出一丝安慰。

提而特正想转身带着刘枫他们去前方查探资料的地区，一阵古怪的冷笑声，却是将他的脚步给止了下来。

"哟，这不是帝林修炼小队的提而特么，嘿嘿，怎么？活着从塔克尔沙戈壁回来了？死了几个人啊？"

听着这嘲讽的冷笑声，提而特脸色一片铁青，嘴角更是忍不住地一阵抽搐。

刘枫眉头轻挑，视线移过，停留在了距离一行人不远处的人群之中。

在人群中，站立着一个脸色苍白，身体瘦弱的年轻人。此时，那名年轻人的阴冷视线，正嘲讽地在提而特身体之上扫过，当视线扫中米雅身体之上时，细小的眼睛中，浮现出一抹色欲……

第134章 交易厅风波

"这丫头长得真水灵啊，跟少爷我吧，别整天跟着这个没用的提而特了。"看上去文质彬彬的年轻人嘴里竟吐出轻薄言语。

"神阶……"神念扫动间，将那名年轻人的实力扫了出来，刘枫眼睛微眯，手掌摩挲着下巴，心头有些诧异。他诧异的并非是年轻人的实力，而是在诧异，这家伙的神阶怎么这么弱？

离开夜阑大陆也有一年多了，刘枫所遇到的神阶，已经可以说是多如牛毛。可见识了那么多神阶，眼前的这名神阶，却绝对是其中最弱的神阶。刘枫心头甚至有些怀疑，这家伙到底能不能打得过至尊巅峰？

这个年轻人的嘴巴说话，极为尖酸，一句话刚好触在了提而特刚刚失去同伴的伤口之上。

提而特一双铁拳捏得嘎吱作响，愤怒的杀意在他心头酝酿。

一双冰凉的小手，忽然抓住提而特的拳头，米雅一双大眼睛中，有着些许惧怕与担忧。

"提而特，别和那畜生吵。他父亲有势，我们争不过的，我们虽然不怕他，可，可家中父母……"米雅低着头，身躯忍不住微微颤抖，不知道是不是气的，轻轻地提醒道。

提而特瞧着那肩膀微微抽动已经在低泣的米雅，有些慌了手脚，赶忙松开那几乎就要抡起的拳头，低声安慰着。

"嘿嘿，哭啥？丫头不是挺倔嘛，少爷我有啥不好？跟了我，你也不要每天来交易所辛苦工作了……"那个年轻人，在一群人簇拥下，以胜利者的姿态调笑道。

"摩加，你别太过分了，别以为你父亲是辛可修炼队的队长，老子就不敢对你怎么样……"女人被调戏，心中怒气难消，提而特铁拳再次紧握，怒吼道。

"嘿嘿，要怪，就怪你没这么好的父亲吧。"被称为摩加的年轻人，阴冷地怪笑道，"好了，我也不和你废话，三百神币，把金鼠王的魔核卖给我，少爷刚好需要王级顶段的魔核。"一脸的傲慢与霸道，盛气凌人。

"三百？你怎么不去抢啊？"听到这话，与提而特同是帝林修炼小队的一名队友愤怒地问道。

"抢？嘿嘿，少爷我今天还真要定你这枚魔核了，你卖也得卖，不卖也得卖！"摩加猖狂地道。

"那家伙背景很强大么？"刘枫忽然拉了一下身旁一位帝林修炼小队的队友，

轻声地问道。

"他父亲是辛可修炼队的队长,辛可修炼队在克里克斯城是一流修炼队,除了卡巴修炼团和猛虎修炼团之外,就属他们实力最强大。辛可修炼队中,有着三名王级顶段的强者,我们帝林修炼小队根本惹不起他们。"那名队友有些愤愤不平地说道。

"摩加这家伙,每次都靠着他父亲的势力,来调戏米雅姐,要不是有些忌惮队长的实力,那家伙早就对米雅姐用强了。"另外一名队友怒火冲天地接着说道,"若队长只有一个人,倒不怕那杂碎,可他还得照顾米雅姐和米雅姐的父母。所以,每次那杂种惹到头上来,都只得忍气吞声。"

"怎么样?卖还是不卖?"摩加抱着膀子,一副势在必得的样子,冷笑道。

提而特眼皮一阵跳动,牙齿紧咬,义愤填膺,还在极力地压着心头怒火。

"嘿嘿,这就是当初米雅说的,够男子汉气概么?这一年多来,你貌似从未在我面前抬起过头吧?"摩加阴冷地嘲讽道。

"摩加,够了!你除了靠着你父亲的势力,终日胡作非为,你还能做什么?提而特是靠着自己努力走到这一步的。你看看你自己,足足在神殿中洗礼了三次,这才突破到神阶。如果提而特有这种机会,指不定现在已经和你父亲同级了……"终于是忍无可忍,有人疯狂地爆发了。令人意外的是,最先忍受不住摩加嘲讽的,不是提而特,竟然是性子温婉的米雅。

被一个女人当众指责斥骂,摩加脸色瞬间阴沉得可怕。森然的话语,自他的牙齿间一个字一个字地蹦出来:"贱人,今天少爷不把你给玩得跪地求饶,以后就不用出来混了。"

米雅在爆发了之后,这才想起了自己面对的是一个无恶不作的恶少,俏脸顿时浮现上一抹苍白,不过却依旧倔强地死盯着摩加。

"好,好……"就在摩加准备叫人动手之时,鼓掌声,忽然自提而特身后响起。

"你在说什么?还好?"狠狠地吸了一口气,摩加阴冷地盯着那黑袍年轻人。

没有理会这个无耻之徒,刘枫拍了拍提而特的肩膀,淡淡地笑道:"你可是连自己的女人,都比不上啊……"

"不,不是……"提而特脸色涨红,想要为自己辩解,却又一时无从说起。

"好了……"刘枫给提而特使了个眼色,漆黑的眸子,却是瞬间转冷。语气异

第134章 交易厅风波

常坚决，轻轻地说道，"动手！将那嘴巴喷粪的白痴宰了吧。一切，有我们……"

"啊……"提而特先是微微一怔，旋即一阵狂喜。只要有刘枫一行人撑腰，别说是辛可修炼队了，就是城中最大的卡巴修炼团和猛虎修炼团，提而特照样敢砸。拥有两名皇级强者的修炼队，这在克里克斯城中，还从来没出现过呢。提而特想到的是在沙漠里，奉刘枫之命，出手帮助帝林小队的血爪和火炎，他们两个是皇级实力。

望着满脸狂喜的提而特，刘枫微微一笑，也不再说话，带着敖天几人继续对着大厅行进，直接对摩加一行人无视。

"嘿嘿，杂碎，今天我倒要看看你怎么嚣张。"轻扭了扭脑袋，提而特对着摩加狞笑道，自信的声音中充满了杀意。

"提而特，你，你真要动手么？"米雅有些担忧地小声问道。

"米雅，嘿嘿，别怕，有刘枫大人他们撑腰，以后就不用再怕那狗屁的辛可修炼队了。"提而特拍了拍米雅的脑袋，得意地低笑道。

闻言，米雅微微一愣，她的实力不强，自然不能看清刘枫一行人的实力。米雅姑娘微微偏过头去，看着刘枫他们那几个悠闲的人，此时竟然在大厅里，旁若无人地闲逛。

瞧着那视己为无物的一行人，摩加脸色一片铁青。在克里克斯城，除了两大修炼团之外，谁见到自己不得客客气气的？可那个有着黑眼睛的小子，居然敢这么牛叉地无视自己，简直就没把自己放进眼里。不能就这么善罢甘休，这个面子一定要找回来。

然而，就在摩加正在思考该如何收拾刘枫几人时，凶猛的劲气，却是忽然袭来，狠狠地一拳，打在其苍白的脸庞之上。

"砰……"一道人影在大厅的地面之上狠狠擦动，最后重重地撞在了大门之上。

摩加被打飞，不过是眨眼时间，待到那惊天的凄惨号叫响起之时，他的手下这才回过神来，一个个满脸怒气，对着提而特猛冲而去。

实力在王级中段的提而特，怎么会将这些方才神阶之下的废物放进眼中，几个漂亮的连环踢，便将这一群爪牙，尽数丢出了大门之外。

提而特满脸森然，捏了捏拳头，发出一阵噼里啪啦的声响，对着那大门之下的摩加缓缓走去。

"你干什么？提而特，你敢杀我，我父亲不会放过你的……"瞧着提而特脸上的杀意，此刻的摩加有些慌了，再也不是刚才那副骄横跋扈地样子，急忙道，"你如果杀了我，米雅的父母，绝对也逃不掉……"

"多谢你的提醒了，摩加少爷。"提而特脸色阴寒，手中铁拳，夹杂着凶猛的斗气，狠狠对准摩加的脑袋抡砸而去。

看这拳的威势，若是被砸中，以摩加的实力，定然小命不保。

可是，就在拳头即将砸中摩加脑袋时，一股凶猛的劲气，猛地至大门之外闪电而进，重重地将提而特的拳头挡回。

"砰……"强猛的劲气在大门边席卷而起，将坚硬的大门压出一个巨大的凹痕。

"我辛可修炼队的人，什么时候轮到你来教训了？"冷笑声，缓缓地自劲气波动处传出，响彻整个交易大厅。

交易大厅内，正在翻着资料的刘枫，眉头轻抬了抬，嘴角掀起不屑的弧度。依然看着自己桌上的资料，没有理睬那道劲气的主人。

交易大厅里，人们一时惊呆了，鸦雀无声。那股能量劲气逐渐散去，却有一个中年人，不知何时已经站立在了软瘫在地的摩加身前。一双阴狠的视线，冷冷地在提而特身体之上扫过，阴森森地道："提而特，你今天吃了豹子胆了？居然敢对摩加出手？"

"竟然是辛可修炼队的迈赫！提而特这次可是要遭殃了，那家伙可是王级顶阶的强者啊。"大厅之内顿时响起的惊呼声，后者绘声绘色地将中年人的名字与实力说出。

提而特脸色凝重，胸口上的发闷感，让他清楚自己与王级顶段强者的差距。若是在以往遇到迈赫，他只能赔礼而退，不过今日，有了刘枫的支持，以前的那些屈辱，却是可以如数地还给那些为所欲为的人了。

"这杂碎自找的，老子早就想把他给宰了。"提而特咧着嘴，眯着眼睛，冷笑道。

"哟，今天脾气涨了嘛。"瞧着提而特竟然还敢还嘴，中年人不由得略感诧异地嘲讽道。话音猛然一转，犹如寒冰，"既然伤了我辛可修炼队的人，那么，你提而

第134章 交易厅风波

特,也可以提早滚出克里克斯城了。"

提而特挺起胸口,毫不留情地讽刺道:"我知道你也是经历过四次神之洗礼,才到达今天的实力。你们辛可修炼队还真是有能耐,竟然把一个只知道耀武扬威的废物,强行提升到神阶……"

"我会把你的手,完全塞进你那张嘴里面去的。"迈赫阴森地说道,脚步猛地朝前一跨,汹涌的气势破体而出,浓浓威压,向着对面的提而特铺天盖地而去。

提而特一把将身边的米雅拦在身后,狂猛的气势也是不甘落败地自他身体之中爆发起。

交易大厅之内,能量开始缓缓流动,大战,似乎即将启动……

然而,就在双方气势达到最顶端之时,一声苍老的咳嗽,却是将两人辛苦酝酿的气势,不露声色地尽数打破。

"咳,请注意点场合,这里是交易大厅。厅堂内自有比武场,要打,去里面打吧。提而特,你把大门弄坏了,不过看在米雅的分上,这次就不用你赔偿了。咳,咳……"

苍老的声音,犹如垂暮之人的最后祷告一般,显得极为无力。

此刻正在翻阅着与大陆有关资料的刘枫,眉头轻轻地抖了抖。身旁的敖天,也是略有感应地抬起头来,视线同时射向那角落中的一处柜台,那里,靠坐着一位白发老人。这位老人面容沧桑,慈眉善目,此时眼帘低垂。

"那老头挺强。"耳旁,传来敖天的低声传音。

刘枫微微点了点头,自打一开始进来到现在,他丝毫没有察觉到老人的气息。要不是老人开口说话,吸引了他的注意力,恐怕现在都不会去注意那么一个昏睡的老人。

可是,能够将自身气息隐匿到这般完美的人,怎会只是一个无力老人?

"确切实力如何?"刘枫的神情微微一变,但依旧是缓缓翻动着手中的资料,传音问道。

"帝级初段与中段之间,如果我和他打起来,赢面在四六之数,我六,他四。"敖天回音道。

轻点了点头,刘枫稍稍松了一口气,自己这边有人能够与之抗衡就好。

同样是察觉到敖天的视线,老人转过头,目光与敖天互相碰撞到了一起。一股只有到达某个阶级的强者才能感应到的精神细波,在空间中闪电般地交织了瞬间，然后各自迅速撤兵而回。周围的人毫无察觉，可是老人对敖天的实力已经了然于胸。

老人那昏睡的眼瞳中，闪过一丝惊异。他实在没想到，在这所城市中，居然还能遇到这样实力强横的强者。

老人遥遥地对着敖天，轻点了点头。

"你们若是想要和那家伙动手，那就麻烦快一点吧，还有，别打碎交易会里的东西。"无力的苍老传音，传入刘枫几人耳中。

"那老头，算是在向敖天示好吧？实力，果然才是最重要的东西啊。"机灵的刘枫，自然知道那位老人说这话的目的。毕竟，一位帝级强者，已经值得任何势力充分重视，认真对待，自然更少不了那份尊重。

虽然迈赫并不能如同敖天一样，看清老人的实力，不过他却似乎也知道老人实力非同一般。所以，面对着老人的低斥，竟然是没有敢露出半分不满，只是连连点了点头。

"提而特，敢上比斗场吗？嘿嘿，你若是败了，我看你还是把你那帝林修炼小队解散了吧，免得误人。"回过头来，迈赫面对提而特，冷笑着讽刺道。

提而特脸色微变，将视线投向了大厅中的刘枫一行人，意欲征询刘枫的意见。

"迈赫叔，那些人和他是一伙的，把他们也杀了。"怨毒的咆哮声，从摩加嘴中吼出。

"几位朋友，这是我辛可修炼队与帝林修炼小队之间的私事，还请几位不要多管闲事，免得引火烧身。"没有理会摩加的咆哮，迈赫却是对着刘枫几人沉声道。

对于这三分劝解，七分威胁的话语，刘枫只是轻翻了翻眼皮，修长的指尖轻轻翻过略微泛黄的大陆资料，慢条斯理地说道："看在那位老人的分上，你带着那杂碎滚蛋吧。"

"呃……"大厅内，气氛忽然有些寂静。在场之人，都是被刘枫这看似平淡，实则疯狂的话语给惊呆了去。在克里克斯城，敢对迈赫如此说话的，恐怕只有寥寥数位吧？可眼前的这位黑袍年轻人，怎么看，都不像是那几位之一啊。

不仅是众人被刘枫的话语惊呆了，就是闭目的老人，也再次睁开眼帘，望着那安静地翻看资料的黑袍年轻人，浑浊的老眼中，掠过一抹淡淡的笑意。

"挺有意思的年轻人啊，实力虽然方才神阶，不过那基础，却是坚固得有些骇

第134章 交易厅风波

人啊。他应该从没有经历过神之洗礼吧……"老人在心中暗暗说道。

"个性很张扬的年轻人啊。"在交易大厅二楼贵宾室中，三道人影正站在透明的壁罩边，居高临下地俯视着下方的所有情形。

三道人影，两男一女，三人之首的男子，年纪颇大，已入中龄。其身后，站立着一位冷傲的绿衣女子和一位英俊的年轻男子。在三人的胸口处，都佩戴着一枚徽章。徽章之上雕刻着一只巨大的狰狞老虎，正是猛虎修炼团的标志。

绿衣女子小脸蛋精致美丽，被冷傲所覆盖。一头绿色发丝，烫着波浪卷很随意地披在身后，垂至娇臀。水蛇般的小腰在紧身绿裙的包裹下，尽情地释放着灼热的魅力。

刚才评论刘枫的那句话，便是那位中年人说出的。

"普通神阶而已，或许又是哪个势力中的公子哥吧？"绿裙女子美眸扫了一下那安静坐在桌前的刘枫，冷淡地说道。

"呵呵，那位朋友气度倒是颇为不凡，表面看似淡泊，骨子里却实在如同出鞘的利剑。这样的人，不会是摩加那种败类能够相提并论的。"中年人笑道。

"那几人的实力，倒是颇为强悍啊。"那个英俊的年轻男子，摩挲着下巴，有些惊异地说道。在刘枫一行人中，他居然发现了两名实力与自己相等的强者。

"嗯，的确是很强的队伍，就是不知道他们是什么来路？"中年人点了点头，缓缓地问道。

"如果有可能，应当和他们接触一下，以他们的实力，已经值得我们重视。"中年人沉声道。

"是，团长！"身后，一男一女同时应声道。

"你小子，不要给脸不要脸，在克里克斯城，还没人敢这么对我们辛可修炼队的人说话。"迈赫脸色铁青，看着不把他放在眼里的刘枫，阴声道。

刘枫这次，却是连理会都干脆不理会这个不知自己半斤八两的家伙，只是抬起头来，对着血爪微笑道："你去？"

"可以。"血爪面无表情，淡淡地点了点头，"十回合，取他性命。"

"留他一命吧，毕竟这里是老人家的地盘，弄脏了不好。废了他的斗气，就差不多了。"刘枫轻轻摇了摇头，微笑道。平淡的语气，话语却让人微感心寒。

"好冷酷的小子……"二楼之上，被那一男一女称作团长的中年男子有些惊异地说道，"杀伐果决，有成大事之功底啊。"
　　其后，那名绿裙女子，也是略感诧异。翠绿的美眸，停留在了那安静翻看资料的黑袍青年身上。她没想到，看似如此宁静的一位青年，行起事来，居然是这般的淡漠狠辣。
　　在这实力为尊的世界中，失去了斗气，那么距离失去生命，还远么？
　　接到刘枫命令，血爪倒不在意这些，身为凶兽的他，更加凶狠的事情都干得出来。
　　血爪轻扭了扭身子，身体便诡异地闪上了那交易大厅中的小型比武场之上，对着迈赫，依然是淡淡地道："上来吧……"
　　一场实力悬殊的较量在比武场上爆发。

　　比武场之上，血爪淡然站立，一股迫人心滞的气势隐隐透发。望着血爪刚刚展现出来的诡异速度，迈赫脸色微变，这般速度，已经不弱于他。提而特那家伙什么时候交上这般强者朋友了？心头虽然闪过种种疑惑，不过挑战之话是从自己口中道出，现在，就是想要退缩，也不可能。迈赫心中暗暗叫苦，简直就是自讨苦吃，搬起石头砸自己的脚。
　　迈赫狠狠地剐了一眼软在地上的摩加，这个废物，成天就知道惹麻烦。要不是他父亲是辛可修炼队的队长，谁管他死活。无奈地轻摇了摇头，迈赫脚掌轻踏地面，闪身上台。
　　"这位朋友，请问……"站稳身子，迈赫拱了拱手，貌似和善地问道。
　　"别废话了，动手吧。"血爪冰冷的声音，却是毫不客气地打断了迈赫的询问，随着音落，劲气涌动，直扑迈赫。
　　被血爪一句抢白，迈赫嘴角忍不住地抽搐了一下，脸色难看。刚欲喝骂，凶猛的劲气，却是已经迎面而来。
　　感受到劲气中的强悍，迈赫脸色一变，不敢再分神，急忙全神以待。
　　比武场之上，斗气澎湃，能量喷薄而发，两股强悍能量所交织而发出的浓浓威压，将附近的人逼迫得赶紧后退一步，以免被误伤。
　　比斗的两人，你来我往。场中战斗看似激烈，不过刘枫却没有半点抬头的意

第134章 交易厅风波

思。心神，似乎完全地投入到了手中的大陆资料里面。

沙族，以土系能量为本质的奇异种族，他们的脚步所过之处，大地尽被黄沙所掩，是生命神殿以及自然神殿极其厌恶的种族……

刘枫翻动的书页忽然停止了下来，视线停在了书页中与沙族有关的资料上。

沙族，存在的岁月已经不可察，或许，在人类出现之前，便有了他们的踪迹。沙人以操控沙泥闻名诸神大陆，只要是有沙泥的地方，他们便能发挥出超越自身的强大力量。在无数年的岁月里，生命神殿和自然神殿，曾经对沙族开战过数次，大小战役三百余次，都未将之毁灭。在这三百余次中，最大的一次战役，号称沙罚之战。在那一次的战役中，双方出动强者无数，最后，甚至连自然神殿的自然女神阿蒂米斯都亲自参战，依然未能将沙族歼灭。

自然女神阿蒂米斯可不是一般的强者，那是领悟了法则的绝顶少数存在。

领悟了法则的强者，在诸神大陆中，绝对是处于世界的金字塔顶尖，除了那几位常年不见踪影的主神存在。整个大陆，恐怕就当是他们最强了，而且放眼大陆，领悟了法则的强者，更是寥寥无几。那些领悟了法则的强者哪个不是雄霸一方的绝顶强者？自然女神阿蒂米斯更是其中的佼佼者。

沙罚之战震惊了当时的整个诸神大陆，沙族的凶狠，也再次在大陆无数人心中，上升了好几个层次。

"嘶……"看到这里，刘枫在心头忍不住倒吸了一口凉气。这沙族，居然是如此强横？在这神灵为尊的世界中，居然敢以一己之力抗衡两大神殿，并且最后在自然女神阿蒂米斯的参战之下都未被毁灭？这沙族，绝对不简单那。

"看来这诸神大陆，诸神们，也并不是想象中那般无敌啊，至少还有种族能够挟制他们。"刘枫轻点了点头，在心中默默地道。

"砰……"一道黑影忽然猛地自比武台之上倒飞而出，在地面之上狠狠地擦出一道痕迹，最后在距离大门还有半米处时，缓慢地停了下来。

刘枫轻抬起眼来，望着那脸色一片惨白，不断喷着鲜血的迈赫，淡漠地道："早说了让你滚，你却偏要留下，怨不得人啊。"

"迈赫叔，你，你没事吧？"瞧着迈赫的狼狈样，摩加慌忙喊道。

"带他滚吧。"刘枫缓缓合拢书籍，轻声道。

摩加从地上爬起来，怨毒地盯了刘枫一眼，赶紧扶着迈赫退出了交易大厅。

"废物，就是废物，连隐藏自己内心情感都不会，难道他不知道这样会给他父亲和修炼队带来灭顶之灾吗？"刘枫轻摇了摇头，在心中淡淡地问道。

"迈赫废了啊。"二楼之上，那名中年人轻叹道。

"废便废了吧，被他废了斗气的人，也不在少数，这也算是报应吧。"绿裙女子淡漠地道。

"刚才那出手之人，应该有着皇级实力吧？"绿裙女子微偏着精致的俏脸，语气中带着点点惊疑。

"嗯，的确是皇级。"中年人点了点头，皱眉道，"这行人，居然有着四名王级，两名皇级，这阵容，不容小觑啊。"

"似乎那位黑袍青年，才是他们的主心骨。"英俊的年轻人，摩挲着下巴，说道。

"或许真如可儿所说，是哪方大势力中的公子哥吧。"中年人笑道。

"呵呵，戏也看完了，走吧，办正事去。"摇了摇头，中年人挥手对着门外走去。

绿裙女子轻点了点头，刚欲转身，却是发现那楼下的黑袍青年，忽然抬起了头，视线，正好对着自己等人所在的透明壁罩望过来。

"挺敏锐的意念嘛。"英俊的年轻人，感受到那蕴含着淡淡笑意的视线，有些惊诧地道。

"走吧。"美眸凝视了那张平和的脸庞半响，绿裙女子淡淡地转身，说道。

英俊青年笑了笑，对着楼下的刘枫和善地点了点头，然后转身消失。

"那一男一女，实力居然也是王级顶段，看他们胸口上的徽章，恐怕便是那什么猛虎修炼团了吧。"收回视线，刘枫在心头思量道。

"刘枫大人，谢谢你了。"提而特快步走上前来，心情有些激动。今日可实在是出了他心头的一口恶气啊，这一切，都是面前这黑袍青年所给予他的。

"呵呵，去抵换你的魔核吧。"刘枫笑着说道，算是接受了提而特的谢意，不过却并未将这件事看得很重。

"嗯。"点了点头，提而特急忙跑到距离他们不远的一处古怪魔法器物面前，将那枚金鼠王的魔核轻轻地放进其中。

瞧着他的举动，刘枫有些好奇地走上前几步，望着那金光闪烁处不断滚动的

第134章 交易厅风波

魔法数字。

"呵呵，刘枫大人，这是魔核价格测试仪。它能够测量出魔核中的能量纯度，以及它的价值。在测试完之后，你若是同意，还可直接将魔核售给测试仪。这是极为公平的交易，所以很多人都喜欢在交易大厅使用它。"望着刘枫脸上的好奇，一旁的米雅好心地解释道。

"的确很不错。"刘枫赞叹地点了点头，再次望去，那魔法仪器上的数字，已经停留在了一千三百五十的位置上。

"一千三百五十神币，王级顶段的魔核果然不凡啊。"看着魔法仪器上飙升的数字，提而特喜道。

瞧着提而特脸上的喜意，刘枫只得耸了耸肩，他对这个世界上的货币有何作用并不清楚，自然不能了解提而特心中的喜悦。在他心中，对金钱的衡量，貌似还停留在夜阑大陆的价值观念之上。

刘枫轻摇了摇头，回过身来，将视线停留在了角落中的那位老人身上，微转了转眼珠，含笑迈着步伐，缓缓向那位老人走过去。

交易大厅内人也颇多，见到那黑袍青年行走过来，都是极为自觉地让出了一条道路。见识过刚才刘枫一行人的狂猛，就连横霸克里克斯城的迈赫，都被直接给打成了废人，他们，更是只得缩着脑袋，小心翼翼别去遭惹这群煞星。

一路走过，人群自散。

缓步走到柜台前，刘枫眼睛微眯，行得近了，那敏锐的神念，也自老人体内嗅出了点点危险的能量波动。

"老人家，可以坐坐吗？"刘枫含笑道。

"坐吧，我还担心你们会把这交易大厅给掀了。"老人浑浊的眼睛缓缓睁开，望着伫立在身前的年轻人，笑道。

"年轻人，基本功真的很扎实啊，想必你从没去神殿经历神之洗礼吧？"浑浊的老眼在刘枫身体之上细细地扫过，老人由衷地赞道。

"神之洗礼？什么东西？"刘枫颇感疑惑，不过却并未傻得问出来，只是笑着点了点头。

"呵呵，现在居然还能有人忍住那快速晋级的法子，而选择辛苦修炼，你的老师，不错啊。"老人似乎对刘枫从没有进行过神之洗礼，感到极为的诧异与欣喜，笑道。

刘枫似乎在莫名其妙间,得到了老人的初步好感。

虽然这好感来得有些莫名其妙,不过刘枫还是尽量将之把握住。帝级强者在诸神大陆,绝对是强者阶层,更何况,这老人既然在交易会所做事,那想必其在内部的地位,应该不低。在刚才翻阅大陆资料之时,刘枫也对这交易会所有了粗浅的了解。

这是一个遍布整个诸神大陆的组织,它的影响力,不下于除了主神神殿之外的任何势力,这是资料上对交易会所的注解。

既然有了初步的好感,那谈话,似乎理所应当地进行了下来。

在谈话间,刘枫知晓了老人的名字,简简单单的一个字:凯。当然,刘枫也不知道这是老人的真名还是化名。

再次畅聊了片刻,刘枫忽然心头一动,想起了在戈壁中,那皇级沙人自爆的诡异事件,试探地问道:"凯老爷子,您……知道沙之逆罚是什么吗?"

沙之逆罚四字入耳,刚刚还满脸笑容的凯老头,脸色顿时一变,失声道:"你遇到了他们?"

看着实力强悍的老人听到沙之逆罚后,面容大变,刘枫心里不免有些惴惴不安。这沙之逆罚真的那么恐怖吗?

第135章

沙之逆罚

听到刘枫问起沙之逆罚，凯老面色顿变。望着脸色大变的老人，刘枫心头忍不住地跳了跳，本来他只是随口一问，没想到竟然惹起了老人如此大的反应。当下心神微凝，斟酌地道：“我并未遇到他们，不过……”刘枫将在戈壁中遇到的那名皇级沙人自爆的事，简略地说了一遍。

听完刘枫所述，凯老头微微点了点头，呢喃道：“那也就是说，你们并未见到沙之逆罚咯？”

"没。如果见过，我也不必来问您老了。"刘枫点了点头，微笑道。

"哦。"凯老头眉头一皱，陷入了沉思。

望着凯老头脸色凝重，刘枫忽然感到背上有些凉飕飕的，小声地问道："凯老爷子，你知道那沙之逆罚是什么吗？"

老眼轻扫了扫脸色紧张的刘枫，凯老头曲指轻弹，一道结界将两人笼罩其中，沉默了片刻，方才淡淡地道："沙族诡异莫测，一手控沙之术，堪称一绝。沙之逆罚，似乎是沙族内部一个极为强横的神秘部队……"说到这里，凯老头顿了顿，道："你知道沙罚之战么？"

"自然女神阿蒂米斯参战的那场战役？"刘枫点了点头。

"那你知道为什么那场战役，依旧没有将沙人消灭么？"凯老头缓缓地问道。

"因为沙之逆罚？"刘枫小心地低声问道。

"嗯。"凯老头轻点了点头，道，"那场战役，沙之逆罚将自然女神阿蒂米斯抵挡住了。"

"嘶……"虽然心头已经有了答案，不过刘枫还是忍不住地吸了一口凉气。领悟了法则的强者，到底能够强到什么地步，刘枫心中其实并没有太过准确的概念。不过在神之战场，玄女只是短短几招，便将自己一行人给收拾得没有半点脾气。从

第135章 沙之逆罚

这之中,便可瞧出,法则强者绝对不是帝级强者依靠数量能够战胜的。

"你所说的那皇级沙人自爆,似乎只是一个类似召唤的形式,至于最后能不能把沙之逆罚招来,那还是未知之数,所以你也不必太担心。"瞧得刘枫惊骇的模样,凯老头摇头笑道。

"如果真招来了,怎么办?"刘枫苦着脸道。

"如果那名皇级沙人真成功召出来了沙之逆罚,那么被他自爆时的鲜血溅到身上的人,便得小心了。因为沙之逆罚,会沿着这股气味,将沾鲜血之人杀死。"凯老头摸着胡子道。

脸庞忽然的一凉,刘枫手掌不自觉地摸了摸自己的脸庞,那里,曾经被溅上了一滴蓝色血液。

"你不会真沾到了那血液吧?"瞧得刘枫的怪异动作,凯老头不由得睁眼问道。

"好像是的。"刘枫苦笑着点了点头。

"算了,你也不必太过担忧,那皇级沙人能够成功将沙之逆罚召出来的概率,只有百分之一。相信你应该不会那么倒霉的。"凯老头笑着安慰道。

刘枫苦着脸点了点头。

"瞧你那什么模样,沙之逆罚虽然神秘,可你那位朋友也不是省油的灯啊。就算沙之逆罚真来了,到底谁生谁死还不一定呢。"瞧得刘枫那依旧担忧的脸色,凯老头不由得笑骂道。

刘枫无奈地点了点头,他说的人,应该就是敖天吧。一行人中,恐怕也就只有他,尚有资格入这老家伙的眼睛了。

苦笑一声,刘枫沉吟道:"克里克斯城有着自然女神的庇护,那些家伙,应该进不来吧?"

"皇级以下就进不来,皇级及以上,便能在不惊动任何人的情况下,潜入城中。"凯老头笑呵呵地说道。

刘枫郁闷地摇了摇头,心头的不安让他极为冒火,道,"算了,真要来便来吧。我刘枫,也不是一团软泥,可以任人随便揉捏,想要取我性命,他也得给我留下几块肉来。"

"呵呵,有冲劲。"凯老头笑眯眯地说道,伸出手在怀中摸索了半天,掏出一块紫色的哨子状东西,将之递过,微笑道,"沙族算起来,也算是我们交易会所的老对手了。至于其中的原因,你也不用详问了,那是会中秘密,我也不能随便说。这紫树哨你收着吧,如果你在自然女神的信仰范围地域遇到沙之逆罚,那么便吹响它吧,附近的自然神殿听到哨音,会很快便派人来的。"

刘枫眉头轻挑,也不客气,伸手将之接过,笑言相谢。

"呵呵,沙族也是我们的敌人,帮你也等于帮我们自己。"凯老头微笑着摇了摇头。

"如此,便多谢了,凯老爷子,朋友在叫我了,我得先走了。"小金的叫声,忽然传进耳中,刘枫起身对着老人抱拳感谢道。

"呵呵,去吧,帮我向你的朋友问好。"老人笑眯眯地点了点头。

刘枫笑着点了点头,回转过身,和提而特一行人步出大门,缓缓消失。

望着那逐渐消失的背影,老人脸上的笑意慢慢退去。一双浑浊的老眼中,精光闪掠,低声呢喃道:"沙之逆罚,真的又要出来了吗?这次,绝不会再让你们轻易跑掉了。"

"你和那老家伙说了什么?脸色怎么有些不好看啊?"敖天望着刘枫那紧皱的脸庞,疑惑地问道。

"哎,还是先找个落脚点再和你说吧,似乎有些麻烦要找上来了。"刘枫苦笑道。

"刘枫大人,你们去我们居住之地,可好?"一旁,米雅有些腼腆地问道。

"呵呵,也好。"沉吟了片刻,刘枫笑着点了点头。刚才将那迈赫废了,那辛可修炼队想必不会轻易罢休,居住在米雅他们那里,也好暂时照看一下,毕竟刚才出言让提而特狠揍摩加的,还是自己啊。

瞧得刘枫答应,米雅小脸微喜,赶紧上前带路。

一行人在大街之上走了许久,终于在一处靠近南城处的僻静大院门口止住了脚步。

在院门之上,雕刻着一枚团徽,似乎便是提而特的帝林小队的徽章。

进入院中,刘枫也见到了米雅的父母,是两位和善的老人。老人颇为好客,见

第135章 沙之逆罚

到如此多人，连忙跑去打点房间，米雅也跟上前去帮忙。

提而特似乎还有事情，在将刘枫一行人安排到一处房间之后，带着三名队员退了出去。

房间之内，便只剩刘枫一行人了。

"好了，说说你这家伙为什么一直紧绷着脸吧。"随手挥了挥，一圈淡淡的金芒将房间完全笼罩，敖天笑道。

听着敖天的话语，众人也是将好奇的视线，移向了刘枫。

苦笑了一声，刘枫叹了一口气，将刚才凯老头所说之话，又详细地给众人说了出来。

"那沙之逆罚，当真如此恐怖？"听完刘枫的述说，血翼皱眉道。

"就连自然女神阿蒂米斯都被那东西搞了回去，能不恐怖么。"刘枫揉了揉额头，道。

"你是说，如果谁沾上那天那沙人自爆出来的鲜血，沙之逆罚，便会找上他？"巫师干枯的手指敲打着桌子，轻声问道。

"嗯。"刘枫点了点头。

"那天被沾上鲜血的都有谁？"巫师继续问道。

"我，提而特和他的三名队友，当然还有血爪和火炎。"刘枫耸了耸肩膀，回道。

"依我看，那沙之逆罚，应该是一个部队或者队伍的名称吧？"巫师沉吟道，"如果是一个团队，那么他们便不可能为了一个皇级沙人的死亡而全体出动。我想，出动的，或许只可能是沙之逆罚的某些成员。"

"呵呵，放心吧，只要来的不是法则强者，敖天老哥，定然不会败的。"巫师笑着安慰道。

"也只好这样想了。"刘枫无奈地点了点头。

"刘枫大人，辛可修炼队一大帮人，冲我们院落来了。"刚刚将金光罩撤去，屋外惊慌的大喊声，却是让屋内的众人脸色微微泛寒。

"这些家伙，未免也太不识相了吧？"

刘枫一行人，互相对视了一下，都有这种想法。

米雅家的院落里，随着急喊声，众人行出门外，果然是见到一帮人在半空中飞掠而来。只是几个眨眼间，十几道人影便已经矗立在了院落之外的高树之上。

家中的两位老人，惊惧地站在院落中，望着那群煞星，身子有些发抖。在两位老人身前，是满脸凝重的提而特和米雅。

瞧得刘枫一行人出来，提而特急忙喊道："刘枫先生……"

轻挥了挥手，刘枫微笑道："米雅，带你的父母进屋吧，这里，我们会解决的。"

"哦，那你们小心一点……"米雅知道她留在这里也帮不上什么忙，点了点头，扶着有些惧怕的两位老人，缓缓行进屋内。

望着老人的身形消失在大门之后，刘枫脸色微寒，抬了抬眼，视线在那领头的两位中年人身上顿了顿，双手在黑袍之内合拢而来，淡淡地问道："怎么？来砸场子啊？"

微微偏过头，刘枫轻笑道："血爪、火炎……"

"轰……"两股凶猛的皇级气势，猛地自刘枫身后狂涌而起，恐怖的威压，对着院落之外的十几人压迫而去。

"扑，扑……"几道实力方才普通神阶的影子，在血爪与火炎狂猛气势的压迫之下，居然是立足不稳，一头掉落下地，摔得鬼哭狼嚎。

"大人，大人，还请留情，我等不是前来寻麻烦的……"领头的一位中年人，望着那隐隐有动手迹象的血爪二人，赶忙高声道。

眉头微掀，刘枫轻点了点头，两股凶猛的气势，极其配合地收敛回去。

摄人心魄的压迫终于退去，十几人缓缓地出了一口气。那个中年人更是赶紧带人跃下高树，极为礼貌地从大门行进，对着刘枫一行人躬了躬身，恭敬地道："大人，我是辛可修炼队的队长，摩轮。"

"怎么？不是来找麻烦的？"刘枫斜着眼，淡淡地问道。

"呃……"闻言，摩轮一滞，同伴被搞成了废人，儿子被打，他带人前来，在心中确实有找麻烦之意。不过摩轮再如何说，也是一队之长，比起他那废物儿子和莽撞同伴来，却是显得心机更胜了一些。在来此之前，也听儿子说了击伤迈赫之人实力强横，所以在来到此处之时，并未像以前那般直接将话说绝。

这一次摩轮的稍稍冷静，倒还真是保全了他们一行人的性命。若刚才他也像那个骄横儿子一般，开口便大放厥词，恐怕现在血爪与火炎，早已经直接上前动手

第135章 沙之逆罚

了，哪还需要半点废话。

血爪与火炎那没有丝毫保留的皇级气势，直接将摩轮心中的问罪之心打消得干干净净。问罪，也变成了请罪。

当然，这一切都是建立在刘枫一行人那能够轻易毁灭对方的实力之上。

"该死的混蛋啊，居然招惹到拥有两名皇级强者的修炼队，老子……老子回去非把那小畜生的腿给废了不可……"面色谦卑，摩轮在心中，却是已经狠狠地骂了开来。

"呵呵，这位大人，摩轮是来代替我家那不成器的畜生，向你们请罪来了，还请大人不要怪罪……"摩轮面色恭敬地说道。

"那迈赫，的确是我们废了他的斗气。"刘枫漆黑的眸子，紧紧地盯着摩轮，轻声道，"你不想为他报仇？"

被那双黑眸盯住，摩轮心头微微打了一个冷战，脑中忽然有股错觉，自己似乎就如同是被一条暗处的毒蛇锁定了的青蛙一般，随时有可能被吞噬。抹了一把额头之上的冷汗，干咳了一声，摩轮苦笑道："大人，迈赫他有眼不识泰山，有如此惩罚，却是应当的，怨不得人。"

刘枫轻翻了翻眼皮，这家伙见风使舵的本事可真是不小嘛。

"大人，不知道，不知道您属哪方势力？"摩轮有些小心地看着刘枫，谨慎地问道。

也无怪摩轮会有如此一问，刘枫的实力，只要是个明眼人就能看出来，普通神阶而已。可这么一名普通神阶，居然有着两名皇级、好几名王级强者的守护者。既然能够有如此大手笔，其身后的势力，也定然极为庞大。那种势力，想要毁灭区区一个一流修炼队，简直是易如反掌。

轻挑了挑眉头，刘枫没有否认，也没有默认，只是做足了高深莫测的样子，淡漠地道："不该问的，就不要问，免得惹来杀身之祸，灭队之灾。"

该装神秘的时候，刘枫不会有丝毫客气的想法。对于摩轮这般人，若是不想将之杀了的话，那么便只有给予他足够的震慑力。

果然，见到刘枫这般表情，摩轮眼中闪过一抹畏忌，急忙点了点头。

"好了，若是没事，你便带人走吧。"刘枫挥了挥手，语气忽然转寒，"不要试图对提而特或者米雅他们做什么，否则……"故意拉长的语音，不言自明。若是有谁敢惹提而特和米雅一家，刘枫一行人绝不会放过他们的。摩加和迈赫的下场，就是最好的证明。

"是，是，大人放心，辛可修炼队，以后再不会有人找提而特他们的麻烦。"慌忙地点了点头，摩轮这才在刘枫一行人淡漠的目光中，退出了大院。

望着那飞快消失的人影，小金撇了撇嘴，不屑地说道："这家伙，也太没骨气了，我还以为他是来找麻烦的呢。"

"他是有心找麻烦，不过在死亡的威胁面前，骨气算不了什么。特别是对于他这种人来说，死亡，是一件相当可怕的事。"刘枫微笑道。

"刘枫大人，多谢你们了。"一旁，提而特感激地说道。

"呵呵，无妨……"刘枫笑着摆了摆手，刚欲回屋，忽然想起了沙之逆罚之事，回转过身来，对着提而特正色道："你和你的三位同伴，这段时间，尽量不要选择晚上出去，最好一直和我们待在一起。"

"呃，难道刘枫大人还担心辛可修炼队会报复么？"虽然心头有些不解，不过提而特还是点了点头。

夜色，随着时间的逝去，逐渐地降临了这片诸神大陆。

淡淡的月光透过绿色的光罩，将整座城市照得有些蒙蒙发亮，月色与绿色交织在一起，颇为美丽。

在临南城的一处院落，一道金光罩将整座院落严严实实地包裹其中，这里若是有任何风吹草动，都将会被严密监控。

为了防御住那诡异的沙之逆罚，刘枫一行人，还真是尽上了心。

在一处宽大的房间之中，九张床间隔着摆放，刘枫九人，居然是住在了一个房间之中。

房间地面和房门，就是连房顶之上，也是被一层淡淡的金光所覆盖。

抬眼望着身体散发着细微金光的敖天，刘枫心头微安。再偏过头去瞧瞧呼噜大响的小金，无奈地摇了摇头。这头懒龙，化成了人形，还是这般贪睡。

双腿盘卷，双手结印轻叠丹田，刘枫心神逐渐沉入灵台。

丹田之中，七颗月白星球依旧是在有条不紊地炼化着从外界吸收而进的天地灵气，一股股精纯的月白灵气，自星球之上的北斗星图之中喷薄而出，在经脉之中急速运转，浸润着经脉，强化着骨骼与细胞。

第135章 沙之逆罚

结印的指间空间戒指光芒轻闪，一枚土色的能量源泉珠跳跃而现，一股股精纯的淳厚土系能量被抽离而出，源源不断地灌注进刘枫身体之中，经过迅速地炼化，化为其本体的力量。

刘枫手中的土系能量源泉珠随着能量的抽离，迅速变小，变小……直到最后完全消散。

空间戒指光芒再闪，又是一枚能量源泉珠继承了先辈的遗愿，继续无私地奉献着其内的所有能量。

夜，在修炼中迅速而过，似乎一夜间，并未有着什么事情发生。

一道黎明的光辉，忽然突破了大地的束缚，跳出了地平面，将光芒洒照大地。

眼眸缓缓睁开，一道月白精光疾掠而过，然后消逝不见。

"咦，你小子要突破到王级了？"敖天忽然睁开了眼，望着刘枫身体之上，那较之昨天沉稳了许多的气势，有些惊诧地问道。

"还没有……"刘枫摇了摇头，伸了一个懒腰，浑身骨头噼里啪啦地响个不停，轻灵地跃下床榻，笑道，"不过似乎快了，吸收了无数死灵液、兽核和最近的所有能量源泉珠，晋级所需要的能量无底洞，似乎要填满了。现在，或许只是需要一个契机罢了。"

"恐怖的修炼速度……"血爪与火炎也是睁开了眼来，听着刘枫的话语，不由得苦笑道。

虽然刘枫是依靠了吞噬死灵液那般的外物，可就算是皇级的血爪，想要将一枚王级的能量源泉珠练化完毕，那都得需要两天的时间。而有着北斗星图的刘枫，却是将这时间恐怖地缩短了几十倍之多。

"我早说了，他是个变态。"加拉也是爬起身来，笑道。

"又是新鲜的一天啊……"望着那自窗户间射进来的阳光，刘枫心情颇感愉悦。

"不好了，刘枫大人，出大事了……"

清晨中，提而特慌张的声音，打破了宁静。

一道人影径直冲进门来，气喘喘地止下了脚步。

"怎么了？"望着那满脸慌张的提而特，刘枫疑惑地问道。

提而特咽了口唾沫，顺了几口气，这才说道："辛可修炼队被灭团了……"

"呃……"闻言，刘枫一怔，问道，"是摩轮他们？"

"嗯。"提而特一脸无奈，苦笑着点了点头。

"死便死了吧，又不关我们的事。"刘枫翻了翻白眼，笑道。

"我知道不是大人们动的手，但是辛可修炼队整团，连着仆人、随从一百零八人，全部被杀了。而且摩轮似乎和克里克斯城的自然神殿有着一些关系，现在整城已经戒严，自然神殿正在查案。"提而特一口气将话全部说了出来。

"怎么？自然神殿怀疑到我们头上来了不成？"稍稍思考了一下儿，刘枫便明白了提而特慌张的缘由。在这片神殿强势的大陆之上，神殿拥有着极大的权力。如果真因为这事，而被自然神殿给盯上了的话，对自己一行人，恐怕还真有几分麻烦。

"嗯，昨天我们和辛可修炼队在交易大厅的冲突，在场的人都看见了，只要神殿略微打探，便能知晓。而就在昨天夜里，辛可修炼队又被全部灭杀，这很难让神殿不怀疑我们啊。"提而特站在刘枫对面，担心地说道。

"克里克斯城的自然神殿实力如何？"刘枫忽然挑眉问道。

"克里克斯是距离塔克尔沙戈壁最近的一所城市，所以自然神殿对此也颇为注重。城中自然神殿之内，有着一位皇级顶段的主教：莫冈。"提而特思量了片刻，回道。

"皇级顶段么……"刘枫微眯着眼睛，轻声喃喃道。

"提而特，刘枫大人，自然神殿来人了。"米雅的呼声，忽然自外间传来。

"他们果然怀疑到我们头上了。"听着这声音，提而特无奈地说道。

"呵呵，走吧，去见见他们，看他们到底想如何吧。"刘枫微微一笑，整了整黑袍，从容地说道。

见到刘枫如此说，提而特也只得点了点头，带头行出了房间。

"刘枫，这事，难道是有人故意栽赃我们不成？"行走在院落间，敖天小声地问道。

"应该不可能吧？我们才来克里克斯城几天时间，除了辛可修炼队，便从未得罪过其他人。人家干吗吃饱了撑的，来陷害我们啊？"刘枫皱着眉头，思索道。

"我倒是有些担心那自然神殿……"巫师忽然说道。

"怎么？"脚步微缓，刘枫看着巫师，回问道。

第135章 沙之逆罚

"自然神殿既然存在了上千年的时间,那么其势力定然不小,如果他们真要查探的话,恐怕会很容易把我们的底细给查了出来。提而特他们不知道塔克尔沙戈壁的尽头有着一个通往别的位面的传送门,可自然神殿可能会由此猜到一些什么……"巫师低声道,话语中有着淡淡的忧虑。

刘枫心头一跳,缓缓地吸了一口气。巫师说得没错,以自然神殿的势力,若是有心想要探查他们,恐怕真的会查出一些东西来。

有些头疼地敲了敲脑袋,刘枫苦笑道:"算了,还是先看看再说吧。"

几人说话间,却已是穿过了院落,进入到了正厅之中。

踏入厅内,刘枫的目光便被坐在屋内左边的一人,给吸引了过去。

那人年龄颇老,一身绿色的主教袍服。头上的发丝有些发白,不过一双淡蓝色的眼瞳,却是在不经意间,闪掠过道道精光,一股隐隐的强横气势,自其身体中扩散而出。

在刘枫打量着这人之时,这位主教大人,也是将视线投向了进屋的一大群人。

视线首先在刘枫身体之上微微停顿了一下,便移了开去。然后在血爪与火炎身体上停留了片刻,似乎颇感诧异,视线再移,最后终于是停在了敖天身体之上。

莫冈主教眼中的淡然逐渐化去,取而代之的,是一片凝重。

"刘枫大人,这位便是自然神殿的主教大人,莫冈。"提而特在一旁互相介绍道,"莫冈主教大人,这位便是你要见的刘枫先生。"

"哦,呵呵,刘枫先生年纪轻轻便已晋入神阶,果然是天赋过人啊。"场面话,莫冈主教倒是说得颇为和气。

"呵呵,莫冈主教,要不是您尽心尽力守护着克里克斯城,使之不受到沙族的侵略,我等哪有平静的修炼之所啊?"刘枫和声笑道,恭维的话,倒是毫不值钱地送了出去。先礼后兵,看你能把我们怎么样?刘枫心中盘算着。

"这小子的话,听着舒服。"莫冈虽然明知道只是恭维的话,不过克里克斯城近百年的平静,可是无数人有目共睹的。刘枫这记马屁,着实拍对了地方。

眼中的利芒柔和了许多,莫冈笑着摆了摆手,道:"这都是自然女神的光辉照耀罢了,沙族惧怕的不是我,而是自然女神阿蒂米斯大人。"

"哦,刘枫先生,这位朋友是?"互相扯了几句,莫冈忽然把话头转向了敖天,笑着问道。

"呵呵，敖天是我的同伴之一。"刘枫浅笑着回道。

"哦，呵呵，敖天阁下的实力很不错啊，不知是属于哪方神殿？"莫冈似乎随口地问道。

"没有归属，跟着朋友满大陆瞎晃悠。"敖天淡淡地道。

"哦？敖天阁下没有加入任何一方神殿？"莫冈眼睛微亮，旋即不着痕迹地问道。

"嗯。"敖天心中一片坦荡，依旧淡然点了点头。

"哦，呵呵，原来如此啊。"莫冈笑了笑，眼中的利芒，不知为何再次减弱了一些。难道是担心敖天来自另外的神殿势力？

双方又再聊了一会儿，莫冈脸色忽然一正，刘枫知道，正题来了。

果然，莫冈清咳了一声，正色道："刘枫先生，敖天阁下，想必你们也已经知道我来此处的目的了吧？"

刘枫轻点了点头，含笑道："是因为辛可修炼队的血案吧？"

"嗯，我身为克里克斯城的自然神殿主教，自然不能容许在阿蒂米斯大人的光辉照耀之下，发生这般凶残之事。"莫冈满脸正气地说道。

刘枫微笑着点了点头，表示理解。

"刘枫先生，你们昨天和辛可修炼队，起过冲突吧？并且还把迈赫给废了。"莫冈眼睛死死地盯着刘枫，沉声道。

刘枫点了点头，道："莫冈主教，想必你也调查过，当时是摩加先挑衅提而特，还调戏他的女友。我们作为他的同伴，自然不能让其受辱。后来那迈赫，更是想要直接对提而特动手，我们也是被迫无奈，这才出手相助。"

刘枫一席话说出来，把责任推得干干净净。

"可昨天，却只有你们与他们有过激烈的冲突，并且，你们也有将他们灭团的实力……"莫冈沉声道。

"呵呵，莫冈主教，摩轮他们是一个修炼队，这种经常在刀口上舔血的队伍，平日里因为恩怨，仇恨他们的人也不在少数。为什么就一定得是我们？难道莫冈主教有着详细可查的证据？"刘枫淡淡地笑道，并未露出一点儿着急的神色。

"证据？动手之人实力不弱于我，而且下手极为利索，我也寻不出半点证据。当然，如果我有证据，或许来这里的，就是自然神殿的执法部队，而不是我了。"莫冈视线一转，停留在了敖天身体之上，小心地说道。

第135章 沙之逆罚

"莫冈主教,没有证据的事,可不能乱说哦。自然女神也不能容忍她的信徒胡乱抓人吧?"刘枫无辜地耸了耸肩膀,反问道。他可不是束手待毙的人,他们这一行人,哪个都不是好惹的。

"你可真是个狡猾的小子。"莫冈心中有些无奈,本来他一来就打算直接强行将刘枫一行人带回神殿审问,可敖天的实力,却让他改变了主意。

"阿蒂米斯大人自然不会允许她的信徒胡乱抓人。不过,刘枫先生,这件血案与你们也有着瓜葛,所以,这段时间,请你们不要离开克里克斯城。"莫冈沉声说道。

"可以,我们会留在这里,直到你们查出凶手为止。"刘枫倒是颇为光棍地点了点头,现在就算出了城市,他们一行人也不知如何行动。有关生命之源的消息,也是半点都没有。留在此处一段时间,并无不妥。

"如此,我也不多打扰了。克里克斯城你们还是可以随便逛,只要不出城市就好。我还要去检查现场,就不多待了。"莫冈点了点头,起身便欲告辞。

"莫冈主教,能让我们去看看吗?或许,能够帮下你的忙呢。"刘枫灵机一动,眼睛微转,出声道。他心中,也对这事是谁所为颇感好奇。

微微沉吟了片刻,莫冈点了点头,笑道:"也好。"

刘枫一行人中的其他人,虽然不知刘枫用意何在,但都相信刘枫这样做必然有他的道理,所以也都起身相随。

随着莫冈走上大街,刘枫发现,整个城市防守严密了许多。大街之上,实力强横、装备精良的神殿骑士处处可见。

因为有着莫冈带路,刘枫一行人没有丝毫阻碍地穿过了防守严实的大街,在一所颇为庞大的院落之前,停了下来。

望着大门之上的团徽,刘枫知道,这应该便是辛可修炼队的居住之地了。

在大门之前,同样有着森严的把守。几队神殿骑士在院落之外,来回巡逻,禁止一切非神殿人员入内。

在莫冈的带领之下,刘枫几人如愿地进入到了大院之中。

一进大门,一股死气便扑鼻而来。

没有在意弥漫院内的淡淡灰气,刘枫的视线被那院中横躺的近百具尸体,给吸引了过去。他缓步走上前，目光在尸体之上一个一个地移过，最后停留在了一张满是惊恐的脸庞之上。

这是辛可修炼队的队长，摩轮。昨天下午，还差点和刘枫他们起了冲突，今日，却是已经丧失了性命。

刘枫蹲下身来，仔细观察摩轮。摩轮脸色灰白，一双眼瞳睁得极大。脸庞之上，布满着惊骇与恐惧。那微微张开的嘴巴，似乎是证明着他生前见到了什么可怖的事情一般。

视线再次左移，停留在了那表情同样的摩加脸上。

"辛可修炼队，连同非战斗人员，整整一百零八人，昨天夜里全部遇害。"身后，莫冈沉声道。

"没一点线索么？"刘枫低声问道。

"没有。所有死者身体之上，没有半点伤痕。"莫冈蹲下身子，随手翻了翻一具尸体，沉吟道，"他们，好像是窒息而死的。"

"窒息而死？"刘枫眉头一挑，道，"看他们的表情，似乎是在瞬间便被夺去了生命，而且周围也没有搏斗所造成的痕迹。应该是一击毙命吧？"

"如此说来，那位凶手的实力，可不容小觑啊。能够在瞬间将整个院落一百零八口人完全杀死，而不惊动任何人，这，这人的实力，恐怕比我还高出许多。"莫冈皱着眉头，视线有些不自觉地往一旁的敖天身上瞟了一眼。

刘枫微微撇了撇嘴，这家伙还是怀疑自己一行人，特别是怀疑敖天。不过也没办法，谁让这家伙看不透敖天的实力呢？能够在不惊动任何人的情况下，将辛可修炼队的人完全杀死，恐怕此处就只有敖天能够办到吧。

刘枫视线有些散乱地扫了扫，身子忽然猛地一顿，连忙站起身来，跑到一具尸体面前。这具尸体的主人，正是被废了斗气的迈赫。缓缓蹲下身子，刘枫扯起迈赫的衣袍下摆，那里，微微显露着淡淡的蓝色痕迹。

把衣摆拉了起来，仔细观看，映入刘枫眼中的，是一个有些浅淡的蓝色脚印。

"好像，好像是……沙族的血液？！"被刘枫怪异举动引了过来，莫冈望着那浅浅的淡蓝脚印，脸色狂变，与沙族打了无数交道的他，凭借着微弱的气味，将这淡蓝色认了出来。

提到沙族，刘枫脸色也是微变，漆黑的眼珠转了转，沉默了片刻，似乎是想到了什么，忽然猛地站起身来，快速来到血爪面前，急声道："血爪、火炎，把你们的

第135章 沙之逆罚

鞋子脱下来。"

闻言，血爪两人有些疑惑，不过还是将脚上的鞋子踢了出来。

刘枫先是拣起血爪的鞋子，再在莫冈迷惑的目光中跑了回来，将鞋子，对着迈赫衣摆之上的脚印比按了下去。

鞋子与脚印，完美地契合，没有半分的不符。

"刘枫先生，这是怎么回事？"望着那和蓝血脚印一模一样的鞋子，莫冈脸色骤变，厉声喝道。

随着莫冈的喝声，院落之外人影闪动。只是片刻时间，几十名神殿强者便闪上了院房之上，手中的长枪，遥遥指向场中的几人。意念，瞬间封锁虚空。

"果然……"刘枫低叹了一声，心中对辛可修炼队被灭，倒是明白了几分。在戈壁中时，那个皇级沙人自爆时，漫天鲜血将血爪与火炎淋了一个透心凉，或许其间还浸湿了血爪的鞋子，当时刘枫只是觉得怪异，提醒他们二人毁了袍子，却是将鞋子给忘记了。

而在交易大厅时，血爪与迈赫战斗，一脚将之踢下了台，其脚上所沾染的沙人鲜血，或许就是在其脚上斗气喷薄之时，随着斗气，一起留在了迈赫身体之上。

如此说来，昨天晚上沙之逆罚真的出现了。只不过，却是首先选择了沾有血迹的迈赫，至于摩轮他们这些无辜的人，似乎只是那沙之逆罚，顺手杀了的吧？

在心中缓缓地吸了一口凉气，刘枫抬起头来，对着面色森然的莫冈苦笑道："先别激动，这事，或许还真和我们有几分关系。"

"给我一个解释吧，刘枫先生。你的那位朋友，难道是沙人不成？如果是那样，自然神殿将会立刻对你们宣战。"莫冈气势汹汹地喝道。

刘枫摇了摇头，沉声道："事情的确和我们有着间接的关系，不过，动手之人，应该是沙之逆罚。"

沙之逆罚四字出口，院落之中的气氛犹如是瞬间凝滞起来了一般。房屋之上，屋顶破碎的声音不断响起。那是房顶上的神殿强者们，忍不住心中的惊骇，而使得劲气失控，最后直接将房顶踩得稀里哗啦爆响。

"你说什么？"莫冈双眼微微发红，死死地盯住刘枫，一字一顿地问道。

"我说……这应该是沙之逆罚干的。"刘枫耸了耸肩膀，淡淡地说道。

"胡扯，你知道沙之逆罚是什么？他们来到克里克斯城，就为了杀一个小小的修炼队？"莫冈喘着粗气，脸色极为难看，语气也不如一开始的和善。

"莫冈啊,他说的,是真的。"淡淡的笑声,忽然自院落之外响起,随着音落,一道苍老的影子,闪进了院内。

"凯老?您来这里做什么?"望着来人,莫冈明显一惊,连忙问道。

刘枫回过头来,发现这位凯老,正是在交易大厅中,所遇到的那位白发老人。

"呵呵,刘枫啊,你们的运气可真是好啊,百分之一的概率,还真被你们给撞上了。"凯老笑着走上前来,轻轻拍着刘枫的肩膀,取笑道。

"凯老,您就别说风凉话了,被沙之逆罚盯住,那感觉可太不好受了。"刘枫苦笑道。

"凯老,这血案的凶手,当真是……沙之逆罚?"最后的四个字,莫冈说得极为低声,犹如蚊蚋。

凯老脸色微微凝重,点了点头。缓步走到一具尸体面前,手中森寒劲气对着尸体的手腕切开一道小小的口子。伤口裂开,却没有一丝鲜血流出。静待了瞬间,一股股细细的黄沙,自那伤口处,缓缓地溢流而出。

"嘶……"望着那流着黄沙的伤口,刘枫轻吸了一口凉气,难怪众人都是窒息而死,原来身体之中,已经完全被黄沙所充斥。

"的确是沙之逆罚。"凯老沉声道。

"莫冈,立刻向自然神殿总部报告这件事!记住,此事不得泄露出任何一点风声。沙之逆罚已经成功潜进了克里克斯城,如果不尽快将之歼灭,死亡的黄沙,将会淹没这座城市。"凯老转过头,对着莫冈喝道。

"呃,是!"微微怔了怔,莫冈急忙点了点头,直接转身对着城中心的自然神殿飞速奔去,不敢有一丝一毫的怠慢。沙之逆罚再次出现,这可是极为轰动的大事啊。若是办理得好,自己以后在神殿之中,必然会一帆风顺;而若是办理得不好,自己这个主教,恐怕将会立刻被打回普通教士了。

望着那飞速消失的背影,凯老微松了一口气,对着刘枫沉声道:"刘枫,这段时间,你们可得注意了。在清除沙之逆罚之前,你们不能再继续深入自然神殿信仰范围,不然,会引来更大的杀戮。"

"当然,若是能够帮助我们成功抓捕到沙之逆罚,你们若是有什么要求,只要不太过分,自然女神阿蒂米斯大人定然不会亏待你们。"

本来还在心头翻白眼的刘枫,听得最后的话语,脸色微喜,小心地问道:"那……自然女神,有没有生命之源?"

第135章 沙之逆罚

"生命之源?那可是生命女神的宝贝啊……"似乎是对刘枫的要求颇感诧异,沉吟了片刻,凯老摇了摇头。望着刘枫那失望的脸色,不由得笑道,"不过,若是你能助我们擒获沙之逆罚,阿蒂米斯大人或许……能够给予你一个得到生命之源的途径。"

失望迅速退去,刘枫大喜道:"当真?"

刘枫的情绪还很少有这种大起大落的情况发生,一会儿欢喜,一会儿失望,现在又大喜了。

凯老笑着点了点头。

"如此,在下几人,这次定然会全力相助。"刘枫咧嘴笑道,心头欢畅无比,若是搞到了生命之源,那么自己一行人,便能多出一位与自然女神旗鼓相当的法则强者。

法则强者啊,诸神大陆金字塔塔尖的存在啊。有了玄女跟随,只要不去得罪那几位远古主神,那么这片诸神大陆,有何处不可去?有了玄女相助,就算是要寻找回夜阑大陆的通道,那也是简易了许多啊。刘枫忍不住心花怒放。

可是怎么抓捕沙之逆罚呢?这可不是一件简单的事。

第136章
围剿计划

第136章 围剿计划

森冷的夜降临克里克斯城，整座城市，陷入一片寂静。偶尔的魔法灯光，点缀着黑暗。

依旧是偏南城处的那所院落，只不过昨晚那笼罩的淡淡金光罩，却是撤了去。整个院落，漆黑而宁静。

微风拂过，带起周围树叶的哗哗作响。

房间之中的大床榻之上，十几道人影坐立其上，淡淡的意念，布满着房间每一处角落。

刘枫缓缓闭上眼帘，神念破体而出，穿出房顶，停在高空之上，俯览其下，将所有的场景，尽数收入心中。

敏感的神念，察觉到在院落之外，错落有致地布满着不少呼吸均匀的气息，那些都是自然神殿的强者。

夜，在众人的凝视间，缓缓而过，可沙之逆罚，却是迟迟不出现。

房间之中，一片寂静。

又是等待了许久，刘枫似是想起了什么，忽然转身低问道："提而特，彼力三人呢？"彼力三人，正是提而特的帝林修炼队中的另外三人，在上次沙人自爆时，他们同样被沾染上了鲜血。

"呃，他们下午就出去了。"闻言，提而特一怔，回道。

"怎么搞的？不是和你说了，不准让他们私自出去吗？"刘枫眉头一皱，心头微感不安。

"我和他们说了，可这三个家伙多半又是去'青坊'寻乐了。你知道，修炼队中平日极为辛苦，他们又没女人，只能去那些地方泻火。"提而特无奈地苦笑道。青坊，类似妓院之所。

刘枫无奈地叹了一口气,泻火泻火,到头来别把自己的命给泻去了。心头忽然一动,虚空之上的神念发现那隐蔽在院落之外的神殿强者们,隐隐有些骚动了起来,一个个从隐蔽之处跳跃而出,迅速对着城中某处疾掠而去。

"似乎真出事了。"敖天沉声道。

"走,去看看,注意别分开了。"沉吟了片刻,刘枫率先动身跃下床榻,冲出了房间,其后,十几道人影紧紧跟随。

身形在虚空急速掠过,刘枫几人跟着那些神殿强者们,也终于是来到了引起动静之地。

"青坊,彼力他们果然出事了。"望着那所几层高的豪华楼阁,提而特轻叹了一口气,脸色有些悲凉。

刘枫沉默不语,如果真要算将起来,这沙之逆罚,还是自己一行人给提而特他们带来的。他心中不免升起一丝愧疚,觉得有点对不起提而特。

在青坊周围房顶之上,站满着神殿的强者,一道道意念,将虚空笼罩。面对着那犹如死一般寂静的青坊,所有人都是如临大敌。这沙之逆罚的凶名,看来已经在人们心中植根已久。

刘枫带着几人跃上一处房顶,莫冈一大群人正立于其上。在一群人中,刘枫看见了上次在交易大厅所见到的那位胸口有猛虎徽章的绿裙女子和那位英俊的年轻人。

瞧得刘枫一行人的到来,那名绿裙女子也是颇感诧异,美眸在其身体之上淡淡扫过。

视线在另外几位陌生人身上扫过,刘枫将目光停留在了莫冈主教身上,皱眉道:"莫冈主教,沙之逆罚,又出现了?"

"嗯。"莫冈脸色凝重,视线死死地盯着那所漆黑的青坊,沉声道,"沙之逆罚,应该还在里面。"

刘枫眉头一挑,凝神望向那所黑暗中的"青坊"。发现在那所房屋之外,已经布满绿色的青藤。

"我已经用自然魔法将青坊底下的泥沙完全清除掉了,而且凯老也将这片空间封锁了,所以,那沙之逆罚,应该还在里边。"

"那里面的人……"刘枫不安地问道。

"全部死了。"莫冈脸色难看,咬牙道。

第136章 围剿计划

"在青坊里面,还有着四十几名猛虎修炼团和二十几名卡巴修炼团的人,其中有八人,实力是王级之上。"莫冈主教大人告诉刘枫他们。

缓吸了一口气,莫冈拉过两位中年人,对着刘枫道:"这两位便是猛虎修炼团和卡巴修炼团的团长:基鲁和玛法。这次,损失了这么多的团员,对他们的修炼团打击也不小。"

刘枫礼貌性地对着两位中年人笑着点了点头。

"这次的沙之逆罚,就是你们引来的?"那位卡巴修炼团的团长玛法,明显正处在团队实力大减的火头之上,瞪着眼对着刘枫怒喝道,表情极为不和善。

"沙之逆罚的确和我们有着一点关系,不过,算起来,我们也是这事的直接受害者。玛法团长若是想要撒火,却是找错了地方。"本就因为彼力他们的死心头不爽的刘枫,见到自己一番笑脸还惹来怒火,脸色也不由得一冷,淡淡地道。

"该死的,知道惹了沙之逆罚,你们还敢进城,老子看你们是居心叵测!"

玛法的脾气似乎也极为火暴,怒喝直接变为怒骂。

"轰……"强横的气势猛地自一旁的敖天身体之上爆发而出,犹如实质的金光,带着恐怖的威压,对着玛法狠砸而去。

"咔,咔……"突如其来的恐怖威压,将玛法压得一个立脚不稳,急退了好几步,这才在身后同伴的扶持下,稳下了身子。

"把你的嘴放干净点,沙之逆罚,也不是我们想招惹的。"敖天森冷地盯着玛法,淡淡地道。

望着敖天光凭气势,就将皇级初段的玛法搞得如此狼狈,在场的除了刘枫一行人之外,脸庞无不是微微变色。

压下心头的震惊,莫冈打着圆场笑道:"两位也都别争执了,沙之逆罚现在是我们共同的敌人,大家还是商议一下,如何联手将之捕获吧。若是任由那东西继续待在克里克斯城,或许不久后,黄沙便会将这里淹没……"

"呵呵,是啊,刘枫兄弟,你也别怪玛法,他脾气就那样,可没冲撞你的意思。"猛虎团的团长基鲁,在打着圆场的同时,心头却是被惊骇所覆盖。原本他以为刘枫一行人中,实力最强的,应该是皇级初段的血爪与火炎,可没想到,其中还隐藏着敖天这般恐怖的存在。

"看那股气势,恐怕这名汉子的实力,已经不下于莫冈主教了吧?"

出洋相的玛法脸色有些难看。不过毕竟他是一团之长,知道此时不是争面子的时候，冷哼了一声，立于一旁，也不再言语。

发生了这一连串事情，刘枫嘴角噙着的淡淡微笑，却始终没有消失。那副看似淡然的模样，让得在场之人心头微微赞了一声。不提实力，光是这临危不乱的气度，便是常人不及。

"莫冈主教，凯老呢？"刘枫微笑着，打破了略微沉闷的气氛。

"哦，凯老进去了。"心头微微松了一口气，莫冈指着那黑暗的青坊说道。

"进去了？"眉头微皱，刘枫刚欲说话，一道影子，却是猛地自黑暗的楼阁中闪跃了出来。

"该死的沙之逆罚，实力果然强横。"影子闪上房顶，熟悉的低骂声，止住了周围神殿强者的攻击。

"凯老，如何？"望着颇为狼狈的凯老，刘枫连忙问道。

"哦，呵呵，你们来了啊。"抬头瞧着刘枫一行人，特别是在看到敖天之后，凯老脸色一喜，笑道。

"沙之逆罚还被困在里面，不过那家伙的控沙术太过诡异，我一个人顶多和他战成平手，所以，还想请敖天阁下助我一臂之力。"凯老郑重地说道。

望着凯老的态度，莫冈一行人再次被打击得愣了起来。凯老的实力，别人不知，可莫冈、玛法、基鲁三人却是隐隐知晓些眉目，帝级，法则之下的最强者。诸神大陆，皇级的强者不少，可帝级强者才能真正称得上强者一词。

可现在，帝级实力的凯老，竟然如此郑重地邀请敖天帮忙，那么，只能说明，敖天的实力，已经得到了凯老的肯定。而想要得到一位帝级强者的肯定，那么其本身实力，会是如何？

想到这里，众人互相望了望，都是自对方眼中瞧出了一抹惊骇。

那位叫敖天的汉子，竟然也是帝级强者。

敖天听到凯老郑重其事地邀请自己帮他对付沙之逆罚，微微一怔，回转过头，用视线询问着刘枫。

眉头微皱，刘枫沉吟了片刻，方才轻点了点头，低声道："小心。"

"嗯。"敖天点了点头，脚步朝前一跨，身形径直出现在凯老身旁，淡淡地道，"走吧，我也想见识一下，沙之逆罚，究竟有何可怕之处。"

第136章 围剿计划

"呵呵,多谢敖天阁下和刘枫先生的相助,你们的帮助,自然神殿不会忘记的。"凯老对着刘枫与敖天行了一个神殿的礼节,感谢道。

"应该的。"刘枫微笑道,也微微躬身回礼。

"莫冈,率领神殿卫士包围青坊,继续用自然魔法隔绝其下的土地,不能让那家伙接触到沙泥。不然,恐怕抓捕的难度将会再次提升。"凯老对着莫冈沉声道。

"是。"莫冈重重地点了点头。

"基鲁、玛法,还麻烦你们在外边多多留意,如果沙之逆罚趁机逃了出来,你们,一定要阻拦他片刻时间。"再次转身,凯老对着两位团长正色道。

"是,凯老。"两位团长以及其下属同时应声道。

"走吧,敖天阁下。"吩咐完诸人,凯老对着敖天笑道,身形展动,再次疾掠进一片黑暗的青坊之中。

敖天点了点头,金光闪掠,径直撞进青坊。

见到两人进入青坊之后,那漫天站立的神殿强者,也开始了动作。众人身体之上,充满生机的自然能量翻涌而出,一道由自然能量凝集而成的青色蔓藤,自神殿强者们手中疾喷而出。几个翻卷间,便将那所几楼高的青坊包裹其中,无数蔓藤交织成一个巨大的绿色牢笼。

虚空之上,场景颇为壮观,一根根青色蔓藤犹如巨蛇一般,不断扭动。

神殿强者们准备待毕,两大修炼团的成员,也开始抽出了武器。意念,牢牢地锁定着青色楼阁。

自凯老和敖天两人进入青坊之后,其内先是突兀的一静,然后金青黄三色能量光芒猛地暴吐而出,三色光泽将青坊照射得极为艳丽。在楼阁之外的人们,因为其内的恐怖能量波动,感觉到空间不停地荡漾。

望着那散发着三色光芒的青坊,所有人都是屏声静气,斗气灵气,隐隐透体而出,随时准备着爆发。

青坊之内,进行着极为激烈的交战,那战斗产生的余波,竟然直接将由上百名神阶强者合力造出的蔓藤牢笼撑得不断变大,缩小,再变大,再缩小。

反反复复,不断变化着体形的蔓藤牢笼,牵动着在场所有人的心跳,视线之中,皆都是紧张无比。

时间在缓缓流逝。

虚空之上的神殿强者们,除了莫冈脸色还好些之外,其余的,都是忍不住开始浮现冷汗,那微微急促的呼吸,也在证明着他们体内能量正在急速消退。

刘枫微眯着眼睛,手心微握,出尘的古剑伴随着青光的吐缩,缓缓地凝实,化为古朴的三尺森寒青锋。

"嘿,这位朋友,剑不错嘛。"一道笑声,忽然自刘枫一旁低声传来。

刘枫微偏过头,发现说话之人,正是那名猛虎修炼团的英俊青年,不由得微微一笑,轻笑道:"剑好,人更好。"

"呃,朋友你还真是不客气。"闻言,青年一怔,旋即笑道。

"我说的是实话。"刘枫耸了耸肩膀,笑道。

"猛虎修炼团,卡因。"青年礼貌地对着刘枫拱了拱手。

"刘枫,没有修炼团。"刘枫同样的回笑道。

"好了,卡因,安静点,现在办正事呢。"那立于一旁的绿裙女子,柳眉微竖,嗔怪道。

"行,行,我知道。"卡因似乎颇为惧怕绿裙女子,只得对着刘枫无奈地耸了耸肩膀。

"刘枫兄弟,等下如果有变故,我会照看你的……"卡因嘿嘿一笑,不过在绿裙女子的瞪眼下,赶紧闭住了嘴。

刘枫淡淡一笑,虽然不敢说自己能够对帝级强者造成什么致命的伤害,可有着疾风步相助的自己,若有心想要逃跑的话,即使是帝级强者想要抓捕,恐怕也要费上不少的劲吧?

没有人打扰,刘枫再次将视线停留在了那不断涨缩的绿色牢笼之上。

一声剧烈的闷响声,忽然在蔓藤牢笼之中响起,金光随即大盛,大有压倒黄色能量的势头。

"沙之逆罚受伤了?"瞧得那能量稍弱的黄光,在场之人,心头无不为之一振。

"扑……"就在众人还在心头暗自兴奋之时,立于虚空上的神殿强者之中最弱的一位,忽然一口鲜血疾喷而出,自手心射出的绿色能量蔓藤,也急速消失。

望着那微微露了一个小缝的牢笼,莫冈脸色微变,另一只手掌急速翻动,一道蔓藤迅速射出,想要将那缝隙填补。然而,这点小小的漏洞,却是被那沙之逆罚给逮住了。

绿色牢笼忽然猛地一缩,这次的缩小辐度,比之前任何一次都要大上许多。急

第136章 围剿计划

速缩拢之后,是剧烈的膨胀,绿色牢笼犹如被灌注了空气的气球一般,不断地膨胀,膨胀,再膨胀……

当绿色牢笼膨胀到某一个临界点时,却是诡异地停止了下来。正在漫天强者脸色惊惶之际,凶猛的爆炸,夹杂着狂暴无比的三色能量,席卷天际。

拥有着金青黄三色的能量爆炸,犹如灿烂的烟花一般,在克里克斯城的夜空之上,盛然开放。

"扑哧,扑哧……"虚空之上,吐血声伴随着黑影的砸落,不断响起。

"拦住他!"就在无数人砸落下地之时,敖天与凯老的暴喝声,几乎同时自虚空中的灿烂烟花中吼出。

随着两人的喝声,一道黄色影子猛地自烟花中暴射而出,速度犹如流星。

首先闻声而动的,是那一干神殿强者中唯一没有重伤的莫冈,身形急速掠动,手中青光翻腾,无数股蔓藤犹如青蛇一般暴射而出,径直对着黄影缠绕而去。

面对着莫冈的阻拦,黄影速度没有任何减低,手臂挥动间,澎湃的黄沙自其手中连绵不断地喷吐而出,直接将莫冈的青藤凝固得动弹不得。

脚掌在凝固的青藤之上狠狠一踏,黄影速度再次暴增,在穿过莫冈头顶之时,随手甩下一根巨大的土石柱,对准其脑袋,狠狠砸去。

两道身影闪掠上空,一道身影挥动着手中大刀,将土石柱横切而断,免去了莫冈的脑碎身亡。另外一道身影,手中重剑狠狠劈削,一道长有几丈宽的斗气剑芒,带着长长的能量光尾,闪电般对着黄影疾赶而去。

随手挥动,土墙凭空出现在半空之上,将剑芒抵御而去。

眨眼之间,黄影身形没有丝毫停顿,便破了莫冈、玛法、基鲁三名皇级强者的封锁。

在场还能活动之人,在见到拦截无果之后,脸色都是一变。虚空之上,人影开始了急速闪掠,近百道影子疯狂地对着黄影扑拦而去,期望能够将之阻上片刻。

虚空之上,黄沙弥漫,人影犹如碎石一般,不断地惨叫着坠落而下,将附近的房屋砸得稀烂。

"动手!不能让他跑了,这家伙实在太恐怖了。"几百人齐齐动手,竟然还不能将那沙之逆罚留下,刘枫心头微寒,转身对着自己身边的众人低喝道。

血爪与火炎身形展动,急速的风元素和狂暴的火元素,突兀地闪现在半空之上的黄影头顶之上。一前一上,极为默契地将杀之逆罚前进的道路挡了下来,深紫色火球和血色利爪，狠狠击在了黄影身体之上。

受到两人的重击，黄影忽然猛地坠落而下，其目标之地，竟然是下方的泥土地。

"别让他沾着地面……"敖天的暴喝声，响彻着整座城市。

然而，以黄影的恐怖速度，再加上血爪二人刚刚强猛攻击的推力，只是瞬间，沙之逆罚，便稳稳地踏上了泥土地面。

"无尽黄沙，将会埋没整座城市……"双脚踏着土地，机械般的沙哑声音，自黄影口中森然地传出。语气中的浓烈杀气，让得在场的人皮肤微微发麻。

"哧……"轻轻的闷响，忽然将这片空间打得凝固了起来。

无数人骇然地望着黄影，哦，不是，是黄影胸口心脏处的一截淡青剑尖。视线微微后移，停留在了那不知何时，突兀闪现而出的黑袍青年身体之上。

"你应该马上逃跑的。"淡淡的声音，自黑袍青年嘴中轻轻吐出。

望着场中那单手握剑的黑袍青年，无数人满脸呆滞。凶名远扬的沙之逆罚，便如此栽在了一名方才普通神阶的年轻人手中？

半空之上，那名绿裙美女俏脸上的冷傲早已不见。小手不由自主地轻捂着红唇，美眸紧紧地盯着那袭单薄的黑袍。眼中，闪掠过一抹淡淡的异彩。

"他……是怎么做到的？"

不仅这名绿裙美女感到奇怪，几乎所有人都对那黑袍青年能够击伤沙之逆罚，感到不可思议。

第137章

王级进化！

偌大的场地，无数人的视线凝固在下方的那袭黑袍之上，脸色震惊无比。就算是刘枫占有偷袭之机，可沙之逆罚的防御力，那可是强悍得可怕啊。别说刘枫只是一位普通的神阶，就算是凯老与敖天的重击，恐怕都不可能对沙之逆罚的沙之盔甲造成致命的伤害。

虽然心头感到极为不可思议，但那截穿透了沙之逆罚身体的青芒剑尖，却是告诉了众人，这的确是事实。

刘枫手中月白灵气狂涌而出，剑罡暴射，右手紧握着吟龙剑，用力地向左切动。

一道恐怖的伤口自沙之逆罚身体之上浮现，不过，却并未有一丝鲜血溢流而出。

一切进行得很顺利，顺利到让刘枫心头升起了一股淡淡的不安。凶名威赫诸神大陆的沙之逆罚，难道便这般容易地挂了？

就在刘枫心头微微泛起不安之时，那被吟龙剑刺穿身体的沙之逆罚，全身忽然诡异地流动了起来。一团团细小的黄沙自其皮肤之中涌出，只是转瞬间，沙之逆罚，便化成了地上的一大摊黄沙。

"刘枫，小心，那只是一个沙傀儡！"一声巨响自天空中的三色能量中暴响而出，巨大的土石砸落而下。

能量烟花逐渐消散，众人也是望清了其内的情形，原来敖天与凯老被困在了一个巨大的土球之中。难怪只闻其声，不见其影。现在的那巨大土球，已经被两人合力砸烂，刚刚出来，凯老便见到了被刘枫刺中的沙之逆罚，脸色一变，急忙

第137章 王级进化！

喝道。

喝声迅速传入刘枫耳中，脸色急变，脚尖在地面点动。刚欲闪身而退，脚尖所踏立之地，一只由黄沙所凝聚而成的巨大手掌猛地探出，将其脚踝一把抓住。

脸色再次变化，刘枫头也不回，手中剑罡暴射而出，将脚下的沙手掌劈得粉碎。然而，一只沙手被毁，更多的沙手争先恐后地涌出，将刘枫的身形，牢牢地钉在了地面之上。

一股黄色沙流迅速自地面涌上，逐渐汇聚成一个人影模样，赫然便是那被刘枫刺中的沙之逆罚。

手掌微握，其上黄光闪动，一把丈长的土矛现于手中。手臂挥动，土矛夹杂着刺耳的破风之声，狠狠对准刘枫脑袋疾刺而去。

望着那动弹不得的刘枫，敖天脸色狂变，脚掌虚空狠踏，身形化为一道金光，急速地对着沙之逆罚疾奔而去，想要阻拦这次的致命攻击。

敖天的速度虽然极快，不过沙之逆罚与刘枫之间的距离，却是只有短短几米之隔，土矛只是微微前送，便可抵达目标。

感受到身后那森寒的死亡之味，刘枫努力地偏过头来，眼角余光，却只能看见那在瞳孔中不断放大的锋利矛尖。

如此近距离，就是想施展剑刃风暴做最后一搏，也已是不可能了。

死亡的感觉，在这一刻，犹如蔓藤一般缠绕上了刘枫的心头。脑海之中，几张美艳绝伦的俏脸带着浅浅的笑容，闪电般闪过。

"这……便是死亡之前的感觉吗？"心头，低低的呢喃响起。

瞧着沙之逆罚突然发起的暴动，周围的人想要救援，却已是明显不及，那道正急速扑来的金光中，愤怒的咆哮，几乎响彻城市。

自从来到异世界后，刘枫还是第一次如此近距离接触死亡。

在心头被死亡的无力感覆盖之时，天地，却是突兀地安静了下来。那周围不断响起的惊呼声，也是诡异地消失了去。整个天地间，似乎便只有那在漆黑眼瞳中，不断放大的土矛之尖一般。

时间与空间，似乎在这一刻被放缓了千万倍。

在时间与空间交际的缝隙之中，一道轻轻的"喀嚓"声，犹如水波一般，荡漾了出来。

刘枫丹田之中，随着那自灵魂深处响起的轻音，七颗月白小球猛地一凝，旋即，疯狂的旋转，开始了。

随着小球的疯狂旋转，一股强悍得几乎可以说是恐怖到家的精纯月白液体灵气，猛地自七颗小球之间喷射而出。然后如同涛浪一般，急涌出了丹田，在体内的经脉之中，开始了速度令人惊骇的运转。

在刘枫身体的皮肤之上，一丝丝血缝闪现，带出滚滚而流的殷红鲜血，在那细小的血缝中，竟然还能瞧得其内那急速运转的月白灵气。

恐怖的灵气，只是瞬间，便直接将王级的束缚突破而去。并且，突破之速，竟然还在节节攀升。

在体内灵气开始疯狂突破之时，刘枫的灵魂，似乎也在死亡的威逼之下，开始了某些本来不会开启的神秘变化。

刘枫灵魂深处，忽然瞬间涌出了大量的神秘信息，信息在灵魂之中不断盘旋。然后自由组合，重组，再组合，再重组。繁杂的演练，在没有时间概念的灵魂空间之中，恐怖的汇合。

致命一击，双倍，四倍，八倍，可……难道便已经是极限了吗？

不！它还能再强！八倍攻击，在这诸神遍地的大陆之上，已经不再强悍，它需要进化。

刘枫体内能量暴涨，灵魂空间演练，看似颇久，不过这一切，皆都只是发生在眨眼之间。众人只能见到刘枫身体之上，忽然莫名其妙地绷开了裂缝以及那流遍全身的鲜血。

土矛之上的恐怖劲气，将空间震得微微荡漾，矛尖，狠狠插下。

灵魂的演练，骤然停止，一道以刘枫现在的实力根本不可能具有的明悟，缓缓在灵魂之中荡漾。

眼眸猛地睁开，其间，竟然已经完全被诡异的月白之色所覆盖。

手中的青锋古剑，不知何时，却已经变化成了似刀非刀、似剑非剑的怪异模样。

武器高举于顶，带着一股神秘的细微波纹，缓缓下劈。

刘枫劈剑的速度看上去极为缓慢，根本不像是砍人，而更像是在舞剑。然而，当众人见到那随着古怪武器的缓移而剧烈震荡的空间之后，脸色，无不是狂变。

第137章 王级进化！

在武器移动间，一股股玄奥的神秘咒印，若隐若现地流动着。

凯老双眼死死地盯着刘枫武器之上的那些神秘咒印，嘴巴，已经张到了最大，可却是吐不出一句话来。心头，不断地盘旋着恐怖的话语：

"那，那是……法，法则波动？"

劈砍虽然看似缓慢，不过却犹如是掌控了这片天地的时间与空间一般，怪样的武器，却是抢先一步，劈在了那土矛之尖上。

在武器移动之时，刘枫身体之后，忽然闪现出两道手持柴刀，跳劈而下的剑圣影像。两道剑圣影像在刘枫武器接触到土矛之尖时，跳劈影像，完美地融合进了其身体之中。

"致命一击：天劈！"

土矛与柴刀，轻轻的交接，没有带起一点声响。

没有能量的爆炸声，没有灿烂的烟花，一切的一切，似乎显得颇为和谐。

"喀嚓……"轻轻的响声，打破了天地间的宁静。

土矛之上，裂缝缓缓浮现，几个晃颤间，在无数人凝视之间，化为黄沙，缓缓洒尽。

"砰……"一声闷响，那立于原地的沙之逆罚，忽然犹如是遭了重击一般，身形一阵剧烈颤抖，黄沙不断地自身体之上洒落下。

一丝丝裂缝，犹如蜘蛛网一般，攀爬上沙之逆罚的身体。在一记轻响声中，沙之逆罚，身体之上的沙泥肌肤，开始了急速的掉落。

那层防御力堪称变态的沙之盔甲，在片刻之间，便尽数消去。

沙盔一去，那隐藏在其内的沙人，终于是露出了本来面目。可望着那场中的娇小沙人影子，在场的男人们，心头无不是狠狠一跳，一股让人脸红的欲望，自小腹中蹿烧而起。

稀少衣料浅浅地遮盖着那具魔鬼般的娇躯，略微泛着古铜色的小蛮腰，充斥着野性的魅力。黄色的发丝，狂野披散，精致的俏脸，如同上天的杰作，寻不出丝毫瑕疵。娇臀之上的一截毛茸茸的短尾，更是将这沙女的野性之魅，诠释到了极限。

这是一个从骨子里散发出性感的尤物，若是在……她会让任何一个男人疯狂。这个念头，自在场的大部分男人心头冒探而出。

"扑……"一口蓝色的血液，自沙女嘴中疾喷而出，低头望着那自香肩到丰满双乳间的一道伤痕,一双如同月弯的美眸,满是森然地盯着对面那全身是血的男子。

"你给我记着:这一剑,我会还给你的!"失去了沙之盔甲的束缚,沙女的声音,显得颇为空灵。

沙女眼角余光扫过身后那疾袭而来的金光,双手快速结出印结。身躯,在无数人的注视下,迅速融进了土地之中。

在那双美眸也即将消失之时,怨恨的目光,再一次投向那似乎凝固了的刘枫身上。

"该死的。"敖天一脚狠狠地将沙女消失的地方,踏出连绵的蜘蛛网裂缝,怒骂道。

"刘枫,你没事吧?"望着那保持着劈砍姿势不动的满身鲜血青年,敖天急忙问道。

"扑哧……"一口鲜血,回应了敖天的问话。

眼中的月白之色缓缓退去,眼帘逐渐闭上,刘枫身体之中的力量,犹如流水一般飞速逝去。耳边敖天的焦急呼声渐渐模糊,直至半点不闻。

淡淡的阳光,自门窗的缝隙间,透射而进,温和地照耀在床榻之上,一位闭目沉睡的青年脸庞之上。

眼睛忽然微微动了动,紧闭的眼帘,缓缓地试探着睁了开来。

入眼处,是熟悉的房间,这让刘枫在心中微微松了一口气。微微动了动身子,一股针刺般的剧痛弥漫全身,钻心的疼痛,让得刘枫咬着牙,用力地吸了一口冷气。

脑袋软软地躺在枕头之上,刘枫苦笑了一声。他知道,这定然是那天晚上,使出的一记超越自身极限的恐怖天劈造成的后遗症。体内往日灵气流淌的充实感觉已经消失,取而代之的是疲倦的无力。

微眯着眼睛,刘枫思绪再次回到那天晚上。那一次的天劈,绝对是他来到异界之后最完美的一次攻击。那一次的致命攻击,似乎不再只是被赋予了力量,似乎还有一种更加强悍莫名的神秘东西,被加注了在其中。

"哎,类似上一次的完美攻击,恐怕以后都会很难施展出来吧。"刘枫在心头

第137章 王级进化!

有些惋惜地叹息道,那晚借助着死亡的威胁,刘枫才能在生死之刻取得如此恐怖的进步。日后,想要再发出类似那晚的惊艳之击,恐怕极难……

虽然极难再次施展出那夜的完美攻击,不过刘枫的灵魂,却隐隐地摸触到了什么。那是一种非常玄妙的东西,虽有感悟,却不可言说。

"以前走的路,似乎出了些偏差啊。"刘枫在心头轻轻说道,面色苍白,同样泛白的手指微微蜷曲着,两只胳膊无力地平放在身旁。

灵魂似乎在一夜之间,蜕变了一般。以往对力量的自信控制,也在灵魂中,显示出了极大的瑕疵。

"按照以前的那般力量之法,就算最后能够打败帝级强者,可若是面对着法则强者,其间的距离,恐怕依旧是如同天堑。"

这一想法萦绕在刘枫心头。

在床榻之上躺了小半个下午,刘枫这才感觉到痛感稍稍退去。或许是因为害怕打扰刘枫的休养,下午时间,并未有人过来吵闹。

双腿盘膝而坐,刘枫眼帘缓缓闭拢,心神沉入灵台。

神念在体内扫过,见到的却是干枯紧缩的经脉。一丝丝极为细小的灵气,在经脉之中,无力地运转着。

刘枫的神念进入丹田之中,瞧见了颜色极为黯淡的七颗月白小球,一股股细小的灵气,偶尔自其中断断续续地喷吐而出。

神念再次检查了一下体内别的地方,刘枫无奈地将之收回,苦笑着摇头道:"这次还真是搞大发了,居然把身体透支成了这副模样。"

一击击败帝级实力的沙之逆罚,刘枫这次,居然足足地越了三大级别。这恐怖的现实,足以将人打击疯狂。

"看来,要当一段时间的废人了。"苦笑一声,刘枫缓缓行下床榻,推门而出。

房间之外的院落极为清静,几棵巨大的枫树将院落遮盖其下。黄色枫叶伴随着微风的吹拂,在院中缓缓飘洒。

刘枫在一棵枫树之下寻了一张石椅,坐了下来。斜靠在那树干之上,漆黑的眼眸,有些迷离地停留在那半空中飘洒的枫叶之上。许多片黄色的枫叶,借着微风之势,缓缓飘落。每片枫叶飘落的轨迹截然不同,飘落的速度也参差不齐。苍白的修长手指忽然轻探而出,刚好将一片黄色枫叶夹在其间。微微沉默了片刻,刘枫作势欲甩,不过却又是半途停了下来,如此反复,竟然做了十余遍。

漆黑的眸子骤然一凝，手中动作再不迟疑，一根手指极为巧妙地在脆弱的枫叶之上轻轻一弹。只是被赋予了点滴力量的枫叶，却是带起了淡淡的破风之声。一抹黄影在半空闪掠而过，然后狠狠地将坚硬的青石地板射出一道深深的痕迹。

"好！好精妙的力量控制。"一阵赞许的拍掌声，忽然间自院门口处响起。

刘枫淡淡一笑，抬起头来，望着门口面带微笑的敖天，笑道："浅技而已。"

"呵呵，这可不是什么浅技。"敖天笑着走进门口，径直向刘枫走过来，在刘枫身旁轻轻坐了下来。敖天一双大大的龙睛，望着刘枫那双泛着病态苍白的手掌，轻笑道，"没想到在这次战斗中，你居然能够领悟力量的控制之道，当真是大福。"

"若是光论力量控制之道，就是血爪与火炎，恐怕都赶不上现在的你了。"敖天摩挲着下巴，由衷地称赞道。

"我现在可是动用不了一丝灵气了。"刘枫无奈地耸了耸肩膀，有气无力地低声说道。

"呵呵，不碍事，只是透支了力量，休养一两个月就会好的。"敖天轻摆了摆手，笑着安慰道，却也是实情。

"你那天晚上的那一击，很强。"沉默了片刻，敖天忽然道。

"哦。"刘枫平静地点了点头。

"啧，啧，就算是我，在面对着你那次的攻击，恐怕都只有重伤一途。那沙女的沙之盔甲也当真强横，竟然能够抵御那般恐怖的攻击。如果没有沙之盔甲的抵御，你那一劈，绝对能要了她的命。"敖天咂着嘴说道。

"可惜，那般的攻击，却很难再次施展。"刘枫有些遗憾地道。

"呵呵，也是，若是能够随便发出来，恐怕你这身体，将会直接被完全透支而死。"敖天咧嘴一笑，旋即脸色一正，沉声道，"刘枫，你那夜的攻击，似乎……似乎触摸到了法则？"

"我也不知道，当时我自己脑子一片空白，哪还知晓什么法则不法则？"刘枫苦笑着，无力地摇了摇头。

"哎，可惜了啊。如果你能多在那种状态中待上一阵，恐怕将会直接飙升成为法则强者吧？"敖天有些惋惜地叹道。

"算了，能够保住一命便已经很好了。况且这次的收获已经很不小了。"刘枫倒是豁达地笑道。

第137章 王级进化!

"呵呵,你有这心态倒也不错。"敖天笑着点了点头,忽然问道,"你应该突破到了王级吧?"

"似乎……已经到了王级顶段了。"刘枫回忆了一下,昏迷之前体内能量的强横程度,斟酌着说道。

"很不错了,竟然升了这么多,你这次死里逃生,果然划算啊。"敖天轻点了点头,笑着逗精神稍稍有些萎靡的刘枫,说道。

"哦,对了,凯老那里怎样?没抓住沙之逆罚,他说的得到生命之源的路子,还会告诉我们么?"刘枫想起这茬,眉头忽然一皱,向敖天问道。

"呵呵,放心吧。他说了,等你醒过来之后,就可以去交易大厅找他,他会告诉你与生命之源有关的消息。"敖天笑道。

"哦,那就好……"刘枫心头微松了一口气,只要将生命之源搞到手,然后把玄女的躯体修补好,那么,便能安心地寻找回夜阑大陆的路子了。

"你这一两个月,还是先安心把伤养好吧。等到你伤好之后,我们再打算下一步的行动,如何?"敖天道。

"嗯。"刘枫沉默了片刻,点了点头。以他现在这实力处于最低谷之时,的确还是不要到处瞎闯为好。

"呵呵,我觉得你这家伙似乎比以前强了很多,这不仅仅是因为级别提升的原因,经历过这次的蜕变,你似乎如同是进化了一般。"敖天站起身来,拍了拍屁股,边走边笑道。

刘枫微微一笑,疲倦的身子斜靠在树干之上,这次的改变,的确是让他受益匪浅。

刘枫心头甚至有一股隐隐的感觉,不说等到自己完全恢复,就光凭现在这具透支了力量的身体,或许都能和以前的自己战斗上百回合。

"若是等我完全康复,恐怕皇级,也并不再是如以前的那般高不可攀吧?"刘枫苍白的拳头微微紧握,在心头淡淡地道。

夕阳逐渐落山,略微泛红的阳光,将一片枫树,照得更显嫣红。

枫叶飘洒之下,一道单薄的身影,被夕阳拉得老长老长。单薄的背影,却是犹如剑般的锐利。

时间，在休养之中，飞速而过。

到今天，距离刘枫那夜打败沙之逆罚，已经有一个来月了。一个月中，刘枫的实力，也在缓慢而平稳地恢复之中。依照这般进度，可能再有半月，便能完全康复。

一个月中，刘枫那夜击败沙之逆罚的消息，也是通过种种渠道，迅速地传遍了整个克里克斯城，甚至还有着向另外的城市扩散的势头。

凭借着普通王级的实力，将沙族最为恐怖的沙之逆罚击败而逃，这在诸神大陆，绝对能够算是一个不小的传奇。沙之逆罚，那在临近塔克尔沙戈壁的人类耳中，就如同是恶魔般的真名一般，让人闻之心颤。

而伴随着这恐怖战绩的传开，刘枫的名字，在克里克斯城之中，也是越来越响亮。那有着漆黑眸子和头发的黑袍年轻人，似乎在不经意间，以强悍的实力，赢得了克里克斯城中人类的尊敬。

这是一处庞大的比武场，一男一女正在其上闪电交手。场内，斗气浓烈，将坚硬的试炼石击出一个个浅坑。

在场外，一袭黑袍青年斜靠在椅子之上，视线在场中的激烈交战中扫过，微微一笑，轻声道："速度，有些弱了。"

"呵呵，不是他们的速度弱了，是你这家伙这段时间的进步太快了。"敖天的笑声，在青年身后响起。

"以前面对王级顶段的强者，恐怕必须得步步算计，才能取得胜利。现在，真的强太多了。"刘枫轻咳了一声，脸色依旧苍白，笑道。

以前的刘枫，想要打败王级顶段的强者，恐怕除了疾风步加八倍攻击有些效果之外，那就只有依靠领域中的噬神图了。可这两样攻击都有着极大的限制，根本不可能作为正常对敌之招，可如果是现在的话……

想到这里，刘枫嘴角微掀，一丝得意在心头升起。

场中的战斗只是点到即止，两道人影跃出场内，在刘枫身前停留了下来。

"嘿嘿，怎样，刘枫兄弟？"英俊的青年，正是那夜与刘枫笑谈的猛虎修炼团的卡因。那旁边的美丽女子，一头绿色的波卷发丝，精致的俏脸，有着动人的冷艳。经过一个月的交流，刘枫也知道了她的名字，绿可儿，这名字带着些与其本人

第137章 王级进化！

不符合的乖巧之气。

一个月来，或许是因为刘枫那夜展现出来的恐怖实力，卡因对他极其热情。而经过一个月的接触，这位与自己年龄相差不多的豪爽青年，也赢得了刘枫的不少好感。况且猛虎修炼团这一个月来，总是会让卡因带来不少的能量源泉珠，供刘枫养伤。所以，双方的关系颇好。

"一般。"刘枫笑眯眯地说道。

"呃，你敢和我比划比划吗？"卡因一滞，旋即恶狠狠地挑战道。

"刘枫在养伤，怎么和你动手？别瞎闹了。"一旁的绿可儿黛眉微皱，轻斥道。

闻言，卡因只得无奈地咂了咂嘴，怏怏地看着斜躺的刘枫。

"可以。"刘枫的微笑，却是让卡因脸色喜了起来。

"来吧，让我试试你究竟有多强！"卡因抽出武器，笑道。

刘枫嘴巴微抿，嘴角噙着淡淡的笑意。

"刘枫兄弟，怎么还不出手啊？"望着呆坐的刘枫，卡因疑惑地问道。

"你输了。"一根手指，忽然突兀地出现在卡因身后，修长而白皙的手指，没有带上一丝力量，就那般轻轻点在了卡因后脑之上。

身体猛地一僵，卡因骇然望着那斜靠在椅上的人影。此时，人影，已经微微虚幻。

"残影？"卡因咽了一口唾沫，惊颤地问道。

手指收回，刘枫笑眯眯地自其身后走了出来，坐回到椅子上，和那尚未完全消散的残影，融合在了一起。

"好恐怖的速度，而且在移动之时，竟然没有带起半点波动。你如果去做杀手的话，恐怕很称职。"卡因后怕地摸着后脑勺，如果刚才刘枫手中拿的是一把剑的话，现在自己恐怕已经被活劈为两半了。

一旁的绿可儿，也是被刘枫恐怖的速度震得愣了起来。刚才不仅是卡因没有察觉到半点波动，就算是她，也是同样没有感觉。

"都是王级顶段，而且我们还比刘枫早晋入这么多年，可这中间的差距，却是这般的巨大。最可怕的是，现在的刘枫，还是在养伤阶段啊。如果等到他完全恢复，那，会是如何恐怖？"想到那个晚上的惊世一击，绿可儿的心尖，就是忍不住地为之一颤。眼角余光轻扫过那带着微笑的平和脸庞，以前那股总是看之不顺眼的感觉，似乎不知何时已经消失。

立于后面的敖天，望着刘枫，欣慰地点了点头。现在的刘枫，绝对可以说是同级强者之中的翘楚。

"哎，又被打击，我可是被称为天才的人啊。"愣了许久，卡因终于回过神来，苦笑了一声，自空间戒指中掏出几十枚能量源泉珠，将之递过，笑道，"你还是先把伤养好吧。敖天大哥他们要护卫你的安全，所以不能出城寻找能量源泉珠。我们修炼团人倒是多，这些事，就让我们代劳吧。"

刘枫接过能量源泉珠，感受到其中澎湃的温和土元素，他心头微暖，点了点头。抬起头来轻声道："虽然知道基鲁大叔这般对我，肯定有着某些原因，不过，你们的帮助，刘枫不会忘记。日后猛虎修炼团若是有难，刘枫定不会袖手旁观。"

卡因嘿嘿一笑，抓了抓脑袋道："刘枫兄弟说话直，不过我喜欢。修炼团中还有事情，我得和可儿姐回去了。"

"嗯。"刘枫笑着点了点头。

绿可儿身子顿了顿，忽然自空间戒指中，取出一枚王级顶段的能量源泉珠。小走几步，将之放在刘枫手上，浅笑道："这是以前得到的，一直没舍得用，给你吧。"

"这可没有任何原因哦，纯粹是朋友间的帮忙。"绿可儿对着刘枫俏皮地眨了眨美眸。

"谢谢。"刘枫望着眼前的冷傲美女，此时，那冷傲却已经被温柔的浅笑所覆盖，轻轻点了点头。

绿可儿微抿着小嘴，双手背于身后，转身离去。

一抹淡淡的绯红，在转身的刹那，攀爬上了那精致的俏脸。

缓步走在大街之上，刘枫脸色依然有些苍白，不过，至少在行动间，那种针刺的疼痛感已经消去。

过往的行人，目光在望向黑袍青年之时，都会忍不住投去略微惊诧的一瞥。似乎是在疑惑，那具单薄的身躯中，为什么会隐藏着那般恐怖的实力。

在大街之上闲逛的怀春少女，在瞧见那已经被整个克里克斯城所熟悉的黑袍青年之后，俏脸之上，都是悄悄地浮现一坨嫣红。似秋水般的美眸，带着丝丝挑

第137章 王级进化!

逗,望向那位击败了沙之逆罚的英雄。

感受到那有些炽热的视线,刘枫虽然心中无奈,不过一个月来,倒也适应了诸神大陆上少女的开放。只要她们不跑过来把自己强行推倒,那就随她们吧。

刘枫的脚步在街道的尽头停顿了下来,他抬起头来,望着那所巨大的交易厅,微微搓了搓手,迈足走了进去。

交易大厅中的人流依旧是那般的拥挤,人头涌动,喝声不绝于耳。

望着满厅的人头,刘枫无奈地摇了摇头。微微紧了紧身体之上的黑袍,脚步朝前一跨,撞进了那人海之中。

身形进入了人海,刘枫身子极有节奏地轻扭了扭,整个人犹如是化成了一条进入海洋的游鱼一般,几个闪掠间,便诡异地穿过了长达几十米的人海,而且身体并未与任何一个人接触过。

交易大厅之中,也不乏眼力敏锐之人,在偶然间瞧见刘枫惊世骇俗的闪滑之后,无不是被震撼得目瞪口呆。

"真的是变得太多了啊。"回过头望着那汹涌的人海,刘枫在心头轻叹道。自从经历了那夜的生死战斗之后,他整个人似乎就如同敖天所说的进化了一样。这不仅仅是表现在实力,还包括神念、灵魂、速度、眼力、感官……现在的刘枫,就像是被全新包装了一般,与一个月之前判若两人。

踏上楼梯,刘枫上了二楼,在一扇豪华的大门前停了下来。敲了敲门,在听着里面的一声进来之后,这才推门而进。

房间颇为空旷,不过却在简单中显露出奢华。

"凯老,我来讨教如何得到生命之源的路子了。"

望着房间内,坐在桌旁的老人,刘枫笑着说道。

第138章

生命之源

第138章 生命之源

抬头望着那推门而入的青年，凯老热情地站起身来，笑道："是刘枫啊，快进来坐吧，你的伤怎样了？"

刘枫微笑着行进，在桌边坐了下来，说道："多谢凯老挂念了，再过一段时间，应该便能完全恢复了。"

"呵呵……"凯老笑了笑，老眼紧紧在刘枫身上扫视着，语气中满是羡慕地笑道，"哎，真是不服老都不行了，我修炼的时间整整八百多年，可却是连法则的门边儿都触摸不到。可你，竟然在王级之时，便能与之相交，虽然只有着短短瞬间，不过这对你日后领悟法则，却是有着至关重要的好处啊……"

"呵呵，若你以后真成了法则强者，那我可就有向人吹嘘的本钱咯。"凯老抚着胡子，朗笑道。

"现在才不过王级，距离那地步，还早着呢。"刘枫微微一笑，道，"凯老，我来这，是想问……"

"呵呵，生命之源嘛，我知道……"凯老乐呵呵地打断了刘枫的话，轻咳了一声，笑道，"生命之源，是生命女神阿佛洛狄忒的宝贝。据说只要灵魂健全，并且肉体也无损坏，那么生命之源便能将之复活。这东西，在诸神大陆之上，绝对算得上是稀世之珍。无数人对之垂涎三分，可因为生命女神主神的实力，至今为止，还从没一个人敢去生命神殿偷取。"

"那……您说的获得之法？"刘枫眉头微皱。

"呵呵，别急，既然我说了告诉你们得到的路子，就一定不会说假话。"凯老笑着摆了摆手，继续道，"你应该知道，生命女神是七大主神之一。他们，可以说是这个世界的真正主宰。然而，主神一般极少露面，所以一般在大陆之上代替主神神行使神命的，便是领悟了法则的强者……"

"生命女神阿佛洛狄忒神殿之下,有三大分神殿,分别是:自然女神阿蒂米斯所掌管的自然神殿,火焰之神尼斯库拉掌管的火焰神殿,以及冰之女神洛秋的冰雪神殿。这三大神殿,构成了生命女神麾下的势力。呵呵,当然,在其下还有着一些更弱的神殿,不过那些神殿之主有些连帝级都未达到,根本不用将他们算进去……"凯老轻声说道。

领悟了法则的强者代替主神行使神命,生命女神麾下有三大分神殿,这三位分神殿殿主自然就是法则强者了。

"三大法则强者?"刘枫挑了挑眉,轻轻道。

"嗯。"凯老笑着点了点头,道,"生命女神长期闭关,就算是三位大人也较难见到。而三大分神殿之间,因为那个掌管者的职位,彼此间关系也不太好。虽然没达到那种见面就砍的地步,但至少三方势力,都不会给对方好脸色看就是。"

"掌管者是什么?"刘枫弱弱地问道。

"掌管者,就是代替生命女神掌管其神殿诸事的职位,这职位有几分实权,而且在关键时刻还能命令其余两大神殿,所以三位大人都想坐上那职位。"凯老笑道。

"属下关系这般僵,生命女神都不调和调和么?"刘枫刚想把这问题问出来,心头却是忽然明了:三方虽然不和,不过这却也正好应了帝王权术中的制衡一道,三方互相牵制,互相监视。这生命女神,也不是一盏省油的灯啊。

轻咳了一声,刘枫有些疑惑地问道:"这和取得生命之源,有什么关系?"

"呵呵,我既然说了它,那么肯定有它的用处。每五百年,便是掌管者期限到达之时,此时,便需要三大分神殿再次争夺。而生命之源,便是这争夺的彩头,谁取得掌管者之位,那么生命女神便会赐他一滴生命之源。"凯老笑呵呵地说道。

"凯老,你不是让我去和三位领悟了法则的强者,抢那生命之源吧?"刘枫翻着白眼,苦笑道。

"做梦呢?凭你小子现在的实力,三位大人随便伸根指头就能摁死你。"凯老摇了摇头,笑道,"这种争夺,三位法则大人不能亲自出手,必须由其麾下的强者出面参与。"

"哦。"刘枫微松了一口气,眼珠微转,说道,"那你的意思,是让敖天老哥去参与这次的争夺?"

"不,在一个月前,或许应该让敖天前去。不过现在么,我觉得应该你去。"凯

第138章 生命之源

老含笑道。

"你开什么玩笑?这种争夺,没有帝级实力,恐怕上去就是一个死字吧?"刘枫惊异地说道。

"连沙之逆罚你都打败了,还有什么好怕的?"凯老笑着给刘枫打气道。

"上次能够打败沙之逆罚,侥幸占了八分。我可不敢保证,我下次还能发挥出那晚的实力。"刘枫苦笑道。

"如果你真想要得到生命之源,恐怕便只有搏上一搏了。虽然我或许能够让敖天过自然女神那一关,可你应该清楚,敖天只是个灵魂体,并且他凶厉之气颇盛。万一到了生命神殿,被另外两位大人找茬把他给排除了,到时候,想要得到生命之源,你们便只能再等五百年了。"凯老摊了摊手,说道。

"你觉得,你能打败帝级强者么?有几分把握?"瞧着刘枫那紧皱的眉头,凯老叹了口气,问道。

"不知道,我伤还未完全好,所以不能衡量出自己的底线在哪。不过……我想,我应该能够应付皇级强者吧,若是换成帝级强者的话,那或许是败多胜少。"刘枫摩挲着下巴,斟酌地说道。体内的灵气,一天比一天充沛,而且实力,似乎也在一日接着一日地攀升。可刘枫,似乎却依旧小瞧了这一次全身心的进化。

"皇级么?低了。"凯老摇了摇头,沉吟了许久,方才道,"如果让你晋入皇级,那你能打败帝级强者么?"

眉头一挑,刘枫重重地点了点头,道:"如果突破到了皇级,我有信心,绝对不会比敖天老哥弱。"

"这样啊……"凯老抚着胡子,似乎是在考量着什么。

刘枫眼睛紧紧地盯着凯老,看他的模样,似乎竟然有办法让自己再次突破?如果是真的,那这可是个极大的馅饼啊,绝对不能轻易放弃。

房间里,主客二人都沉默不语,时间在悄悄地流逝。

刘枫的目光一直盯着思考的凯老,期待他能把那个极大的馅饼,抛给自己。

"我会想办法让你突破到皇级。"忽然,手指重重地敲打在桌面之上,凯老终于是下定了决心,沉声道。

"如果刘枫真能取得生命之源,凯老的帮助,日后定不会忘。"刘枫心头微喜，抱拳诚声道。他心中其实非常明白，他与凯老之间的关系其实并不是太厚，可他却能这般的倾尽全力相助，说只是好心，恐怕只有傻瓜才会相信。刘枫不是傻瓜，所以他将话说得很明了。

听到刘枫的承诺，凯老脸色微缓，老脸之上，也是多出了一丝笑意，微微点了点头，笑道："不过我却没有那个本事来帮你提升实力，等你伤好之后，我便带你去自然神殿总部。到了那里，我会请求阿蒂米斯大人亲自出手，帮你提升……"

"阿蒂米斯大人会答应吗？"刘枫小心地问道。

"呵呵，放心吧。如何让阿蒂米斯大人帮你，那就是我的事了，你无须多理。"凯老笑眯眯说道。

刘枫眯着眼，望着眼前那笑而不语的老狐狸，显得有些无奈。

"哦，对了，如果最后取得了胜利，阿蒂米斯大人不会连生命之源也给收回去吧？"刘枫谨慎地问道。

"瞎想什么，属下去拼了命，自然要有奖赏，这已经是不成文的规矩了。阿蒂米斯大人怎会强行将生命之源收回去？"凯老翻了翻白眼，不屑地说道。

"呃，那就好。"刘枫嘿嘿一笑，虽然知道问询收回生命之源的话是废话，不过毕竟要问一次才安心。

"好了，你还是安心把伤养好吧。距离五百年之期，还有三个月的时间，静等吧。"凯老笑道，再次低头把视线埋进了文件之中。

点了点头，刘枫站起身来，轻轻行出了屋外，在出门之时，不忘将门拉拢。

听着那远去的细微脚步声，凯老轻轻一叹，低声道："希望不会看错人吧，不然这么大的投资，可全亏了啊……"

"法则啊法则，这神秘而奥妙的东西，不知道阻拦了多少人前进的脚步。跨过那小小的一步，便能成为诸神大陆屈指可数的法则强者，享受无尽尊崇。两者之间，却是犹如天地之差啊……"

凯老略微苦涩的低叹，在房间之中轻轻荡漾。

凯老在房间内的自言自语，刘枫并没有听到，所以也无从知晓凯老对法则的渴望。

缓步走下楼梯，刘枫在心中微微松了一口气。不管如何，现在总算是知道如何

第138章 生命之源

得到生命之源的途径了,虽然这途径看上去有些崎岖难走,不过,却是现在取得生命之源的唯一办法了。生命之源是生命女神的宝贝,如果她不想给人,诸神大陆除了那另外六位主神之外,恐怕还没有一个人能够从她手中强行夺取。

刘枫紧了紧身上的黑袍,现在最重要的,还是先等身体恢复,到时候再确切地看一下,完全状态的自己,能有多强。

"应该不会比血爪他们弱了吧?"刘枫微偏着脑袋,在心中笑道。

就在刘枫打算出交易大厅时,大厅之中,却忽然地骚动了起来,怒喝,怒骂声,不绝于耳。

眉头一皱,刘枫无奈地摇了摇头,没有理会骚乱的缘由,抬腿想要绕过汹涌的人群。不过,一声熟悉的怒骂,却是让刘枫那迈出的左脚,收了回来。

"该死的,敢在克里克斯城调戏我们的人,你真的想找死啊?"

眉头微皱,刘枫低声嘀咕道:"这不是卡因那家伙吗?怎么搞的?"

转过身来,刘枫眯眼望着那场中骚乱的人群,迈足飘进。这段时间接受过猛虎修炼团不少帮助,用了人家那么多的能量源泉珠疗伤。吃人嘴短,拿人手短,所以,对于某些事,他并不打算袖手旁观。

在人群中,刘枫瞧见了卡因、绿可儿以及几个猛虎修炼团的团员。望着卡因那怒火冲天的模样和绿可儿那含煞的俏脸,刘枫将视线,飘向了正与他们对峙的四人身上。

目光扫到四人身上,刘枫漆黑的眼瞳微微一缩,一名皇级初段,三名王级顶段。克里克斯城什么时候又出了这么强悍的队伍?看四人胸口之上那硕大骷髅团徽,他们明显是一个修炼团的人。

一个实力在王级顶段,模样颇为猥琐的年轻人,自四人中走出,望着绿可儿那玲珑丰满的娇躯,嘴角忍不住划上一抹奸笑,将手掌放在鼻子之下嗅了嗅,嘿嘿笑道:"很香。"

瞧着这家伙的猥琐举动,绿可儿柳眉倒竖,芳心一片羞愤。刚才这家伙趁着拥挤,竟然敢对她行不耻之举,在她的翘臀上摸了一把。俏脸冰寒,一双绿色的美眸间,带有丝丝森寒杀意。小手微握,一把轻灵的剑形武器现于手中,绿色的斗气,隐隐待发。

"嘿嘿,小姐,怎么?想打架?输了,今天晚上陪我睡一晚上,好不好?"望着绿可儿的架势,猥琐年轻人眼睛一亮,舔着嘴唇笑道。

"你小子找死,老子今天活劈了你!"见这家伙满口污秽,一旁的卡因再是忍不住,怒喝道。

"嘿嘿,别以为你们猛虎修炼团在克里克斯城混得不错就看不清自己有几斤几两了。这里,只不过是一座小城而已。若是你们猛虎修炼团到了生命之城,别说是一流,恐怕就算是三流,也轮不到你们了。"那名年轻人阴冷地笑道。

"你!"终于是忍不住心头的怒火,卡因脚掌在地面狠狠一踏,手中重剑,带起浓烈的斗气,狠狠地对着那年轻人劈砍而下。

一把黑色的大刀,突兀地自年轻人身后闪电般探出,轻巧地将卡因的攻击架住,刀身轻弹,便把卡因弹落。

"王级顶段而已,说话还这么狂,别说是你,就算是你们团长来了,也不敢如此说话。"大刀收回,一个脸上有着恐怖刀疤的汉子,不屑地冷笑道。

"哎,你们这两大修炼团之一,实在是太名不副实了,我劝你们,还是解散为好。嘿嘿,当然,这位美丽的小姐如果有意思,可以来我们黑骷髅修炼团。在那里,可比待在这破修炼团好多了。"猥琐青年对着绿可儿笑道。

黑骷髅修炼团,对于这个名字,卡因并不感到陌生,诸神大陆十大修炼团之一。据说,其团长的实力,貌似已经进入了帝级层次,与之相比,猛虎修炼团还真算不得什么。

卡因深深地吸了一口气,将心中的怒火缓缓压下,他本就不是莽撞之徒。刚才若不是实在被气得不行,也不会随便出手。现在冷静了下来,回忆着事情的起末,却是发现了些诡异之所在。

脸色忽然微变,卡因冷笑道:"你们不会是打算,将势力扩散到克里克斯城来了吧?"

那猥琐年轻人微微一怔,旋即阴笑道:"这克里克斯城与塔克尔沙戈壁如此接近,大陆之上的能量源泉珠,有六成是从此处运出。这般肥沃之城,我黑骷髅修炼团,当然不想放过。"

"以你们黑骷髅的名声,还想在克里克斯城立足?简直就是做梦。"卡因不屑地说道。

"如何立足是我们的事,只是你们这猛虎修炼团,恐怕没几天威风的日子咯。"猥琐青年脸上掠过一抹阴森,视线再次扫向绿可儿那丰满的魔鬼娇躯,垂涎地舔了舔嘴唇,淫声笑道,"只是不知到时,这么水嫩的身体会被哪个家伙给要

第138章 生命之源

了去。"

"轰……"绿色的斗气,终于是忍不住地暴发而出,绿可儿俏脸含煞,出手便是全力一击。手中轻剑,带着绿茫茫的斗气,狠狠地对准那年轻人脖子削砍而去。

"当……"又是那把黑刀伸出,不费吹灰之力,将绿可儿的攻击截拦而下。那个刀疤男冷笑道:"女人,还是在家里生孩子比较好,打打杀杀,不适合……"手中黑刀横弹而出,一股隐秘的劲道,将绿可儿的娇躯弹得倒飞而出。

一只泛着病态的白皙手掌平探而出,在半空中搂紧了绿可儿的纤腰,缓缓地飘落了下来。

"刘枫兄弟……"瞧得出手之人,卡因和几位同伴欣喜地叫道。

"你没事吧?"望着怀中的美女,刘枫笑问道。

俏脸微微一红,旋即便恢复了正常,绿可儿身子微微挣扎,自刘枫怀中脱离了出来。一双美眸再次森冷地盯着对面那猥琐年轻人,显然,她心中,对这喜欢口中喷粪的家伙起了杀心。

"哟,英雄救美?"瞧着刘枫的举动,那名猥琐年轻人拍了拍手掌,脸上的笑容突兀地变化成阴寒,"你又是哪里冒出来的葱?我黑骷髅团的事,你也敢插手?信不信我让你全家见不到明天的太阳?"

很明显,这位猥琐的仁兄,是一个惯于放狠话的人士,这番威胁的话说得极为顺口,没有半点拖沓。

刘枫轻轻地弹了弹指尖,抬了抬眼皮,淡淡地道:"你刚从粪坑里爬出来的?"

"你在和我说话?"猥琐青年笑眯眯地凑脸问道,眼瞳之中,却是闪烁着狰狞的阴冷。

刘枫微微偏着头,眼帘轻抬,停顿的身躯却是忽然微不可察地晃了晃。

猥琐青年眯着眼睛,望着那沉默的黑袍年轻人,心头却是在思量,等会是砍这家伙的手还是脚?正在他思量之间,浑身皮肤忽然骤然一缩,一股森冷的感觉,缠绕上了心头。眼瞳之中,不知何时出现了一把不断放大的尖锐剑尖。

剑的速度很快,快到猥琐青年根本没有半分闪避的机会。

就在利剑即将削向猥琐青年脖子之时,一只手掌猛地抓住其后领,狠狠地往后一扯。

"哧……"衣服，在利剑之下，犹如薄纸，一划即破。一道淡淡的血痕，自青年胸口延伸到腰间。

一袭黑袍，诡异地闪现而出，视线淡漠地在猥琐青年身上扫过，刘枫淡淡地问道："你说话那么狂，凭的，就是这个？"

低头望着胸口上的长长血痕，猥琐青年脸色一片惊骇，忽然尖着嗓子叫道："黑刀，把那家伙给我杀了，把他的两只手剁了。"

黑刀脸色一片凝重，不过却并未动身，刚才刘枫所展现出来的恐怖速度，已经让他极感骇然。

见到刀疤竟然不听从命令，青年不由得愤怒地咆哮道："黑刀，动手，把那家伙杀了！"

"你的话，是不是有些太多了？"冰凉的剑身，忽然诡异地出现在猥琐青年肩膀之上，锋利的剑身，贴在了青年脖子之处。

身体骤然一僵，猥琐青年睁大着眼睛，骇然地望着那尚距离自己还有几米远的黑袍。他人，明明没动，可剑，什么时候架到我脖子上了？

场中的黑袍，忽然缓缓地消散，瞬间，便化成了虚无。

"残像……"大厅之中，倒吸冷气的声音，此起彼伏。就连那名刀疤皇级强者，也是瞪大着眼睛，满脸的不可思议。这是什么速度？竟然能够在自己毫无半点察觉的情况下，移动到少爷身后？眼角余光向后瞟了瞟，果然是发现，在猥琐青年身后，不知何时已经出现了一袭黑袍。

如此速度，当真是惊世骇俗。交易大厅里的人们，都震惊得无语了。

第139章

力量,归来了!

嘈杂骚乱的交易大厅，在刘枫不经意间展现出来的宛如幽灵速度面前，骤然间宁静了下来。一双双震惊的视线，汇聚在了那袭黑袍之上。

"好快。"卡因吸了一口凉气，虽然早就知道刘枫经过那夜之后实力大涨，而且他自己也亲身试验过那变态的速度。可刚才刘枫所露出的速度，却是比那天比武场边，更加诡异与迅捷。

"他的身法速度，似乎每日都在疯狂增长。或许只有等到刘枫伤全部好时，才能知晓，经过那夜的生死一线，到底让他强到了何种地步。"绿可儿眨了眨修长的睫毛，轻声道。

"嗯。"卡因点了点头，忽然笑道，"你想如何处置那嘴里喷粪的家伙？"

"看刘枫的意思吧。出手的人，是他，我们不好随便插话。"绿可儿摇了摇头，止住心头对那猥琐青年的杀意，说道，她并不想在大庭广众之下越俎代庖。

闻言，卡因微感诧异。虽然绿可儿谈不上骄蛮，不过那性子却是颇冷。除了极少人能够让她为之着想外，其余的人，她恐怕是直接露出了一张拒人千里的冷傲俏脸，更别说还会在乎别人的面子怎样。

"朋友，还请手下留情。卫列是我们团长的三少爷，朋友还请不要因为一时怒气，而结下黑骷髅团这般的劲敌。"那刀疤汉子转过身来，急喝道。

刘枫轻抬了抬眼皮，嘴角溢上淡淡的不屑，轻声道："那你是想让我，把这喜欢喷粪的家伙毫发无损地放了？"

"朋友若是不想得罪黑骷髅团，放了三少爷，是最好的办法。如果朋友肯放，刚才的恩怨，我们一笔勾销，可好？"刀疤男沉声道。

刘枫微低下头，瞧着那被叫做卫列的三少爷，却是见到一双闪烁着狰狞怨毒的瞳孔。显然，这位三少爷也不是善良之辈，即使是被刘枫把剑架在脖子之上，这

第139章 力量，归来了！

桀骜惯了的少爷，依然满脸怨毒。

"祸害啊。"刘枫微微眯起了眼睛，这种人一眼就可看出，是那种为了达到目的不择手段之人。可既然他选择了出手，那么，自然不能为自己遗留下一颗隐藏在暗处的獠牙，虽然现在这颗獠牙的攻击力不甚太强，不过并不妨碍刘枫的杀心。

漆黑的眸间，寒意掠过。手中古剑霍然下削，在一声凄厉的惨叫声中，一只手臂带着滚烫的鲜血断落而下。

"算是点利息吧。"刘枫修长的指尖在剑身上轻弹了弹，鲜血顺着剑尖滴落而下。抬起眼来，望着那愤怒的刀疤，淡淡地说道，"侮辱了我的朋友，还想毫发无损地走？"

"好，好，你有种……"刀疤恨恨地咬着牙，怒声道。

"黑刀，把那杂种杀了，杀了！"卫列忍着疼痛，扯着嗓子怨毒地嘶喊道。

"你个白痴，给我去把三叔和四叔找来，今天这断臂之仇，少爷我不会罢休的。"卫列脸色惨白，因为断臂的疼痛冷汗爬上额头，一脚踢在一名同伴身上，怨毒地咆哮道。

听着卫列的咆哮，刘枫眉头微皱，这家伙竟然还带有人？

"小列，发生什么事了？"就在刘枫心头微感惊异之时，两道雄浑的大喝声，自交易大厅门口响起。伴随着音落，两位中年男子闪身进了人群之中，当视线望着那抱着断臂嘶吼的卫列之时，脸色顿时难看无比。阴森森的视线转向刀疤男，森然道："小列的手，是谁砍断的？"

"是那个杂种，三叔、四叔，把那个杂种剁了，把他剁了。"瞧着两人，卫列眼中闪过一抹狞笑，剩下的那只手指着刘枫嘶吼着咆哮道。

"你，砍了小列的手？"两个中年男子偏过头，对着那嘴角噙着淡笑的刘枫森然道。

"两名皇级中段，不错的实力。"刘枫扫了扫两人，分辨出了他们的实力，淡淡地说道，"只是替你们管教了一下畜生而已，下次放他出来的时候，麻烦让他把嘴洗干净点吧。"

"好，好得很哪。"听着刘枫这狂语，两个中年人咬牙切齿地点了点头，森冷道，"在伤了人之后，还敢如此对我们黑骷髅说话的人，你还真是第一个。"

"三叔、四叔，猛虎修炼团也是那杂种的帮手。"卫列手臂的鲜血已经被身边的人止住，抬起头来狰狞道。

"猛虎修炼团么？"中年人微微一怔，旋即冷笑道，"本来打算等我们落下了脚再收拾你们，没想到你们还敢自己找上门来。"

"既然来了，那便别走了。"被卫列称为四叔的中年人冷冷一笑，手心微握，一杆丈长的黑枪现于手中，脚掌在地面一踏，身形化为黑线，狠狠地对准刘枫抢去。

望着那夹杂着刺耳破空之声的黑枪，刘枫眉头一掀，身躯微微晃动。

"哧……"黑枪毫无阻碍地刺中了刘枫的身体，不过，却是径直穿透了过去。

又是一个残像。

"四叔，小心那杂种的速度很快！"望着中年人一击无果，卫列急忙喝道。

一枪刺空，中年人心头微感惊诧，手中黑枪忽然不可思议的一弯，枪尖直直袭向身后。

"叮……"点点火花闪现，剑尖与枪尖正正地点在一起。

枪尖之上斗气澎湃，而剑尖之上，却是并未有半点能量覆盖，有的，只是一潭死水般的寂静。在与皇级强者交手之间，刘枫竟然没有动用任何一丝一毫的体内灵气，凭的，完全是速度与肉体所带来的力量。

剑尖诡异地扭了扭，奇异的力量居然直接把中年人震得后退了几步。

"好诡异的家伙。"中年人脸色凝重，虽然刚才他并未动用全力，不过看那黑袍青年脸上的从容，明显比他还要更加轻松。

"老四，一起上。"那位闲在一旁的中年人，也是脸色微微一变，手中大刀闪现，看情形，居然是想二打一。

望着那想要一起上前来的两人，刘枫不仅没有惧怕，漆黑的眼瞳中，更是闪动着跃跃欲试。他也很想试现在的自己，极限强度，在何处。

"无耻，喜欢仗着人多？那老子陪你们玩！"就在那两位中年人即将动手之时，震耳的大喝声却是忽然在交易大厅之内暴响而起。随着喝声的传来，敖天、血爪一行人闪进了场地之中，一双双视线狠狠地盯着对面的几人，斗气临体。

望着对方忽然窜出的一大帮人，卫列几人脸色都是一变。特别是当目光转移到那毫不掩饰自身气势的敖天身上时，脸色更是难看之极。皇级顶段强者，这克里克斯城除了自然神殿的莫冈主教之外，居然还有别人？

卫列的两个叔叔对敖天的实力做出了错误的判断，以为敖天只是比他们高上一级的普通皇级顶段，却不知道帝级的敖天那万年积累的战斗意识，是如何的强横。

第139章 力量,归来了!

"怎么?想打架?我陪你们?"敖天咧嘴一笑,朝前踏了一步,浑身凶猛的气势横压而出。

两个中年人对视了一眼,微不可察地摇了摇头。那位被卫列叫做三叔的中年人,脸上的森冷犹如变脸一般消去,笑道:"朋友,想必你们并不是猛虎修炼团的人吧?这只是我们与他们的恩怨,你们何必插手?皇级顶段虽然强横,可我们黑骷髅团团长卫罡,却并不比你弱。"

"滚吧,你们那啥狗屁黑骷髅团,最好别出现在克里克斯城,不然我见一个杀一个。"敖天接到刘枫的传音,挥了挥手,冷喝道。

"你……"笑脸一滞,中年人阴声道,"这位朋友,如此得罪我们黑骷髅团,可不是明智之选啊。今日你能把我们撵出克里克斯城,可下次来的,或许就不再是我们这点人了,而且手段,恐怕也没我们这般温和了。"

"滚,十分钟内,再见到你们在城内,杀。"敖天森然地笑道。

"好,好,朋友今日的'款待',黑骷髅团会十倍送回来的。"抽了抽嘴角,中年人狞然道,挥了挥手,扶起满脸怨毒的卫列,迅速闪出了交易大厅。

"好像那黑骷髅团的确有点麻烦啊。"加拉轻声道。

"刘枫,放他们安然回去?这个,可是祸害啊。"巫师微笑道,以他的智慧,自然能够知道,若是真让这些家伙安然回去,恐怕以后的麻烦,将是数之不尽。

刘枫耸了耸肩膀,低声浅笑道:"我知道,敖天老哥,他们,就拜托你了。"

敖天点了点头,咧嘴笑道:"放心吧,一个都跑不掉。他们会全部葬在塔克尔沙戈壁中的……"

语气森然,杀意凌厉,让人听了不寒而栗。

时间,在克里克斯城之中,平静地飞逝而过。

自上次的交易所风波之后,克里克斯城也逐渐地宁静了下来。类似于黑骷髅团的报复,并没有如同某些人想象的那般来到。因为,卫列那一行人,此时已经不知道被戈壁的风沙,埋葬在了何处。

虽然黑骷髅团或许最终会发现些什么,不过在他们没有等到卫列一行人的消息之前,应该不会有着什么异动。

时间在飞速而过,刘枫的实力,也是如同一日千里般地进步着。体内温润奔腾的灵气，逐渐地将干枯的经脉浸润了起来。丹田之中的七颗月白小球，也终于释放出了比以前更加璀璨的星芒。神秘的星阵图，再次浮现，兢兢业业地护卫着丹田要害。

那股似乎无所不能的感觉，如归途的孩子，再次爬进了刘枫心头。

紧闭的眼帘猛地睁开，其间月白光芒大放。直到片刻之后，方才逐渐淡去，直至消失。

"力量，归来了。"白皙的手掌微微握拢，刘枫嘴角攀爬上轻微的欣喜，仰起头颅，轻轻地呼了一口气。

此处是猛虎修炼团的练武之场，场中上百道身影正在腾飞交战，令人心血沸腾的大喝声，不绝于耳。

在练武场周围的房顶之上，站立着十几道身影，他们的视线，在场中缓缓地扫视着。

"呵呵，怎样？敖天大哥，我们猛虎团虽然比不上那些十大修炼团，不过团中的队员，可也都是悍将啊。"基鲁望着场中翻腾的人影，有些得意地笑道。

"他们在这里也算做不错了。"敖天笑了笑，心头却是道，"如果把这些人放进神之战场，不出十天，绝对全军覆没。"

"哈哈……"基鲁咧嘴一笑，摸了摸下巴，笑道，"敖天大哥，上次在交易大厅，还多亏了你们啊。不然可儿和卡因，恐怕……"

"没事，不提你们帮了刘枫这么久的忙，那家伙也的确该死。"敖天笑着摇了摇头。

"敖天大哥，那几人，你如何处置的？"微微沉默了下，基鲁有些迟疑地问道。

"你应该能猜到的。"敖天淡淡地说道。

"呵呵……"基鲁微怔，旋即苦笑道，"你们做事的确果决，不过这样，不就和黑骷髅团对上了么？"

"对上便对上吧，听说他们的团长也是帝级？什么时候找他试试。"敖天笑道。

"呃，敖天大哥还真是豪气。别人得罪了黑骷髅团，想的是怎么逃跑，可你竟

第139章 力量，归来了！

然还想去打他们团长的主意。"闻言，基鲁佩服地笑道。

"不过是有着一名帝级强者的修炼团罢了，除了他们团长，其余的，渣滓而已。只要将他们团长宰了，那黑骷髅修炼团自然会成一盘散沙。"敖天拍了拍手掌，散漫笑道。

基鲁苦笑一声，你还真以为帝级强者是菜瓜啊，随便伸一刀就能切了。能够成为帝级的强者，在诸神大陆上有谁敢小觑呢？

瞧着他满脸的苦笑，敖天刚欲安慰，脸色忽然一变，霍然转头望着那练武场边缘处，最高的建筑物之上。

"怎么了？"见到敖天的举动，基鲁连忙问道。

"好强的气息。"敖天沉声道。

"谁？"卡因急忙问道，"难道是骷髅修炼团派人来了？"

"不是……"敖天摇了摇头，眉头忽然一掀，喜声道，"是刘枫那家伙，他完全恢复了。"

闻言，一旁的几人也是脸色微喜，刚欲说话，一声朗笑，却是自不远处滚滚而来。

寻着朗笑声望去，众人将视线停留在了那处最高建筑物之上。那里，不知何时，突兀地闪现出了一位黑袍青年。

单薄的身躯，却是犹如剑一般的挺拔。漆黑的眸间，月白之色偶尔闪掠而过。虽然嘴角噙着一抹笑容，不过自其身体中散发出的一丝淡淡森然剑气，却依旧是忍不住地让人心头微微泛寒。

"他恢复了？"望着那双颇显深邃的漆黑眸子，绿可儿轻声问道。

"呵呵，的确是恢复了。"加拉微微一笑，回转过头，对着那脸色微微激动的血爪笑道，"血爪，今天你或许就得安心地叫主人了，现在的刘枫，你不能敌过了……"

血爪脸色渐渐平静，淡淡地说道，"等他能打败我再说吧。记住，是正面打败，我知道刘枫速度很快……"

"你就会嘴硬。"血翼嘿嘿笑道："不过我能感觉到，现在的刘枫，很强。"

望着那满场翻腾的人影，听着震天的喝声，让寂静了两个多月的刘枫心头滚烫。对着敖天一行人微微一笑，脚尖在房尖轻轻一点，恐怖的速度，再次降临这片天地。

在离地之前,一道残影遗留而下。在刘枫闪掠之间,虚空之上,十几道残影保持着各不相同的独特形象,再次诡异地出现在半空中,久久不散。

脚尖落地,全场震撼,寂静无声。

那练武场中的上百人,都是满脸呆滞地望着半空上的十几道残影,彼此相视,讷讷无语。

"呼,恐怖的速度,你这变态的速度,简直就是连帝级强者都不敢小觑。"望着面前含笑的青年,敖天惊叹地笑道。

"怎样?感觉自己能有多强?"敖天笑问道。

"帝级之下,或许已经不败,面对着皇级初段强者的话,我能让他没有出手的机会。"刘枫沉吟了片刻,轻声笑道。

"嘶……"闻言,众人倒吸了一口凉气。面对着相差了一个级别的皇级初段强者,竟然敢说让其没有出手的机会,这话,够狂,够傲。

"如果是帝级强者呢?"敖天挑眉问道。

"帝级……"眉头微皱,刘枫轻轻地说道,"如果是帝级初段的强者,或许我有着五分的胜算,中段,两分,顶段……没有胜算。"

"当然,这是在不使用剑刃风暴的前提之下。"末了,刘枫还在心中加了一句。

饶是如此,众人除了敖天与小金还好些之外,其余的人,就连血爪,都是满脸惊骇。面对着超越了两个级别的帝级强者,竟然还能有着五分的胜算?这,这家伙果然不愧变态之名。

虽然前段时间刘枫打败了沙之逆罚,不过所有人都清楚,那夜的惊世之击,只不过是昙花一现。以后刘枫还能不能使出那夜的完美攻击,还没人敢确定,所以最后即使打败了沙之逆罚,众人倒还不怎么太感到震惊。可现在,刘枫竟然说能够与帝级初段的强者五五之分,这可着实让众人深受打击。

望着成了呆头鹅的众人,敖天却是摇了摇头,道:"仅仅只能对付帝级初段的强者,那还远远不够,能够让另外两大分神殿派出来的代表,实力定然不会比我弱……"

刘枫无奈地耸了耸肩膀,苦笑道:"跨两个级别战斗,已是很让我吃力了。如果不是这次在生死间经历过进化,恐怕我最多只能战胜皇级中段的强者,更别说帝级初段了。"

"哎,我也知道越级战斗的困难,不过现在,就只有你有那潜力了,我们也只

第139章 力量，归来了！

能将希望寄托在你身上了。"敖天也是摊了摊手，无奈地说道。

"我会尽力的。"刘枫叹了一口气，轻声说道。

敖天点了点头，沉默了片刻，忽然俯冲进比武场中。将场中的队员驱赶出去后，双脚往场上一站，不逊色于帝级强者的恐怖气势冲天而起，对着刘枫大喝道："下来，刘枫，让我看看进化后的你，到底有多强？"

刘枫眉头轻掀，他知道，敖天是想确认一下面对帝级强者，他到底能够有几分胜算。而那上百道炽热的视线，也是让刘枫的心头滚烫不已。

脚步朝前一跨，稳稳地立于虚空，白皙的手指轻弹，蒙蒙青芒伸缩而出，化为古朴的三尺青锋古剑，望着场中散发着剽悍气势的敖天，刘枫朗笑道："敖天老哥有这豪气，刘枫岂能不陪？"

朗笑之声，带起浓烈的月白灵气，袅袅而起。

瞧着那踏立虚空，以一人之力抗拒帝级强者的利剑般挺拔的背影，绿可儿小嘴微掀，美眸中异彩掠过，小手轻轻地握拢。小胸脯紧张得砰砰乱跳，一时间心神难安。

第140章

刘枫VS敖天

第140章 刘枫VS敖天

望着场中遥遥对立的刘枫和敖天两人,周围的那一百多名猛虎团队员赶紧跃上比武场外的房顶,眼神火热地望着那气势翻腾的场地之中。那一夜打败了沙之逆罚的刘枫,能否重现那般完美的惊艳之击?对于这个未知的结果,众人心头,充斥着狂热的期盼。

基鲁微眯着眼,望着场中那翻腾不休的气势,笑道:"你们说,他们谁会赢?"

"虽然刘枫的进步的确很恐怖,不过根基实力,却是差得太多。况且,敖天老哥也不是刘枫以前的那些对手可以比拟,刘枫能够越级挑战对手,敖天老哥也能。"加拉摇了摇头,笑道,"所以,我想,敖天老哥的胜算很大。"

微微一顿,加拉含笑道:"当然,如果刘枫能够再次发挥出击败沙之逆罚的完美攻击的话,那么,他就必胜。"

一旁巫师几人,甚至一直对刘枫充斥着信心的小金,听着加拉的分析,也是微微点了点头。虽然刘枫越级挑战能力的确恐怖,但敖天却并不会逊色于他,毕竟那自万年前遗留而下的战斗意识,也是一个相当可怕的传承啊。在神之战场中,就算是三巨头之一的恐惧大魔王提托奥迪斯,也曾在敖天那敏锐到近乎变态的战斗意识之下吃过不小的亏。所以,刘枫与敖天的战斗,胜算还的确不大。

不过强者战斗,不到最后一刻,谁都不能断言谁胜谁负。就如同那天夜里与沙之逆罚的短短交手,谁又能想到,刘枫竟然能在生死之刻,爆发出那般恐怖的实力呢?

上百道视线,带着狂热,有些紧张的喘息声,不自觉地发出。

场中,月白与金芒大涨,各自占据半壁天空,彼此不断纠缠侵蚀。

刘枫脸色凝重,手掌在身前结出几个印结,澎湃的灵气自身体之中狂涌而出,源源不断地灌注进漫天月白之中,为月白再添几分之势。

月白与金芒互相僵持不下，似乎谁也不能将对方完全吞噬。

望着半空中僵持的气势之劲，敖天眉头一皱，脚掌，忽然狠狠地踏在比武场之上，由坚硬墨石所铸造而成的十几米地板，竟然被敖天踏出了一道十几米长的巨大裂缝。

"喝！"在敖天一记大喝声之中，其身体之上，金芒猛地暴涨，一股巨大的浓烈金光柱，带着震天的龙吟之声，啸天而起。

金光柱在半空几个腾翻，化为了几十丈长的巨大五爪能量金龙，五爪金龙仰头一声悠长的龙吟，漫天金芒大涨，竟然在瞬间便将月白之色压缩了一小半之多。

望着那在一声声龙吟中，不断暴涨的金光气势，刘枫眉头轻挑了挑，指间迅速结出印结。一声轻喝，带起一股丝毫不逊色于金龙的月白能量柱。手掌微凝，那巨大月白光柱急速凝缩，只是片刻，便化为了一把长十几丈长的巨大月白长剑，剑身所过之处，空间微微荡漾。

手中剑指捏动，豁然指向那在虚空腾飞的巨大五爪金龙，喝道："去！"

剑随音动，巨大长剑猛地闪动，犹如穿透了空间的阻碍，只是几个腾闪间，便径直出现在了五爪金龙之前，剑尖带着无匹的森寒之劲，狠狠刺下。

"砰……"一声闷响在虚空晃荡而起，肉眼可见一圈能量波动，犹如涟漪一般急速扩散而出。

半空中，各自占据半壁天空的月白与金芒同时烟消云散。

望着虚空中逐渐湮灭的金芒，众人还未从刚刚那华丽对决中回过神来，那自场中不断响起的巨响，却又是将他们的视线赶紧地拉了回来。

在比武场之上，刘枫与敖天，却已经真正地交上了手。那一声声巨响，便是敖天偶尔击打在地板之上发出的爆炸之声。

场中，刘枫的残影不断闪现，森寒的剑罡，自残影中诡异地射出，带着刁钻的弧度，刺向敖天各处要害。

这是一场力量与速度的较量，敖天拥有着恐怖的力量，而刘枫则拥有着诡异的速度，两者之间的战斗，似乎充满着无尽的悬念。

围观的人，都是屏声静气，视线和着微微粗重的喘息声，眨也不眨地盯着场地之中。嘴巴紧闭，不敢发出半点声响，生怕会影响场中两人的激烈战斗。

场中，残影纷飞，让人眼花缭乱。如此恐怖的速度，如果换一个人上场，恐怕会不战而自乱吧。不过有着万年战斗意识的敖天，却并未因此而显得有半丝慌乱，

第140章 刘枫VS敖天

脸色依旧沉稳,双脚如同磐石般矗立在地板之上,双拳带起刺耳的破风之声,狠狠地击打在身旁那翻飞的残影之上。身体之上金光笼罩,竟然是直接硬抗下了刘枫剑罡的攻击。

"敖天老哥似乎被刘枫的速度拖得不行啊。"望着场中占据主动的刘枫,血翼皱眉道。

"不,虽然刘枫依靠速度暂时一点儿取得上风,不过敖天老哥的攻击,却始终只是吊在其后的一小步。如果刘枫的速度稍稍有缓,那么等待他的,便是敖天老哥雷霆般的攻击了。"加拉摇了摇头,沉声道。

"刘枫速度要缓了!"基鲁忽然失声喊道。

闻言,众人赶忙移过视线,果然是见到场中刘枫的身形,不知为何,却是比刚才慢上了一拍。强者对决,往往半点疏漏便能决定胜负。拥有着万年战斗意识的敖天,自然是不可能放弃这露出来的破绽,拳头微微一震,巨大的龙爪闪现而出,对准刘枫,狠狠砸去。

感受到身后狂涌而动的恐怖力量,刘枫面沉如水,手中闪电般结出玄奥的印结。

"镜像分身!"

"疾风步!"两声低喝,几乎同时在刘枫心头响起。随着音落,两道壮硕的绿色剑圣影像,瞬间浮现,手中怪异的柴刀,同样带起凶猛的力量,对着敖天狠劈而下。

"八倍攻击!"怪异武器之上,力量骤然暴增,两道镜像直接把所能够施展的最强悍攻击送给了敖天。

"砰……"犹如蜘蛛网一般的巨大裂缝,自场地之中连绵而出,最后竟然扩散到了练武场之外,剑圣镜像与敖天的对袭,竟然造出了如此恐怖的效果。

"砰,砰……"两声轻微的闷响,宣示着镜像的消散。

低头扫了扫龙爪之上的两道浅浅血口子,敖天眼睛中闪过一抹惊异。那绿色的怪东西他也不是没见刘枫使用过,可若是按照以前的那东西的攻击强度,根本连自己肉体防御都破不了。可经过这次的进化之后,那诡异的绿色怪东西,竟然已经能够让他化龙的手掌见红,这不得不让敖天心头惊异万分。

击散两道镜像之后,刘枫的身形却是已经诡异地消失了去。对刘枫战斗手段颇为了解的敖天知道,这家伙多半又动用了那种能够隐身的神秘技能了。

敖天意念在周身虚空扫过，不过却并未发现半点空间溢动的痕迹。敖天脸色微微凝重，很显然，经过这一次的进化，刘枫那神秘的隐身术，似乎也更加的完美了。以前敖天倒还能通过空间的微微波动而判断出他的痕迹，不过现在，却是有些显得无力了。

"刘枫那小子，那些东西实在太过作弊了。"望着场中忽然安静下来的战斗，加拉有些无奈地笑道。

"这也算是他的实力的一种吧，毕竟如果在面对着敌人之时，可没人会仁慈。只要能够取得胜利，那么就是最好的结果，死人是没有权利说话的。"巫师微笑道。

场中，敖天身体之上金光浓郁，随时防备，双拳以及手臂，已经完全地化成了巨大的龙爪，微微转了转眼珠，敖天心头暗自思量："按照刘枫那家伙的战斗路子，一般会选择从头顶之上或者身后攻击。"

身后，空间忽然微微荡了荡。

脸色猛地一变，巨大的龙爪，带着凶猛的金光，夹杂着雷霆之势，狠狠地对准身后扇抡而去。

一击，却是无果。

脸色再次一变，敖天知道，自己貌似中计了。此时，空间的细微波动，却又是自头顶之上传出。

"在上边？"脸色微沉，敖天刚欲挥拳上击，不过龙爪刚动，心中却是猛然一动。承自万年的战斗意识，却是让他诡异般扭过了龙爪，不朝其上，反而对准脚下那足有两尺多宽的裂缝狠砸而下。

"砰……"巨大的爆炸声，带起粉落的碎石，两股凶猛的气势，狠狠相撞，然后冲天而起。

敖天那一拳明明击在了裂缝的空隙中，不过却犹如引燃了炸药一般，带起了狂暴的能量爆炸。

冲天而起的两色光柱直插云霄，惹起无数克里克斯城居民的注意。

交易大厅之中，正在审看文件的凯老忽然抬起头来，视线透过透明的壁罩，停在了插入云霄的两色光柱之上。脸色微变，失声道："是敖天和刘枫？这两个家伙在做什么？"

身形急忙闪动，凯老顾不得手中的文件，闪电般窜出交易大厅，对着光柱起点

第140章 刘枫VS敖天

疾飞而去。

在凯老感受到突然暴起的恐怖能量波动之时,那自然神殿之中的莫冈主教,也是脸色猛地一变。抛下大殿中安静祈祷的无数信徒,身形骤然化为闪电,径直冲出了神殿,朝着能量的起始点狂掠而去。

所谓外行看热闹,内行看门道。那些只有着圣阶或者至尊实力的人,自然不能察觉出那冲天而起的光柱中,所蕴含的波动到底恐怖到何种地步。可实力跨入了神阶的强者,却无不是被震撼得发傻,在呆愣了片刻之后,满城人影飞速掠动,一道道影子在半空疾掠而过,破空之声,连绵不绝。

所有人的目的地,正是猛虎修炼团的练武场之所。

望着场中那暴射的巨石,围拢在练武场附近的百多位猛虎队员赶紧闪身而退,远远伫望。

"谁胜了?"卡因急切地问道,场中碎石飞溅,烟尘弥漫,他也瞧不清里面最终的战况究竟如何。

"不知道。"加拉摇了摇头,视线,紧锁在烟尘之中。

周围的人,都是将视线移向场地之中,压下心中迫切想要知道胜负的念头,静心地等待着烟尘消散。

就在众人静待之时,尖锐的破空之声,伴随着一群群的黑影,自天空之上闪掠而下,犹如跳蚤一般,立在了周围高耸的房屋之上。

"基鲁,发生什么事了?刘枫和敖天呢?"一声问询自虚空急促地传下,随着音落,凯老与莫冈两人的身形,也是落在了一行人身旁。

"呃,他们在比试。"基鲁怔了怔,两人的比试,竟然连凯老都被惊动了出来,苦笑一声,指着烟尘弥漫的场中道。

"比试?"凯老脸色微变,将视线转向场中,望着那自场中连绵而出的巨大蜘蛛网般的裂缝,语气中微微带着怒气,"刘枫的伤才刚刚好,怎么能和帝级的敖天比试,万一又出了点什么事,还怎么去参加生命之源的争夺?"

"呃……"基鲁干笑道,"敖天大哥只是想试试刘枫的底线在哪,看看他在面对帝级强者时，能有几分胜算……"顿了顿，基鲁小声地说道："敖天大哥肯定不会尽全力的，他应该能把握出手的强度，不会伤到刘枫的……"

"你知道个屁！看刚才虚空纠缠的能量柱，敖天明显已经动用了所有力量，帝级强者的全力攻击，若是一个不慎，那可是沾着就死啊。"凯老吹着胡子怒斥道。

"呃……"面对着凯老的怒气，基鲁也只得苦笑着，摸着自己的鼻子连连点头。

听到刘枫竟然敢和帝级强者的敖天相拼，莫冈主教心头也是微微一抽。这小子，也太嚣张了吧，还真以为那夜的惊艳之击能够随便发出来啊？拉了拉身旁的巫师，莫冈小声地问道："谁赢了？"

"继续看下去吧，马上就能知道了。"虽然莫冈主教身上，那充满生机的自然气息让巫师微感不适，不过他还是微笑着回道。

"都是一群莽撞的家伙，竟然没一个把他们拉住……"凯老无奈地摇了摇头，意念在场中扫了扫，眉头一皱，沉声道，"怎么没他们的气息了？"

"呃？"闻言，众人微怔，不解地摇了摇头。

凯老眉头紧皱，敏锐的意念忽然扫见了一抹淡淡的紫色神秘能量，微微感受了一下紫色能量，这才了然地说道："原来是进了领域之中，这个领域，应该是刘枫的吧？"

"好像是的……"加拉点了点头，迟疑地答道。

"战斗还未分出胜负么？"一旁的卡因迫切地问道。

凯老微微点头，视线忽然一转，低喝道："出来了！"

听着凯老的喝声，众人精神微微一振，赶忙将视线射向比武场之中。

场内，漫天弥漫的烟尘骤然一凝，然后猛地暴射开来。细小的微尘，犹如子弹一般，将周围的房屋，打得千疮百孔，摇摇欲坠。

两道身影，猛地自暴射的烟尘中闪掠而出，各自在虚空疾退了近百米，这才勉强地稳住了身形。

众人视线豁然移动，紧紧地跟随在两道人影之上。在见到两道身影那狼狈模样之时，就是连凯老，都是忍不住地轻吸了一口气。

刘枫此时，全身破破烂烂，黑袍已经破得不成样子。脸庞之上，一片青肿，两只眼睛像刚刚成熟的桃儿一样。那双修长而白皙的手掌，更是直接变粗大了一倍之多。嘴巴哆嗦着，嘴唇肿得老高。

第140章 刘枫VS敖天

虽然刘枫模样十分狼狈,众人也只不过是在心头惊讶了一番,毕竟刘枫不占上风的念头,早已经被他们所预知。可是,当视线转移到敖天身体之上时,众人先是一愣,旋即嘴巴跟着刘枫打起了哆嗦。

虚空之上的敖天,已经瞧不出半点人形模样。浑身上下,除了那双眼睛还略带着淡淡的金色之外,其余的,一片焦黑。头发根根倒竖,还在散发着袅袅黑烟,犹如刚刚被雷劈了一般。

刘枫那可怜的模样,狼狈到如此地步,众人并不稀奇。可敖天这般竟然比刘枫还要狼狈的形象,却是让得众人的嘴角狠狠抽搐着。这结果看起来,好像敖天要更加的凄惨一些啊,在刘枫的领域中,敖天到底经历过怎样的恐怖攻击?

半空上的狼狈二人,直接将下方无数人打击得呆滞了起来。

天地一片寂静,天空上的两人,现在只管自己喘着粗气,也不理会下面无数道呆愣的视线。

过了半晌,刘枫终于是缓过了气儿来,摸着被揍成了猪头的青肿脸庞,哆嗦着嘴巴,颤颤抖抖地发出含糊不清的声音道:"袄天老个,你夏受可针厚很地阿(敖天老哥,你下手可真够狠的啊)。"

"打我的时候,也没见你小子留过手。"敖天叉着腰,翻了翻白眼,不屑地回敬道。

"嘿嘿,怎样,我那噬神图好玩吧?"过了一会儿,刘枫抽了抽嘴角,好像好一点儿了,嘿嘿笑道。

"这东西,应该是黑玄给你的吧?那家伙什么时候这么大方了,星阵图可是当初掌教大老爷赐给他的。当年就是柳剑想瞧瞧,那家伙都不肯,没想到会送给你……"敖天微微点了点头,有些惊异地感慨道。

"嘿嘿,算是吧。"刘枫笑道,咧了咧嘴巴,还是有些痛。虽然领域中的噬神图并不是黑老所赐,不过若是没有丹田中的星阵图的坐标位置,刘枫也不可能在领域中将噬神图搞出来。毕竟那北斗星图可不是随便七颗紫星摆在天空就能形成的,那其中的位置要是偏离了半毫,便将会导致最后成为一团废物,甚至伤及自身。

"那东西好倒是好,不过你现在实力太弱,根本发挥不出属于它的力量。若你能够晋入帝级,光凭你那噬神图,就能秒杀同级的对手。不过现在么,你发动一次噬神图,却是需要极大的精神力。我想,像刚才领域中的那般攻击,你应该不可能支持太久吧？"敖天笑道，有着万年战斗意识的他，自然能很容易地把刘枫星阵图的优劣分辨出来。

"嗯，如果继续那般攻击下去，先倒下去的，一定是我……"刘枫点了点头，旋即嘿嘿一笑，缓缓说道，"不过偶尔用用，还是能够起到御敌作用的，至少现在在他们眼中看来，你可比我狼狈多了。"

"狡猾的小子……"敖天无奈地摇了摇头，转身踏下虚空，边走边道，"我形象着实狼狈，可你这家伙受的伤，却是比我重了许多。"

刘枫耸了耸肩膀，敖天说的没错。刘枫凭借着王级顶段的实力，硬挨了他那么多次攻击，自己也是受了不轻的伤。不过还好没伤到重要之处，估计休养一两天，便能恢复了吧。

"好了，测试完毕。"落在众人身旁，敖天拍了拍手，笑道。

"刘枫没事吧？"凯老急忙问道。

"没什么大事。"落下身来的刘枫微笑道，让凯老微微安了点儿心。

"还不错，刘枫如果是面对着帝级初段的强者，把他那啥镜像和能够突然增加力量以及隐身的招数都用出来的话，应该能有着六分胜算。不过遇到中段的么，基本上胜算不超过两分，顶段，不用说了，直接认输吧。"敖天摸着下巴，沉吟道。

闻言，众人面色皆是一惊。

"哦？很不错啦，面对着帝级初段的强者，就能够有着六分胜算，已经很让人惊讶了。"闻言，凯老脸色一喜。原本以为刘枫的底线，顶多只是能对付皇级顶段，不过没想到这家伙的潜力，竟然还远远超过了他的预料。

"哎，还是不够啊。能够让另外两大神殿派出来的强者，实力定然不会弱的。"然而刘枫对于自己的实力，却是有些不满意。

"不错了，只要等你晋入皇级，应该就能和帝级中段强者相抗衡了。"凯老咧嘴笑道。

刘枫耸了耸肩膀，一旁的莫冈主教，却是已经被敖天刚才的结论给吓傻了眼去。以王级的实力，对付帝级初段强者，竟然还能有六分胜算。这家伙，还是人么？

这时，比武场周围的屋顶上人头攒动，大家都盯着刘枫和敖天看个不停。看到他们的狼狈样，那些匆匆赶来的人，都在为来晚了，错过观看一场奇异的比武，而

第140章 刘枫VS敖天

惋惜不已。

抬头望了望周围房屋之上耸动的人影，凯老摇了摇头，对着刘枫道："最近时间内别再和敖天比试了，一周后，我带你们先去自然神殿总部。到了那里，我会请自然女神阿蒂米斯大人出手，帮你将实力提升到皇级。"

听着凯老这话，一旁的莫冈主教明显微惊，不过却并未说话，只是拿羡慕的眼神儿，在刘枫身上扫了扫。

阿蒂米斯四字出口，一旁的绿可儿娇躯也是忽然颤了颤，俏脸上浮现出一抹古怪的神色，不过好在并未有人注意。

"呵呵，多谢凯老相助了。"闻言，刘枫那猪头般的脸上挤出一抹笑容，对着凯老拱手笑道。

"记住，等将你实力提升到皇级之后，你的第一批对手，不是另外两大神殿，而是自然神殿中别的参加选手。"凯老提醒道。

"哦？还要预选一次么？"刘枫惊异地问道。

"那当然，我们只不过是向阿蒂米斯大人介绍有实力的选手罢了。对于你最后能否有资格代替自然神殿出赛，那还得靠你自己努力和阿蒂米斯大人的决定。"凯老点了点头，说道。

"呵呵，不过你放心，预选之赛，对手自然不会太过强横，虽然其中也不泛帝级强者，可到时候，你也突破到了皇级，依你的实力，想必也不会惧怕他们。"凯老笑着安慰道。

刘枫耸了耸肩膀，笑道："我会尽力的。"

"好了，那你休养一周吧。一周后，随我去自然神殿总部所在的森林城市。"凯老点了点头，对着莫冈挥了挥手，两人身形微晃间，流光划过天际，迅速消失。

"我们也走吧，在这里被人当猴子看，可一点儿都不好玩。"刘枫摸了摸青肿的脸庞，苦笑道。

听着刘枫的话，再瞧瞧敖天那颗别致的脑袋，众人都是忍不住地发出善意的笑声。

经过与敖天比试之后，刘枫的日子也终于平静了下来。有了对于自己实力的确切了解，他也安下了心来。对于比试的结果，刘枫面上虽然似乎有些不满，不过心中，却是隐有着几分欣喜。因为按照以前他越级的计算，即使现在已经到了王级顶段，却顶多只能够应付皇级中段或者顶段的强者而已，可经过那夜生死蜕变之后，这越级挑战的能力，好像也上了一级台阶。总的来说，刘枫心中对这结果还是颇感满意的。

时间，一天天的流逝。一周中，偶尔跟着卡因他们在塔克尔沙戈壁中猎杀魔兽，再顺便在戈壁中看一下那夕阳斜落。日子，倒也颇有几分忙中偷闲的舒服感觉。至少，刘枫对此，似乎很喜欢。

明天，就是一周的最后一天了。

一望无际的戈壁之上，刘枫躺在温软的黄沙之上，望着那斜挂在天空之上的巨大红日，沉默不语。

"刘枫，回去了……"悦耳的娇呼声，忽然响起。随着音落，一道绿色的倩影几个闪掠，便出现在了刘枫身旁。微微弓着身子，居高临下地娇笑道，"你还想躺多久，卡因他们都要回去了。"

闻着声音，刘枫轻抬了抬眼皮，映入眼内的，却是一片雪白的温香之所。刘枫那张老脸微红，干咳了一声。

望着刘枫的视线，绿可儿愣了愣，这才知晓自己已经泄露了春光。俏脸飞快地浮上一抹嫣红，狠狠地剐了刘枫一眼，转身飞一般地逃开了去，留下一句轻灵的笑语："还不快走，晚了，沙人可就出来了。"

望着那远去的绿色倩影，刘枫爬起身来，嬉笑道："看了一眼而已，有必要害羞成这模样么，不是说诸神大陆的女人很开放的吗。"微微伸了一个懒腰，刘枫对着那快要落山的夕阳摇了摇手。转过身来，刚欲动身，耳朵，却是忽然地动了动。

眼睛微眯，刘枫却没有回头，脚尖在黄沙之上轻点了点，身影，急速飞掠。

在刘枫走后不久，此处的黄沙忽然一阵诡异地扭动，一道足以令任何一个男人心头烧起一股欲火的魔鬼般娇躯，缓缓现出。女人的脸颊极为妖娆，若是刘枫能够见到这张脸的话，定然会认出，这位女子，便是那夜被他击败的沙之逆罚。

软软地斜依在沙面之上，沙女妖娆的俏脸浮现一抹冷笑，小手捧起一摊黄沙，然后缓缓洒落，轻轻地说道："伤了我的人，到现在除了阿蒂米斯之外，可从没一个人能够顺利活下去的。"

"你若是不进戈壁倒还好，可既然来了……"犹如秋水一般的美眸，骤然一冷，杀意凛然，"那就别走了！"

第140章 刘枫VS敖天

小舌头在红润的嘴唇之上轻轻舔了舔，沙女浅浅地笑道："其实把他押回去当男奴也好啊。"

沙女轻挥了挥手，身子再次诡异地融进了黄沙之中，半点不可见。

凭借着鬼魅般的速度，刘枫很快追上了卡因一群人。他们此时正运载着一只王级中段的魔兽笑谈着赶路，望着急速赶来的刘枫，卡因笑道："刘枫，你对可儿姐做了什么？竟然让我们猛虎团出了名的冷艳美人，脸颊生红？"

听着卡因的调笑，众位猛虎修炼队员也都是大笑出声，一双双视线一直在刘枫与绿可儿身上扫来扫去。

听着众人的调笑，绿可儿俏脸微红，作势欲打，把卡因吓得赶忙跳走。

"好了，都别闹了，似乎要出事了。"轻咳了一声，刘枫脸色凝重地说道。

"怎么了？"瞧得刘枫的脸色，卡因也不敢再开玩笑，急忙地问道。

"有沙人跟着我们。"刘枫沉声道。

"沙人？嘿嘿，来就来吧，来了正好得点儿能量源泉珠。"卡因咧了咧嘴，并没有当作一回事。

"刘枫，怎么了？"望着眉头紧皱的刘枫，绿可儿也顾不得脸红，走上前来，问道。

"好像是沙之逆罚……"刘枫苦笑着说道。

"呃。"周围的调笑忽然戛然而止，猛虎修炼队员们忍不住地打了一个哆嗦。

"是那天晚上跑了的沙之逆罚？"绿可儿皱着黛眉问道。

"气息很像……"刘枫轻叹了一口气，苦笑道，"要不是因为实力大涨，我也不可能察觉到的。"

"那怎么办？现在距离克里克斯城，可还有一个小时的路程啊。以沙之逆罚的速度，我们……"卡因脸色微沉，低声说道。

刘枫缓缓地舒了一口气，淡淡地说道："你们走，我来拦她。"

"不行，你不是她的对手……"绿可儿摇了摇头，满脸地不同意。

"我拦她一个小时，你们立刻回去叫敖天老哥，让他来帮我将沙女抓住。我的安全你们倒可放心，那沙女实力并不太强，只不过是帝级初段而已，我能够应付。"刘枫微笑道。

"沙人一旦在戈壁之中，便不能以常理计算他们的实力。沙女虽然才帝级初段，可在戈壁中，就算是中段的强者，也拿她没办法啊。"绿可儿急道。

"相信我，好不好？我们明天就要离开克里克斯城，这个沙女留在这里绝对是个祸害。以前有敖天老哥坐镇，可一旦我们走了，谁来对付她？如果以后你们猛虎修炼团在戈壁中遇见她，那不是只有全军覆没？"刘枫无奈地说道。

"可……"绿可儿还是有些不放心，刚欲说话，脖子却是微微一疼，视线，迅速化为一片黑暗。

揽着绿可儿的纤腰，刘枫对着目瞪口呆的众人喝道："还不快把她带走？沙女马上就来了。"

卡因也是果断之人，当下一把将绿可儿抱进车内，露出脑袋，对着刘枫笑道："刘枫老哥，你狠，敢对可儿姐这般的人，我还是第一次看见。不过等她醒了后，你会有大麻烦的。"说完，也不理会刘枫的苦脸，迅速驾驭着车座疾奔而去。

望着那一路冲天而起的黄尘，刘枫轻松了一口气。回转过身来，手掌微握，出尘的古朴三尺青锋，带着淡淡的青气，现于手中。

戈壁中，风沙不知何时吹拂而起。

微闭的眼睛忽然猛地睁开，刘枫淡淡地笑道："来便来了吧，何必再躲？"

"砰……"一道流沙柱疾冲上天，在流沙柱的尽头，一道妖娆的魔鬼娇躯，带着无尽的野性诱惑，缓缓浮现。

"这次，谁来救你？"一双媚眼，紧紧地盯着刘枫不放。

沙女狭长的秋水美眸轻轻眨动，毛茸茸的尾巴，在那光滑如玉的平坦小腹间，微微滑动。

第141章

再战沙月魅

望着那张妖娆精致的俏脸,刘枫轻缓了一口气,在心头苦笑道:"果然是她,沙之逆罚。"

"人类,我们又见面了哦。"站立在流沙柱之上,沙女浅浅地笑道,微弯的美眸,带着无尽的诱惑。

失去了那沙之盔甲遮掩的沙女,似乎性格也有了很大的不同。若是按照以前沙之逆罚的性格,恐怕现在早已经一言不发地上前动手了,哪还会在这展笑说话?

沙女不急着动手,也正和了刘枫心意,时间能拖一会儿是一会儿吧。等到敖天来了,这局面,就应该转过来了。

刘枫耸了耸肩膀,笑道:"没想到在那丑陋的沙之盔甲之下,竟然隐藏着这般绝色,当真是让我有些惊讶。"

"咯咯……"沙女掩着小嘴,轻轻地笑道,"人类的嘴,永远都是这么会说话。"

"咦,你竟然突破到了王级?还到顶段了?"微偏着脑袋,沙女略感惊异地问道。微微转了转眼睛,了然地接着问道,"是那夜的关系吧?"

"这还得多谢沙女小姐呢,要不是你的那一记重击,恐怕我还得在普通神阶踏步。"刘枫淡淡地笑着,不急不缓地说道。

"咯咯,不用谢……"沙女微抿着小嘴,小手轻抬,黄沙细流犹如具有生命力一般,在那修长的小手之上温顺地流动着。美眸微微扫了一下刘枫,沙女漫不经心地浅笑道,"对于将死之人,我一直都很宽容的。"

带着笑意的话语,却是隐带着透骨的杀气。

刘枫眉头轻轻一挑,嘲讽地笑道:"怎么?上次受的伤好了?我记得我那一击,应该很恐怖的吧?"

第141章 再战沙月魅

带着妩媚笑意的俏脸骤然一寒，沙女冷声道："那夜你的攻击的确很强，不过，你再发出来试试？"嘲讽之意不言自明，让你得逞一回，你还以为自己真有那个实力吗？笑话！

刘枫淡淡地笑着，轻扬起头，漆黑的眸子对上沙女的眼睛，心中有点轻颤，说道："你下来试试？"

黛眉轻皱，沙女紧紧地盯着那双犹如黑夜般的眸子，忽然展颜一笑，轻笑道："当真是越看你越喜欢，我不杀你，要不，你做我的男奴吧？"

心头一颤，刘枫满脸愕然。这女人，竟然想把自己给收进后宫？嘴角忍不住地一阵抽搐，抬眼望着沙女，不过却是自那双美眸深处，寻出了一抹森冷的杀意。

心头忽然涌上一股不安，刘枫身体一阵微不可察地轻微晃动。

"咯咯，不过我对人类实在太过厌恶，男奴，还是不要为好。"沙女微微一笑，俏脸骤然变冷，冷喝道，"沙术：毒泥沼泽！"

随着沙女的喝声出口，刘枫那立足之地的百米黄沙猛地一阵蜷缩，黄沙土地，立马变成了冒着黑烟的巨大沼泽。

"沙术：泥葬！"小手飞快地结出神秘印结，那漫地的沼泽地猛地掀动了起来，一个巨大的漩涡卷起，将刘枫的身形笼罩其中，然后重重一挤。

狭长的美眸微眯，沙女小手微微松开，失去了力量的支撑，沙泥卷立刻化散而落，回归成了漫地黄沙。

"很快的速度。"沙女美眸在那没有半点鲜血的黄沙中扫过，略带惊异地说道。

"不过，在戈壁中，沙人，才是主宰。"冷冷一笑，沙女双手连连挥动。那黄沙之中，尖锐的土矛不断暴射而出，在虚空之上带着刺耳的破风之声，急速地穿梭着。

漫天虚空，黄影连绵不断，交错而闪，将虚空每寸角落都是囊括其中。

"当……"一声金铁交击之响，在半空之上，带出了一道黑影。

"你速度再快，能躲开这漫天穿梭么？"望着那道黑影，沙女冷笑道。修长的手臂轻轻一挥，那漫天穿梭的土矛忽然一顿，霍然掉头，无数把闪烁着森寒的矛尖，直指向刘枫。

刘枫伫立在半空之上，双脚根本不敢沾着半点黄沙地面。沙女的沙术实在是太过诡异莫测，一不留神就会被从脚下冒出的沙手和泥潭牵扯而住。而一旦速度被沙女限制了下来，那么迎接刘枫的，恐怕便是连绵无尽的狂暴攻击了。

上一次能够在生死间来个忽然爆发，但刘枫可不敢打包票说，自己还能再一次小宇宙爆发。所以，谨慎一些，绝对有益无害。

漫天土矛在沙女的挥手间，带着破风之声，铺天盖地的对着刘枫疾劈而下。

手中吟龙剑急速舞动，一道道剑影密布周身，将那疾射而来的土矛或挡、或劈、或卸，弹射而开。

土矛攻击看似凶猛，不过这种大规模覆盖的攻击，却并未对刘枫造成多大的伤害。然而，那漫天土矛，却不过只是沙女的遮掩之势罢了。

刘枫手中剑芒挑动，将最后几道土矛挡飞而去。脸色忽然微变，眼角余光扫过身后，那里，一道妖娆的魔鬼娇躯，突兀闪现。

那沙女纤手成爪形，其上黄光缭绕，修长的指尖也是被覆盖上一层薄薄的土色角质层。她俏脸微寒，美眸中，杀意充溢。

覆盖着淡黄能量的纤细手爪，闪电般对着刘枫后背心击去。看这势头，若被击中，刘枫身上恐怕要多出几个血洞来。

纤细手爪，没有丝毫迟疑，狠狠地击中了刘枫后背心。然而，却是滴血未出，沙女的手掌，也是诡异地径直穿了过去。

"残像，这家伙的速度什么时候变得这么快了？"沙女心头闪过一抹惊骇，刚欲收手，头顶之上，寒气忽然涌动。恐怖的劲气，直直袭下。

修长的手掌轻举过头，其上，有着一枚黄色的水晶戒指，手指在戒指之上轻划而过。漫天闪烁着淡淡光芒的黄沙，忽然至其中狂涌而出。只是转瞬间，便在头顶之上形成巨大的沙泥盾牌。

"砰……"巨声响彻虚空。

巨大的裂缝在沙泥盾牌之上连绵而出，那闪烁着光芒的黄沙，在抵御下刘枫的这次攻击之后，又是诡异地化为流沙，闪电般蹿进了沙女手指间的水晶戒指之中。

刘枫身形掠动，闪出了沙女的攻击范围圈。脸色微沉，刚才自沙女戒指中涌出来的黄沙绝对不是普通的黄沙。那些黄沙，犹如是特制的一般，不仅防御力极为强悍，而且控制起来，还极为得心应手。

"这沙族，果然诡异啊。"刘枫苦笑了一声，视线在戈壁的尽头望了望，心头郁闷道，"敖天老哥咋还不来啊，这女人太难对付了。"刘枫好像还是第一次这么期

第141章 再战沙月魅

盼援军的到来。

"这家伙,速度怎么如此之快?要是他攻击力再强些,恐怕我也拿他没办法了吧?"沙女望着那正警惕盯着自己的刘枫,黛眉轻皱。显然,刘枫的速度,也是让她极为头疼。

一男一女,在塔克尔沙戈壁的半空之上,就这样双眼互瞪,不言不语。不知道的人,还以为他们是眉目传情呢,谁能料到他们是生死对手。

沉默了半晌,沙女缓缓地呼了一口气,抬起头来,淡淡地说道:"仅仅以王级实力,便将我弄得这般束手无策,你还真是我所见过的第一人。"

"咳……"刘枫轻咳了一声,干笑道,"沙女小姐,再这般僵持下去,你也抓不住我。我看你还是放我离去吧,行不?"

"放你离去?"沙女微微一笑,道,"那你答应做我的男奴么?"

"咳,暂时还没这意向。要不我回去想两天,等想好了再来找你?"刘枫笑道,没话找话,拖延时间。

"人类,总是这般狡猾。让你走了,还能再抓住你么?"沙女浅浅一笑,手指在水晶戒指之上滑过,八道流沙疾奔而出,在虚空之上逐渐汇聚成八道与本体一模一样的沙傀儡。

"这次,看你还如何跑?"望着那八道将刘枫周围躲闪痕迹锁死的沙傀儡,沙女冷笑道。手臂一挥,本体和着八道沙傀儡,疾速地对着刘枫成包围圈状闪掠而去。

抬眼望着那锁死移动痕迹的九道身影,刘枫无奈地苦笑了一声:"狡猾又阴险的女人。"

"哎,又只得动用领域了。"摇了摇头,刘枫指间闪电般地结出神秘印结,残影纷飞,骤然一凝,冷喝道,"剑之领域:启!"

随着音落,一道淡紫光芒忽然自刘枫体内暴闪而出,几个扩散间,便将沙女以及八道沙傀儡囊括其中。

能量涌动的半空,刘枫以及沙女的身影,诡异地凭空消失不见。

戈壁,风沙再起,狂风夹杂着黄沙,将此地的战斗痕迹迅速掩盖。

剑之领域,依旧是那副紫气蒙蒙的神秘气象。遥遥天空之上,七颗硕大的紫色星辰悬挂其上，一丝丝创之气连绵不断地自其中溢出，持久地增加着领域的强度与能量。

领域之中，自成世界，花山河流，剑山耸立。

九道影子，突兀地自紫蒙领域之中闪现，略微迷茫地停下手中的攻击，视线在领域内缓缓扫视而过。

"领域么？"沙女狭长的美眸轻轻眨了眨，颇感惊异地问道。

"欢迎光临我的领域。"笑声，在虚空之上轻轻回荡。刘枫的身影，诡异地自空间中缓缓融出。

"诸神大陆，很多强者都已经放弃了领域的修炼，走上了另外一条追求力量的道路，没想到，你竟然还有着领域。"沙女微抿着小嘴，淡淡地说道。

虽然沙女表面极为镇定，不过刘枫却还是疑惑地发现，沙女似乎感到有些不安。

"她似乎有些惧怕领域？"刘枫心头忽然闪过一个好笑的念头，念头刚刚现出，刘枫便想将之扼杀。一名帝级的沙人，怎可能会惧怕区区领域？摇了摇头，刚欲说话，心间猛地灵光一闪，"她不是惧怕领域，而应该是惧怕领域那种能够随意改变环境的功能。沙族一旦离开了地面，离开了泥沙，那么实力，也将会减去三成。"

"桀桀……"刘枫怪笑了两声，望着沙女那微皱的黛眉，双手闪电般地结出印结，一声大喝。

喝声夹杂着灵气，扩散整个领域。随着喝音的缓缓落下，领域之中，忽然开始了巨大的变化。一道道水源自领域之中被创之气创造而出，只是片刻时间，那由创之气所形成的水源，竟然已经直接将整个领域空间所覆盖。

瞧着那一望无际的水面，刘枫嘿嘿一笑，道："我看你还怎么用你的沙术。"

"狡猾的人类。"美眸望着下方一望无际的水面，沙女俏脸微变。纤细的手掌，忽然狠狠地击在身前虚空之上，看其情形，竟然是想强行破域而出。

按照常理，一名帝级强者想要强行突破王级强者的领域，那应该费不了多大工夫。可沙女这一掌击打在领域之上，却只是带起了浅浅的波纹，空间连半点裂缝都未出现。

刘枫扭了扭脑袋，望着沙女那含煞的俏脸，笑道："你可不能把我当成普通王级对待，那样，你会吃亏的。"

第141章 再战沙月魅

"呼,你的确和普通的王级很不一样。"轻轻地吸了一口气,沙女脸色再次回归平静,冷笑道,"不过你以为光凭着这领域就能打败我?虽然离开了地面,沙人实力会减去三成,可七成,对付你,已经足够。"

刘枫耸了耸肩膀,身体微微一晃,诡异如幽灵般的恐怖速度,再次闪现。残影留在原地,还尚未消失,其本体,却已经到达了沙女身体之后。手中剑罡耸动,毫不留情地对着沙女脖子削砍而去。

"嘭……"一道黄沙盾牌闪电般自沙女手指间的黄色水晶戒指中暴喷而出,将刘枫的攻击,抵御而下。

闪身后退,刘枫眉头一皱。沙女手中的戒指,就如同是一个黄沙储备所一般,能够源源不断地支持她运用泥沙攻击与防御。

"既然我能成为沙族沙之逆罚中的一员,若是没有点本事,你认为可能么?"沙女微偏过头,对着刘枫露出一个魅惑的浅笑。纤手微握,戒指之中,闪烁着光芒的黄沙疾喷而出,几个翻卷间,便化为大群张着巨嘴的沙蛇疾袭而来。

脸色平静,刘枫手中古剑挽动,几朵月白色的剑莲,将沙蛇尽数削去。背后劲气忽然涌动,身子诡异的一侧,将之避了开去。抬眼一看,却是那八道疾赶而来的沙傀儡。

"虽然具有攻击力,不过却连本体的五分之一都不到,而且速度与力量,也是大减了不少,八个废物而已。"刘枫不屑地冷笑一声,手指手印结动。

"镜像分身!"随着刘枫心头的喝声落下,两道壮硕的剑圣影像,迅速自其身旁浮现。紧握手中柴刀,两道镜像,直接上前将八位土傀儡拦截而下。

"这家伙,怎么这般多诡异的东西。"瞧着那转眼间便砍毁了两具沙傀儡的镜像,沙女美眸微凝,心头有些恼怒地说道。本来还以为这次对付一名王级人类是手到擒来的事,可没想到竟然出了这么多意料之外的事。

轻吸了一口气,沙女也终于是慢慢地将面前这王级人类正视了起来。手中黄色能量大涨,挥掌之间,空间微微波荡。

瞧得沙女渐渐地用上了全力,刘枫也是不敢怠慢,幽灵般的速度不断闪现。吟龙剑带着森锐的剑罡,舞出道道残影,将沙女那双看似温柔的纤手劈挡而回。

虚空之上,人影不断闪掠,一圈圈恐怖的能量涟漪,犹如水波一般,不断扩散而出。

刘枫再一次凭借着幽灵般的速度,挥剑劈砍在沙女的手臂之上。一道流动的黄沙，也是再次诡异地自沙女皮肤之上涌出，将剑罡抵御而下。

"该死的，那些沙子防御力怎么如此强横？"一击无果，刘枫只得再次闪避，心头怒骂道。每次当剑劈在沙女身体之上时，总会被那股似乎无处不在的黄沙给抵挡而去。

"人类，我就不信你的领域能够一直的存在。等你领域消散之时，看你还如何依靠速度逃窜。"不断被刘枫利用速度劈中身体，沙女心头，也是愤怒之极。

"去你的，小爷不陪你消磨时间了。"一声怒骂，刘枫身形暴退，在飞身而退之时，手中神秘的印结，飞快地结动着。

望着刘枫手中的印结，沙女黛眉微皱。心中想要上前阻拦，不过刘枫那诡异的速度，却是让得她无奈地止下了脚步。

"剑之领域：噬神星阵图！"随着刘枫的沉喝，那遥遥悬挂天际之上的七颗硕大紫色星辰猛地一凝，漫天紫华洒落虚空。

七道紫色光线自星辰中射出，以一种玄奥翻覆的轨迹彼此交连。

轨迹初成，神秘的巨大星阵图，再次缓缓地降临了这片领域之中。浩大的威压，让得其下的沙女俏脸一变。

"噬神星阵图：灭杀！"手中翻飞的印结骤然一凝，刘枫手指豁然指向远处的沙女，冷喝道。

漫天星华大涨，莫大的威压，将想要闪避的沙女锁定得动弹不得。星阵图中心的微凸之所，实质般的紫华迅速凝结。

"砰……"足足几丈宽的紫华星柱，猛地自星阵图暴射而出。其目标，直指脸色大变的沙女。

望着那恐怖袭来的星柱，饶是沙女帝级的实力，心中也是忍不住地一阵发怵。脸色凝重，修长手指在水晶戒指之上划过，黄沙疾喷而出。只是转瞬间，便形成了一个巨大的土色圆球，将其完美地护在其中。

"轰……"紫华星柱犹如雷霆一般，怒砸在浑圆的土球之上。领域，忽然为之一静，在凝固了瞬间之后，恐怖的能量爆炸，席卷领域。

在紫华星柱砸中土球之时，一道黄光突兀地自土球中暴射而出，几个闪掠间，便出现在了刘枫身前，狠狠地击打在其胸口之上。

"扑……"

"轰……"震天的惊响声中，刘枫的领域，立时宣告破碎。紫蒙空间消失，取

第141章 再战沙月魅

而代之的，又是那茫茫戈壁。

恐怖的能量风暴在戈壁之上带起了巨大的龙卷风暴，方圆百多米处的黄沙竟然被掀飞了几十米深，露出一个巨大的深坑。

两道影子自虚空坠落而下，重重地砸进了柔软的黄沙之中。

一只手臂自黄沙中伸出，刘枫甩了甩脑袋上的沙子，将嘴角的血丝抹去。刚才沙女的那一击，让他也受了点儿伤。视线在周围黄沙中扫过，不过却并未发现沙女的身形。脸色微微一变，刘枫闪身一跃，急速升空。立在半空，再看向刚才自己所站之所，果然已经变成了一片黑泥沼泽。

"哎，竟然还没死，难缠的家伙啊。"刘枫苦笑着摇了摇头。

就在刘枫头疼之时，天边，有两道强横的气息忽然出现。一金一绿两色气息，正在飞速赶来。

"终于来了……"感受到那两股熟悉的气息，刘枫松了一口气，拍了拍胸口，总算是保住命了。

天边身影迅速浮现，果然是敖天与凯老。

两道流光在天际划过，转眼便到了刘枫与沙女交战的这一片区域。

见到那安然无恙立在空中的刘枫，敖天与凯老都是重重地松了一口气。

"没事吧，刘枫？"敖天视线在下方黄沙上的巨坑中扫过，沉声问道。

"受了点小伤，没什么大碍。"刘枫耸了耸肩膀，指着因为两人的到来而陷入了平静的戈壁，笑道，"又是那天的沙之逆罚，她似乎和我们杠上了。"

"喂——美丽的小姐，还出来玩么？"敖天两人的到来，给了刘枫极大的底气，他冲着平静的戈壁坏笑着大喊道。

现在己方有三名可与帝级强者相抗衡的人，刘枫敢打包票，如果沙女敢离开黄沙之中，绝对会被捕，没有半分的侥幸。

平静的黄沙微微流动，沙女那妖娆的魔鬼娇躯，缓缓自黄沙中融出。美眸在虚空上的三人身上扫过，俏脸含煞，不过却并不敢再次离开戈壁黄沙。她心中清楚地知道，一旦出了黄沙，或许就再也没有回去的机会了。

"狡猾的人类，算你好运。下次最好别单独在塔克尔沙戈壁行走了，不然，你绝没有等待同伴的机会。"沙女狭长的美眸中，充斥着怒气与不甘。若是敖天两人迟来片刻,她还有信心将刘枫拿下,可现在么,却是半点机会都没有了。

刘枫嘿嘿一笑,视线在沙女那含着怒气的俏脸上扫过,顺着那丰满的魔鬼娇躯缓缓移动,最后停留在了她手指上的那枚黄色水晶戒指之上。此时,那枚作为泥沙源泉的水晶戒指,却是已经裂开了一个大缝,明显是受到了重创。

"你的戒指破了……"刘枫貌似好心地提醒道。

刘枫不说这话还好,一说起戒指,沙女就气得浑身发抖。今天本来以为可以将刘枫顺利抓住,可结果不但费了半天的工夫没有效果不说,最后竟然还把自己好不容易炼制出来的沙戒搞破了。这种打击,气得沙女那丰满的胸部,急促地颤抖出惊心动魄的弧线。

"凯老,我们能把她捉住么?"望着下面那愤怒得要抓狂的沙女,刘枫回转过头,对着凯老小声地问道。

凯老皱着眉在沙女身上扫了扫,摇了摇头,无奈道:"在戈壁之中,除了法则强者,恐怕还没有人能够把帝级的沙人留下。即使是我们三人联手,那也不行。"

闻言,刘枫略感失望,在心中叹道:"看来以后只能让卡因他们小心一点了。不过沙之逆罚毕竟不是普通的沙族,她应该不可能一直待在这里的吧,或许不久后,她也该回去的。"

耸了耸肩膀,刘枫摩挲着下巴对着沙女笑道:"这次算你走运,说不定过不久,我们还会重新来到塔克尔沙戈壁。如果到时候你还想来杀我们,我欢迎之至。可如果你被我逮住之后,我会把你的衣服全部扒光,然后将你变成女奴,你说怎么样?"

"好啊,我等你,我也很期待人类男奴的哦,特别是强者男奴,你可要快点来哦。"沙女抬起俏脸,浅浅地笑道。酥麻的轻语有着让男人骨头发软的魔力,狭长的美眸中,尽是狂野的魅惑。

刘枫嘿嘿一笑,道:"等着吧,女人,我会再回来的。"

"走吧,两位。"回转过身,刘枫对着敖天两人笑道。

"嗯。"两人点了点头,三人身形同时闪动。

一道尖锐的土矛,忽然自沙地中疾射而出,目标直指刘枫。

随手射出一道剑罡,将土矛击成漫天黄沙,刘枫冷笑道:"女人,何必这么着急?说了会回来就一定会回来,你乖乖洗干净身子等着小爷吧。"

沙女俏脸发寒,森冷地道:"记住我的名字:沙月魅。下次你敢再来塔克尔沙

第141章 再战沙月魅

戈壁，我绝对不会让你活着走出去的。"

"沙月魅，很好听的名字，可惜人不怎么样。"刘枫嘲讽的一笑，也不理会其下那暴射而来的漫天土矛，身形化为流光，和着敖天两人，迅速划过天际。

"该死的人类，狡猾的人类，下次别让我再碰见你。"望着那消失在天边的流光，沙月魅纤手愤怒地砸在黄沙之上。瞧着手指上破碎的水晶戒指，美眸中闪过一抹心痛，再次咬牙切齿地发出一通怒骂。娇躯微晃，诡异地融进满地黄沙之中，缓缓消失不见。

戈壁中，再次陷入了宁静。只余下一个深达几十米的巨大沙坑证明着，此处刚才的确发生过激烈而凶猛的战斗。

"嘿，你小子不错啊，竟然没被那女人给吃了。"飞行之中，敖天对着刘枫笑道。

"那沙月魅也不是个简单人物啊，最后我被她逼得把领域用了出来。"刘枫耸了耸肩膀，笑道。

"用了星图？"敖天挑眉问道。

"用了，不过被她手中的戒指给挡下来了。若她没有那水晶戒指的话，现在恐怕要受不轻的伤。"刘枫自傲地说道。

"你能够把她逼到那般地步，已经很不错了。即使是我与敖天在戈壁中遇到她，恐怕也最多战个平手。"一旁的凯老插嘴笑道，看他的模样，似乎对刘枫能够在沙女手中撑这么久感到颇为意外。

"明天就和我动身，去自然女神阿蒂米斯大人所在的森林之城吧。那里，可是比克里克斯城大了好几倍呢。当然，那里的强者，不仅数量，质量也是这里的好几倍。"凯老笑道。

"嗯，也是时候该离开这里了。可，有件事……"刘枫点了点头，迟疑地道。

"呵呵，是黑骷髅的事吧？"凯老微笑道。

"嗯，我们倒不怕那啥黑骷髅团，不过就是担心我们走后，基鲁大叔他们会有些麻烦。"刘枫沉吟道。

"呵呵，不必担心。我会让莫冈帮忙照顾一下基鲁他们的，在自然女神信仰的波及范围中，他黑骷髅团，还算不上什么太大的一根葱。自然神殿想要保的人，借他们一个胆，也不敢随便乱动。"凯老轻描淡写地笑道。

淡淡的话语，却是道出了在诸神大陆中，神殿，才是最大的势力。"如此就多谢凯老了。"刘枫颇为感激地说道。

"不用，黑骷髅团的总部在生命之城，而我们的最终目的，同样是生命之城。到时候，如果那黑骷髅团真有什么动作，你们大可去灭了他们。"凯老淡淡的笑道，言语中，并没有将那黑骷髅团放进眼中。

刘枫耸了耸肩膀，微笑道："如果他们真的要搞一些事出来，那么我们自然不会客气。"

"呵呵，你有说这话的资格与潜力。"凯老笑了笑，望着那出现在眼中的巨大城市，笑道，"你们先回去准备吧，明天我带你们走。"

"嗯。"

凯老对着敖天笑了笑，身形速度骤然加快，迅速消失在了城市之中。

"走吧，我们也回去。"刘枫微微一笑，径直自城市上空飞进，在南城墙处降落而下，跃进了一座院落之中。

院落之中，站立着一群人，望着那自空间降下的两人，众人先是一愣，旋即连忙喜道：

"刘枫，没事吧？"

"呵呵，没事。"刘枫摇了摇头，笑着回答大家道。

"又遇到了那沙之逆罚么？"加拉笑问道，笑声中却是有着几分幸灾乐祸。

"嗯。"刘枫无奈地点了点头，也不理会几人的笑声，对着一旁的提而特道，"提而特，我们明天就得走了。你以后若是有事，可以去找基鲁大叔和莫冈主教，看在我们的面上，他们应该不会拒绝。"

"呵呵，多谢刘枫大人了。我没什么大志向，只想安心守着这个家不被破坏就好。祝你们顺利！"提而特抓了抓脑袋，憨笑道。

刘枫默默地点了点头，平凡，未必不是一种福气。

"哎，早点取得生命之源，把玄女的肉体给修补好了，也就可以去寻找回夜阑大陆的通道了。不知道红衣她们怎样了……"轻轻的一叹，一股思念的愁绪，犹如蔓藤一般，将刘枫的心头覆盖。

"真想立刻就回去啊。"

在外游荡的刘枫，对夜阑大陆的薇儿、菲儿和红衣几个女孩动了思念之情，竟

第141章 再战沙月魅

然归心似箭了。可是他很清楚,自己必须跟随凯老去森林之城,不然那生命之源就没可能,也没机会得到。没有生命之源,回夜阑大陆就是一个梦。

第142章

森林之城

第142章 森林之城

在克里克斯城，通往森林之城的中央传送阵之旁，一大群人站立此处。其中最引人注目的，还是人群中的一位黑发黑眸的挺拔年轻人。对于黑发黑眸这种特殊的标志，克里克斯城的居民并不陌生。以王级实力打败沙之逆罚，这种传奇性的战绩，让得那黑发黑眸的年轻人身上，裹上了一层神秘的光环。

刘枫整了整黑袍，抬起头来，看着那一直对自己怒目相视的绿可儿，不由得苦笑道："昨天的事，是我不对。可你也用不着一直这样盯着我吧，别人看见了，还以为我是薄情负心男呢。"

闻言，绿可儿俏脸微红，愤愤地说道："虽然事情紧急，可你不能好好和我说吗？偏要那么粗鲁……"

"是，是……是我不对，是我粗鲁。可可儿小姐，能不能让我们先走？那位传送师似乎已经等得不耐烦了。"刘枫妥协地摊了摊手，苦笑道。

绿可儿美眸在传送阵旁扫了扫，果然见到那位负责传送阵的魔法师脸上有些不耐。虽然因为凯老的身份，那家伙不敢露出太大的痕迹，不过那双眼睛，却时不时地向他们这里瞟一眼。

娇哼了一声，绿可儿挥了挥玉手，无奈地娇声道："去吧去吧。"

刘枫嘿嘿一笑，如蒙大赦，转身便飞速蹿进了那巨大的传送阵之中，笑容灿烂地对着绿可儿摇手笑道："我看你也不小了，啥时候找个男人嫁了吧，卡因不错，可以考虑。"

话音刚落，一道劲风便自外面疾袭而进。

伸手一抓，将那颗射来的碎石接住，刘枫望着那俏脸微寒的绿可儿，有些疑惑和尴尬地抓了抓脑袋。他不知道这位大小姐又是发哪门子的火。

"我的事，什么时候轮到你来管了。"绿可儿俏脸再次恢复冷傲，冷淡地道。

"呃，再见……"刘枫刚欲说话，传送阵却是光芒大放，白光乍放即缩。只是瞬间，里面的十来个人影，便消失了去。

"该死的家伙，我们还会再见的。"狠狠地一脚踢碎脚下的石头，绿可儿有些愤愤不平地喊道。

眼前光芒骤然一盛，眼睛不由自主地闭上了去，身上失重的感觉持续了片刻，便骤然地消失了去。

"呵呵，到了。"凯老的笑声，让得刘枫睁开了眼来。映入眼内的，是那连绵无尽的巨树林海。一股清新的气息，迎面而来，将之吸入腹中，精神不仅微微一振。

林海绿意葱郁，花草点缀，显得极为的生机勃勃。这里和那临近塔克尔沙戈壁的克里克斯城，有着完全不一样的风貌与景色。

"这里就是森林之城？"刘枫轻吸了几口空气，微笑着问道。

"呵呵，这只是外围，我们还得进入林海中，才能到达自然女神阿蒂米斯的森林之城。"凯老笑着摇了摇头。

几人立脚之处，是巨大的传送阵。在传送阵之上，还时不时地冒起一道道白光。人影不断自传送阵中疾掠而下，一头冲进林海之中，然后消失不见。

"森林之城是自然女神信仰波及范围内的最大城市，而且其中的能量较之别的城市，更是浓厚了几倍有余。所以，很多修炼者都喜欢来到此处修炼。"带着几人出了传送阵，凯老笑着介绍道。

刘枫了然地点了点头，难怪此处的人气，竟然如此雄厚。

"等会儿进入森林之后，你们也小心一点儿。林海中也隐藏着不少实力强横的魔兽，呵呵，不过一般不到夜里，林海里的魔兽极少出现。"凯老提醒道。

"走吧。"凯老挥了挥手，率先带头窜入林海之中，其后，刘枫几人紧紧相随。

进入林中，无数高耸的巨大树干枝叶横生，将森林遮掩得严严实实。厚厚的树叶，将左右望过来的视线全部遮挡住了。林中飞跃穿梭赶路的人也不在少数，一道道影子急速掠现，脚掌在粗大的树干之上一借力，身形就是一阵狂飙。

赶路间，众人都是极为自觉地保持着沉默，虽然明知道这里已经不再是神之战场，可刘枫几人的意念，却依旧是习惯性的在周围警惕地扫描着。

第142章 森林之城

这个习惯，是从无数次自暗处袭来的毒蛇攻击而培养出来的，就犹如是被种进了骨子里一般，无论如何，都是不离不弃。

在神之战场，失去了警惕，就意味着失去了生命。

众人在沉默之中飞速赶路。一棵棵巨大的树木，在耳边疯狂地向后倒退着，破空之声，连绵不断。

"砰……"一股轻微的闷响声，忽然自重重密林之中传出。

声音虽然极其微小，不过却依旧被凯老、敖天、刘枫三人给收进了耳内，快速前进的身子骤然停下。

"好像有人在动手？"刘枫偏着脑袋，挑眉问道。

"算了，继续赶路吧，别管那么多。"敖天挥了挥手，说道。

"等等，这气息，好像是古德烈……"凯老皱着眉头感应了片刻，忽然沉声道。

"古德烈？"

"走，去看看，那家伙说起来，还是刘枫的对手呢。想要取得自然神殿的出赛权，那么古德烈，便是拦路虎之一。"凯老笑道。

"那家伙实力怎么样？"听到那古德烈会是自己的对手，刘枫略感兴趣地问道。

"帝级初段，不过那是两百年前的实力，我也有两百年间没见到那家伙了。所以现在他有没有晋级，我倒不是很清楚。"凯老摸着下巴道。

"去看看么？"凯老问道。

"去。"刘枫重重地点了点头，能够有机会观察对手的实力，哪能错过。

"呵呵，就知道你会这么说。"凯老微微一笑，率先转过身子，对着左边那重重密林中进去。

在树枝横生的林间窜了片刻，刘枫几人在凯老低声的手势中，趴在一棵树叶茂密的巨树之上。视线透过树叶密缝，将那巨树之下的战斗，收入眼内。

树下，一道赤裸着膀子的大汉，正在与三头巨兽对峙。在大汉的身旁，还堆立着两头与巨兽相同模样的魔兽尸体。

"晕，三只皇级顶段的魔兽，那家伙果然剽悍啊。"神念探出巨兽的实力，刘枫轻声地惊讶道。

"实力依旧是帝级初段，这家伙两百年，也没成功晋级啊。不过看他的气势，比两百年前凶烈了许多。看来他两百年的时间,并没有白白度过。"凯老低声道。

"哦,初段么。"闻言,刘枫轻轻地松了一口气。初段,并不是太过强悍的对手,至少面对着他,自己还能够有六分的胜算。

皇级顶段的魔兽实力的确极为强横,即使将它们放在整个林海之中,那也算是不小的霸主。可若是遇到帝级的强者,那小小的一级之差,却是足以让它们全军覆没。

那大汉明显是个靠力量吃饭的主儿,那硕大的铁拳在舞动间,带起一圈圈空间涟漪。皇级顶段的魔兽,竟然只中了结实的一拳,便嘶吼着软了下去。

只是出了三拳,三只行动迟缓的魔兽,便这般轻易地葬在了那大汉手中。

随手从死去的魔兽脑袋中把魔核挖出,大汉冷冷地扫了一眼刘枫几人躲藏之所,冷哼道:"躲躲藏藏,一群胆小鬼。"脚掌在地面狠狠一踏,身形急速窜进森林之中,眨眼不见了。

"呵呵,走吧,这趟没有白来。"凯老咧着嘴笑道,站起身来,对着刘枫道,"只要在战斗之时,不与他正面交锋,以你的速度,拖垮他只是时间问题。"

刘枫微笑着点了点头,觉得凯老的分析有道理。

"好了,继续赶路吧。既然这家伙出现在此处,那么森林之城,应该不远了。"凯老笑道,身形闪动,也是窜入了林海之间。

刘枫微微一笑,带着几人,紧紧地跟在其身后。

不知在林海中飞掠过了多久,就在刘枫精神微感疲惫之时,眼前视线豁然开朗。一座巨大的城市,散发着淡淡的青芒,出现在了众人眼中。

巨大的城市,犹如是巨人一般耸立在林海之间。整座城市,完全是由一棵棵巨树构建而成,看上去,青木交替,极为别致。在城市的上空,人影不断闪掠,破风之声,不绝于耳。

望着那自林海间射出的一道道人影,刘枫轻舒了一口气,笑道:"这应该是森林之城了吧?"

"嗯。"凯老点了点头,挥了挥手,笑道:"走吧,进去。"说罢,率先展动身形,带着刘枫几人,对着那座巨大的城市飞掠而去。

森林之城并没有城墙,取而代之的,是那犹如巨蛇一般缓缓蠕动的巨大树

第142章 森林之城

干。在城市的中心处，竖立着一座极其高耸的女神雕像。自女神雕像高举的手掌中，释放着淡淡的绿色光罩，把整座城市，笼罩其中。

行入城市，刘枫望着那高耸的女神雕像，微笑道："那应该便是自然女神，阿蒂米斯大人了吧？"

"嗯。"凯老点了点头，低下头对着雕像虔诚地行了一礼，回头笑道："我们直接去自然神殿，休息一晚之后，我会请求阿蒂米斯大人帮你提升实力的。"

轻点了点头，刘枫迟疑地问道："凯老，强行提升我的实力，会不会造成对以后晋级的阻碍啊？"

这问题可一直噎在刘枫心头，他一直坚持地认为，只有自己修炼来的力量，那才是真正的属于自己，而事实也的确如此。就比如那夜在生死之间的爆发，刘枫心中，就感到极为的满意。如果让自然女神提升自己的实力，反而造成了对以后晋级的阻碍，那么这实力……还是不提升为好。

似是看出了刘枫的担忧，凯老笑着摇了摇头，道："你真以为阿蒂米斯大人会采取那种强行提升的办法么？身为法则强者，她会把你的担忧全部抹去的。你要知道，对于法则强者来说，不让一名王级有任何后遗症的提升实力，那并不困难。"

闻言，刘枫这才放心，笑着点了点头。

"不过，虽然我能请阿蒂米斯大人出手，可大人肯定会对你进行考验的。毕竟以她的身份，不可能随便出手帮一个没有丝毫潜力的庸人提升实力。"凯老正色道。

"考验便考验吧，我对自己的潜力有信心。"刘枫笑眯眯地耸了耸肩膀。

"我也对你有信心，不然我也不会费这么大的工夫。"凯老咧着嘴大笑道。

"呵呵，到了，进去吧。"几人在笑谈间，便已经到了位于城市中心处的巨大神殿之外。凯老收起了笑容，满脸庄重。

瞧着凯老的模样，刘枫几人也是自觉地收起了声音，脸色平静地跟在后面。

刚刚踏入神殿的范围，就有一队神殿护卫涌上前来，不过在见到凯老之后，都是在行了一礼之后，缓缓地退了回去。

自然神殿总部明显比分神殿防卫要严密得多，实力强悍的神殿护卫遍布其中，刘枫一行人每走几步，便会遇到巡逻而过的护卫。

"哟，这不是凯老东西么，嘿嘿，怎么？在交易大厅守了两百年，舒服吧？"穿过一个走廊，略带着嘲讽的笑声，却是忽然自左面传来。

听着这笑声,凯老眉头一皱,侧过头来,冷笑道:"格林,你不也去看守了两百年林海么,有什么可笑的。"

刘枫移过视线,望着那正缓步走来的两人。一老人一青年,老人身着神殿绿袍,青年模样极为英俊。两人脸上虽然一直挂着笑容,不过那笑容,却总是让刘枫几人感到一些虚伪。而刚才的嘲讽笑声,正是自那老人嘴中传出。

"那名老头,实力和凯老不相上下,那青年,实力竟然是帝级初段。"敖天略微惊讶的声音,悄悄送进刘枫几人耳中。

眉头轻挑,刘枫心头颇感惊异,那青年竟然有帝级的实力?

"嘿嘿,上次的神殿之选,我选的人可比你好多了啊。虽然最后败了,不过是败在了最后一场,你选的那家伙,才第二场就被淘汰了哦。"绿袍老者嘿嘿笑道。

格林的话,明显是触在了凯老心痛之处,凯老老脸阴沉,却是一句话都不说。

"这次又去哪找的人啊?实力如何?"格林貌似好心地询问道,视线在其身后一阵扫视,却是忽然停在了淡然不语的敖天身上。老脸微微一抽,干笑道,"老家伙不错啊,这次竟然能够找到如此强者。"

显然,格林看出了敖天的实力,丝毫不逊色于他的实力。

那名青年也是将视线移到了敖天身上,脸色微微一变,眉头微皱,在其身上扫了片刻,忽然眼睛一亮,轻笑道:"那位朋友只是个灵魂体,想必凯老定然不会冒着最后被淘汰的危险,而选择他的。"

"哦?"经过青年的提醒,格林老眼也是一亮,视线再次在敖天身上谨慎地扫过,这才幸灾乐祸地咧着嘴笑道,"凯老东西,你应该不会让一位灵魂体去参加比斗吧?你应该知道,生命女神,对灵魂体可不怎么欢喜哦,特别是这个灵魂体体内居然还有死灵之气。"

"两位,这次凯老推荐的人,是我。"看不惯两人话语中的夹枪带棒,刘枫上前一步,对着两人微笑道。

"呃……"望着眼前的黑眸青年,格林和旁边的年轻人都是一滞。

"凯老东西,你就算找不到推荐的人,也用不着随便找个人来充数吧?王级顶段,你让他来送死么?"格林脸色怪异地笑道。

"你废话是不是太多了?麻烦滚远点,我还要去见阿蒂米斯大人。"凯老阴沉着脸说道。

第142章 森林之城

"嘿嘿，这次我找的人，貌似又比你的强。"没有理会凯老的怒火，格林拍了拍身旁的青年，炫耀地笑道，"莱因圣斯，大陆三大商会之一莱因商会会长的长子，你应该也听过他的名头。光明主神麾下的四大法则强者之一炽天使米迦勒大人曾经说他是两千年内有望领悟法则的天才。"

听着这一连串的名头，饶是凯老，脸色也不禁一变。他早就听说过西方大陆在最近五百年间出了一位年轻天才，没想到，格林竟然能够把他给找来。

东之雪女，西之耀辉！

这两位，便是诸神大陆最近五百年间最杰出的天才，而莱因圣斯，便是那号称的西之耀辉。

在听了这话之后，刘枫的脸色，也是微微变了变。不过他在意的并不是这啥天才的实力，而是格林所说的光明神之下的四大法则强者。

"光明神的麾下的实力，竟然比生命女神还强，日后想要寻到回夜阑大陆的通道，恐怕免不得和他们有争执……"刘枫心里暗暗琢磨着。

与赫赫天才之名的莱因圣斯相比，刘枫倒显得渺小了许多。无身份，无背景，无实力，整个一个三无青年。

"呵呵，这都是米迦勒大人的谬赞罢了，大家不用放在心上。"莱因圣斯貌似极为和善地对着刘枫笑道。

笑容虽然温和，不过那之中蕴含的淡淡得意，却依旧是没逃出刘枫的眼睛。

"真是说不出的虚伪啊。"刘枫在心头竖起了中指，含笑道，"我没有放进心里。"

听到刘枫这直白的话，莱因圣斯笑脸微滞，低垂的眼瞳中掠过淡淡的阴鸷，不过很快便恢复了过来，微笑道："呵呵，如果在争斗中遇上，莱因一定会留手的。"

嘴角扯了扯，刘枫干脆直接沉默，这家伙明显是被无数人用看天才的目光看成习惯了。

"呵呵，我打算请求自然女神阿蒂米斯大人帮莱因圣斯提升实力。那样，他就一定能和冰雪神殿中的那丫头相抗衡了。"格林笑道。

闻言，凯老脸色一变，怒道："格林，阿蒂米斯大人的规矩你不是不知道，她每次只会帮一人提升实力，这期我已经预定了，你抢什么？"

"嘿嘿，帮一名王级提升实力？再提升，他能强到哪去？我相信阿蒂米斯大人会选择最好的。"格林虽然尽量忍耐，不过话语中的不屑，却依旧是透露了出来。

"你……"凯老怒目一瞪，就欲喝骂，不过却被刘枫给拉了回来。

"呵呵，他们要抢，就让他们抢吧，帝级初段，貌似也不是那种可以逆天的人吧？"刘枫摩挲着下巴微笑道。

"走吧，走吧，别和他们废话了。"刘枫笑着把怒火冲天的凯老推着挤过了两人。

在自莱因圣斯身旁挤过的时候，一道淡淡的传音，送进了刘枫耳内。

"帝级初段不算什么，那王级呢？小朋友，这里不是你该来的地方，还是哪来的回哪去吧……"

经过两人身边，刘枫的嘴角，却是攀爬上诡异的冷笑，天才？千年领悟法则？五百年才晋入帝级初段？就这本事，还有资格在他刘枫面前炫耀？

"我会让你知道，你所能够炫耀的东西，在我眼中，其实半钱不值。"

刘枫边走边给莱因圣斯传音道。

他懒得跟这种人费口舌，自己心中有数，是不是天才，实力强不强，比斗时便见分晓了。就算为了凯老，自己也会尽力的，更何况还有获得生命之源的机会。

第143章

阿蒂米斯

宽敞的房屋之中，刘枫对着脸色极不好看的凯老笑道："凯老，你和那格林，有过节么？"

"也谈不上过节，那家伙天生说话尖酸，而且每次他寻的推荐人都是比我推荐的强上一些。所以见到我，总是忍不住地想显摆一下。"凯老摇着头苦笑道。

"上次我推荐的人，实力才皇级顶段，在第二场比试，就被淘汰了去。那家伙推荐的人，倒是闯进了最后的战斗，不过还是失败了。"凯老叹息道，"自然神殿有个不成文的规定，推荐之人若是没有取得最终的名额，那么他的推荐人，也就是我们这些老家伙，便需要自己寻个惩罚。我上次寻的惩罚，便是看守交易大厅两百年，格林么，就是选的看护林海两百年。"

"如果这次你也败了的话，那么我又得去领两百年的惩罚了。"凯老笑道。

"我会尽力的。"刘枫默默地点了点头，眉头一皱，问道，"我一共有多少对手？"

"不多，四个而已。"凯老摇了摇头，笑道，"今天在林海间看见的那个古德烈是一个，莱因圣斯是一个，另外两个还未到达，等来了我会告诉你的。"

"让阿蒂米斯大人帮忙提升实力，难道四人都有这机会？"刘枫摩挲着下巴，有些怀疑地问道。

"不，准确地说，应该只有你和莱因圣斯有这机会，另外三人，因为一些原因，他们并不能掺合进来。"凯老摇头回道。

"这么说来，刘枫想要阿蒂米斯大人提升实力的话，就必须先打败莱因圣斯？"一旁的加拉，眉头一皱，问道。

"不会，阿蒂米斯大人定然不会让他们正面动手，毕竟这样表面看来，对刘枫有些不公平。"凯老摇了摇头，旋即笑道，"放心吧，我会让阿蒂米斯大人选一个

第143章 阿蒂米斯

最有利于刘枫的比试方法的。现在你们先在这里休息一晚吧,明天,我就带刘枫去见阿蒂米斯大人。"

望着那走出房门的凯老,刘枫耸了耸肩膀,微笑道:"那么,我们就等着吧……"

一夜无话,在众人的修炼中,一夜的时间,眨眼便过。

自门口响起的熟悉脚步声,让在房屋之中修炼的刘枫睁开了眼来。望着修炼中的敖天等人,也不出言打扰,轻手轻脚地闪落下床,然后开门窜了出去。

出得门来,便见得正疾步行来的凯老。

见到刘枫,凯老快速上前,一把拉住他,边走边笑道:"走吧,阿蒂米斯大人要见你。"

笑着点了点头,刘枫也任由凯老拉扯着迅速前进。在宽阔的神殿之中转了许久,凯老这才放缓了脚步,压低了呼吸,对着一所完全由巨树分离而成的神殿行去。

行在神殿门口,格林也正好带着莱因圣斯自另一边迅速走了进来,两人望见凯老与刘枫,都是微微一愣,旋即恢复。

"凯老东西,你还真是打算想和我抢么?"走上前来,格林冷笑道。

凯老面无表情,淡淡地道:"莱因圣斯不是天才么?天才哪还需要这些小伎俩。"

"呵呵,凯老,就是天才,也需要偶尔的奇遇,能够有幸让阿蒂米斯大人指点,诸神大陆,恐怕还没有人想拒绝。"莱因圣斯笑容如阳光般的灿烂,再配合着那副英俊的模样,用来泡女人倒还真是利器。不过目标换了凯老这种老头子,貌似便只能起到反效果了。

"你都能够让米迦勒那般的赞叹,还用得着跑来我们自然神殿,请求阿蒂米斯大人相助么?你直接让米迦勒把你提升到帝级顶段,那不是更好?"凯老翻着老眼,讥讽道。

"呃。"脸庞一抽,莱因圣斯脸色尴尬地缩了回去,不敢再插话。他与米迦勒之间并不是太熟,人家贵为法则强者,又怎会轻易帮人?虽然莱因圣斯号称能够在千年之内领悟法则,咳,不过那也只是号称而已。诸神大陆人口无数,有希望领悟法则的人虽然只是凤毛麟角,不过却也并不是只有他一人,而且他只是有希望领悟,并不代表着绝对能够领悟法则。

如果他莱因圣斯真能领悟法则，那么米迦勒倒还能对他客气几分，而若是没有的话……

法则之下，皆是蝼蚁。

"哼，你也别扯到米迦勒头上去了，既然我是莱因的推荐人，那么自然会替他争夺提升实力的机会，我可不想再去守两百年的林子了。"格林冷哼道。

"我还就不信了，一个仅仅王级实力的小家伙，还能够争过莱因圣斯不成？"

"到时候见分晓吧。"凯老冷笑道。

"进来吧。"就在格林刚欲回讽时，轻灵的淡淡语音，犹如微风一般，在门口四人耳中吹拂而过。

听着这声音，凯老和格林脸色都是一怔，对着房间虔诚地行了一礼，这才推门而入。

刘枫也是刚欲踏门而入，一旁的莱因圣斯，却是强插而进，将刘枫挡在身后，微笑道："实力最弱的人，还是走后面吧。"

望着身前的背影，刘枫双眼微眯，自言自语地道："竟然嚣张到了这种地步？这家伙难道不知道低调一说么？帝级初段，很强么？貌似没多强吧？"

无语地摇了摇头，刘枫嘴角噙着淡淡的冷笑，踏足而进。

神殿之内，极为宽阔。无数绿色的光点在大厅之中飞舞，将神殿照得绿气蒙蒙。殿中，竟然还有着流淌的小河流。整个神殿，看上去极具生命力。

在大殿中，恭敬地站立着不少人，看那些人身上的绿色教袍，显然，他们正是自然神殿的高层人士。在众人面对之所，竖立着一张绿色帘纱，窈窕的影子，在纱帘之后，若隐若现。看众人眼睛望向其后的那虔诚神色，刘枫知道，这后面的，应该便是自然女神，阿蒂米斯了。

"站在左边的三人，便是你的对手了。"凯老的轻声，传进刘枫耳中。

刘枫视线移动，停留在了左边的三人身上。其中的安德烈，刘枫已经见过。另外两人，都是中年岁数，其中一位个头极为壮实，背后一把巨大的斧头，闪烁着森冷之色。另外一人，手上握着一把翠绿色的弓，而他那自发丝间露出来的尖尖耳朵，却是让刘枫想起了夜阑大陆上的一个种族：精灵。

在刘枫打量众人之时，那殿中的人，也同样的是扫了眼他与莱因圣斯。当瞧清楚刘枫与莱因圣斯之间的差距时，都是颇为无奈地摇了摇头。再次望向凯老的目光中，却已经微微带着点怜悯，这老家伙，多半又得去守两百年的交易大厅了。

第143章 阿蒂米斯

"阿蒂米斯大人,凯(格林),向您祈福。"凯老和格林两人微弯着腰,对着纱帘之后恭敬说道。

"嗯,他们,便是你们这次推荐的人么?"纱帘之后,如同春风般的轻语淡淡地传出。

"是的,阿蒂米斯大人,莱因圣斯是少有的天才,大人若是能够帮他提升实力,定然能够取得掌管者之位。"格林抢先一步说道。

听着格林的介绍,莱因圣斯极为灿烂地对着众人微笑点头。

闻言,殿内的众人也是微微一惊,惊异的视线,不住地扫过来。想必莱因圣斯天才的名头,他们也不是没有听说过。

"嗯。"纱帘后,淡淡地应了一声,旋即柔和的说道,"不过此次你们两人都极力推崇自己推荐之人,我也不好定主意。我看,便让他们两人比试定结果吧。"

"阿蒂米斯大人,一名帝级的潜力者和一名王级顶段,这还需要选吗?"格林嘟囔道。

"呵呵,格林,莱因圣斯名头的确不小,可我们都只是听说过。五百年晋入帝级,虽然困难,不过以莱因家族的财力与势力,想要累积出来,也并不是不可能。"纱帘后的柔和微笑,如同能够渗进人心窝一般,让人心头微感舒畅。

"而凯所推荐之人,却曾经打败过沙之逆罚。"柔和的微笑着,轻吐出的话语,将大殿中的所有人,震得当场傻了。

莱因圣斯脸上的笑容瞬间凝固。

"大人,你莫不是在说笑吧?凭这小子王级实力,竟然能够打败沙之逆罚?这怎么可能?"傻了许久,格林终于是回过了神来,眼睛瞪得如同牛眼,不可思议地失声吼道。

"格林,你这是在质疑阿蒂米斯大人吗?"听到格林的吼声,一位立于众人之前的绿袍老者,脸色微沉地斥道。

"呃,没有,没有……"听着老者的叱喝,格林急忙摆了摆手,苦着脸小心地道,"可,可那小子真的把沙之逆罚给打败了?"

绿袍老者翻了翻白眼,在心中怒骂道:"我当然听见了,别说你不相信,在场的,能有几个人会相信?上一次大战,我们自然神殿出动了四名帝级强者,都没抓住过一个沙之逆罚呢……"

"你们都是才从外面赶回来,自然对刘枫的事不清楚。在克里克斯城,刘枫打败沙之逆罚的传奇事迹,已经传得沸沸扬扬了。"如春风般的柔声,自纱帘之后传出。

大殿内一阵沉默,众人那震撼中夹杂着点点不可思议的视线,都是射向那一直保持着沉默的黑袍青年身上。心中虽然觉得不可思议,然而理智告诉他们,阿蒂米斯大人绝对不会在众人面前说假话。以她的身份,不需,也不屑。

莱因圣斯脸色僵硬地扭过头来,望着那满脸淡然的年轻人,那一向极为膨胀的自信,忽然间似乎有些摇摇欲坠了起来。引以为傲的东西,在那黑袍青年淡然的脸庞面前,变得支离破碎。

"诸位,刘枫打败沙之逆罚一事,倒是千真万确。不过,当时的刘枫,似乎处于一种突破的状态,所以发出了让帝级强者都抵御不住的攻击,而沙之逆罚,则刚好承受了这一击。"阿蒂米斯的温和轻语,却让得脸色僵硬的莱因圣斯心头猛地一喜。在一个人突破的时候,总能发挥出远远超过平常的实力,对这点,他心中也极为的清楚。那么这般说来,刘枫打败沙之逆罚,却也只不过是靠着那夜突如其来的运气罢了,这种实力,根本算不得真。

心头有了这般想法,莱因圣斯的脸色也是缓缓地恢复了过来,轻咳了一声,对着刘枫微笑道:"刘枫阁下,那夜的攻击想必是你毕生中最强的一击了吧?呵呵,虽然凭着几分侥幸,不过打败了沙之逆罚,你的名声,或许不久之后,就会响彻大陆了哦。呵呵,到时候慕名前来挑战的修炼者,恐怕会络绎不绝,可依刘枫阁下现在的实力……好像有些勉强啊。"

望着那眼睛中闪动着幸灾乐祸的莱因圣斯,刘枫点了点头,淡淡地道:"多谢莱因天才关心了。"

莱因天才,这独特的称呼让得莱因圣斯脸庞微微一抽,不过了风度,他还是咬着牙微笑着点头。

听到阿蒂米斯后面的话,神殿中的其他人,脸色也是微微一松。单独面对着沙之逆罚,即使是这里在座的不少人,都很难取得胜利。如果刘枫凭着真正实力打败了沙之逆罚,恐怕他们还真会感到几分惭愧,不过现在么,心头的感觉却是好了许多。

"那小家伙只不过是一时好运罢了,难以持久。"所有人都在心中自我安

第143章 阿蒂米斯

慰道。

"阿蒂米斯大人，请说如何比试吧？既然两者难取其一，那么莱因不介意和刘枫阁下比试一番。"莱因圣斯对着纱帘恭声道。

"咳，这家伙，够虚伪啊。"站在最首位的绿袍老者，颇有些无语地望着笑容灿烂的莱因圣斯，显然他对这位天才人士的印象并不太好。

"不论比试什么吗？"纱帘之后，传出淡淡的询问。

微微迟疑了下，莱因圣斯微笑道："只要不文试，任何比试都行。"

"咳……"莱因圣斯的话，直接让得殿内的所有人都是翻了翻白眼。不文试，那不就只有武试了？对着一名比自己低了整整两个级别的对手，这家伙竟然还能说出这般话来，这脸皮厚的……咳，让人有些佩服。

纱帘之后，微微沉默了片刻，仿佛经过慎重地考虑后，柔和的轻语传出："既然如此，那么，便比速度吧。"

"速度？"听着这话，刘枫与莱因圣斯眉头都是不约而同地挑了挑。

莱因圣斯微微迟疑了下，方才在大殿内几十道鄙视的目光中，缓缓地点了点头：

"既然大人这般说了，那便比试速度吧……"

刘枫有些好笑地摸了摸鼻子，视线在纱帘之后扫了扫。这自然女神，貌似很照顾自己嘛。比试速度？他刘枫别的不敢说，但速度嘛……在这大殿中，除了纱帘之后的那一位，恐怕还没一个人能与他比肩。

略微怜悯的视线在莱因圣斯身上扫了扫，刘枫点了点头，轻笑道："依大人所言，比试速度。"

见到刘枫应承得这般快，殿内的诸人也是微微诧异地瞥了他一眼。这小家伙勇气倒还不错，可惜实力相差太大，恐怕胜算极低。

"刘枫兄弟，我会尽量放低速度的。"莱因圣斯退了一步，小声笑道。

"人都说吃一堑，长一智，可我怎么觉得你越吃越傻？西大陆评选天才，都是往相反的方向选的？"刘枫有些无奈地摇了摇头，叹息道。

"扑哧……"轻轻的柔和笑声，忍不住自纱帘之后传出，犹如小溪一般，浅浅的淌过众人心头，让人心头舒畅万分。

大殿内，诸人也是忍俊不禁，老脸憋得通红。

莱因圣斯脸色如同猪肝，眼瞳中，阴鸷掠闪。他敢发誓，几百年来，他从没有像今天这般的难堪过。

"好了,你们也别争了,我先将场地设置好吧。"随着纱帘之后的声音响起,绿蒙蒙的神殿忽然景色一变,那巨大的神殿,眨眼间,便成了辽阔的林海。

刘枫望着远处的那纱帐,似乎觉得距离变得远了许多,几十道绿袍人影伫立在树梢之上,等待着两人的速度之战。

"提升实力,只能有一人,谁如果能够先拿到木之灵牌,那么谁便能获得提升实力的机会。"随着自然女神话语的响起,一道闪烁着绿光的木牌,缓缓自纱帐中升起,最后停留在了半空之上。

莱因圣斯抬起头来,贪婪地望着那绿色木牌,重重地点了点头。

刘枫微眯着眼睛,虽然这片天地被自然女神扩大了一些,不过那木之灵牌距离他的位置,也不过才一千米多远。如果开启了疾风步抢夺,那么,时间不出十秒。

"那可怜的天才,或许又得被打击了。自然女神在上,我不是存心的。"刘枫双手在身前一阵乱点,心头笑道。

"记住,这片林海由我变幻而出,你们脚下的树木,会对你们进行攻击阻拦。你们只有躲开了它们的缠绕,才能有机会抢得木之灵牌。"阿蒂米斯淡淡地道。

"既然都准备好了,那么,开始吧。"随着一记手掌的轻拍声,那平静的林海,忽然暴动了起来,一根根巨大的树干,犹如巨蛇一般,疯狂对着刘枫和莱因圣斯两人缠绕而去。

一记斗气斩横劈而出,将几十根树干拦腰劈断,莱因圣斯脚步不停,飞快地对着那半空中的木之灵牌掠去。

望着那疾缠而来的树干,刘枫微微一笑,身形,骤然消失。

瞧着那诡异消失的刘枫,围观的诸人脸色微变。以他们的实力,竟然没察觉出刘枫到底是如何消失的。

凯老站在树梢之上,望着那消失的刘枫,嘴角不由得泛起愉悦的笑容。

虚空之上,万木齐发,木蛇铺天盖地,对着莱因圣斯疾袭而去,虽然伤不了他,不过却是能够将他的速度拖缓而下。

半空中,莱因圣斯坚持不懈地劈砍着巨树,澎湃的斗气狂射而出,将一根根巨树拦腰斩断。

再一次斗气力劈,眼前被树木所覆盖的视线霍然一亮,那重重林海,终于是被

第143章 阿蒂米斯

他给劈成了一条道路。正当莱因圣斯感觉到胜利来到如此之快时，虚空上响起的笑语，却是让得他浑身如遭雷击。

"嘿，你终于过来了啊，我可有些不耐烦了。"

莱因圣斯缓慢而艰难地抬起头颅，却见到半空中，一黑袍青年正脸带微笑地望着他。那双手掌中的淡绿色木牌，让莱因圣斯眼前一黑。

莱因圣斯输得很凄惨，凄惨到甚至连他自己到底是怎么输的都不清楚，望着刘枫那含笑的脸庞，莱因只觉得眼前有些发黑。

"木之灵牌被刘枫所得，提升实力之人，该是刘枫。"温和的微笑声，自纱帘之后传出，"莱因圣斯，你也不必气馁，你的速度，也已经很快了。"

莱因圣斯脸庞干笑着抽了抽，点了点头，貌似大度地笑道："既然刘枫兄弟取得了木之灵牌，那么便让他获得提升实力的机会吧。呵呵，希望他能突破到皇级吧，不然速度再快，在比试之时，也起不了多大作用。"

此时，一旁的诸人也是回过了神来，眼神中满是惊异地望着半空中的黑袍青年。刚才那小家伙的恐怖速度，即使是让他们，也是心有余悸。如此速度，真的是一位实力方才王级的人能够展现出来的么？

"凯那老家伙这次找的人，似乎很有几分神秘啊。"绿袍老者抚着胡子，在心中暗道。

纱帘之后，手掌的轻拍声传开来，无边的林海忽然景色一变，变回了那绿色光点充斥的神殿之内。

"比试完毕，你们都退下吧。刘枫，明日来此神殿，我会为你提升实力。"轻声自纱帘之后柔柔地传出。

刘枫点了点头，也不理会莱因圣斯那阴鸷的目光，跟着笑得合不拢嘴的凯老，大步地行出了神殿。

神殿中的诸人，也是在对着纱帘行了一礼之后，躬身退下。

随着诸人的退去，神殿之中，也是缓缓陷入了平静。只有着殿内的小溪，在流动间，发出清脆的哗哗之声。

"可儿，你终于舍得回来了啊。"许久之后，纱帘后面忽然传出无奈的娇嗔。

"咯咯……"一道绿色影子，忽然自大殿中的某个光点之中跳跃而出。玲珑的娇躯在紧身的绿裙包裹之下,显得颇为诱人。女孩俏脸极为精致,冷傲中透着些许娇憨,让人心动。如果刘枫此时能看见这俏脸的话,一定会惊叫出声:绿可儿。

没错,是绿可儿,那个猛虎修炼团中的绿可儿。

"姐姐,你的实力又涨了哦。"绿可儿冲着纱帘之后甜甜地笑道。

"少来拍马屁,我每天听这些,还少了么?你这丫头,一走就是几十年,竟然一直都不回来,存心想气死我啊?"纱帘微微拂动,自其后露出一张被绿色的轻纱遮掩的俏脸。虽然有着轻纱的遮掩,不过这种欲露不露,却更让人心中有股把轻纱扯下来的冲动。咳,不过以女子的身份,恐怕这个大陆上,还没几个人敢那么做。微弯的柳眉,纯绿色的美眸犹如柔水一般,红润的小嘴微抿着,嗔怪地望着大殿内那亭亭玉立的女孩。

这位看上去犹如柔水一般的绝美女子,竟然便是名震诸神大陆的自然女神,阿蒂米斯。

阿蒂米斯莲步微移,行出纱帘之中,美眸打量着这几十年未见面的妹妹,黛眉忽然一皱,嗔道:"你竟然还没有触摸到法则?"

闻言,绿可儿可爱地吐了吐小舌头,上前拉住阿蒂米斯的纤手,撒娇道:"你以为法则那么好领悟?如果是那样,诸神大陆的法则强者,就不值钱了。"

"哎,真会被你这丫头给气死。我的自然法则,你的月之法则,可是当年母亲大人临死前遗留给我们的。你若是能够认真修炼,实力哪会才现在这点?"阿蒂米斯如玉般的纤指,疼惜地点了点绿可儿的俏鼻,无奈地说道。

"咯咯,不急不急,反正有姐姐保护我,我不怕。再说,万一哪天我也像刘枫那样来个灵光一闪,说不定会直接激活体内的月之法则呢。到时候,我就也成法则强者了哦,到时候我们姐妹双剑合璧,称霸大陆!"绿可儿抱着阿蒂米斯,调皮地娇笑道。

"你啊,出去了几十年,竟然学得疯疯癫癫的了。"阿蒂米斯掩着小嘴,娇笑道,美眸微微一转,道:"给我说说你和刘枫是什么关系吧?要不是刚才你给我传音,我可是不会让他们比试速度的哦。"

"咯咯,就知道姐姐最好了。"绿可儿俏脸上露出两个浅浅的小酒窝,道,"我和他,只是朋友关系,你可别多想。"

"我多想什么?"阿蒂米斯歪着头,微笑道。

"讨厌。"绿可儿俏脸微红,小手调皮地在阿蒂米斯那柔软如水的纤腰上扰

第143章 阿蒂米斯

动着。

"姐姐,刘枫那家伙真的很强啊。他第一次打败沙之逆罚的确是靠着运气,不过第二次在戈壁中,我们又遇到了沙之逆罚,要不是他阻拦,恐怕我也会被沙之逆罚给杀了的。"绿可儿俏脸有些兴奋,由于姐姐实力太过强横,这也从小造就了绿可儿极高的眼光。普通男人,根本很难入得了她的眼,然而刘枫两次越过恐怖的阶级,将沙之逆罚击败,这让绿可儿心头有着一股别样的感觉。

"沙之逆罚还真的嚣张到了这地步?哼,看来几百年前那次沙罚之战,并没有让他们记忆太过深刻啊。"柳眉微竖,阿蒂米斯冷声道。而随着她声音的变冷,周身的空间,竟然开始微微震荡了起来。现在的阿蒂米斯,才让人想起她另外的一连串身份,自然神殿殿主,法则强者,自然女神……

"刘枫那家伙人倒是不错,可就是太粗鲁了。混蛋,竟然敢把我打晕,难道我就真的是那种刁蛮的女孩么?就算沙之逆罚快来了,可他不能好好说啊?"说到这里,绿可儿气愤地跺了跺小脚。

阿蒂米斯看着那情绪不断变化的绿可儿,美眸微微闪烁。以她的见识,自然是能看出,绿可儿已经对那刘枫产生了一些好感。

轻摇了摇头,阿蒂米斯岔开了话题,浅笑道:"你现在实力太差了,明天,在替刘枫提升实力的时候,你也一起吧。至少你要让自己有自保之力,不然以后我可不会再让你出去胡乱闯荡了。"

"嗯,好吧。"微皱着黛眉,绿可儿这才不情不愿地点了点头。

在回去的路上,刘枫歪过头对着满脸笑容的凯老问道:"凯老,是你给阿蒂米斯大人建议比试速度的么?"

"呃……"老脸微怔,凯老摇了摇头,笑道,"本来我只是想请阿蒂米斯大人设置一个有回合性的比试,可没想到阿蒂米斯大人竟然会选你最擅长的东西来比试。嘿嘿,看着刚才格林那老家伙脸上的模样,我的心就是一阵舒畅啊。"

"哦。"刘枫点了点头,微皱着眉头,疑惑着嘟囔道,"那自然女神,也太照顾我了吧。以她的情报能力,自然能够知晓速度才是我最擅长的东西,可她为什么这么帮我?连莱因圣斯,她都并未将之放进眼中,我一个无名小子,貌似不值得她这般照顾吧……"

"嘿，别想了，反正提升实力的名额已经到了你手中，管那么多做什么，就当是你自己人品大爆发吧。"凯老咧着嘴笑道。

刘枫只得无奈地耸了耸肩膀，对自然女神为何会选择让他和莱因圣斯比试速度，依然是一头雾水。

行进至一所宽敞的院落，正好见到在院中修炼的敖天一行人。

"嘿，刘枫，怎样？拿到提升实力的机会了么？"望着进来的两人，敖天笑问道。

"哎呀，以枫哥的本事，对付那啥莱因啥的还不是手到擒来的事么。"正在修炼龙元破魔拳的小金，抬起头来灿烂地笑道。

"啪！给我认真点，现在刘枫都已经超过你这么多了，你要是还不认真修炼，以后可就真的是半点忙都帮不上了。"敖天一巴掌拍在小金头上，斥道。

"谁说的？神龙本来就不是光靠埋头苦练就能大成的，说不定哪天我体内的神龙血脉来个大觉醒，就算是法则强者，我也照样揍他。"小金不服地嘟囔道。

敖天咧了咧嘴，不过倒并未出言反对。神龙本就是这样，实力不涨倒好，一涨的话，那便是直接来个恐怖的二连跳，甚至三连跳。

刘枫一听，倒是来了兴趣，笑问道："那你的神龙血脉大觉醒，需要什么条件？"

"嘿嘿……"小金抓了抓脑袋，灿烂地说道，"不知道。"

刘枫一滞，无奈地翻了翻白眼。

"等待这小家伙的机缘吧，如果小金真把血脉完全觉醒了，绝对会立马超过我。恐怕到时候，就算是玄女，也很难与小金相抗衡。"敖天自傲地拍了拍胸口，"龙潜深渊，终有翱翔九天之时。"

看来，小金的老爸敖天，对自己的儿子还真是充满了期望呢。

翌日清晨，第一抹晨光刚刚从天际洒落，刘枫便被心急火燎的凯老给从床上拖了下来，不由分说，一路拉着朝着神殿狂奔而去。

望着那脸色因为兴奋而显得涨红的凯老，刘枫只得苦笑，无奈地摇了摇头，任由他拉扯前进。心想：这老爷子，对给我提升实力比我自己还在意。这不是给我无形中增加压力么？想是这样想，可没敢说出口。

第143章 阿蒂米斯

凯老拉着刘枫兴冲冲地撞进神殿,两人的视线,却是愕然停在了一道斜靠在大门边上的倩影之上。

"可儿?"刘枫与凯老嘴巴大张,望着那张巧笑嫣然的熟悉俏脸,满脸惊愕。

"你这丫头,怎么跑到自然神殿里来了?"凯老走上前来,干咳了一声,沉声问道。

"咯咯,刘枫,我说过我们会再见面的。"绿可儿对着刘枫娇笑道。

"你怎么在这里?"刘枫挑着眉头,惊异地问道。

"我为什么不能在这里?"绿可儿极其无辜地摊了摊小手,微噘着小嘴笑道。

"咳,这里可是自然女神的神殿,你……"刘枫皱着眉头,疑惑地问道。

"你这丫头,跟谁进来的?哎,你先在这等着吧,我先把刘枫送进去,然后再带你出去。你若是被神殿护卫抓住了的话,准免不了一顿皮肉之苦。"凯老无奈地摇了摇头,他只当绿可儿是侥幸窜进了神殿,对着她正色道。

"阿蒂米斯是我姐姐,在自然神殿,谁敢打我?"望着凯老那急匆匆的模样,绿可儿把玩着纤细的玉葱指,眨着美眸浅浅地笑道。

"呃。"一句话,却是让刘枫和凯老两位爷们如遭雷击,互相对视,满脸呆滞。

"哼,你们不信?"望着刘枫与凯老那翻着白眼的脸色,绿可儿哼了一声,站在刘枫面前,娇嗔道,"若不是我和姐姐说让你与那天才比试速度,你以为你能赢得这么轻松么?"

刘枫干笑着摸了摸鼻子,低声对着凯老传音道:"可儿真的是阿蒂米斯大人的妹妹?"

"好像……是的吧,我也听神殿中的一些老人说阿蒂米斯好像有一位神秘的妹妹,却从没有人见过她。咳,不过敢在自然神殿门口说这般话的,我想,只要可儿脑袋还算正常,那么,应该是真的吧?"凯老迟疑地传音回道。

翻了翻白眼,刘枫小心地问道:"你真是阿蒂米斯大人的妹妹?"

"如假包换。"绿可儿摊开小手,娇笑道。

"呃,那你在基鲁大叔他们的修炼团里做什么啊?"刘枫苦笑了一声,心头也对这女神的妹妹相信了几分。

"笨蛋,在修炼团还能干什么,当然是修炼啊。"绿可儿娇嗔道。

刘枫无语,无奈地摇了摇头,揉着太阳穴苦笑道,"几天前还只是一个不过王级顶段的普通女孩，现在竟然和我们说，她是名震大陆的自然女神阿蒂米斯大人的妹妹。这变化，实在太大了。"

"那我们现在该叫你什么？绿可儿，还是什么女神？"刘枫偏着头，叹道。

"如果我领悟了法则，那么你们就应该叫我月之女神。不过现在么，还是叫我可儿吧。"绿可儿大度地挥了挥小手，娇笑道。

"真是不可思议啊。"凯老脸色说不出是什么模样，憋了半天，却只得发出一声叹息。在叹息之后，还有着点点庆幸。庆幸在克里克斯城的那段时间，对这位漂亮的女孩虽然并不是极好，不过因为基鲁的关系，至少他还能将她当成一位晚辈关照。

"好了，进去吧，别让姐姐等久咯。"似乎很满意刘枫与凯老那副苦笑的脸色，绿可儿推开身后的神殿大门，掩着小嘴娇笑道。

"哎，真是奇妙的人生啊。"望着那进入神殿的窈窕倩影，刘枫苦笑着叹道。

"的确奇妙，我说阿蒂米斯大人为什么会这么帮你，原来是殿中有人啊。"凯老笑着摇了摇头。

郁闷地撇了撇嘴，刘枫也是再次踏足进入这完全由一棵巨树而构建出来的神殿之中。

行入神殿，在殿中停下了脚步，瞥了瞥那站在纱帘之外的绿可儿，再将视线移向纱帘，微笑道："阿蒂米斯大人，刘枫向您祈福。"

纱帘微微摆动，一张轻纱所遮掩的绝美俏脸荡人心魄的微露而出，轻掀开纱帘，修长的小脚迈着优雅的步伐，轻轻走出。

视线顺着那双修长如白玉的小脚上移，最后停留在了那双弯弯叶眉之下的翠绿色美眸之间，四目相对。

望着那双漆黑得犹如黑夜般的眸子，阿蒂米斯微微一怔，似是有些诧异这双黑眸的纯粹，柔和的微笑，犹如流水，柔柔地拂过刘枫心头。

"呵呵，刘枫，潜力的确很不错，难怪凯如此推崇。"

刘枫耸了耸肩膀，轻笑道："还得多亏了昨天阿蒂米斯大人的相助。"

"呵呵，可儿相求，我怎能拒绝她。"阿蒂米斯微微一笑，道，"在克里克斯城，多亏你帮可儿。"

"果然是这丫头帮的忙。"刘枫眼角扫了扫一旁的绿可儿，却见到俏脸上带着小小的得意望着自己。

第143章 阿蒂米斯

"你应该是想得到生命之源吧？"阿蒂米斯忽然问道。

心头一跳，刘枫沉默了片刻，微微点了点头。

"能告诉我，你需要它做什么么？"阿蒂米斯美眸微微闪烁，笑吟吟地问道。

"阿蒂米斯大人，这是我的私事，还请大人不要探察根底吧。"刘枫心头微紧，苦笑道。

"呵呵，我只是有些好奇而已。"阿蒂米斯微微一笑，也不在这话题上纠缠，道，"好了，下面，还是先帮你提升实力吧。"

阿蒂米斯修长的玉手平探而出，自其手心中，缓缓溢出一小滩绿色的液体，绿色液体之中，充斥着极为浓厚的自然之气。

"这是万木灵液，百万树木，才能汇聚出小小一滴。它并没有直接为人提升实力的功效，不过却能激发储存在人体内的潜力。你的潜力越是庞大，那么吸收的万木灵液会越多。"阿蒂米斯微笑道。

"这么多年来，我总共只为五人提升了实力，其中吸收万木灵液最多的一人，也只吸收了四滴。"

"那人最后到了什么实力？"刘枫小声地问道。

"帝级顶段。他曾经是最有希望领悟法则的人，事实也的确如此。他成功地触摸到了法则的大门，不过在他的一只脚即将跨入法则大门之时，却被仇人偷袭，导致前功尽弃，最后落得个灰飞烟灭的下场。"阿蒂米斯轻声叹道，语气中，颇感遗憾。

"四滴，便能有成为法则强者的潜力么？"刘枫低声喃喃道。

"你别小看了万木灵液，在你吸收它时，会产生剧烈的疼痛。这不仅仅是普通的肉体之痛，而是自灵魂深处漫延而出的刻骨疼痛，而在疼痛席卷来之时，你还必须保持心灵不在疼痛中迷失。否则，你能取得的成果，或许会很小。"阿蒂米斯浅浅地笑道，柳叶般的细眉犹如月牙儿般弯曲着。

"想好了吗？敢接受万木灵液的考验么？"阿蒂米斯微偏着脑袋，笑道。

"我并没有惧怕什么，我一直都相信自己。"刘枫嘴角的淡笑，让阿蒂米斯柳眉轻扬了扬。

一屁股坐在地上，盘起腿来，刘枫微闭上眼眸，脸色平静。

"勇气倒真是不错，可有些东西，并不是光凭勇气便能得到的哦。"阿蒂米斯微微一笑，纤细的指间轻轻弹动，手中的小滩绿色液体，全部弹向刘枫身体之上。

绿色液体一接触到刘枫的身体，便化为一圈绿色光幕将之包裹其中，在绿色光幕之中，五滴翠绿色的光点，犹如精灵一般调皮游动着。

在第一滴光点接触到刘枫皮肤之时，立时被吸掠了进去。

光点入体，刘枫的身子忽然犹如抽风一般剧烈颤抖了起来。牙关紧咬，一滴滴细密的冷汗，自其额头之上浮现。

望着脸色有些恐怖的刘枫，一旁的绿可儿俏脸微白，小手紧握。

阿蒂米斯美眸也是眨也不眨地凝望着那光罩中的男人，她心中也极为好奇，好奇这位以王级实力便能打败沙之逆罚的男人，究竟能抗到第几滴？

光罩中的刘枫，颤抖的身躯忽然缓缓停止了下来，那身黑袍，竟然已经被汗水所打湿。

"第二滴了。"阿蒂米斯轻声道。

场中的男人，手指狠狠地抓进神殿地板之中，咯吱的怪响，不断响起。

"撑下去，刘枫。"望着场中胸口急速起伏的刘枫，绿可儿在心中急道。

"第三滴了。"阿蒂米斯柔和的声音，带上了点点轻颤。

"砰……"场中的男人，忽然举起快要麻木的手掌，狠狠击打在自己胸口之上，一口鲜血疾喷而出，将那快要昏迷的神智，再次拉回。

"姐姐，阻止他吧，他承受不了了……"绿可儿声音中有着微微的颤抖。

"不……不用，我……还能……撑下去。"嘶哑的声音，自刘枫低垂的脑袋下缓缓地传出。

"第四滴。"阿蒂米斯轻轻喘了一口气，微微蹲下身子，凝望着那张桀骜不驯的脸庞，轻声道，"你已经有了晋入法则强者的资格了，恭喜你，刘枫……"

"不……咳，我……还能……"刘枫咳出一口血水，身子微微一僵，竟然是将那最后一滴绿色光点义无反顾地吸进了身体之中。

望着绿芒大放的刘枫，就连阿蒂米斯，都感到一丝震撼！

第144章

皇级

望着那强烈绿芒中，身躯骤然僵住的刘枫，阿蒂米斯在略感震撼之后，身形疾退而出。一把将旁边的绿可儿拉进怀中，纤臂轻挥，浓厚的绿芒，立刻将两人笼罩其中。

刘枫的身体，僵在原处没有丝毫动静，就是连那微微起伏的胸膛，都竟然已经完全的平静了下来。整个人，似乎完全失去了生机一般，如同垂死之人。

"姐姐，刘枫怎样？他会不会出事？"望着那没有动静的刘枫，绿可儿美眸中有着不安与焦急，对着阿蒂米斯急声询问道。

"不会，万木灵液虽然霸道，不过却只是激发一个人的潜力而已。如果刘枫抗不住万木灵液的侵蚀，顶多会受重伤，性命倒是没有大碍。"阿蒂米斯柔声道，美眸微微闪烁，在刘枫身体之上扫过。

俏脸忽然微凝，阿蒂米斯拉着绿可儿急忙闪退了好几十米。

"砰……"自那低垂脑袋的刘枫身体之中，骤然爆发出了让阿蒂米斯都侧目不已的恐怖能量波动。

犹如水波一般的绿色能量涟漪，猛地自刘枫身体内涌出。整个坚固的神殿，巨大的裂缝，急速扩散。

望着那越来越盛的能量波动，阿蒂米斯的俏脸终于显出了凝重。纤手微握，护卫在身体之外的绿色能量再次变得浓厚上几分。

"轰……"随着一声巨响，那巨大的神殿，终于是承受不住如此恐怖的能量波动，在巨响声中，直接被掀成了一片平地。

那守卫在神殿之外的凯老，泛着喜意的脸庞忽然一变，霍然转过头来，一股恐怖的能量波动，却是闪电般自神殿中席卷而出。脸色凝重，凯老手中绿色能量急速喷涌，迅速在身前化出了巨大的绿木盾牌。

第144章 皇级

"砰……"恐怖的能量波动,毫不客气地击打在了绿木盾牌之上。

"扑哧……"这股劲道,远比凯老想象中的还要恐怖上几倍,那凝聚了其全部力量的绿木盾牌,竟然是在眨眼间便被轻易地摧毁成了碎渣。劲气再次袭来,重重砸在其胸口之上,一口鲜血,自凯老嘴中疾喷而出。身体直接在虚空划出一道弧线,最后一头砸进了一片废墟之中。

神殿之中,忽然爆发出如此恐怖的能量波动,无数神殿护卫在震惊了片刻之后,都是迅速升空,急忙对着能量爆发之所疾掠而来。

只是短短眨眼之间,神殿之外的半空之上,便已经被无数神殿护卫所覆盖,几十位身着绿色教袍的老者急闪上空,脸色凝重地望着那已经成了一片废墟的神殿。

"怎么回事?"一名绿袍老者惊异地问道。

"不知……"众人都是茫然相视。这所神殿是阿蒂米斯大人的居所,平常极少有人敢在此处打斗,更别说如此大的能量波动了。

"今天,好像是阿蒂米斯大人帮刘枫提升实力吧?"一名绿袍老者,忽然低声道。

周围几人一怔,旋即干笑道:"你莫不是以为,这波动是刘枫搞出来的吧?我刚才看见凯那家伙飞出去了,貌似是被刚才那股能量波动击中了。"

一道人影,忽然自底下射出,极其狼狈地停留在了半空之上,脸色萎靡。不是凯老,又是何人?

"咳,老凯,你,你没事吧?"见到模样狼狈的凯老,众人先是一怔,旋即忍着笑,出言问道。

"老凯,里面的人,应该是刘枫吧?"一名绿袍老者,惊异地问道。

"嗯,是那个家伙,刚才的那能量波动,多半也和他脱不开干系。"凯老抹去嘴角的血迹,无奈地苦笑道。

"好了,这里并没有什么大事,都退下去吧。"两道倩影忽然闪上虚空,柔和的轻笑,将那漫天神殿护卫遣退了去。

"阿蒂米斯大人。"听着这熟悉的嗓音,几十位绿袍老者赶忙虔诚地行了一礼,恭声道。

"嗯。"阿蒂米斯淡淡地点了点头,再次将视线投向下面的神殿废墟之中。

"大人,刘枫他没事吧?"凯老干咳了几声,小声地问道。

阿蒂米斯瞟着凯老那萎靡的模样，有些好笑地点了点头。小手挥动间，一道绿芒将凯老包裹其中，迅速替其将体内的暗伤消除而去，微笑道："刚才那股能量波动，挺强吧？"

"何止强啊，若有人能够操控那股能量的话，恐怕灭了我，也只是翻掌间而已。"凯老心有余悸地说道。

"刚才那股力量，只是万木灵液引动了刘枫体内的潜力，他自己尚不能自如控制能量，泄露出来的罢了。而刚才所泄露出来的能量，却还不足刘枫潜力完全爆发的十分之一……"阿蒂米斯轻轻地说道。

轻淡的话语，却是震翻了在场的所有人。仅仅是泄露出来的不到十分之一的能量，便造成了如此破坏，如果等到其体内潜力完全激活之时，那，会恐怖到何种境界？

"恐怕，到时候又是一位新的法则强者了吧？"诸人在心中猜测道。

阿蒂米斯没有说话，美眸凝视着下方，心头，却是微微泛着波澜，她清楚地知道，刘枫刚才抗下了五滴万木灵液。

四滴万木灵液，便说明其人具备成为法则强者的潜力，可这五滴……

轻轻地舒了一口气，阿蒂米斯小手微微紧握。虽然万木灵液只是探测一个人体内所隐藏的潜力，并不能代表着其日后到底能够成长到何种地步。即便如此，能够成功抗下五滴万木灵液的人，就阿蒂米斯所知，刘枫，是第一个。

"姐姐，刘枫怎么还没出来？"望着没有动静的神殿废墟，绿可儿焦急地问道。

"别急，刘枫的气息正在恢复，并没有出什么事。"阿蒂米斯浅笑道。

"皇级中段，也算不错了，提升了两个级别。"阿蒂米斯柳眉轻扬了扬，微笑道。

"刘枫才提升到皇级中段么？"闻言，绿可儿有些不满地摇了摇头。显然，她认为这结果与刘枫刚才所付出的巨大痛苦相比，有些得不偿失。

"你这丫头，尽说傻话。别的人若是没有什么机缘，想要自王级突破到皇级，那可是足足需要上百年的时间。刘枫在一个小时之内，便连跳了两级，你还有什么不满意的？"阿蒂米斯拍了拍绿可儿的脑袋，嗔道。

"而且万木灵液，也并不是那种专用来提升实力的道具，它只不过是一个引燃刘枫体内潜力的引子而已。"阿蒂米斯微笑道，"刘枫体内潜力的确恐怖，可也正

第144章 皇级

是因为潜力太过恐怖,甚至到了其肉体承受不住的地步。如果他现在将体内潜力完全爆发,恐怕不需要别人动手,他自己就立马自爆了……"

"啊,这么可怕啊?"闻言,绿可儿娇憨地吐了吐舌头。

"砰……"一声暴响,忽然自废墟之中传出。在碎木飞溅之间,一道黑影,鬼魅般闪掠上了虚空。

"多谢阿蒂米斯大人相助,这恩情,刘枫记住了!"

望着那黑眸中精光连连暴射的刘枫,阿蒂米斯微微一笑,道:"这是你自己毅力的奖赏,我并未帮你太多。"

刘枫笑了笑,伸出手来想要挽起袍袖,却不料因为急速增长的力量,袍袖在触碰间,竟然直接被扯成了碎片。

望着脸色郁闷的刘枫,阿蒂米斯微抿着小嘴,浅笑道:"你的身体,尚还不能控制暴增的力量。不过不用担心,只要锻炼几天,便能重新将之掌控。"

刘枫笑着点了点头,别人不清楚,他可知道晋级后的自己,实力到了何种恐怖的境界。现在的刘枫,若是再面对着沙之逆罚,绝对不会像上次那般费尽了招数,都未能取得多大成果。现在,即使是在戈壁之中与沙之逆罚对战,刘枫都有信心与之战得不分上下。

沙之逆罚都能够战成平手,更别说那实力方才帝级初段的莱因圣斯了。

微微扭了扭脑袋,刘枫心中,忽然对几天之后的争夺战变得期待了起来。

西之耀辉?天才?这些种种表面上的荣耀,在刘枫看来,无非是一堆笑话而已。

刘枫心想,这几天我得好好锻炼一下,自如地控制力量,那才能有效地提高实力。或者……或者再找敖天老哥练练手?

宽敞的大殿之中,两道人影闪掠交击,强横的能量波动绵延而出,带起微微荡漾的空间涟漪。

随着一声能量交击的巨响,两道人影,各自倒飞而出,在大殿壁上借力一弹,稳稳地站立地面。

"好,不错。晋入了皇级,实力果然强横了好几倍,如今竟然能够与我战成平手了……"敖天拍了拍手,点着头赞道。

"嘿嘿。"刘枫笑了笑，垂下头望着那微微紧握的手掌，犹如女子般的白皙。然而看似柔弱的手掌，却带来了澎湃力量的充沛之感。舒畅的感觉弥漫着整个身躯，那股由每个细胞之中扩散出来的力量因子，更是让刘枫在战斗之间，畅快淋漓。

经过这次晋级之后，刘枫竟然已经能够和完全战斗状态的敖天战得不相上下。这种恐怖的进步速度，即使是敖天本人，也不得不咧着嘴使劲地赞叹。

"以你现在的实力对付那什么莱因天才，百回合之内，你绝对获胜。"敖天走上前来，拍着刘枫的肩膀笑道。

"刘枫，进步蛮快的嘛。什么时候我们去塔克尔沙戈壁，把那沙女抓起来打一顿，怎么样啊？"娇笑声，忽然自大门之外响起，一道绿色倩影闪掠而进。

刘枫的视线在绿可儿身体之上，来回扫视了几次，他惊愕地发现，这丫头竟然直接跳级到了皇级顶段。

叹了一口气，刘枫苦笑道："你居然让阿蒂米斯大人帮你提升了整整三个级别？看你那娇气的模样，肯定不是用的我三天前那种办法吧？而且我想阿蒂米斯大人也舍不得让你去承受那般疼痛。"

"咯咯，我又不用在意实力提升速度的。只要等我领悟了法则，强行提升实力的弊端，自然会被除去的。"绿可儿笑吟吟道，微歪着头，小手掩着嘴娇笑道，"姐姐身为法则强者，想要将我提升到皇级顶段，当然不会太难。所以那万木灵液，我还是没福气用上。"

闻言，刘枫无奈地摇了摇头。关系产生差距啊，人家是顺顺利利地一路飙升三级，而自己……一想起那天吸收万木灵液而产生的疼痛，刘枫的身体就是忍不住地颤了颤。

"呵呵，别不满了。姐姐说了，想要成为强者，那定然要有强者的毅力。若是连这点痛苦都承受不了，那以后，你在变强的道路之上，如何走得更远？"绿可儿老气横秋地说道，说到最后，自己都是忍不住嫣然一笑。

"你们聊吧，我回去看管小金修炼去了。"望着笑谈中的一男一女，敖天极为识趣，找了个借口遁了开去。

刘枫推开大殿大门，对着外面行去，边走边笑道："你竟然这么有把握领悟法则？诸神大陆人口无数，可法则强者，却是罕见之至啊。"

绿可儿微微一笑，细步走出，浅笑道："我既然敢如此说话，自然是因为心有

第144章 皇级

底气。呵呵,不过你可不要继续打听了哦,某些事情,我可不能告诉你,不然姐姐会生气的。"

"我还没那么八卦,就算你真成了法则强者,和我,其实也没多大的关系。"刘枫双手抱着后脑勺,淡淡地微笑道。

似乎是有些不满刘枫语气中的些许淡漠,绿可儿轻皱了皱柳眉,追上前来,巧笑嫣然地道:"你不也是有成为法则强者潜力么,就连姐姐都私下和我说过,你以后,说不定会很强很强的……"

"你也说了,那只是潜力,我一般比较认同已经实现的东西。"刘枫笑道。

"哦,对了,你还会回克里克斯城吗?"刘枫忽然偏着脑袋问道。

"或许不会了……"绿可儿轻轻摇了摇头,语气中有着点点落寞,"不管怎样,我都必须回来。已经放纵了几十年,我也必须承担起自己的任务了。"

"任务?"刘枫挑了挑眉,有点好奇。

"这以后你就会知道了。"绿可儿捋过额前的绿色发丝,娇笑道。

瞧着脸色神秘的绿可儿,刘枫无奈地耸了耸肩膀,缓缓呼了一口气,安静地行走在神殿走廊之间。

望着不言不语的刘枫,绿可儿也是安静了下来,俏脸带着小小的酒窝,陪着刘枫一路行走。

绿可儿身为自然女神阿蒂米斯大人妹妹的身份,显然已经通告了整个神殿。来往的神殿护卫以及教士在见到绿可儿之后,都是极为恭敬地喊了一声大人之后,侧身一旁,躬身让刘枫两人先行通过。

"这待遇啊。"望着那走廊上一排排躬身的护卫,刘枫咂了咂嘴。

"呵呵,这不是刘枫兄弟么?"

就在刘枫微眯着眼时,一道貌似温和的笑声,却是让得他眉头轻皱了起来。抬起眼来,望着那脸上挂着阳光般灿烂的笑容,走过来的莱因圣斯,刘枫淡淡地道:"有事?"

"呵呵,听说刘枫兄弟三天前弄出了很大的动静啊?"莱因圣斯尖锐的视线在刘枫身上扫过,心头却满是疑惑,"实力涨了两个级别,虽然不错,可却并不是很强啊。那天的能量波动,真是他搞出来的?"

"你认为我一个皇级中段的小子,能够搞出那般大的动静?那只是阿蒂米斯大人无意间弄出来的罢了。"刘枫略微夸张地摊了摊手,笑道。

"呵呵，是吗？"莱因圣斯不置可否地笑了笑。他并不蠢，虽然对那天的能量爆发依然有些怀疑，不过心中，却是对刘枫暗暗地升起了一些警惕之意。

"呃，这不是绿可儿小姐么？呵呵，你好，我是莱因家族的莱因圣斯，很高兴能够见到可儿小姐，你是莱因这么多年中见过的最美丽的女孩。"视线忽然转移到刘枫身后，当瞧见绿可儿那冷傲的俏脸之时，莱因圣斯眼睛一亮。脸上露出灿烂的笑容，极为优雅地微微弯下身子。

不可否认，莱因圣斯真的挺帅，再配合着那一脸阳光的笑容，普通女子真的很难抵御这般帅男攻势。

咳，不过很可惜，绿可儿显然不是那种只喜欢虚华表面的普通女孩。美眸轻抬了抬，嘴角扬起浅浅的弧线，道："你就是那位号称西之耀辉，并且被米枷勒称之为千年之内，有望领悟法则的天才莱因圣斯？"

脸色微微一振，莱因圣斯脸上那无懈可击的笑容更加灿烂，点了点头，轻笑道："那些都只不过是虚名罢了。"

绿可儿身为阿蒂米斯大人妹妹的事，整个自然神殿都已经知晓，莱因圣斯当然也不会例外。相比于自然女神的高高在上，她的这位妹妹，貌似要和善一些，如果能与之打好关系……咳，如果关系最后能够再进一步，那么这对莱因家族来说，绝对是一个惊天的喜讯。

对于女人，莱因圣斯一向极有信心，他的这副英俊面孔与无懈可击的笑容，都是无往不胜的利器。

咳，有自信心虽然是件好事，不过今天莱因圣斯貌似将会受到有生以来最悲惨的打击。

绿可儿偏着头先是望了望脸上挂着玩味笑容的刘枫，再看看犹如白马王子一般的莱因圣斯，轻抿了抿小嘴，俏脸上浮现出两个浅浅的可爱小酒窝，嫣然道："对不起，我对小白脸不怎么感兴趣。"

悦耳的轻笑声，却是将一条走廊上的所有人震惊得僵硬了起来。那些神殿护卫们呆呆地抬起头来，望着那脸色在红与绿，青与白之间急速转换的莱因圣斯，心头都是忍不住地赞叹了一声，好快的变脸速度。

刘枫一脸古怪地看着俏脸保持着微笑的绿可儿，再看看莱因圣斯那僵得动弹不得的脸色，心头不由升起一股舒畅的感觉。

绿可儿上前一步，忽然伸出纤臂，放在刘枫臂间，不等刘枫回过神来，便拉着

第144章 皇级

他挤过莱因圣斯。带着悦耳的轻笑，两人相依着出了走廊，然后在无数道惊异与羡慕的视线中，缓缓消失。

走廊之中，那些神殿护卫们，在丢给了那犹如雕像般僵硬不动的莱因圣斯一个怜悯的眼色之后，也赶紧退了出去。

许久之后，脸上的僵硬终于缓缓退去。莱因圣斯脸庞之上跳动着狰狞、怨恨的嘶吼自喉咙间传出："刘枫，我莱因圣斯不会放过你的！"

莱因圣斯狠狠地跺了跺脚，在神殿走廊中响起一阵回声。

今天是争夺自然神殿出战资格的日子。

比武结束，谁胜出了就将代表自然神殿去和另外两大神殿派出的强者对战。

无尽林海之上，一处由无数巨树集合而成的广场耸立而起。在广场之外的树梢以及半空之上，无数人头耸动，喧闹的声响，传遍了大半个林海。

只要是经常居住在森林之城或者在其附近的修炼者，都会知道，今天，是森林之城的大日子。能够代表自然神殿出战另外两大神殿的强者，将会在今日无数人的注视之下，横空出世。

代表者之争，即使是放眼整个大陆，那也是较为高层的实力之争。因为毕竟能够有资格参加争夺的人，实力再不济，那也该是皇级顶段之上的强者。

皇级顶段，在诸神大陆之上，也应该能算为不错的强者了。而有这种实力的人，大陆各大势力，也都是极力欢迎。

巨木广场之外，人头涌动，喝声喧哗。一眼望去，竟然是黑压压的一片。

在临近广场之边的特殊位置之中，敖天一行人以及一干神殿老者正坐立其中。

一道淡绿色的光罩忽然至广场四个角落缓缓升起，将广场包裹其中。

一道绿色倩影，突兀地在场地半空淡淡浮现，柔和轻声，将那漫天喧哗柔柔地压下：

"五百年已到，自然神殿选拔之比，再次在此进行，自然神殿欢迎来自诸神大陆各地的修炼者。"

望着场中那散发着淡淡绿芒的绝色女子，广场之外鸦雀无声。无数人都是虔诚地微微弯身，对着场中那女神般的女子，送去发自内心的尊敬。

法则强者，诸神大陆的瑰宝，相比于常年闭关的主神，他们似乎更加让人们尊敬。

"此次代表者之争，共有五人。"望着那铺天盖地的人头，阿蒂米斯微微一笑，柔和的话语，却是在每人耳边轻轻回荡。

"帝级中段，厉斧……"那位背有巨斧的中年大汉，纵身闪进了场中。

"帝级中段，木灵……"又是一道人影闪进，这人正是那有着尖耳朵类似精灵的中年人。

"帝级初段，古德烈……"随着阿蒂米斯的音落，古德烈的身形也是径直闪进广场之中，对着女神恭敬地行了一礼之后，侧身而立。

"帝级初段，莱因圣斯……"莱因圣斯缓步自台中闪掠而出，脸带着灿烂微笑对着自然女神行了一礼。

"竟然是号称西之耀辉的莱因家族超级天才，莱因圣斯？没想到他也来参加代表者之夺啊。"看来莱因圣斯名头的确响亮，刚刚亮相，便引来了不少的惊呼。

"最后一位，皇级中段，刘枫。"将这话道出，阿蒂米斯那笼罩在青纱之后的小嘴，却是微微地翘了起来，似乎是在等待着什么。

听着这最后一个人的资料，那漫天围观的修炼者们微微一愣，似乎是有些怀疑是不是自己耳朵出问题了。不过在看到身旁同伴们那一个个愕然的脸色之后，这才猛地喧哗了起来：

"皇级中段？这点实力也敢跑来争夺自然神殿的代表者？"

"推荐那家伙的人，脑袋难道被门夹了不成？"

"皇级中段，能在帝级强者手中走几个回合？"

"那家伙当自然神殿代表之争是什么？大街上的擂台赛么？"

……

漫天的喧哗，将这片天地吵翻了开去。

一袭黑袍缓缓地自一处木台之中走下，在无数人的注视下，站在场中。对着那柳眉微弯的阿蒂米斯耸了耸肩膀，淡然的脸色，面对着那无数道尖锐的视线，淡淡地道："我是刘枫。"

"嘶……果然是皇级中段，那家伙是傻子么？"一片倒吸凉气的声音，在场外连绵不断的响起。

"阿蒂米斯大人，如何比赛？混战？"没有理会场外的一片喧哗，刘枫转过

第144章 皇级

头，对着那落下地的自然女神微笑道。

"呵呵，不是混战……"阿蒂米斯摇了摇头，柔和地说道，"厉斧是上一届的代表者，他可以不用预选，所以需要战斗淘汰的，只有你们四人。"

闻言，刘枫略感诧异，目光在那背斧大汉身上扫过，没想到这家伙竟然还是上一届的胜利者。

"选择对手，我们还是抽魔法签决定吧。这里有两对魔法签，你们各自抽取一块，如果魔法签与另外一个人的自动合拢，那么，他便是你的对手。"阿蒂米斯白玉般的小手平探而出，四支魔法木签在手心的绿色光罩之中不断飘飞。

旁边三人点了点头，各自上前一步，自阿蒂米斯手中的光圈中取出了一支木签，刘枫眼角余光扫了扫莱因圣斯，发现那家伙正森冷地盯着自己，那眼睛中的意思，极为明显：小子，祈祷你和我一组吧！

微微一笑，刘枫将阿蒂米斯手中的最后一支魔法签抓了出来，然后随手向半空一丢，一道淡淡的绿芒缓缓射出。

绿色光芒微微摆了一转，最后停留在了木灵手中的魔法签之上。

"唉……"广场之外，望着刘枫与木灵那合在一起的魔法签，都是忍不住叹了一声。对着场中的黑袍青年，投去怜悯与嘲笑的目光。可怜的娃子，竟然一来就选中了帝级中段的强者，真是不幸。

"你的对手是我，刘枫小兄弟。"木灵收起手中的魔法签，对着刘枫微笑道。木灵脸上的笑容，明显比莱因圣斯那虚伪的阳光笑容真诚了许多。

"待会还得请木灵大叔留几分手啊。"刘枫也不认生，抱拳笑道。

"我与老凯关系还不错，对你也比较了解。所以，你那扮猪吃老虎的套路，还是收起来吧。我知道你实力不弱于我，战斗的时候，我会全力以赴的。"望着刘枫，木灵摇了摇头，失笑道。

"呃……"微微一怔，刘枫郁闷不已，只得苦笑一声。想让人家让着自己一点儿，人家才不干呢。

一旁的莱因圣斯忽然自一旁走过来，对着刘枫低笑道："你可不要在第一轮就被淘汰了哦，本想若是你遇到我，我还打算给你留点面子的，哪想到你运气竟然这么背……"

望着笑容灿烂，眼神阴森的莱因圣斯，刘枫淡淡一笑，轻声道："如果你有那资格，我会在第二轮等你，不过以你的本事，我想恐怕很难是古德烈的对手。"

莱因圣斯冷笑一声，森然道："若我们真能相遇，你还是祈祷你能活着走出场吧。"

"我等你，超级天才。"刘枫脸上也是扬起了灿烂的笑容。

阿蒂米斯纤手轻挥，一道绿光罩凭空将广场分割为两半，柔和的声音，传遍广场："自然神殿代表者之战，开始……"

随着阿蒂米斯话音的落下，那漫天围观的修炼者们兴奋的大喝声响彻林海。

帝级强者交战，这在大陆之上，也算较为少见的场景了。现今能够有幸目睹帝级之战，这对修炼者们，有着极大的吸引力。当然，在围观的修炼者们心中，刘枫与木灵的战斗，自然是被排除了。这种实力相差如此之大的比试，根本就没有半点悬念。

四道人影闪掠，同时闪进各自场地之中。

那黑袍青年在此时展现出来的速度，让无数围观者们微感惊异，不过也只是惊异罢了。只依靠速度便想要打败帝级强者，这根本是不现实的事情。

战斗，终于是要开始了。

望着场中开始弥漫的战斗气氛，漫天修炼者，也是极为自觉地收敛了喝声。

"敖天，你说刘枫与木灵，谁会胜？"微眯着眼睛，凯老笑问道。

微微一笑，敖天沉默了片刻，淡淡地道："结局会让那漫天修炼者惊掉下巴的。"

"你认为刘枫会赢？"凯老笑道。

"刘枫那家伙，天生是个带给人刺激的主儿，同时，也是个喜欢打击人的主儿。与现在的刘枫交手，就算是我，也必须得全力对待。若是稍有分神，我败，也并不是不可能的事。"敖天轻笑道，视线凝望着场中那如同剑般挺拔的黑袍青年，眉头有些欣慰地扬了扬，用只能自己才能听到的声音轻轻呢喃，"华夏之威，异域不散，炎皇血脉，龙之逆骨！"

场中，气势骤然一凝，风起云涌，大战即临！

望着不远处手持木弓的木灵，刘枫轻舒了一口气，手掌微微握拢，一道淡青色光芒逐渐在手中模糊成型，最终化为古朴的三尺青锋。

青锋扬起，剑尖带着吞吐的月白剑罡，遥指向对面的木灵。

第144章 皇级

漫天气势骤然一凝，木灵手指闪电般在弓弦之上微微拨动了一下。

"咻……"一根青色能量箭，凭空出现在木弓之上。在弓弦的弹动间，带着尖利的破空之声，犹如一道青色闪电般，在虚空急速划过，对着刘枫疾射而去。

脸色平静，刘枫身子随着左脚向着一旁不多不少地轻轻移动一步。

青色能量箭带着尖锐破空之声，贴着刘枫的黑袍刺耳地穿过，然后在一声巨响声中，带起四射而溅的碎木。

一箭出手，木灵脸色凝重。经过刚才一箭的试探，他已经将心中对刘枫实力的微微怀疑完全抛弃。同时也将他视为同等级的对手，全力相待。

木灵脚掌在地面轻点，身形弹射半空，手中拉动弓弦的五指，带起令人眼花缭乱的残影。一道道森寒的绿色箭气，弥漫虚空，铺天盖地地对着其下的刘枫暴射而去。

虚空之上响起的箭啸之声，也引起了场外围观者们的注意力，在瞧得木灵那根本没有留半点手的迹象之后，都是愣了愣。旋即对那名黑袍青年送去怜悯的视线，一名帝级强者认真了起来，恐怕皇级中段的人，在其手中根本走不出十回合。

"那可怜的家伙，恐怕在这波箭雨的覆盖下，将会被射得千疮百孔吧。"无数人在心头叹息道。

虚空之上的漫天箭气，如同众人所料的，没有丝毫迟疑，对着其下的人影狠狠射下。

场中，木屑飞射，巨大的木块带着尖锐的破空声，胡乱四溅。

在一阵响彻虚空的连环爆炸声之中，无数人都是暗暗地摇头叹息。

"那年轻人还活着？！"忽然，一声满是不可思议的大喝声，将场外所有人的视线拉拢了回去。

无数视线瞬间转移，然后在那弥漫木灰的场地中停留了下来。

木屑与灰尘逐渐平息，一袭黑袍，在无数人眼中，缓缓浮现。

望着那脸色淡然的年轻人，衣衫依旧平整，刚才那拨儿足以毁灭任何一名皇级强者的箭雨攻击，似乎并没有取得半点效果？

有细心人能够发现，场中那年轻人所站立之地，竟然和箭雨袭下之前一模一样。

"嘶……"漫天凉气，不绝于耳地倒吸着，一道道满是不可思议的视线，呆滞地汇聚在那年轻人的淡然脸庞之上。

望着那年轻人隐隐噙着笑意的嘴角，一些人忽然明白了过来：这位年轻人不是傻子，而真把他当成傻子的人，或许才是最傻的傻子。

"这才是扮猪吃老虎的宗师啊。"一些心中已经微微有些明白的人，满脸叹服地赞道。

没有理会场外的视线，刘枫抬头望着脸色没有一丝惊讶的木灵，笑道："木灵大叔箭法很快。"

"可却不及你的速度快。"木灵缓缓说道，脸色微显凝重。以他的实力，自然能够感受出，刘枫刚才躲避箭雨袭击而施展出来的恐怖速度。

"该我攻击了。"刘枫微笑着耸了耸肩膀。

木灵眉头一耸，手中木弓猛地拉出一个满弦，犹如实质般的青色箭气，闪电般对着刘枫疾闪而下。

实质青色箭劲，带着尖锐的破空之声，狠狠射穿了刘枫的身体。不过，却并未带起半丝鲜血。

"残像……"缓缓吸了一口气，木灵双眼中青芒暴闪，在周身虚空扫描了瞬间，手中弓弦再次拉动，一道箭气对着左下角疾射而出。

一道黑影鬼魅般闪现，手中长剑将箭气轻挑而开，身形只是微微一凝，便再次诡异消失。

木灵脚尖在虚空轻点，身形骤然暴退，一根根青色箭气不断自木弓中暴射而出，划起刁钻的弧线，径直射向半空中某些角落之中。

有些箭气明明是击在了空处，不过却硬是诡异地带出了一袭黑袍，然后挑箭，身形再次消失。

刘枫与木灵两人的战斗，看上去有些诡异。明明是能够轻易获得胜利的木灵，却是在虚空之上不断倒退闪掠，并且不断在改变着自己的飞行位置。看那模样，就如同像是晚了片刻，就会有什么可怕东西追上来一般。

而那偶尔闪现出来的黑袍，更是让无数围观的修炼者将嘴巴张到了最大，那种如同幽灵般的速度，让得众人身体微微泛寒。

现在的围观修炼者们，这时才知道，那名看上去只有着皇级中段的青年，战斗起来，竟然是如此恐怖。

第144章 皇级

以皇级实力将帝级强者逼入下风，这种震撼性的结果，让得刚刚心生嘲讽的修炼者们满脸自惭。

"刘枫的速度，真的是越来越诡异了啊。"瞧着被刘枫打压得不断闪身而退的木灵，凯老笑道。

"那木灵本来就是靠速度吃饭的，可他箭气的速度，与刘枫的速度相比起来，却是有些差距。这场比斗，他算是被刘枫克制住了。若是换我上场，恐怕也不可能将他逼得这副模样啊。"敖天点了点头，咧嘴笑道。

"等到刘枫接近他身体十步之时，或许便是胜负分出之刻了。木灵的箭法的确犀利，不过，却是遇到了刘枫这号怪胎。"凯老有些幸灾乐祸地道。

敖天微微点了点头，也不再说话。将视线，紧紧地跟在那虚空之上的激烈战斗。

木灵脸色极其凝重，凝重中还泛着点点无奈。正如同敖天他们所说，刘枫的幽灵速度，简直就是将他克得死死的。极多的厉害箭技施展出来都需要时间，可就算是这点眨眼时间，都被刘枫完全地压榨了去。

手中或许是因为长久的拨动，忽然微微顿了瞬间，那疾射而出的漫天箭气，也是随着出现了一个细小的漏洞。强者交手，一个微小的失误，便能决定一场战斗的胜负。

刘枫眼光极其毒辣，自然没有理由放过木灵这泄露而出的小小漏洞。鬼魅般的速度展掠而出，以一个不可思议的弧度躲开了箭气的袭击，身形闪动，终于是踏入了攻击圈之内。

手中神秘印结闪电般的结出，随着一声低喝，淡紫能量自刘枫手中暴射而出，几个扩散间，便将十步之内的木灵包裹而进。

虚空之上激烈交战的两道人影，忽然凭空消失了去。这突然的变故，让得无数围观的修炼者愕然了好半晌。

"那是领域？"片刻之后，终于是有人惊讶地认出了刘枫所施展的技能。

在诸神大陆之上，经过万多年的独自探索，很多人都把目光放在了纯粹的力量之上。似乎已经只有很少人才会去修炼领域了，毕竟领域只能在战斗之时作为能量源泉使用。偶尔能够使用的攻击，在突破到了神阶之后，便会变得如同鸡肋。所以，在见到刘枫竟然用领域对敌时，所有人都是微感惊讶。

在愣神之际，忽然自另外一个场地中爆发而出的强烈圣光，却是立刻将无数人的注意力拉过。

在场地之中,莱因圣斯手持一杆充斥着圣光的银枪,而尖锐的枪尖,竟然已经靠在了脸色铁青的古德烈脖子之上。

莱因圣斯与古德烈原本都是帝级初段,不过若是比起战斗经验,莱因圣斯明显逊色了不少,在交战了百多回合之后,竟然开始隐现败相。

不过这隐现的败相,却在莱因圣斯忽然抽出的一把圣光银枪之后开始出现了逆转,借助着圣枪之上的净化之效,莱因圣斯瞄住古德烈的一个破绽,终于是一枪定胜负。

"炽天使之焰,这把武器,可是米迦勒以前的武器啊,没想到竟然到了莱因圣斯手中。"望着那把圣枪,阿蒂米斯柳眉微皱,轻声道。

"那莱因圣斯也太无耻了吧?若不是靠着那杆枪的帮助,他怎能打得过古德烈?"绿可儿黛眉微竖,嗔怒道。

"哎,算了,比赛也没说不准用利器,刘枫手中那把剑,我看也不是什么普通之物。"阿蒂米斯摇了摇头,微笑道。

"刘枫和他可不一样,他又没仗着剑利比试。"绿可儿嘟囔道。

轻笑着摇了摇头,阿蒂米斯的柔声,再次响彻全场:

"莱因圣斯与古德烈之战,莱因圣斯胜!"

闻言,那无数的围观修炼者在迟疑了片刻之后,这才有些稀稀落落地响起一点喝彩声,看来,他们对莱因圣斯如此打败古德烈也有些不满。

望着场中脸色僵硬的莱因圣斯,阿蒂米斯微微抿着小嘴,柳眉忽然一扬,柔和的轻笑,再次飘荡而出:

"刘枫与木灵之战……"

"刘枫胜!"

空间微微荡漾,脸色微微苍白的刘枫突兀地率先闪现而出。

天地骤然一凝,无数人呆滞地望着那随着刘枫出现的焦黑人影。

"我输了,阿蒂米斯大人。"焦黑的人影,对着自然女神苦笑道。这声音明显便是刚刚与刘枫战斗的帝级中段强者,木灵啊。

"哗!"

无数道惊骇的视线,停留在那轻轻咳嗽的黑袍年轻人身上,在安静了瞬间之后,惊天动地的喝彩声,震慑着万里林海。

第144章 皇级

巨大的广场，竟然也被这惊天的喝彩声震得微微颤抖。

毫无疑问，此时的刘枫，成为了万众瞩目的焦点。

望着半空中的刘枫，莱因圣斯那本就僵硬的脸色，再次变得难看之极。手掌紧紧地捏动着手中的圣枪，低垂的眼睛中，狰狞与怨毒暴射。

第145章
天使武装!

第145章 天使武装!

刘枫在漫天震撼的视线中缓缓踏空而下,微偏着头对着莱因圣斯微笑道:"没想到你还真能胜出。"

"你更让我惊讶。"莱因圣斯藏起眼中的怨毒与狰狞,抬起头来望着那黑袍青年,冷笑道。

无可否认,以莱因圣斯的天赋,也的确无愧于天才之名,如果这场比赛没有刘枫的参与,或许他将会是场中最耀眼的主角。不过人生不可能有如果,有着天才之名的莱因圣斯,在刘枫这一直追求务实派的震撼光环之下,却是显得有些黯淡。

莱因圣斯手中圣枪一摆,乳白的圣光大盛,枪尖遥指向刘枫,道:"来吧,西之耀辉,绝不会输于你的。"

刘枫淡淡挑眉,手中三尺青锋微微扬起,月白剑罡缓缓吞吐。

场中,刚刚落下的气氛,再次升腾。

一位是名动西大陆的天才,一位是以皇级实力打败帝级强者的神秘青年,两人的战斗,无可厚非地成为了在场所有人的关注焦点。

一双双炽热的视线,望着场中的两道年轻影子,震天的呐喊声,响彻天地。

望着充满敌意的两人,阿蒂米斯淡淡地笑了笑,纤手微微挥动,那被分割成了两半的场地再次合拢一起。

"比斗,开始。"阿蒂米斯的柔声刚落,两股澎湃的气势猛地一凝,两道身影夹杂着凶猛的劲气,毫不客气地对着对方疾攻而去。

一枪一剑,在场中,重重交击,带起连绵而过的能量波动。

刘枫脸色平静,手中吟龙剑带起刁钻的弧度,犹如毒蛇抬头,对着莱因圣斯周身各处要害疾刺而去。

莱因圣斯脸色凝重，手中圣枪圣光不断大放，一股股乳白的能量弹射而出，将刘枫的攻击抵御而下。

场中人影闪掠，圣光灵气不断暴射，广场之上，巨大的木坑带起四处飞溅的木屑不断飞射。

古朴剑身再一次疾点在银枪之上，带起溅射而出的闪亮火花。

一道乳白圣光忽然自银枪之上疾闪而出，眨眼间，便覆盖上了刘枫的吟龙剑。

被乳白覆上剑身，刘枫出剑的速度，却是骤然迟缓了许多。

"哼，敢和炽天使之焰如此硬碰，你倒还是第一个。你难道不知道炽天使之焰有着净化的奇效么？"望着刘枫的剑身被白光覆盖，莱因圣斯得意地冷笑道。

"净化？一杆破枪而已，有何惧？"刘枫微微讽道，握住吟龙剑的手掌微紧，一股淡淡的青芒自剑身内缓缓溢出，转眼之间，便将那覆盖其上的圣光驱除而去。

圣光退去，三尺青锋，更显森利。

"别拿一杆破枪当宝贝，比武器，你那只是一块烂铁而已。"刘枫望着脸色微变的莱因圣斯，冷笑道，"还是不陪你玩了，早点下场去吧。"

"镜像分身！"

"疾风步！"随着心头的低喝，两道壮硕的绿色剑圣镜像，迅速自刘枫身旁浮现，而随着镜像的浮现，刘枫的身形，却是诡异地消失了去。

手中柴刀同时扬起，两道镜像满脸冷漠，对着莱因圣斯疾攻而去。

瞧得这一连串的诡异变故，莱因圣斯脸色急变。手中圣枪急速刺出，带起无数道残影，将两道镜像抵御而下。

"这东西竟然拥有如此强的战斗力？"手中圣枪与两道镜像相接触，从上面传过来的巨大反弹力量，让得莱因圣斯脸色阴沉之极，这家伙怎么这么多诡异的东西。

两道镜像彼此配合间极为完美，一左一右，两把带着巨大力量的柴刀，竟然把莱因圣斯迫得不住后退。

"莱因圣斯输了。"望着场中的场景，凯老耸了耸肩膀，幸灾乐祸地笑道。

"这本来就是在意料中的事……"敖天淡淡地道，"等刘枫现身之时，就是那家伙落败之刻了。"

第145章 天使武装!

"姐姐,那家伙应该撑不了多久了吧?"绿可儿浅笑着问道。

"这可不一定哦。"阿蒂米斯微笑着摇了摇头,美眸凝视在莱因圣斯手中的圣枪之上,轻轻地道,"炽天使之焰曾经是米迦勒的武器,其中能够存储一个光明禁咒,以莱因家族的实力,存储的禁咒级别应该不会太低。若刘枫能够挡住这个光明禁咒,那么胜利自然是属于他的。"

场中,两把封锁了莱因圣斯所有退路的巨大柴刀上所覆盖的力量骤然暴增,柴刀所过之处,空间微显波荡。

察觉到两道镜像攻击的强横,莱因圣斯脸色凝重。在衡量了一下其中所蕴含的力量之后,竟然是悲哀而且震惊地发现:那两把武器中所蕴含的力量,光是其中任何一道,就已经能让他全力相拼。如果两道齐来,那么他也就只能落败出场了。

微微迟疑了瞬间,莱因圣斯颇有些无奈地叹了一口气,手中圣枪平握而起,快速地吟唱,迅速至其嘴中吐出,随着最后一个吟唱音的落下,那把圣枪之上,圣光忽然暴涨。

圣光急速将莱因圣斯笼罩,随着圣光的大盛,莱因圣斯身体之上,迅速被乳白色光甲所覆盖,八只巨大的光翼,也是自其背间,迅速吐出。

"光明禁咒:天使武装!"

"咦,竟然是天使武装,莱因圣斯还真是下足了本钱啊。"望着场中忽然间变成了光甲人的莱因圣斯,阿蒂米斯轻声惊咦道。

"天使武装?那个号称专为战斗而产生的禁咒装备?这家伙也太无耻了吧。"绿可儿柳眉一竖,不满地道。

"呵呵,你也别小看了刘枫,到现在那家伙还一直隐藏在某个角落里呢。只要莱因圣斯有半点疏漏,那么等待他的,或许就是刘枫的最后攻击了。"阿蒂米斯青纱微微颤动,娇笑道。

被光甲笼罩身体,莱因圣斯实力明显涨幅了不少,手中圣枪带起恐怖的破风劲气,狠狠地对着疾劈而来的两道镜像抢去。

两把柴刀,几乎是同时劈砍在了那把圣枪之上。

"轰……"巨大的爆炸声,在广场之中响起。场地之中,三人立脚之地,竟然被凭空炸出了一个深十几米的巨大木坑。

三道身影，被武器交击而反弹回来的恐怖劲气击得倒射而出，然后重重地砸在木台之上，溅起无数木屑。

"砰，砰……"随着两道轻响，两道镜像结束了他们的使命，化烟消散了去。

"扑哧……"一口鲜血疾喷而出，将身前的木台染得猩红，莱因圣斯低头望着光甲上，那自小腹处向上蔓延的巨大裂缝，脸庞之上，忍不住现出一片骇然。

天使武装，这足以抵御一名帝级中段强者的全力一击，竟然在刚才那两道明显是召唤物的攻击下，被破坏成这般模样。

手中的圣枪已经不复先前的光亮，变得黯淡无比。在坚硬的枪身之上，竟然还出现了两道浅浅的刀痕。

干咽了一口唾沫，莱因圣斯忽然脸色一变，刚欲闪身升空，一把吐缩着淡淡月白森寒的三尺青锋，却是诡异地架在了其脖子之上。那一直隐身的刘枫，终于是显出了身影来。

虽然有着天使武装的防护，不过莱因圣斯还是感觉到脖子一阵发寒，在刘枫还没有动手削砍之时，赶紧地喊道："阿蒂米斯大人，我认输！"

莱因圣斯很聪明，他知道刘枫对他肯定存有杀意，所以在面临着死亡的威胁前，他极为自觉地喊出了认输。

"你很狡猾嘛。"刘枫微眯着眼睛，笑眯眯地说道。

莱因圣斯脸色铁青，不过人为刀俎，我为鱼肉，他还是很明智地没有选择此时去挑衅刘枫，冷哼着保持沉默。

刘枫嘴角微掀，转过头去，将视线停在了阿蒂米斯的身上，手中的剑向里面靠了靠。

阿蒂米斯柳眉微扬，缓缓地摇了摇头。

接到阿蒂米斯的回音，刘枫耸了耸肩膀，手指在剑身之上轻弹了弹，三尺青锋，收入体内。

"算你好运，超级天才。"

"刘枫与莱因圣斯之战……刘枫胜！"阿蒂米斯的柔声，轻轻地响彻全场。

场外无数人在愣了片刻之后，喝彩声，再次震天地响起。

今天，他们见证了一名皇级青年的传奇战绩：

皇级中段对战帝级中段，胜！

皇级中段对战帝级初段，胜！

第145章 天使武装！

或许不久之后，这位黑袍青年，将会成为诸神大陆最为耀眼的新星。

刘枫与莱因圣斯的战斗，刘枫凭借着鬼魅般的速度，不出乎意料地获得了比试的胜利。如此算来，最后需要挑战之人，便只有那位上届的代表者：厉斧。

莱因圣斯早已经退出了场外，然而在他退场之时，还并未忘记对刘枫投去森冷的视线，然后直接脸色铁青地离开了森林之城。这座城市，留给了这位西方大陆的天才极多的污点。

莱因圣斯的离去并未引起半点骚动，所有人的注意力，都已经全部放在了场中的黑袍青年身上。不管莱因圣斯名头再如何的大，不过，最终的结果，他却是败在了刘枫手中。对于失败者，人们或许会怜悯，但却并不会崇拜。

刘枫已经连过两关帝级强者，在这最后一轮，他会止步于此，还是继续属于他的震撼光环？林海之上的无数修炼者，都对这个答案，极为的期盼。

……

经历过两场苦战，刘枫的势头明显已经不如起初那般锋利。不过那双漆黑眸子中闪烁的桀骜与自信，却是让阿蒂米斯将那想要暂停比试的念头压了下去。

"真是个好战的人呢。"阿蒂米斯轻声道，场中那单薄的青年，似乎有着无与伦比的战意。

"厉斧，该你上场了。"微偏着头，阿蒂米斯淡淡地说道。

"是，大人！"那一直保持着沉默的厉斧，忽然睁开微闭的眼睛。那脸上的各式刀疤，也似乎在此刻苏醒了一般，一股凶厉的气息，缓缓探伸开来。

望着那随着脚步的跨下，气势越来越凶厉的厉斧，阿蒂米斯脸上的青纱微微动了动，在迟疑了片刻之后，送下了一丝轻轻的传音："尽量别让刘枫受伤了吧……"

厉斧脚步微微一顿，旋即便恢复了正常，轻轻点了点头，用低不可闻的呢喃声自语道："只要是你的话，就算是让我挑战主神，厉斧都不会迟疑丝毫……"

阿蒂米斯修长的睫毛轻轻地眨动了几下，平静的美眸，让人觉得她似乎什么都没有听见。

大踏步进入场中，笼罩在厉斧身体之上的凶厉气势，竟然已经隐隐带着点点虎啸之音，震人心魄。

"那家伙……很强。"眯着眼望着场中背着巨斧的汉子,敖天缓缓说道。

"厉斧那家伙,或许快要突破到帝级顶段了吧?"凯老叹了一口气,旋即担忧地说道,"刘枫已经经历了两场战斗,现在再面对厉斧,恐怕胜算不会太大啊。"

"现在也只能相信他了。"敖天点了点头,有些无奈地说道。

厉斧踏立在刘枫不远处,直接自身后抽出那把大得可怕的巨斧,然后砸在地面之上,将木板砸出一个深坑,抬眼望着眼前的那袭黑袍青年,淡淡地道:"我知道你很强,所以我会在不伤到你的前提之下,尽我最大的力量……"

望着那脸色肃冷的厉斧,刘枫耸了耸肩膀,手掌翻转之间,刚刚收进体内的古朴青锋剑,再次被召唤而出。

"战吧!"看得出来,厉斧是一个惜字如金的家伙,所以刘枫更是直接地扬剑宣战。

"好。"刘枫的果断,也让得厉斧那古板的脸上露出一抹笑容。脚掌狠狠在地面一踏,插进木板中的巨斧,一跃而起。脚掌再次踏动地面,厉斧手掌闪电般握住巨斧斧柄,身形犹如是一颗炮弹一般,对着刘枫狂袭而去。

巨斧斧刃转动,带起一片雪白的森寒,犹如匹练一般,狠狠劈砍而出。

刘枫面沉如水,身子向左轻移一步,巨斧带着尖锐的破风声,自衣袍边缘之旁,怒劈而下。

"喀嚓……"一道足有几十米宽的巨大裂缝,自宽敞的广场之中,蔓延而出。

手中吟龙剑疾袭而出,对准厉斧握着斧柄的手掌横削而去。

"叮……"

巨大的斧身微微一侧,闪电般将剑尖抵挡而出。厉斧眼睛忽然微缩,砂锅大的拳头,带着凶狠的劲气,狠狠击出。

一只脚掌诡异地穿过巨斧的封锁,刚欲直取咽喉,巨大的拳头,却是狠狠地迎了过来。

"砰……"在一记闷响声中,厉斧脚步微微踉跄,急退了一步,这才稳下了身形。

相比于厉斧的从容,刘枫貌似要稍稍狼狈一点,脚尖在地面连踩了四步,这才将那股交击的劲气化去。

第145章 天使武装！

只是短短眨眼之间，刘枫与厉斧的战斗，便进入了白热化的对峙之中。双方剑来斧挡，脚来拳挡，斗气与灵气澎湃，场地上一道道巨大的裂缝不断漫延而出。

厉斧似乎是专修肉体的强者，不仅肉体防御力强横之极，而且力量也颇为恐怖。最让刘枫头疼的是，这家伙虽然速度不及他，不过战斗经验，却是极为老到。每到关键时刻，好不容易得到的机会，却总会被他给打消而去。

苦战，的确是一场苦战。相比于刘枫的必须不断展动身形，厉斧却是悠闲了许多，手中巨斧只是在某个时刻劈出，不过却总能取得极为良好的战斗成果。对于刘枫的普通攻击，他竟然直接选择以肉体强行抵抗。

如果说木灵对战刘枫，是被克得死死的话，那么现在的刘枫，便是被厉斧克了。

急速闪动的身形骤然停下，刘枫有些无奈地摇了摇头，苦笑道："再如此下去，恐怕先倒下去的，便是我了。"

"你的速度真的很快，但如果攻击力能够再强些的话，那我不会是你的对手。"厉斧望着那黑袍青年，认真说道。

"哎，只能用它了啊。"刘枫轻喘了一口气，手指间，再次结出眼花缭乱的神秘印结。

瞧着刘枫的举动，厉斧并没有出手阻拦，反而眼中有着好奇与兴奋，笑道："领域吗？这么多年来，我倒是从没在别人领域中战斗过。你打败木灵的，也是依靠着这东西吧？"

手指的翻飞，骤然一凝，刘枫淡淡地说道："它会让你很吃惊的。"随着最后一个印结的结成，淡紫色的光芒自刘枫手中，急速扩散而出。

并没有躲避，厉斧站立原处，任由紫芒将之吸进。

场地之中，紫芒暴闪而出，两道人影，同时消失不见。

……

斜躺在树梢之上，刘枫微眯着眼睛，望着那无尽的林海。绿意充斥眼内，一些大型的飞行魔兽，在树海之中嘶鸣着腾空扑跃，偶尔还有着万鸟齐腾的壮观场面。夕阳斜落，淡红的日光，为整个天地覆盖上一层淡红的外衣。

现在距自然神殿代表者之争，已经过去三天了。

刘枫轻吸了一口气，靠着身下柔软的树枝，思绪回到了三天前与厉斧的那场龙争虎斗。专修肉体的厉斧很强，真的很强，一想起厉斧那恐怖的防御力，到现在刘枫都是惊叹不已。

三次！

在领域之中，刘枫整整发动了三次噬神星图！在精神力即将枯竭之时，这才艰难地将厉斧的防御破去，最后以微弱的优势，取得了自然神殿此次代表者之选的胜利。

当阿蒂米斯宣布刘枫成为最终胜利者之时，当时整片林海完全地沸腾了起来。以皇级实力接连打败三名帝级强者，这种恐怖的战绩，让刘枫的名字，在短短三天时间，便已经传遍了整个自然信仰波及的范围。

西之耀辉，冰之雪女，黑袍剑圣！

这，便是现今诸神大陆名头最为响亮的年轻一代。凭借着单剑击败三名帝级强者的骄人战绩，刘枫这两个字，也已经被整个大陆所知晓。

从此刘枫一袭黑袍，古剑青锋，三帝之战，名扬大陆！

（未完待续）

《魔兽剑圣异界纵横8》12月28日准时上市！

敬请期待

魔兽剑圣异界纵横：至尊白金版. 7

作者
天蚕土豆

总策划
周政

总监制
杨翔森 曾筱佳

项目总监
许逸

视觉策划
木子棋

封面设计
彭意明

封面、内插绘制
monkey

版式设计
李映龙

特约编辑
陈心

出版者
湖南人民出版社

大周互娱官方微博
https://weibo.com/u/6349375464

平台支持

图书在版编目（CIP）数据

魔兽剑圣异界纵横：至尊白金版. 7 / 天蚕土豆著. — 长沙：湖南人民出版社，2013.7（2018.11）

ISBN 978-7-5438-9582-9

Ⅰ. ①魔… Ⅱ. ①天… Ⅲ. ①长篇小说—中国—当代 Ⅳ. ①I247.5

中国版本图书馆CIP数据核字（2013）第153200号

魔兽剑圣异界纵横：至尊白金版. 7

著　　者	天蚕土豆
总 策 划	周　政
总 监 制	杨翔森　曾筱佳
项目总监	许　逸
责任编辑	夏新军
特约编辑	陈　心
封面设计	彭意明
版式设计	李映龙

出版发行	湖南人民出版社　[http://www.hnppp.com]
地　　址	长沙市营盘东路3号
邮　　编	410005
印　　刷	湖南天闻新华印务有限公司
版　　次	2013年7月第1版 2018年11月第2次印刷
开　　本	710mm×1000mm　1/16
印　　张	19
字　　数	330千字
书　　号	ISBN 978-7-5438-9582-9
定　　价	34.80元

凡购本社图书，如有缺页、倒页、脱页，由发行公司负责退换。

本书出版权由大周（贵安新区）互动娱乐文化传媒有限公司合法享有。未经许可，任何单位、个人不得以任何方式复制或抄袭本书部分或全部内容。
版权所有，侵权必究。
举报电话：0731-85184728